CB035013

Octopusgarden

Gerson Lodi-Ribeiro

1ª edição

Editora Draco

São Paulo
2017

Gerson Lodi-Ribeiro
Autor de FC e história alternativa. Autor da noveleta clássica *A Ética da Traição*. Além de quatro coletâneas de contos, publicou os romances *Xochiquetzal: uma Princesa Asteca entre os Incas* (2009), *A Guardiã da Memória* (2011) e *Aventuras do Vampiro de Palmares (2014)*. Como antologista, coordenou a "triantologia" *Vaporpunk (2010), Dieselpunk (2011) e Solarpunk (2012)*, bem como as clássicas *Phantastica Brasiliana* e *Como Era Gostosa a Minha Alienígena!*. É o responsável pela coleção *Erótica Fantástica* da Draco.

Publisher: Erick Santos Cardoso
Produção editorial: Janaina Chervezan
Edição: Antonio Luiz M. C. Costa
Revisão: Eduardo Kasse
Arte e capa: Ericksama
Ilustração de capa: Braziliano

Dados Internacionais de Catalogação na Publicação (CIP)
Ana Lúcia Merege 4667/CRB7

L 823

Lodi-Ribeiro, Gerson
Octopusgarden / Gerson Lodi-Ribeiro. – São Paulo : Draco, 2017.

ISBN 978-85-8243-228-0

1. Ficção brasileira 1. Título

CDD-869.93

Índice para catálogo sistemático:
1. Ficção : Literatura brasileira 869.93

1ª edição, 2017

Editora Draco
R. César Beccaria, 27 – casa 1
Jd. da Glória – São Paulo – SP
CEP 01547-060
editoradraco@gmail.com
www.editoradraco.com
www.facebook.com/editoradraco
Twitter e Instagram: @editoradraco

Octopusgarden
Tramas de Ahapooka

Prequel de A Guardiã da Memória

Capítulo 1
Travessia do Mar Infinito

As outras fêmeas da vila formaram um círculo cerrado em torno de Kaffy.

Hirtas e eretas, elas adejavam sem esforço nas águas tépidas do interior do atol, mantendo apenas as cabeças emersas. As fêmeas cantavam uma ode de encorajamento a Kaffy.

A jovem estava prestes a dar a luz à primeira cria. Sentia-se nervosa ante a expectativa do parto, mas também alegre e um pouco fora de si. Após os partos mais diferentes possíveis – dos mais simples aos realmente complicados – vivenciados em seus mínimos detalhes em dezenas de simulações, era quase como se a experiência real, pálida em comparação à virtualidade hipersonorizada do emulatron, estivesse prestes a acontecer com uma parente, outra fêmea qualquer, e não com ela.

Depois da batelada de exames gestacionais, tanto os sábios da vila quanto os representantes dos mestres garantiram que sua cria, seu filho Bhrimm, nasceria perfeito e cresceria forte e saudável.

Poderia ter parido Bhrimm na piscina obstétrica do hospital da vila, amparada por todo o conforto e segurança proporcionados pelas técnicas biomédicas do povo. No entanto, optara pelo estilo tradicional, o caminho correto, trilhado pelo povo desde o início. Seu filho viria ao mar do mesmo modo que seus antepassados – ou, pelo menos, a maioria deles – haviam vindo desde a aurora dos tempos, num mundo muito distante deste em que ora vogavam galáxia afora. Nada mais justo, pois Bhrimm fora gerado do modo mais tradicional possível. Concebido graças à ressurgência de um traço comportamental atávico, oriundo do passado pré-promoção, época em que os antepassados do povo ainda não eram racionais.

O parto não seria tão simples quanto o de uma fêmea pré-sapiente. Porque, por mais avançadas que fossem as técnicas de gengenharia dos mestres, a elevação acentuada dos índices de cefalização dos dolfinos promovidos à racionalidade implicou o aumento do diâmetro craniano dos recém-nascidos. Não obstante o fato de os mestres terem procurado contrabalançar esse aumento necessário com o alargamento da abertura pélvica das fêmeas, Kaffy desconfiava que os partos atuais fossem mais complicados do que os do passado remoto.

Com a cabeça e parte do dorso fora d'água, ela lançou o olhar míope à vastidão majestosa do horizonte elevado. Oceano azul por toda parte. Mar até perder de vista, por todo o mundo, até o céu, que também era mar. O oceano interior que constituía o lar de seu povo.

A onda planetária fluía mar adentro, circulando o mundo, à medida que esse girava em torno de seu eixo e vogava entre as estrelas. Nada obstava o arrasto tirânico dessa onda tão extensa quanto o próprio mundo, exceto o grande recife, que se estendia de uma ponta à outra do oceano interior. Em seu curso circular, a onda irresistível rebentava com estrondo periódico contra o obstáculo inamovível representado pelo recife. A resultante desse embate de paradigmas mutuamente excludentes era uma neblina grossa e salgada que se erguia a quilômetros de altura. Amansada pelo recife, a fração da onda que lograva de fato superá-lo atingia as áreas habitadas do mundo com vigor bastante reduzido, de forma que as muralhas dos atóis constituíam proteção suficiente para as vilas do povo.

À visão fraca de Kaffy, os atóis distantes não passavam de borrões alvos, pendurados lá no alto, indistintos contra o azul-marinho do oceano. Levantou o olhar até o zênite do firmamento. Mesmo lá, naquela superfície curva remota, no topo de seu mundo côncavo, pôde vislumbrar por entre nuvens rosadas, as tênues manchas brancas do calcário dos atóis. Na faixa noturna não se via os atóis, é claro, embora pontos luminosos esparsos e desfocados marcassem as posições não de estrelas do firmamento, mas de vilas habitadas por comunidades distantes do povo.

Surpresa com a força da pontada de dor abriu involuntariamente o espiráculo, liberando ar dos pulmões.

Então, insensível aos cânticos ardorosos das outras fêmeas, Kaffy foi acometida por uma vontade premente de expelir. A sensação de estar sendo revirada, como se as próprias vísceras se lançassem para baixo, para trás e... para fora!

Kaffy espadanou água em todas as direções.

Então se quedou inerte, sentindo-se tonta e vazia.

As fêmeas, suas irmãs, tias e primas, cantaram mais alto, num ritmo mais célere e animado do que o anterior, não de encorajamento, mas de exaltação.

A madrinha escolhida mergulhou e trouxe o pequeno Bhrimm consigo, amparando-o, mantendo a cabeça da cria fora d'água, para que ela sorvesse o ar pela primeira vez, enchendo os pulmões pequenos na brisa fresca e úmida da tarde.

Cimaq, a madrinha, recitou para o afilhado recém-nascido:

– Sê bem-vindo, meu Bhrimm. Nasceste hoje entre as ondas de nosso mundo andarilho. Entre as ondas viverás por muitos e muitos anos. Tua semente produzirá frutos bem-aventurados, que o mar cuidará de espalhar por todas as águas, praias e atóis do Oceano.

Cimaq interrompeu sua fala ritual para dar um empurrão carinhoso no recém-nascido, forçando-o a mergulhar.

Bhrimm afundou. Tocou o fundo arenoso da vasta área de mar calmo protegida pelo atol. Com um movimento ágil, girou o corpo minúsculo, regressando à superfície, onde se manteve abanando as nadadeiras, de modo a flutuar sem auxílio.

Aliviada, a madrinha retomou o fôlego e continuou:

– No fundo deste mar cálido, teu corpo repousará um dia, nutrindo o plâncton e as algas que alimentarão os peixes que, por sua vez, servirão de alimento aos frutos da tua semente, como sempre foi, desde que ingressamos neste mundo, para empreender a Grande Travessia pelo mar negro infinito, até o dia em que nossos descendentes longínquos viverão para assistir a chegada ao Oceano Prometido.

Capítulo 2

O jovem Bhrimm se aproximou da mãe num nado vigoroso, tão logo a percebeu sozinha no bosque de algas farpadas, plantado no paredão coralino do atol da vila.

– Mãe, os outros alunos do infantário disseram que as mães deles contaram que eu nasci porque você foi estuprada por uma gangue de machos de uma aldeia dos antípodas.

Com um pio resignado, Kaffy soltou uma fileira de bolhas de ar pelo espiráculo. Sabia que o dia dessa conversa chegaria cedo ou tarde.

– É verdade, meu filho.

Bhrimm esperara uma negativa indignada e peremptória.

O reconhecimento calmo da mãe deixou-o sem ação. Aos poucos, a ira juvenil deu lugar ao pasmo e à incredulidade.

– Como é que eu nunca soube disso? O estupro é um crime abominável! Terminantemente proibido pelos mestres.

– Os mestres proibiram muitas coisas, meu filho. Desde que nos criaram, tentam impingir a nosso povo seus valores morais, seus códigos de ética e regras de conduta. Nós nos rebelamos, desde o início. Para bem e para mal.

– Mas, os mestres são...

– Devemos venerar os mestres, sim. É isto que os professores ensinam aos alunos desde o início dos tempos. E eles estão certos. Só que somos livres para singrar nossos próprios caminhos, contra ou a favor das correntes estabelecidas pelos mestres. Foi por isto que nossos antepassados decidiram partir de Olduvaii. Nem tudo que é bom para os mestres, também o é para nós. Repare, não apreciei ser estuprada. Muito ao contrário. No entanto, a questão crucial da violência que sofri é que condutas que soam execráveis aos olhos dos mestres eram consideradas naturais até bem pouco tempo e, portanto, mais ou menos aceitas pelo povo.

– Os representantes dos mestres afirmam que é errado vários machos forçarem uma fêmea... Disseram que é uma prática atávica, dos tempos que os nossos antepassados eram brutos irracionais. Criaturas civilizadas deviam se envergonhar de ter cometido uma barbaridade desta.

Kaffy emitiu um assobio resignado antes de replicar:

– Os representantes dos mestres não possuem autoridade para decidir o que é certo ou errado para o povo. Quando nossos ancestrais resolveram empreender a Grande Travessia, convidaram os mestres a vir conosco. Eles se recusaram a nos acompanhar.

– Eu sei. Os sábios do povo e os representantes já ensinaram isto lá no infantário.

– Pois então. Já ouviu falar de algum mestre residente nos atóis do povo?

– Não há nenhum neste mundo. Eles afirmaram que seguiram na frente e que chegariam primeiro, a fim de preparar o Oceano Prometido, para que esse atenda nossas necessidades.

– Se não há mestres conosco, eles não têm o direito de exigir que nos comportemos do modo que julgam correto.

– Mas o estupro é...

– O estupro é uma prática relativamente comum entre os membros do povo. Infelizmente. Porém, não possui a conotação de crime hediondo que os mestres advogam. Entre nós, é apenas uma prática mesquinha e desagradável. Uma forma covarde de sujeitar uma fêmea a copular quando ela não deseja fazê-lo.

Ante o silêncio amuado do filho, Kaffy viu-se forçada a acrescentar:

– É claro que eu teria preferido escolher seu pai, como escolhi o pai da sua irmã. O componente mais errado no ataque que sofri foi ter arrancado do meu bico o direito de decidir se queria engravidar e o direito de selecionar o melhor progenitor para minha cria.

– Revoltante.

– Estupros constituíam incidentes relativamente comuns até poucos anos atrás em vilas afastadas como aquela em que eu estava quando você foi concebido. Entre nós esse tipo de ataque não constitui crime. Só uma infração grave, punível com advertência e cassação de privilégios.

– Os mestres não pensam assim.

– Não somos como os mestres, meu filho. Eles pensam diferente. Talvez porque, ao contrário de nós, sejam essencialmente monógamos.

– Como assim? Depois que acasalam permanecem juntos a vida inteira?

– Nem tanto. Até porque as vidas dos mestres são mais longas do que as nossas. – Kaffy suspirou, conjurando todo seu estoque de paciência maternal. Bhrimm estava crescendo depressa. Tornava-se cada vez mais curioso. Aquelas conversas estavam ficando mais complicadas a cada dia. – Não ficam juntos a vida inteira. O que eu quis dizer foi que, geralmente, os mestres só adotam um parceiro de cada vez.

– É mesmo? Que esquisito! Longas como são, as vidas dos mestres devem ser um bocado tediosas. Quer dizer, eles também se dividem em machos e fêmeas, não é?

– Igualzinho a nós. Só que trocam de sexo, de vez em quando.

– Como é que é? – O jovem libera um trinado desalentado. – Os machos viram fêmeas?

– É. E as fêmeas tornam-se machos.

Bhrimm observou a mãe com ar pensativo.

Kaffy se viu obrigada a explicar:

– Os mestres que optam pela troca afirmam que essas mudanças de perspectiva ampliam a compreensão da vida.

– E se depois eles quiserem destrocar?

– Podem fazê-lo à vontade. Quantas vezes desejarem.

Bhrimm permaneceu calado por um bom tempo.

Minutos mais tarde, despediu-se e se afastou rumo ao centro da vila. Confuso com a sobrecarga de fatos novos e surpreendentes, não perguntou mais nada.

Kaffy se indagou quanto tempo o filho levaria para digerir aquela informação toda.

CAPÍTULO 3

O pai de Delani era um dos principais sábios do povo.

Em sua casa, erigida num contraforte secundário do atol da vila Marinha-Celeste, havia mesmo um holotanque, onde o pai de Delani estudava, consultava os bancos de dados do povo e conversava com sábios de outras vilas e aldeias, e até com representantes dos mestres.

Em tese, o aparelho poderia ser empregado para falar com os próprios mestres. As respostas desses, no entanto, demorariam muito tempo para chegar. Segundo o pai, um dolfino paciente morreria de velhice ao esperar por uma resposta particular. Daí, por mais que Delani implorasse, o pai jamais consentia em usar o holotanque para fazer perguntas aos mestres.

Quando mais novo, Delani se gabava do pai com os amigos.

Meu pai falou com os mestres hoje... Um deles pediu que meu pai o ajudasse a resolver um problema científico de extrema gravidade... Meu pai acaba de conceber um plano para pôr fim à glaciação que assola o planeta dos mestres... E assim por diante.

Tudo mentira, é claro.

Ao crescer, Delani se curou do vício de mentir sobre o pai. As mentiras, afinal, deixaram de ser necessárias. Começara a sentir orgulho das realizações verídicas do pai.

Quando se tornasse adulto, almejava seguir o exemplo paterno e se tornar cientista.

Uma tarde, já na adolescência, Delani nadou mais cedo para casa.

Mergulhou até a porta, penetrando no andar térreo da residência.

Logo percebeu que o pai não estava ali.

Nadou através de um túnel cilíndrico, até chegar ao terraço a céu aberto, situado no segundo piso.

Encontrou o pai refestelado junto à amurada, da qual podiam descortinar o vulto esbranquiçado do atol, cujas muralhas calcárias rodeavam as águas em torno da vila, como um anel protetor.

– Pai, você também chegou mais cedo.

– Cheguei mais cedo porque precisamos conversar. – Bhrimm respondeu num tom circunspecto, que não lembrava nem de longe o progenitor jovial, que fazia questão de ter o filho sempre por perto. – Você já é quase adulto. Se pretende mesmo seguir a carreira científica, há algumas coisas que precisa saber.

– É sobre os mestres?

– Não diretamente. É sobre a Travessia.

– Já estou sabendo, pai. Nosso mundo é na verdade uma nave estelar. Um cilindro gigantesco onde nosso povo se encontra encerrado, numa viagem que já dura muitas gerações. Um dia, nossos descendentes chegarão a um sistema estelar onde há um planeta que os mestres prepararam para nós.

– Isto é o que ensinamos aos aspirantes da Academia de Ciências. O que você ainda não sabe, mas precisa saber, é que a Travessia está prestes a acabar.

Delani permaneceu calado durante vários minutos, como que hipnotizado pelos impactos minúsculos das gotas em seu dorso. O chuvisco começou a cair do céu pesado de nuvens. Enfim, num longo suspiro, o jovem indagou:

– Quanto tempo falta?

– Pouco mais de três décadas. Você será pouco mais velho do que sou hoje quando a *Oceanos* ingressar no Sistema Posseidon.

Delani constatou a melancolia oculta no tom pretensamente factual empregado pelo pai.

Bhrimm não sobreviveria até o fim da Travessia. Jamais nadaria no Oceano Prometido.

Não havia motivo para tamanha tristeza, Delani tentou se consolar. Afinal, todos os que vieram antes deles haviam nascido, vivido e morrido durante a Grande Travessia.

Por que lamentava, então, que o pai fosse morrer antes do povo chegar àquele sistema estelar longínquo?

– Não imaginei que estivéssemos tão perto da Chegada... – Delani falou, tentando se desvencilhar do pesar. – Como será a vida num mundo de verdade? Num mundo muito maior do que o Oceano?

– Pelos hologramas enviados na última transmissão dos mestres, Thalassa parece ser um mundo belíssimo. O planeta ideal para o povo florescer como espécie. – Bhrimm contou, fingindo não notar o que se passava com o filho. – Imagine, Delani, nosso próprio planeta. Um mundo oceânico inteiro, só para nós. Um sistema estelar só nosso. Sem nenhum mestre. Humano algum para nos dizer o que fazer.

– Será maravilhoso, pai. Foi para isto que nossos ancestrais decidiram empreender a Travessia.

– Os filhos dos seus filhos talvez já nasçam nas águas profundas de Thalassa.

– Se ao menos vivêssemos tanto quanto os mestres...

– Não os inveje, meu filho. Os humanos escolheram o caminho deles há muito tempo. Bem antes de decidirem promover nossos antepassados irracionais. Foi para conquistar este mesmo direito de trilhar nosso próprio caminho que empreendemos a migração. Quando nossos antepassados embarcaram na *Oceanos* há mais de quatro séculos, estavam conscientes de que apenas seus descendentes remotos chegariam a seu destino final.

– Eu sei, pai. Mesmo assim, gostaria que você pudesse nadar em Thalassa.

– Ah, mas eu nadarei, Delani. Esteja certo disto. – Bhrimm soltou um chilreio divertido. – Através de você, dos seus filhos e netos, eu nadarei lá.

Capítulo 4
Grupos de Salvamento

"Esperávamos que os humanos nos enviassem ajuda de verdade." – O alienígena insetoide esfregou as antenas uma na outra e cerrou as mandíbulas protuberantes num gesto nervoso. O holotanque da Nave continuou traduzindo os cliques e estalos de sua fala para o ânglico. – "Não essa naveta auxiliar ridícula. Onde está o resto da sua frota? Não temos tempo para brincadeiras de mau gosto e não apreciamos, em absoluto, manifestações pervertidas daquilo que tomam por senso de humor humano. Digam logo: o que foi feito das outras naves de socorro que Tannhöuser prometeu enviar?"

Talleyrand permaneceu calado em sua poltrona no Centro de Comando. Analisou detidamente o holo do estado emocional do representante alienígena. A leitura não era de todo confiável, é lógico. Nem poderia ser. Embora as rotinas de interpretação do comportamento de alienígenas pareçam mais inteligentes a cada década, os humanos de Olduvaii não conhecem os *streakers* tão bem assim. Até mesmo a designação em ânglico dessa espécie insetoide constitui mera tradução do Intercosmo.

Pandora que cuidasse dos chiliques do alienígena de carapaça castanho-clara rajada de listras verdes brilhantes. Afinal, era nominalmente a comandanta da Nave.

Com um suspiro, a humana respondeu do seu jeito sereno e lacônico habitual. Seu ânglico tranquilo foi traduzido para o Intercosmo pela Nave, para que o streaker pudesse compreender:

– Não há outras naves.

"Muito bem, humano. Onde está sua nave-mãe, então?" – Os dois olduvaicos se entreolharam. Haviam estudado a cultura dos streakers o bastante para diagnosticar surpresa na variação abrupta de tonalidade nos olhos multifacetados do interlocutor. – "Nem mesmo os humanos ousariam cruzar os quase vinte anos-luz que separam Olduvaii do nosso sistema numa casca de noz diminuta como esta".

– Não se deixe iludir pelas aparências. A *Penny Lane* é um novo protótipo de nave estelar. – Pandora explicou, paciente. – Dispõe dos recursos mais modernos que a ciência e a tecnologia de Tannhöuser produziu até hoje.

A última declaração da comandanta calou fundo no espírito do alienígena. Se por um lado, de maneira geral, os humanos não eram tidos em grande conta por seu povo, nos últimos milênios a reputação da cultura humana de Tannhöuser, o Planeta dos Sábios, espalhara-se por todo o quadrante.

Ainda assim, Pandora e Talleyrand sabiam que, caso pudessem escolher, os streakers teriam preferido receber auxílio de outra espécie qualquer que não a humanidade. Contudo, com o holocausto tão próximo do planeta deles e sendo as distâncias estelares tão vastas, não havia muita opção.

Distando apenas 17,2 anos-luz de Daros, o primário dos streakers, Olduvaii era o sistema mais próximo a abrigar uma civilização tecnológica capaz de prestar auxílio.

* * *

Talvez os *blackhooves* de Cerize, sistema distante 22 anos-luz de Daros, pudessem socorrer os streakers. No entanto, conhecendo os blackhooves como os olduvaicos conheciam, julgaram melhor não apostar a sobrevivência dos streakers na boa vontade dúbia e volátil daqueles centaurinos irascíveis.

É claro que, em primeira instância, a obrigação de socorrer os insetoides caberia aos *foggies*. Afinal, havia sido aquela espécie ameboide que promovera os streakers à racionalidade mais de um milhão de anos atrás. Além disso, o sistema dos foggies distava menos de 50 anos-luz de Daros. Acontece que os insetoides já haviam há muito conquistado a emancipação e, hoje em dia, os foggies – outrora viajantes e exploradores eméritos daquele braço da espiral galáctica – haviam se tornado criaturas contemplativas, recolhidas no conforto aconchegante de seu mundo natal. Uma cultura pós-tecnológica bem pouco afeita a aventuras interestelares.

Não há dúvida que os streakers esperavam que seus velhos mestres os socorressem em sua hora de maior perigo. Os foggies, contudo, não haviam respondido seus apelos. Os olduvaicos calcularam que eles ainda iriam meditar alguns séculos sobre os apuros de seus ex-tutelados, antes de finalmente se decidirem quanto ao que fazer. Então seria tarde demais. O mundo dos streakers já teria sido bombardeado pelo enxame de asteroides desgarrados do cinturão principal de Daros pela ação de uma nuvem interestelar de cometas errantes que invadiria o Sistema Daros dentro em poucos anos.

Embora não dispusessem dos meios capazes de combater a invasão, os streakers eram previdentes e possuíam bons observatórios orbitais. Por isto conseguiram identificar o risco existencial hipotético a tempo e se apressaram em pedir ajuda a seus vizinhos mais próximos, décadas antes de adquirirem certeza absoluta de que seu mundo natal seria atingido por asteroides biosfericidas. Das cinco ou seis culturas tecnológicas que, em tese, estariam aptas a prestar auxílio, os olduvaicos foram os primeiros a quantificar riscos e probabilidades. Então responderam, confirmando que enviariam o socorro necessário.

Os streakers captaram a resposta humana menos de quatro décadas após a transmissão do pedido de socorro.

Mais ou menos por aquela época, havia um novo protótipo de nave estelar sendo testado no Sistema Gigante de Olduvaii. Para um protótipo tão revolucionário, nada mais justo do que um conceito de tripulação inteiramente novo.

A nave era a *Penny Lane*.

Os tripulantes: Pandora, Talleyrand e um programa de projeto heterodoxo, a inteligência artificial autoconsciente mais volitiva jamais concebida até então. Uma IAA capaz de se manter em vínculo paratelepático constante com aquilo que ela própria designava como "minha tripulação ambulante".

O Conselho Científico de Tannhöuser, principal planeta humano de Olduvaii, decidiu incluir a jornada até Daros e o auxílio aos streakers como parte das provas de espaço da *Penny Lane*.

Cumprida a missão em Daros, a nave deveria rumar direto para Posseidon, onde efetuaria uma inspeção de rotina à cultura monoplanetária de uma espécie recém-promovida pela humanidade olduvaica.

De Posseidon, a *Penny Lane* regressaria a seu porto de matrícula.

Se tudo corresse conforme seus três tripulantes planejavam, tal regresso se daria bem a tempo de serem nomeados para a missão mais importante de suas vidas. A comissão mais cobiçada por qualquer cidadão de Tannhöuser: a indicação para constituir a Terceira Expedição de Olduvaii a Lobster. Na qualidade de agentes plenipotenciários, os três seriam incumbidos de desvendar os mistérios de Zoo, quarto planeta daquele sistema.

Foi para cumprir aquela missão crucial em Zoo que a *Penny Lane* fora projetada e construída com recursos e tecnologia jamais empregados até então. Foi para explorar os enigmas que cercavam aquele planeta, que as lendas alienígenas batizaram de "Mundo sem Volta", que um novo conceito de tripulação fora concebido.

Pois a *Penny Lane* e seus tripulantes deveriam obter êxito onde a primeira expedição fracassara e a segunda – ao que tudo indicava – teria chances ínfimas de sucesso. Os três ansiavam por explorar Zoo, desvendar seus mistérios e regressar a Olduvaii, trazendo consigo o tesouro de valor inestimável, constituído por aquilo que sua cultura preza acima de tudo: conhecimento.

Capítulo 5

"Uma esferazinha com pouco mais de 50 metros de diâmetro..." – O streaker gorgolejou baixinho, como que para si próprio, em tom desalentado. O holotanque traduziu direto do idioma alienígena para o ânglico. – "Não conseguirão evitar o assédio dos sete asteroides que atingirão nosso planeta em poucos anos".

– Segundo nossos cálculos, – o olhar duro de Pandora não condizia com a voz calma e o tom didático característico, – apenas três asteroides atingiriam Streakerland nessa primeira leva. É claro que, de acordo com nossas simulações, esses três impactos iniciais seriam suficientes para extinguir toda a vida multicelular do seu mundo.

As antenas do embaixador alienígena estremeceram num ritmo descontrolado.

A humana aguardou que o interlocutor se acalmasse um pouco antes de prosseguir:

– Outros 323 de um total de 20.278 asteroides terão suas órbitas perturbadas pelos cometas errantes e decairão do cinturão principal para perto de Daros, ameaçando Streakerland e os outros planetas rochosos interiores. Ao longo dos próximos séculos, calculamos a ocorrência de outros 38 impactos frontais, além de 748 sobrevoos rasantes, alguns desses com arrasto de atmosfera. Nove desses impactos adicionais atingirão Streakerland.

O alienígena abriu e fechou o bico serrilhado, expondo os bordos de quitina escura e brilhante. Não emitiu nada.

Como espécie, os humanos podiam ter muitos defeitos, mas aquela estirpe de Olduvaii era diferente. Há milênios várias das espécies mais sábias do quadrante começaram a afirmar que esses olduvaicos, conquanto humanos, eram confiáveis. É possível que tais afirmações possuam certo fundamento. O embaixador intuiu que seus interlocutores deviam saber do que estavam falando.

Mas, essa nave, tão pequenina...

Finalmente, o representante alienígena reuniu forças para indagar: "Por acaso esse veículo diminuto disporia dos meios necessários para evitar a catástrofe cósmica que está prestes a se abater sobre minha espécie? Seus líderes prometeram que nos ajudariam... mas, agora..."

– Julgam que nos daríamos ao trabalho de nos deslocarmos de Olduvaii até aqui, caso não dispuséssemos dos meios necessários para evitar a destruição de seu mundo? – Indignado, Talleyrand rompeu a combinação tácita com a companheira. Girou a poltrona em direção ao holotanque principal. Estava farto da atitude de pobres orgulhosos desses streakers! *Quem pensam que são? Uma espécie abandonada por mestres decadentes. Uma cultura inerme, incapaz de singrar o espaço interestelar... Como é que esses coitados ousam duvidar da nossa capacidade para salvar seus rabos?* – Nossa nave é capaz de aniquilar num piscar de olhos não apenas os asteroides que ofereceriam risco à biosfera do seu mundo, mas todos aqueles que cruzarão a ecosfera do sistema sem causar danos.

Do fundo do holotanque, o interlocutor insetoide assumiu um ar pensativo, como se estivesse ponderando cautelosamente as parcas opções que se abriam ante seu povo.

Por um lado, as fanfarrices do macho humano decerto soavam ridículas. Por outro, na qualidade de representante oficial de seu povo, cumpria evitar a todo custo que os recém-chegados se sentissem de alguma forma melindrados com sua postura céptica. Afinal, a fama de traiçoeiros dos humanos era assaz conhecida. Não pretendia conceder-lhes inadvertidamente o pretexto que ansiavam para bancar os ofendidos e partir de Daros, abandonando a biosfera de seu planeta à própria sorte.

Quando o alienígena finalmente respondeu, seus olhos multifacetados emitiram um fulgor rubro. Pela topologia de seu estado emocional, o casal humano intuiu o teor da resposta antes da mesma ser proferida num tom extremamente formal, atípico até para os streakers:

"Não tivemos intenção de vos ofender, quer duvidando de vossa capacidade e tampouco de vossas boas intenções. Há três anos recebemos a confirmação de Tannhöuser de que vossa ajuda viria e a data aproximada de vossa chegada." – O streaker complementou a declaração com uma vênia profunda executada com as antenas. Depois da pausa protocolar adequada, indagou: – "Como pretendeis defletir os asteroides?"

– Defletir? – Talleyrand abriu um sorriso. – Ninguém falou em defletir.

Pandora suspirou fundo ao dedicar um olhar desapontado ao companheiro.

Tão brilhante e tão imaturo.

Talleyrand constituía o estereótipo do que a cultura hedonista hipertecnológica de Olduvaii é capaz de produzir.

Ela abana a cabeça, desalentada. *Quantas décadas o Mundo sem Volta precisará para fazer dele um adulto? Quer dizer, admitindo que logremos sobreviver ao período de amadurecimento em condições hostis...*

– De fato. – Ela se apressou em esclarecer, antes que o alienígena se perturbasse outra vez. – O método mais fácil seria empregar mísseis com cargas nucleares para atingir cada um dos asteroides que, cedo ou tarde, ameaçasse os planetas do sistema interior. Calcularíamos os pontos de impacto e dosaríamos a intensidade das explosões de modo a desviar os bólidos de suas trajetórias, fazendo com que regressassem ao cinturão principal ou se evadissem do sistema, deixando o séquito planetário incólume.

– Só que não é o que faremos. – Talleyrand afirmou num tom brando e jovial, dificilmente perceptível ao alienígena.

"Não?" – O streaker sacudiu os olhos pedunculares, em claro sinal de inquietação. – "Como procederão, então?"

Pandora fitou Talleyrand com uma expressão contrariada de mãe resignada com as travessuras do filho predileto. Ele se voltou para ela. Trocaram olhares. O humano lhe piscou o olho com ar maroto. Girou a poltrona, retornando sua atenção ao alienígena que o observava com ar atônito do fundo do holotanque:

– É simples. Dispomos de uma nave nova e precisamos testar o desempenho de seus sistemas. Para ser sincero, esta missão de socorro veio bem a calhar. Assim, eliminar quaisquer riscos à sobrevivência do seu povo tornou-se parte integrante dos testes que o Conselho de Olduvaii nos encarregou de empreender. Portanto, iremos ao encontro dos asteroides pessoalmente e eliminaremos aqueles que representam ameaça.

"Não compreendo. Vocês mesmos afirmaram que estamos lidando com dezenas de asteroides... Alguns com vários quilômetros de diâmetro..." – O streaker demonstrou frustração por não conseguir conter nova manifestação de incredulidade. – "Como conseguirão abater todos eles com uma única nave tão minúscula?"

– Aguarde e verá. – Talleyrand respondeu, antes que Pandora pudesse fazê-lo.

Impertinente como de hábito em seu trato com alienígenas, o humano mais jovem não perdia a oportunidade de bancar o enigmático.

Capítulo 6

Os streakers fizeram questão de embarcar observadores a bordo da *Penny Lane* quando a nave disparou em direção aos asteroides desgarrados cujas órbitas os cometas interestelares haviam perturbado a uma distância média de duas horas-luz do primário.

Talleyrand só precisou de quinze segundos para constatar o quão nauseabundo era o odor corporal dos três alienígenas. Indagada, a Nave confirmou que eles exalavam moléculas complexas semelhantes às liberadas por cereais deteriorados pela umidade. O humano não sabia se era este o caso, se havia ou não resíduos de cereais estragados nos epitélios ou nas carapaças dos streakers. Pela enésima-quarta vez sentiu inveja da companheira por sua capacidade natural de se abstrair dos aromas que não julgava agradáveis.

– Ativaremos a propulsão estelar. – Paciente, Pandora explicou aos três insetoides oblongos que, com seus quase quatro metros de altura, suas carapaças rajadas e seus tanques de respiração, roçavam as antenas no teto do Centro de Comando. Mantendo-se relativamente afastados uns dos outros, os três pareciam ocupar todo o compartimento. – Claro que, numa distância tão curta, mal haveria tempo para acelerar e desacelerar. Portanto, à primeira vista, poderíamos supor que a propulsão planetária fosse a escolha mais sensata. Caso a empregássemos, estaríamos entre os asteroides errantes em cerca de três dias-padrão. Só que não empreenderemos frenagem. Já estamos acelerando a mais de 50 g e vamos acelerar muito mais. – Ao observar a expressão de alarme dos convidados, ela se interrompeu para acrescentar. – Não se preocupem. Nossa nave possui compensadores de inércia excelentes. Apesar da aceleração, nossos geradores fornecerão a gravidade constante que vocês especificaram.

"Em quanto tempo chegaremos aos asteroides?" – O streaker mais alto indagou em Intercosmo.

– Alcançaremos o primeiro alvo em menos de dezesseis horas-padrão. – Pandora respondeu em ânglico. Seu transceptor de símbolos transmitiu a tradução sob a forma de holoícones intercósmicos projetados sobre a cabeça dela, bem ao alcance dos olhos multifacetados dos streakers.

O streaker mais idoso, que asseverara ser físico e cuja carapaça era menos brilhante do que as dos outros dois, examinou o fluxo de dados rodopiante no holotanque principal cuja notação intercósmica constituía cortesia especial da *Penny Lane*. Emitiu uma série de estalos e cliques espantados, que seu próprio transceptor decodificou como:

"Se é assim, vamos chegar lá com um décimo da velocidade da luz..."

– Um pouquinho mais do que isto. – A humana reconheceu com ar sereno.

"Nunca ouvi falar de uma nave estelar que pudesse acelerar tão rápido... Não viajavam assim quando ingressaram no sistema. Vocês devem dispor de uma fonte de energia tremendamente poderosa."

– Energia não é problema nesta nave. – Talleyrand concordou, cofiando o cavanhaque e piscando o olho para Pandora.

"Movendo-se tão rápido, como conseguirão manobrar entre os asteroides?"

– Como minha companheira já esclareceu, não estamos a bordo de uma nave comum.

Pelo rumo que a conversa tomava e as tiradas pseudoespirituosas do companheiro, Pandora desconfiou que, os próximos quatro ou cinco dias seriam os mais longos de sua vida.

* * *

"Não estou entendendo." – O físico streaker apontou com a pata superior direita para um holotanque auxiliar. – "Creio haver algo errado com esse holograma. Pois, segundo consta aqui, estamos em curso de colisão com o asteroide aí em frente."

– Curso de interceptação. – De sua poltrona, Talleyrand corrigiu, sério, sem ligar aos enfatizadores semânticos indicativos de apreensão constatados no Intercosmo do insetoide. – Nave, informar distância do alvo primário.

"TRÊS SEGUNDOS-LUZ." – O programa autoconsciente informou em ânglico, mas apenas os dois humanos ouviram. A bem dos alienígenas, decidiu ecoar o informe em Intercosmo. Sem conceder tempo para que os insetoides se recuperassem do susto, acrescentou, com uma pitada de malícia: – "IMPACTO FRONTAL MENOS VINTE E DOIS SEGUNDOS".

– Preparar canhão graser do polo norte. – Pandora ordenou,

calma, sem se deixar contagiar pelo senso de humor sádico dos outros dois tripulantes. Embora a missão presente constituísse brincadeira de criança para uma nave com os recursos da *Penny Lane*, não pretendia tripudiar sobre o desespero dos alienígenas. – A propósito, não haverá impacto frontal algum.

"Emissor de radiação gama coerente pronto para disparar ao seu comando." – A Nave percebeu a deixa e confirmou, assumindo um tom tão sério quanto o da comandanta.

– Abrir fogo contra o alvo primário à distância efetiva. – Ela determinou. Enquanto aguardava o resultado da ação, usou ambas as mãos para soltar os longos cabelos castanho-alourados e lançá-los por sobre os ombros.

Dois humanos interessados e três alienígenas trêmulos fitaram o holotanque principal. O bólido cinzento claro de formato irregular rodopiava célere contra o fundo negro do espaço, crescendo assustadoramente rápido.

Oito segundos mais tarde, invisível tanto aos olhos humanos quanto aos dos streakers, o feixe coerente de raios gama atingia em cheio o asteroide de dois quilômetros de diâmetro que se dirigia para a Nave. O fulgor da explosão pareceu gigantesco na projeção ampliada do tanque principal. Os três insetoides giraram os aparelhos oculares em suas hastes com movimentos bruscos, de maneira a protegê-los do clarão que inundou todo o Centro de Comando.

Pandora concedeu trinta segundos aos streakers para que se recobrassem do susto antes de subvocalizar à Nave:

– Informe.

"Campos defensivos ativados." – A Nave informou dentro dos cérebros dos humanos. – "Amortecedores de impacto exigidos em 12,7% de suas capacidades nominais. Frenagem ao impacto contra a nuvem de gás. Vou estabilizar nossa velocidade em dois milésimos de c".

Então a *Penny Lane* atravessou a nuvem de gás incandescente que havia sido até bem pouco o asteroide que iria arrasar boa parte do ecossistema global de Streakerland.

Quando os três convidados ousaram retornar suas hastes oculares em direção ao holotanque principal, uma nuvem de gás em expansão já havia sido deixada para trás.

– Eleger novo alvo primário. – Pandora determinou. – Estabelecer curso de interceptação.

"Em execução." – A Nave confirmou.

Os alienígenas estavam atônitos. Permaneceram imersos por longo tempo num silêncio.

Horas mais tarde, quando sete outros asteroides já haviam sido aniquilados – cinco deles com as diversas baterias de canhões graser, outro com o disparo de um míssil de antimatéria de ação catalítica e o sétimo através do emprego de um feixe de plasma concentrado – e a operação já havia entrado em modo automático, o físico rompeu o fluxo intermitente de estalos crepitados com os semelhantes, inflando-se de coragem para indagar:

"Como conseguem armazenar tanta energia nos bancos de uma nave tão pequena?"

– Trata-se de um processo novo. – Pandora explicou, depois de um breve olhar de recriminação a Talleyrand. – Nossa nave é capaz de extrair quantidades ilimitadas de energia, desagregando, por assim dizer, a própria estrutura do hipercontinuum em dimensões superiores às do espaço-tempo normal. Não precisamos armazenar uma quantidade muito grande em nossos bancos. Só extraímos aquilo que precisamos, sempre que precisamos.

O streaker mais baixo dos três, aquele que se afirmava estadista, comentou:

"Seria possível aniquilar uma estrela inteira com uma nave dessas..."

Os humanos trocaram olhares significativos, mas se mantiveram calados.

Foi o físico que respondeu ao comentário de seu semelhante:

"De fato. Bastaria um fluxo de radiação gama coerente intenso o bastante e direcionado ao âmago de uma estrela, para romper o equilíbrio delicado entre a..."

– Jamais cometeríamos tamanho desatino! – Pandora interrompeu, indignada. – Não concebemos e construímos naves estelares como esta para cometer crimes periferia afora.

Os streakers emitiram cliques assustados ante o rompante daquela humana tão calma.

O físico e o estadista abanavam várias antenas num pedido eloquente de desculpas.

Pandora gesticulou a aceitação das escusas, assentindo com a cabeça. Dotado de rudimentos de inteligência artificial, seu transceptor projetou em Intercosmo:

"Não foi nada."

Meio minuto depois, o estadista observou com expressão preocupada:

"Uma nave tão pequenina e, no entanto, tão poderosa... Para que os humanos de Olduvaii necessitam de um veículo assim? Decerto não o projetaram apenas para salvar meu povo da extinção."

Os humanos não responderam.

Então, o insetoide mais alto, que mais tarde os tripulantes souberam ser um dos filósofos mais perspicazes daquele povo, comentou, com a vibração peculiar das antenas que era o equivalente streaker de um sorriso:

"Só consigo imaginar um propósito para um engenho tão poderoso."

Quando os outros dois streakers voltaram suas hastes oculares para ele, o mais alto explicou, dirigindo-se aos humanos:

"Uma nave para desafiar o Mundo sem Volta."

Capítulo 7

– Julga que agimos bem ao programar aqueles cinco asteroides para entrar em órbita estacionária ao redor de Streakerland? – Talleyrand fora voto vencido naquela questão. Três meses mais tarde, duas semanas-luz mais longe e ainda não se conformara com o fato. – Aquilo não fazia parte de nossas atribuições.

– Não vejo mal algum em oferecer uma pequena prova de consideração aos nossos novos amigos insetoides. Ainda mais, depois dos percalços que você lhes impingiu com suas bravatas. – Pandora girou a poltrona em direção ao assento do companheiro. – Além disso, como você mesmo fala, dispomos de certa liberdade de ação. Podemos agir de acordo com o que julgamos correto, desde que não contrariemos diretivas explícitas do Conselho.

– É este o ponto. Uma de nossas diretivas mais básicas consiste em evitar propiciar avanços tecnológicos significativos a culturas alienígenas sem autorização expressa do Conselho.

– Relaxe, Tally. – Pandora esboçou seu melhor sorriso de conciliação. – Pôr cinco montanhas de níquel-ferro em órbita do mundo deles não é como ensiná-los a projetar propulsores relativísticos.

Talleyrand cerrou os maxilares. O pior era que nem ao menos podia criticar a instalação dos motores de fusão nuclear que conduziriam os asteroides até suas órbitas definitivas em torno de Streakerland. Dali a seis anos, poucos meses após o estacionamento dos asteroides, enxames de nanobôs fagocitarão os motores, computadores e por fim a si próprios. Não restará o menor vestígio da tecnologia galáctica de matriz olduvaica para os streakers porem as patas.

Mesmo assim, o humano mais jovem não se deu por vencido:

– Você está farta de saber que não são apenas níquel-ferro. Há um bocado de minérios raros, óxidos e água naqueles pedregulhos.

Pandora se limitou a encarar o companheiro com um olhar entediado. Sobrancelhas ligeiramente arqueadas à guisa de resposta.

– De qualquer forma, julgo que vocês duas foram muito generosas com aqueles insetoides indolentes e pretensiosos.

– Eles não são pretensiosos. Só estavam com medo. Além disso, você já externou sua opinião a respeito.

"Diversas vezes." – A Nave soltou um risinho sarcástico dentro dos cérebros dos humanos. – "Já entendemos seus argumentos. Só não concordamos com eles. Há ocasiões em que é preciso concordar em discordar."

– Ademais, pense no quanto essa pequena dádiva mudará a opinião que os streakers nutrem a respeito da humanidade como um todo. Custou-nos tão pouco desviar as trajetórias daqueles cinco asteroides, fazendo com que se sejam capturados por Streakerland.

– Desperdiçamos dois meses inteirinhos nessa brincadeira.

– E o que são dois meses? No futuro, essa espécie se lembrará dos humanos como alienígenas benévolos que não apenas salvaram seu planeta natal, mas lhes proporcionaram uma fonte praticamente inesgotável de matérias-primas. Uma fonte próxima o bastante de seu mundo, mas fora de seu poço gravitacional. Pense só no que esse pequeno esforço renderá à humanidade, em termos de propaganda.

– Tudo bem, estou pensando e não gosto nem um pouco da ideia de beneficiar alienígenas ingratos que até bem pouco tempo viviam falando mal de nós.

– Por isto, não. A maioria das espécies conhecidas nos julga os párias da periferia galáctica. A melhor forma de convencê-los do contrário é exibindo atitudes nobres em relação a eles.

– Quando eu era garoto, costumava me perguntar que mal havíamos perpetrado contra os alienígenas para que eles nos desprezassem tanto.

– A maioria das pessoas, humanas e alienígenas, teme o diferente. – Pandora exibiu um sorriso cândido, apesar da situação não ser nem um pouco engraçada. Ao contrário da maioria das espécies inteligentes catalogadas, a humanidade ignorava quase tudo sobre suas origens. O pior era que algumas culturas humanas faziam questão de propalar a tese de que a espécie não fora promovida, que surgira como resultado de mecanismos de evolução espontânea. – De qualquer modo, acredito ser possível reverter esse sentimento de desconfiança em relação a nós com um pouquinho de boa vontade. Aliás, não custa lembrar que esta é a política oficial de Tannhöuser. É o que temos tentado fazer ao longo dos últimos milênios.

– Você é tão boazinha, Pandy! – Ele estendeu a mão em direção à dela. Os dedos de ambos se entrelaçaram. – Não espanta que tenha cumprido três mandatos como hierarca do Partido Conciliador.

– Deixe de conversas, rapazinho! Isto foi bem antes de você nascer... – Ela sorriu e apertou a mão dele. Afirmar sua maior experiência não era o tipo de argumento do qual precisasse se valer a sério.

– Infelizmente, o estudo da história da diáspora humana demonstra que não existe nada que os alienígenas respeitem tanto quanto a lógica da força. Você mesma viu como esses streakers ficaram impressionados com o desempenho da Nave.

– Ainda acho que convidá-los a bordo constituiu um ato de exibicionismo desnecessário. – Ela suspirou com ar resignado.

– Convidá-los? – Ele soltou uma risada. – Eles praticamente exigiram que facultássemos a presença dos observadores.

– Eu já estava prestes a indeferir o pleito quando você se antecipou e afirmou que seriam bem-vindos. Só faltou trazê-los no colo para bordo.

"NÃO VEJO MOTIVO PARA TANTOS ESCRÚPULOS COM AS SUSCEPTIBILIDADES DOS STREAKERS. PRECISÁVAMOS TESTAR O DESEMPENHO DOS MEUS SISTEMAS OFENSIVOS. NÃO SEI QUANTO A VOCÊS, MAS EU ESTAVA LOUCA PARA VER MEUS CANHÕES GRASER E MEUS MÍSSEIS DE ANTIMATÉRIA EM AÇÃO. FALO EM VER NO MUNDO REAL E NÃO NUMA MERA SIMULAÇÃO SOFISTICADA." – A Nave jactou-se dentro das mentes da *tripulação ambulante*. – "ALÉM DISSO, AQUELES CÉPTICOS MERECIAM VER A LUZ".

– Mereciam mesmo! – Talleyrand exibiu um sorriso satisfeito.

– Vocês dois são iguaizinhos! – Apesar do tom sério, Pandora não logrou ocultar a sombra de um sorriso breve no canto dos lábios.

– Relaxe, querida. Eu e a Nave fizemos os testes que julgávamos necessários. O planeta natal dos insetoides está definitivamente fora de perigo como os hierarcas do Conselho determinaram. De quebra, ainda lhes demos um presente e tanto, como você queria. Se eles souberem utilizar esses asteroides direitinho, poderão expandir suas bases por todo o Sistema Daros em dois tempos. Assim, todos lucraram com a brincadeira.

– Brincadeira tem hora. – Ela acariciou as costas da mão dele com as pontas dos dedos. – Por falar nisto, vamos para o camarote, brincar um pouco?

– Com prazer. – Talleyrand espreguiçou-se e sorriu ao aceitar o convite. – Literalmente.

Mal os dois se levantaram das poltronas, a Nave emitiu para seus cérebros num tom mais sério do que o empregado nas piores simulações de desempenho crítico:

"DETECÇÃO CONFIRMADA DE FLUXOS DE PROPULSORES INTERESTELARES A UMA DISTÂNCIA DE DOIS ANOS-LUZ. OS VEÍCULOS ESTÃO RUMANDO DIRETO PARA DAROS."

***

A notícia caiu como um balde de água fria nos planos amorosos do casal. Pandora suspirou fundo e indagou:

– Quantas naves?

"DETECTEI ONZE FLUXOS. A REGRESSÃO DE SUAS TRAJETÓRIAS INDICA QUE PARTIRAM DE CERIZE. DESVIOS ESPECTRAIS CORRESPONDENTES A VELOCIDADES DA ORDEM DE 0,6 C."

– Blackhooves! – Talleyrand não se esforçou em ocultar o tom de desprezo de sua voz. – Por que não os captamos antes? Devíamos ser capazes de detectar os fluxos energéticos de seus propulsores a dezenas de anos-luz de distância.

"COMO VOCÊS SABEM, HÁ PRESENTEMENTE UMA NUVEM DE GÁS INTERESTELAR BASTANTE DENSA ENTRE DAROS E CERIZE. ALIÁS, O ENXAME COMETÁRIO QUE INVADIU DAROS CONSTITUI UMA MANIFESTAÇÃO LOCAL DESSA NUVEM."

– Não há nenhuma nave deles mais próxima do que essas? – Pandora indagou no seu tom mais cândido, que Talleyrand costumava tomar por ingênuo, na época em que não a conhecia bem.

"NEGATIVO. A MENOS QUE ESTEJA APAGADA E RUMANDO PARA CÁ COM VELOCIDADE INFERIOR A 0,001 C."

– Percebo. – Talleyrand sentou-se novamente na poltrona. – Dois anos-luz é passado. Agora estão a menos de dez meses-luz de Daros. Mesmo assim, só ingressarão na gravitosfera do primário em dois anos e muito, considerando os sistemas de frenagem ineficientes daquelas banheiras...

"PELO VISTO, VÃO CHEGAR UM POUCO ATRASADOS, NÃO É?"

– Exato. Não fosse por nossa escala em Daros, quando os blackhooves ingressassem no sistema, o primeiro asteroide já teria atingido Streakerland e arruinado boa parte da biosfera.

– Que diabos estão vindo fazer aqui, então? Não é possível que, com a tecnologia que dispõem, não tenham estimado os riscos tão bem quanto nós.

"Ah, mas eles estimaram os riscos direitinho. Imagino que estejam vindo para cá apenas para recolher os despojos!"

– Esta é uma perspectiva tenebrosa. – De volta à poltrona, Pandora abanou a cabeça com ar incrédulo. – Prefiro acreditar que tenham cometido um erro de cálculo. Nós próprios só pudemos confirmar o acerto dos cálculos transmitidos pelos streakers a três anos-luz de Daros.

– Pode ser. – O tom de Talleyrand indicava que não compartilhava daquela ilusão singela da companheira. – Porém, neste caso, na melhor das hipóteses, eles foram um bocado negligentes ao decidirem não jogar pelo seguro.

Pandora se manteve silenciosa e imóvel na poltrona.

Talleyrand parou de falar e lhe dedicou toda a sua atenção. A Nave tampouco se manifestou.

Enfim, a humana enunciou a decisão esperada:

– Nave, irradie uma mensagem direcional aberta em Intercosmo para Olduvaii, Cerize e para a frota dos blackhooves, com uma cópia para os streakers, declarando que já eliminamos a ameaça à sobrevivência dos habitantes de Streakerland. Em seguida, transmita uma segunda mensagem cifrada, dirigida apenas aos governantes insetoides. Devemos instruí-los a confirmar nossa mensagem com uma segunda transmissão, para que não pairem quaisquer dúvidas a respeito.

Talleyrand apreciou a estratégia de Pandora.

Implantes especiais de memória e processamento que ele havia recebido em Tannhöuser permitiram que visualizasse num átimo o fluxo informacional turbilhonante que constituíam as linhas gerais das topologias estratégicas disponíveis a olduvaicos, blackhooves e streakers.

Primeiro, daí a duas semanas, os streakers receberiam as duas mensagens da *Penny Lane* e transmitiriam a confirmação solicitada por seus benfeitores.

Em dez meses, a frota de *salvamento* dos blackhooves receberia o alerta da *Penny Lane* e, pouco mais tarde, a confirmação dos próprios streakers. Então a frota já estaria em pleno processo de frenagem para ingressar na gravitosfera de Daros. Portanto, era de todo provável que decidissem verificar *in loco* a veracidade das afirmações dos insetoides.

Em menos de duas décadas, Olduvaii receberia sua cópia da

mensagem geral. Os hierarcas de Tannhöuser intuiriam a estratégia dos blackhooves e traçariam planos de contingência para os piores cenários possíveis.

Finalmente, cinco anos após ter sido recebida em Olduvaii, a mensagem da *Penny Lane*, dando conta da eliminação da ameaça à sobrevivência dos streakers, chegaria ao Sistema Cerize, pátria dos blackhooves. Então, a Nave já teria percorrido cerca de um quinto de seu percurso rumo a Posseidon.

Ainda que a contragosto, Talleyrand manifestou sua aprovação:

– Perfeito. Assim, negamos aos blackhooves a oportunidade de assumir o crédito pela salvação dos streakers.

"Eu estava preocupada com uma hipótese bem mais tétrica. Imagine se eles decidissem acusar os streakers de terem disparado um alarme falso. Poderiam estabelecer sanções contra os insetoides a título de indenização."

– Não acredito que chegassem a tal ponto. – Pandora ajeitou desnecessariamente o penteado perfeito dos cabelos castanho-claros com as pontas dos dedos das duas mãos. – Contudo, pelo sim, pelo não, sejamos paranoicos para variar e ajamos segundo o plano delineado.

– Em se tratando dos blackhooves, o mais sensato é trabalhar sempre com o pior caso possível. Neste sentido, talvez fosse melhor regressar a Daros e aguardar a chegada deles em órbita de Streakerland. Sabem como é, para garantir a segurança dos streakers.

– Sempre louco por uma boa briguinha, não é, Tally?

– Não se trata disso. – Ele cerrou os lábios para não sorrir. – Só queria permanecer nas imediações para evitar que os blackhooves se sentissem tentados a cometer uma besteira qualquer contra nossos novos amigos.

"Sei..." – Os dois humanos ouviram a gargalhada da Nave dentro de suas cabeças. – "Acontece que nem mesmo um comandante blackhoof tresloucado terá coragem de cometer um desatino como o que você está imaginando, após revelarmos a verdade a Olduvaii, aos streakers e aos governantes deles, lá em Cerize".

– Tem certeza? – Havia uma última réstia de esperança na indagação, embora, no fundo, ele já soubesse qual seria a resposta.

"Absoluta. Se ainda nutre alguma dúvida, basta consultar esses microimplantes estratégicos furrecas dos quais você se orgulha tanto..." – A afirmação soou ríspida em seu espírito.

O tom severo, contudo, logo deu lugar a outro, melífluo e persuasivo. – "POR ISTO, NÃO HÁ A MÍNIMA NECESSIDADE DE REGRESSARMOS PARA AGUARDAR A CHEGADA DA FROTA DOS BLACKHOOVES. A NÃO SER QUE VOCÊ PRETENDA PROVOCAR UM CASUS BELLI"

– Não seja ridícula. – Talleyrand apoiou a palma da mão no queixo, como se prestes a cofiar um cavanhaque inexistente, visto que o escanhoara um mês atrás. – Guerra interestelar? Não me faça rir.

– Perfeito. Se estamos todos de acordo, vamos então à transmissão e ao esclarecimento aos streakers.

Capítulo 8

Um mês mais tarde, já distantes cerca de quatro semanas-luz do primário do Sistema Daros, os três tripulantes enfim sentiram-se à vontade para relaxar.

Pandora e Talleyrand ouviam música instrumental na penumbra do Centro de Comando, as poltronas em posição de automassagem, quando ela propôs num sussurro, quase como que apenas a verificar se ele se encontrava desperto:

– Que tal falarmos de nossa próxima missão?

Ele suspirou fundo e abriu os olhos. Só então respondeu com voz lânguida:

– Essa estada em Posseidon não constituirá teste algum para a Nave ou para nós. É apenas uma visita de rotina.

– Sei disso. Só fomos escalados por sermos a tripulação que está indo mais ou menos naquela direção na época devida. – Ela elevou a voz para seu tom normal de contralto. – De qualquer modo, será um prazer retornar àquele mundo paradisíaco. Deixei alguns bons amigos por lá.

Talleyrand se esforçou para não sorrir ao concluir que, depois de todo aquele tempo – Posseidon distava 130 anos-luz de Olduvaii – aqueles bons amigos de Pandora já deviam ter revertido ao pó há muito tempo. Sobretudo, considerando a longevidade reduzida dos cidadãos lá radicados. No entanto, eximiu-se de levantar a questão. Afinal de contas, não pretendia aborrecer a companheira num assunto em que ela sempre se mostrou sensível.

Pandora fez menção de se levantar. Compreensiva, sua poltrona regressou à posição original. Ela meneou levemente os quadris e a poltrona deslizou piso afora, até parar a menos de um palmo do assento onde Talleyrand repousava.

Ele voltou o olhar na direção dela e indagou?

– Como é Thalassa? Segundo o pouco que consta em meu banco de dados, trata-se de um planeta oceânico. Só dispõe de um arquipélago minúsculo perto do polo sul, não é isto?

– Isto mesmo. Estive lá durante a primeira inspeção de rotina, após a partida da *Startide*, a nave estelar que arrumou a casa, por assim dizer, antes dos colonos chegarem. Pelo que ouvi dizer, o planeta agora se chama "Bluegarden". Soube que os residentes haviam resolvido rebatizar seu mundo assim que desembarquei em Tannhöuser.

– "Bluegarden"?

– É. Do ânglico arcaico.

– Sei o que significa. Mas por que diabos aquelas criaturas decidiram mudar o nome do mundo deles?

– Como é que vou saber? Porque quiseram mudar, ora. Não lhes demos um mundo e lhes dissemos que seriam livres para fazer dele o que desejassem? Então, imagino que tenham o direito de rebatizá-lo quantas vezes quiserem.

– É claro que têm, mas... o ponto não é este.

– O que é, então?

– Estive pensando. Não creio que nossos antepassados tenham agido certo ao promover tais seres à racionalidade. – Ele se mostrou alheio tanto à carícia que a companheira começara a fazer em seu ombro, quanto ao olhar grave que ela lhe lançou. – De maneira geral, a humanidade sempre se opôs à política de promoção advogada por várias civilizações alienígenas. Segundo me consta, algumas de nossas culturas mais retrógradas até converteram esta oposição sistemática em tabu. Nós de Olduvaii é que nadamos contra a corrente, ao promover essa espécie de forma tão abrupta.

– Não houve nada de abrupto nesse processo de promoção. Eu mesma trabalhei mais de dois séculos na implementação desse projeto e, modéstia à parte, sinto-me muito orgulhosa com o resultado final.

– Você nunca me disse que havia trabalhado num projeto de promoção de alienígenas.

– Eles não são alienígenas! – Pandora retirou a mão do ombro do companheiro num gesto brusco, bem pouco característico. – Qualquer criança sabe que o programa genético deles é tão semelhante ao nosso a ponto de não restar dúvidas de que ambas as espécies possuem um ancestral comum. Nossos antepassados remotos evoluíram na mesma biosfera.

– Pandy, Pandy... – Ele sacudiu a cabeça com aquele ar de condescendência afetada que tanto a desagradava. – Mesmo que tenhamos realmente evoluído na mesma biosfera, segundo ouvi falar, o último antepassado comum entre nós teria vivido há pelo menos quarenta milhões de anos THP. Pelo Espírito Galáctico! Daqui a pouco você estará recitando lendas sobre nossa origem mítica na Velha Terra...

– Sabia que você às vezes é tremendamente imaturo? Muito mais do que sua juventude lhe dá direito. – Quando brandido por uma pessoa tão serena quanto Pandora, o sarcasmo constituía uma arma de eficácia terrível. Até pela extrema parcimônia com a qual ela empregava o recurso. Autêntica virtuose, não abusou da dose e replicou, mais calma: – Se não lhe contei antes da minha participação neste processo de promoção, foi por conhecer bem os preconceitos que você nutre a respeito.

– Preconceitos, não. Restrições morais.

– Pois para mim, soam exatamente como preconceitos.

– Que seja. O que quero saber é por que decidiu me contar tudo agora?

– Porque julguei que, de um modo ou de outro, meu papel nesse processo poderia vir à baila durante nossa breve estada em Bluegarden.

– Minha amada Pandora. Sempre calculista!

Ela permaneceu calada quando se ergueu da poltrona e caminhou para fora do Centro de Comando. Quando estava prestes a cruzar o portal de acesso ao aposento, Talleyrand perguntou em tom neutro:

– Para onde você está indo? Não havíamos combinado copular quando as poltronas acabassem a sessão de automassagem?

– Tenho a impressão de que não há muito clima para brincar, depois desta discussão, não é?

– Deixa disso, querida. Reacendo tua libido, rapidinho!

– Acho que não acende, não. E, para a brincadeira rolar em modo real, é preciso que os dois achem a mesma coisa. Se está mesmo a fim, sugiro que se satisfaça com uma realidade virtual psicointerativa.

– Ai! Esta foi cruel! Você *tá* farta de saber que prefiro o modo real. – Ante a ausência de reação da companheira, acrescentou num tom mais carinhoso. – Puxa, Pandy... Só por causa de uma discussãozinha à toa?

– Não foi tão à toa assim. No fundo, divergimos numa questão de princípios das mais sérias.

– É mesmo? E daí?

– Daí que estou ainda mais decepcionada com você. – Ante o ar de pouco caso do companheiro, ela começou a explicitar, contando nos dedos. – Você já nutre preconceitos especistas contra alienígenas em geral. De uns tempos para cá, deu para discriminar também essa espécie que evoluiu conosco e que nós próprios promovemos... Qual será o próximo passo, Tally? Só falta agora a discriminação de pessoas artificiais...

– Agora é você que está sendo exagerada. Sabe muito bem que eu nunca teria preconceito contra...

– Está bem, meu querido. Talvez eu esteja realmente exagerando. Não quero discutir com você. Sabe como estas coisas me cortam o tesão. Então, daqui a uns dois ou três dias, quem sabe...

– Caramba... – Ele engoliu a frustração em seco. – Você leva tudo para o lado pessoal.

Dois ou três dias? Quem ela está pensando que é?

No entanto, a escotilha automática já se contraíra, desaparecendo na antepara atrás de Pandora.

Dois minutos após a saída da companheira, perguntou à Nave:

– Acha realmente que eu fui preconceituoso?

"DECIDIDAMENTE."

– Tudo bem. Você sempre fica do lado dela mesmo. – Abanou a cabeça, esforçando-se para conter o riso. – Humanas.

"POR FAVOR, RETIRE A OFENSA."

– Engraçadinha!

Capítulo 9

A trama dos governantes blackhooves havia sido bem urdida.

Em Cerize todos sabiam que não seria viável abater um punhado de asteroides errantes, cada um deles vogando sistema adentro dezenas de quilômetros por segundo, enquanto os bólidos ainda estivessem dispersos, a horas-luz do primário e, portanto, bem longe do alvo a ser defendido.

O consumo energético em acelerações e frenagens seria simplesmente absurdo. O comandante da frota decerto não ignorava que, com apenas onze naves estelares, seria incapaz de eliminar a ameaça daquela maneira.

Afinal, naves estelares são veículos grandes e pesados. Como tais, possuem inércia demais. Por suas próprias naturezas, são pouco afeitas às manobras ágeis necessárias para dar cabo da ameaça asteroidal.

Tudo aquilo era história antiga.

Segundo as fontes dos blackhooves, num passado remoto a espécie já se defrontara com ameaças semelhantes num dos vários sistemas que colonizara.

Os expedicionários estavam bem preparados. Estudaram seus holorregistros históricos. Cumpriram meses a fio de simulações detalhadas.

Sabiam o que fazer.

Formariam um anel defensivo em torno de Streakerland. Só dariam combate aos asteroides quando as ameaças estivessem bem próximas do planeta, a meros dois segundos-luz de distância.

As naves estelares não executariam o trabalho físico de abater ou defletir os asteroides. Seriam, no entanto, responsáveis, pelas tarefas de comando e coordenação das manobras. Em seus bojos, as naves trouxeram milhares de veículos auxiliares. Minúsculos e ágeis, esses caças espaciais é que executariam o trabalho pesado de combater os invasores.

Os nativos de Cerize concentrariam todo o processamento e o poder de fogo da frota em torno do mundo pátrio dos insetoides. Assim, salvariam a espécie da extinção.

Pretendiam deixar um e apenas um asteroide passar e atingir o planeta.

Um asteroide da primeira leva, ou quem sabe da segunda. Tal bólido não devia ser muito grande. Tampouco dotado de energia cinética excessiva. O impacto não podia destruir a civilização dos insetoides. Deveria, contudo, reduzi-los à situação de relativa impotência.

Então, seria mais fácil lhes arrancar algumas vantagens nas negociações que se seguiriam à salvação do planeta. Seria bom se pudessem instalar uma base de reabastecimento em Daros. Quem sabe, até um complexo de nucleossíntese, o embrião de uma futura colônia. Se os streakers não estivessem em condições de se opor a tais iniciativas, tanto melhor.

No entanto, algo inconcebível ocorrera.

Quando a frota ingressou em Daros, boa parte do enxame de cometas interestelares já havia concluído a passagem pelo sistema, conforme previsto. No entanto, não havia sinal algum de asteroides em cursos que oferecessem risco de colisão com Streakerland num futuro previsível.

Questionados, os nativos patéticos vieram com aquela mesma explicação estapafúrdia inventada pelos humanos. Tentaram atribuir a eliminação da ameaça a uma pretensa nave pigmeia... um único veículo humano que teria destruído sozinho todos os asteroides perigosos.

Destruído e não meramente defletido!

O comandante bateu o casco dianteiro esquerdo com violência contra o piso metálico de sua baia de combate. A chapa reverberou com fragor cavo, erguendo uma fina nuvem de poeira e convertendo a irritação do chefe em nervosismo aos subordinados mais próximos.

Resfolegou, resmungando para quem quisesse ouvir:

"Insetoides atrevidos! Tentando fazer um comandante estelar de tolo! Aplicar-lhes-ei a lição merecida."

* * *

"Reconheço que os asteroides homicidas que ameaçavam seu mundo pátrio foram afastados por agentes desconhecidos." – O comandante da frota que os blackhooves enviaram até Daros para verificar a procedência das lamúrias daqueles insetoides primitivos, esfregou o casco no piso de sua baia de comando, como se pretendesse limpá-lo de alguma sujidade real ou imaginária.

Do fundo de seu holotanque, um streaker bem mais alto do que a média remexia-se, nervoso com o interrogatório a que era submetido. Fora instruído a tão somente se manifestar quando o alienígena imperioso lhe dirigisse uma indagação direta.

"Só não acredito nesta versão ridícula, de que uma única nave humana teria aniquilado todos os astros desgarrados. Meu povo conhece esses humanos bem o bastante. Conhecemos essa escória de longa data. Centenas de milênios ou, quem sabe, até há mais tempo. E nunca, repare, nunca, em todo este tempo, soubemos que essa raça de órfãos abandonados dispusesse de recursos ou tecnologia para executar as proezas que vocês lhes estão atribuindo."

"Mas, Excelência," – o estadista streaker replicou, acanhado, – "esses humanos vieram de Tannhöuser, o Planeta dos Sábios."

O comandante emitiu um ganido seco, algo semelhante à tosse humana.

"Humanos sábios? Não fosse a gravidade dos apuros em que sua espécie se colocou, eu diria que está se esforçando para me alegrar." – Depois daquele breve alívio cômico, o blackhoof enunciou num Intercosmo mais pragmático. – "Tolice! Todos os humanos são iguais. Além disso, em nossa vinda para cá, não detectamos fluxos energéticos de quaisquer naves estelares se aproximando deste sistema. Então, o que me diz disto?"

"Também não havíamos conseguido captar o fluxo do propulsor da navezinha humana até que distasse menos de 20 dias-luz de nosso mundo." – O streaker declarou em franco tom de desculpas, como se sua espécie fosse responsável pela falha em detectar o engenho humano mais cedo. Apreensivo, fitou o centauroide de pelagem amarelada e cascos largos e escuros, refestelado no fundo do holotanque, donde o insetoide antevia um segmento da baia de comando do quadrúpede. – "Quando indagados a respeito, os tripulantes humanos explicaram que o veículo deles era diferente".

"Diferente, qual nada! Uma nave auxiliar com poder de fogo superior ao de toda uma Armada..."

O blackhoof resfolegou, inquieto.

Se o que aquele insetoide afirmava fosse verdade, se tal nave extraordinária realmente existisse, seu poder de fogo seria superior ao de todas as naves de seu povo reunidas.

Impensável! Como imaginar que humanos... Não! Impossível...

"Como espera que eu acredite nesta fantasia?"

"Seus oficiais-cientistas aferiram nossos registros."

Era fato. O blackhoof abriu e fechou a bocarra repleta de barbatanas afiadas como navalhas. Bufou desconcertado. Não possuía resposta à altura.

Seus analistas confirmaram a autenticidade dos registros que exibiam o desempenho daquele esferoide minúsculo.

Ademais, esses insetoides simplórios não dominavam tecnologias capazes de forjar um holorregistro daquele de maneira convincente.

Mais importante, o comandante via-se forçado a admitir, não sem certa dose de prazer, esses coitados jamais se atreveriam a tentar ludibriar o representante de uma raça tão poderosa quanto a sua.

Havia ainda o caso daquela mensagem transmitida pela nave humana e captada quando ainda estavam singrando pela orla externa da nuvem de Oort do sistema.

Se bem que ainda não haviam tomado conhecimento oficial da mensagem. E não o fariam. A menos que os streakers insistissem demasiado em sua existência.

Afinal de contas, todos sabem que os sistemas de comunicação automáticos a bordo das naves estelares dos blackhooves são programados para atribuir prioridade reduzida a transmissões oriundas de espécies inferiores.

Após ter sido captado e processado em Cerize, o próprio pedido de socorro dos streakers demorara meses até receber atenção orgânica. Mesmo então, só fora atendido em deferência aos antigos laços de amizade que outrora uniram foggies e *hardmanes*, espécies que promoveram, respectivamente, streakers e blackhooves.

A mensagem humana fora, contudo, devidamente arquivada pelo programa de comunicação residente na capitânia da frota.

Fora só questão de ordenar que a advertência fatídica fosse reproduzida.

O comandante lembrou que a notícia tombara como um ancião de pata quebrada em pleno salão do alto-comando da frota.

Não havia mais dúvida.

Mesmo que não fosse apropriado reconhecer oficialmente o fato ante alienígenas inferiores, ele acreditou na veracidade do relato apresentado.

Se fosse um logro, fora tão bem urdido que, com toda a certeza, os insetoides não estavam sozinhos na elaboração deste ardil. Pois se era um artifício, estava muito além da capacidade tecnológica dos nativos de Daros.

Todavia, o comandante não acreditava mais na hipótese de um logro. Os registros e provas apresentados pareciam autênticos demais.

Agora, seu povo se via de cascos atolados. Não podiam, em absoluto, dar continuidade ao plano original.

Ante circunstâncias novas e inesperadas, circunstâncias apavorantes, o Alto-Comando do povo decerto lhe daria razão. Não podia galopar avante na trilha combinada. Não com a perspectiva de represálias por parte de uma civilização capaz de construir naves como aquelas. Porque ele não era tolo de imaginar que tais humanos anômalos houvessem construído apenas uma daquelas belonaves medonhas.

Sozinho em sua baia de comando decidiu que sua missão primordial passara a ser transmitir aos sistemas habitados por seu povo tudo o que a frota descobrira em Daros.

De onde um veículo tão diminuto extraía tanta energia? Já ouvira falar de naves gigantescas, projetadas por civilizações muito mais avançadas que as existentes na vizinhança estelar imediata de Cerize. Naves capazes de extrair quantidades prodigiosas de energia de microburacos negros retidos em seus bojos. Contudo, a naveta humana era demasiado pequena para empregar essa técnica superior.

Seriam os cientistas de seu povo capazes de construir naves como aquela, cujo desempenho inacreditável testemunhou no holorregistro?

Caso não fosse possível duplicar aquele conjunto de tecnologias revolucionárias, o que seria da Espécie, ante vizinhos tão poderosos e imprevisíveis quanto os humanos?

Todavia, cumpria salvaguardar as aparências a qualquer custo.

Por isto, o comandante imbuiu-se do seu ar magnânimo mais sincero e proferiu, com os três pulmões inflados de ar:

"Sua raça deve aprender de uma vez por todas a não disparar alarmes falsos galáxia afora. Não podem se arrogar o direito de forçar seus vizinhos mais sábios e ocupados a cruzar as vastidões interestelares para atender emergências inexistentes." – O comandante fez uma pausa de efeito dramático neste ponto, antes de prosseguir. – "Saiba que, pela afronta sofrida, cogitei seriamente punir sua espécie com severidade exemplar, proporcional à infração".

O blackhoof sentiu-se tão bem com a reação de medo patente na postura retraída do interlocutor, que decidiu em favor de nova pausa de efeito ensaiada. Pois o futuro descortinava-se preocupante e incerto. Portanto, cumpria desfrutar ao máximo desses pequenos prazeres da vida, enquanto lhe fosse possível.

Com um relincho pensativo, retomou enfim o discurso:

"Contudo, em consideração à vossa proverbial boa-fé e também em respeito aos seus mestres, pelos quais nutrimos profundos laços de amizade que se estendem desde o passado remoto, decidi relevar vossa incúria desta única vez. Que tal agravo não se repita, ou o próximo comandante de meu povo que aqui vier será tão duro quanto ora estou sendo brando e leniente."

"Obrigado por vossa generosidade, Excelência. Muito obrigado."

Capítulo 10
Invasores do Espaço

Não restava mais dúvida.

Embora no início soasse como loucura rematada, a hipótese original dos biólogos se confirmou. O mundo está sendo infectado por formas de vida alienígenas. Primeiro foram apenas uns poucos fragmentos de algas com programas genéticos escritos numa molécula desconhecida.

Consultada, a Voz dos Oniscientes confirmou tratar-se de ácido desoxirribonucléico. Explicou que diversas formas biológicas periferia galáctica afora tinham seus genomas registrados naquela substância.

Algum tempo mais tarde, uma equipe científica que explorava a corrente quente que flui do equador descobriu uma forma de vida anômala. Um animalzinho que, embora exteriormente semelhante a um molusco oblongo, possuía uma estranha estrutura rígida espalhada pelo interior de seu organismo diminuto. Uma estrutura constituída por compostos orgânicos à base de cálcio.

Houve um biólogo que afirmou tratar-se de um *vertebrado*.

Vertebrado ou não, a pequena criatura foi encontrada há cerca de meia centena de ciclos. Alguns hierarcas mais idosos ainda tentaram se iludir com a esperança pífia de que talvez se tratasse de uma espécie de moluscos tubuliformes sifonados até então desconhecida da ciência.

A autópsia do ser minúsculo, contudo, revelou a presença das tais vértebras e de um endoesqueleto que, embora frágil, pareceu inteiramente funcional.

O exame intracelular demonstrou que o programa genético do animálculo fora inscrito na mesma molécula presente nos fragmentos de algas encontrados anteriormente.

A ciência daquele povo já havia ouvido falar de animais vertebrados. Em outros mundos.

A Voz foi questionada outra vez. O programa-mestre do grande biocomputador alienígena informou que animais vertebrados não evoluíam em mundos desprovidos de massas continentais emersas.

Uns poucos biólogos evolucionistas cogitaram o pequeno arquipélago que a Voz afirmara existir próximo ao extremo sul do oceano planetário.

A negativa da autoconsciência artificial foi categórica.

Lembrou inclusive que o genoma do animal encontrado era diferente do presente nas formas biológicas autóctones.

Embora primitivo, o vertebrado era perfeitamente adaptado à vida aquática. Suas guelras extraíam oxigênio da água, de maneira não menos eficiente que as brânquias das criaturas autóctones. Após um exame preliminar, suas características morfológicas pareceram igualmente hidrodinâmicas.

Ante as evidências, os sábios e hierarcas concluíram que, de algum modo obscuro, seu mundo estava sendo invadido. Afinal, seria absurdo imaginar que aquela criaturinha irracional havia chegado ao planeta por seus próprios meios.

Os cidadãos apreenderam então o significado assustador da presença daquela criatura minúscula, aparentemente inofensiva. O vertebrado diminuto havia sido trazido de fora do planeta. De outro sistema estelar.

Enquanto os sábios do povo promoviam reuniões preliminares em diversas mônadas para debater a importância da descoberta, uma civilização tecnológica alienígena tentava colonizar seu mundo.

A invasão constituía sacrilégio.

Porque, de acordo com as tradições mais venerandas, o mundo havia sido declarado santuário, há dezenas de milhões de ciclos, pela espécie mais sábia e longeva daquele setor da periferia galáctica.

Segundo a Voz, existiam cidadelas espaciais em órbita do mundo. Essas instalações giravam, anunciando, desde os primórdios até a época presente, a existência de um fenômeno biológico único. Projetavam ininterruptamente a mesma mensagem curta com ideogramas gigantescos. Uma mensagem clara, de fácil compreensão, escrita sob forma de símbolos holográficos intercósmicos, a linguagem padrão, conhecida por todas as civilizações tecnológicas da periferia. Cada ideograma era projetado com centenas de unidades de comprimento.

O texto da mensagem afirma ser esse o único planeta aquático conhecido que abrigava uma civilização tecnológica autóctone. Uma espécie que não fora cultivada por outra mais antiga, mas que evoluíra espontaneamente nas águas frias de seu oceano global. Uma cultura cujos artesãos, já à época da descoberta, haviam desenvolvido técnicas engenhosas para moldar artefatos metálicos nas águas superaquecidas que jorravam dos gêiseres e fontes termais existentes no leito do mar raso.

Por sua raridade extrema, essa civilização técnica erigida por moluscoides cefalópodes deveria ser não apenas preservada, mas auxiliada em sua lenta ascensão cultural.

Antes de deixar o santuário planetário pela última vez, os arautos robotizados da espécie ameboide que havia efetuado a descoberta ofertaram às criaturas racionais autóctones uma biblioteca autoconsciente com a maior parte do conhecimento técnico, científico e filosófico que haviam acumulado ao longo de mais de um milhão de anos de história documentada.

De acordo com a cronologia humana, a última visita dos alienígenas misteriosos ao santuário planetário dera-se há pelo menos 45 milênios, cerca de 3.000 anos após o início da colonização humana no planeta Tannhöuser, no Sistema Gigante de Olduvaii.

Capítulo 11

O núncio da Gerúsia visitou o Fiel da Voz, o cidadão que chefiava o instituto responsável pelo biocomputador alienígena. Os Oniscientes haviam ofertado a máquina autoconsciente ao povo muito tempo atrás, numa época em que os grandes seres e seus arautos ainda vogavam pelo oceano do mundo.

Todas as mônadas do povo haviam enviado gerontes honorários para discutir a grave questão da presença dos invasores hipotéticos, com os quais nenhum cidadão havia se deparado pessoalmente.

Houve muitos cânticos e trocas de ideias, antes que os gerontes chegassem a um consenso quanto a que atitude tomar para lidar com a ameaça.

Dois ciclos mais tarde, a decisão foi selada.

Só então o núncio decidiu que havia chegado o momento de visitar a gruta do Fiel da Voz. Seria melhor expor suas dúvidas no lar do velho amigo do que no Portal da Voz, onde a fala de seus tentáculos e os zumbidos emitidos através de seus bicos córneos poderiam ser auscultados por qualquer aprendiz incauto.

– Devemos alertar os Oniscientes da presença de invasores no Santuário?

– Ainda não é chegado o momento. – O Fiel trincou o bico, depois de pensar um bom tempo. – Primeiro, precisamos reunir provas de que os invasores realmente se fixaram em nosso mundo. Não gostaria de incomodar nossos mestres enquanto não avistarmos um invasor alienígena.

– Compreendo. – Era o que o núncio esperava ouvir. – Na ocasião em que seus arautos partiram pela última vez, os Oniscientes deixaram bem claro que só deveríamos importuná-los caso a integridade do Santuário fosse violada, ou se nossa sobrevivência estivesse em jogo.

– Somente nesses dois casos. – O Fiel da Voz gesticulou sua concordância com os tentáculos.

– Não lhe parece que tal violação já ocorreu?

– Não necessariamente. Apenas umas algas e um animalzinho... Eu não ousaria perturbar a temperança eterna de nossos mestres por tão pouco.

– E como imagina que tais xenomorfos tenham chegado a nosso mundo?

– Não resta dúvida de que foram trazidos a bordo de um veículo estelar. Contudo, dada a dimensão reduzida da contaminação, é possível que quem quer que tenha trazido essas formas de vida para cá tenha estado aqui apenas de passagem. Neste caso, na pior das hipóteses, não se trataria de uma invasão propriamente dita, mas de uma mera intrusão momentânea. Um fato que talvez tenha ocorrido há centenas de quilociclos.

– O que quer dizer com "pior das hipóteses"?

– Talvez não se tratem sequer de intrusos. Apenas náufragos.

– Não havia cogitado esta hipótese.

O núncio sopesou a questão por um bom tempo. Então, expressou sua concordância:

– Neste caso, seriam visitantes involuntários. E, sobretudo, inocentes. Isto explicaria o fato de terem ignorado as advertências orbitais dos Oniscientes.

– Exato. Talvez não tenha havido escolha.

– Agora compreendo melhor sua relutância em alertar nossos mestres.

– Antes de convocá-los, é necessário descobrir se esses tais alienígenas, que os cidadãos já estão se acostumando a chamar de "invasores", ainda permanecem em nosso mundo. E, caso ainda estejam aqui, se tal presença é de fato voluntária. E, sobretudo, se representam uma ameaça para nosso povo.

– Transmitirei sua posição a Gerúsia.

– Com seu apoio?

– Por enquanto, pode contar com meu apoio. Mas também proporei o avanço rumo às águas quente do sul e o início de uma pesquisa extensiva para tentar coligir as provas a que se referiu.

Capítulo 12
Picardias Estudantis

Ringo emitiu uma série de cliques de alta frequência para vislumbrar as posturas corporais dos colegas, em busca de reações à declaração estapafúrdia da professora.

A vantagem principal dessas aulas submarinas sobre as ministradas "cabeça-fora-d'água" no centro do atol da vila era que, não obstante o desconforto provocado pelo tanque hiperbárico preso ao dorso e pelo tubo respiratório enfiado espiráculo adentro, não precisava confiar exclusivamente em sua visão míope. Havia a possibilidade de empregar a ecolocação para observar certos detalhes em sala de aula.

Varreu a amiga Stacy que flutuava à sua direita. A dolfina soltou um pio curto, ondulando discretamente a nadadeira esquerda para admoestá-lo a permanecer quieto.

– Tudo bem aí atrás, Ringo? – A professora chilreou com o bico apontado para o aluno relapso.

– Tudo bem, Mestra.

– Já pedi para não me chamar assim.

– Tudo bem, Professora.

– Entendeu o que acabei de explicar?

– Perfeitamente.

– Se entendeu, então explique para seus colegas. Por que não temos vilas e atóis residenciais acima do trópico meridional de Bluegarden?

– Porque a maioria tola julga que devemos observar os prazos prescritos pelos mestres nos Protocolos.

Os outros alunos assobiaram, divertidos, com a tirada pretensamente espirituosa do rebelde. A professora se viu forçada a emitir um pio agudo de censura para calar a algazarra. *Ringo. Sempre Ringo...*

– Como vocês já deveriam saber a esta altura, os Protocolos não impõem prazos fixos para a ocupação das diversas regiões do planeta. – A professora assobiou, paciente. – Apenas sugerem os ritmos adequados para nosso crescimento demográfico e nossa expansão territorial.

– O problema é que, quando votam nossas políticas, os cidadãos não agem como se os artigos dos Protocolos fossem meras recomendações. – Ringo bate as nadadeiras. Começa a se elevar de seu console, mas trava o movimento abanando a cauda. – É como se qualquer opinião inconsequente dos mestres fosse uma lei lavrada em pedra.

– Nossos antepassados concordaram em seguir os Protocolos. – Brad, um adolescente graúdo para a idade, adorava ecoar a voz da ortodoxia, sobretudo quando se tratava de contrariar Ringo.

– Nossos antepassados redigiram os Protocolos com auxílio dos mestres, na época em que as duas espécies ainda residiam juntas em Tannhöuser. – A professora corrigiu, satisfeita. – Os Protocolos não nos foram impostos pelos mestres, crianças.

– Uma ova que não foram. – Ringo piou baixinho.

– Ringo, eu ouvi isto.

– Se não somos obrigados a seguir os Protocolos, – o jovem replicou, irritado, – se eles não passam de recomendações, então por que não ousamos sequer explorar o hemisfério norte? Afinal, em lugar algum dos Protocolos há prazos para restringir o começo da exploração de regiões acima do trópico. Só determina quando e como poderemos colonizar essas regiões.

– É verdade. – Stacy exalou um trinado tímido em apoio ao colega. – Os Protocolos não proíbem que exploremos região alguma de Bluegarden.

– Certo. Mas por que tanta pressa em explorar regiões que ainda levaremos séculos para colonizar?

– Para saber o que existe por lá! – Brad arriscou num rompante. Incentivado pelo pio de aprovação da professora, elaborou. – Assim, quando nossos descendentes finalmente colonizarem as águas frescas do norte, para além do equador, saberão o que vão encontrar.

– Estratégia sensata, Brad. Exceto por um detalhe. Que detalhe é esse, Stacy?

– Sondas automáticas dos mestres já exploraram todo o oceano planetário de Bluegarden. – Ao responder, a dolfina aplicada se inflou de satisfação. – Quando chegar a época de colonizar as águas frias do norte, bastará solicitar sonogramas detalhados do hemisfério ao gestor de Merídia.

– Muito bem, Stacy.

– Seria bem melhor se, em vez de confiar cegamente no mapeamento levantado pelos mestres há séculos, lançássemos nossas próprias expedições de exploração. – Ringo insistiu. – Expedições tripuladas ou, quanto muito, nossas próprias sondas automáticas para estabelecer mapas atualizados.

– Muito bem, crianças. Chegamos ao fim da aula de hoje. – A professora emite um clique de baixa frequência, denotando alívio. – Continuaremos nosso ciclo de debates amanhã cedo.

Capítulo 13

– Agora que concluímos a leitura, – o palestrante chilreou num delphii paciente, – Quero que pensem um pouco e então respondam o que acharam desse relato de Bhrimm que acabamos de apreciar.

Ringo se concentrou em atender o pedido do palestrante.

Bhrimm foi um cientista e um político importante na época da chegada da *Oceanos*. Desempenhou papel relevante nos primórdios da colonização de Bluegarden, mais de um quarto de milênio atrás, THP. Fez parte da primeira geração semimítica de dolfinos que nadaram no planeta oceânico.

Segundo o relato extraído de seus sonorregistros biográficos, ele teria sido concebido em consequência de sua mãe ter sido currada por vários machos, durante sua estada num vilarejo distante do seu, situado nos antípodas do habitat estanque gigantesco da *Oceanos*.

O jovem não duvidava que Bhrimm de fato acreditasse até o fim da vida ter sido fruto de uma curra.

Só nutria dúvidas de que o estupro houvesse de fato acontecido.

Não julgava possível que, poucas décadas antes da Chegada, dolfinos exibissem traços comportamentais tão atávicos impunemente. É verdade que a curra de fêmeas havia constituído conduta relativamente frequente nos mares frios de Tannhöuser, mas aquilo fora antes de os mestres terem promovido pré-dolfinos à racionalidade, criando o *Delphinus sapiens*.

O questionamento íntimo do adolescente devia ser algo que o palestrante experiente já ouvira antes, porque, após alguns minutos de silêncio sem que os alunos tomassem a iniciativa de comentar o relato daquela figura histórica importante, resolveu espicaçá-los:

– Como podemos aferir a veracidade desse fragmento da autobiografia de Bhrimm?

– Se tudo ocorreu realmente como Kaffy contou para Bhrimm quando ele era criança, – pondo suas dúvidas de lado, Ringo chilreou com entusiasmo, – então, deve haver algum registro do crime ou delito perpetrado.

– Muito bem, Ringo. – O palestrante trinou numa harmônica elogiosa. – Vamos examinar agora o registro que as autoridades locais daquela época gravaram sobre o ataque sofrido por Kaffy. Então, discutiremos as sanções impostas aos infratores.

Vinte minutos mais tarde, registro destrinchado e sentenças comentadas por alunos inundados de indignação juvenil, Ringo sentiu-se desapontado com a brandura das penas aplicadas aos criminosos.

– Não entendo. – Assobiou num delphii contrito. – Os três criminosos estupraram uma dolfina. Desse ato resultou uma gestação indesejada levada a termo, culminando no nascimento de Bhrimm. No entanto, eles não foram sentenciados à reprogramação de personalidade. Só receberam advertências, censuras públicas e reduções em seus status de cidadania.

Confuso, Ringo fremiu o bico para cima e para baixo.

Por um lado, sempre discordara da doutrina politicamente correta segundo a qual os dolfinos deviam se comportar da mesma maneira que os mestres se comportariam em situações análogas. Afinal de contas, há condutas e atitudes que, conquanto consideradas graves sob óptica humana, não soam em absoluto como tais à audição dolfina.

No entanto, o estupro de uma fêmea indefesa não pode ser enquadrado dessa maneira. Era um crime revoltante e ponto. Capaz, portanto, de transpor a barreira que separa a delfineia da humanidade.

– Não somos animais irracionais. – *Não mais.* Ringo sacudiu o bico numa negativa enfática. – Já não éramos quando nossos antepassados embarcaram na *Oceanos*. Muito menos três séculos mais tarde, à época do estupro de Kaffy.

– É verdade, Ringo. Mas também não somos humanos. – O palestrante chilreou com acordes satisfeitos. – Por questões de ordem anatômica e psicossocial, o estupro é uma experiência bem mais traumática para uma humana do que para uma dolfina.

– Como é que você pode afirmar isto? – Uma adolescente à esquerda de Ringo assobiou, indignada.

– Através do estudo dos registros históricos que nossos antepassados trouxeram consigo de Olduvaii.

– Os mestres por acaso perpetravam estupros em seu mundo? – Um jovem da última fileira indagou, irônico.

– Não ao que saibamos. – O adulto reconheceu. – Na verdade, tratam-se de registros anteriores à chegada dos mestres ao Sistema Gigante de Olduvaii.

– Quer dizer então que é possível aferir quantitativamente o trauma de uma humana meramente consultando registros antigos? – A jovem insistiu.

– Podemos inferir resultados a partir de simulações de padrões comportamentais... – O trinado desconcertado do dolfino adulto traía seu desconforto com o rumo que o debate tomara.

– Se a decisão fosse minha, – Ringo cortou o palestrante, – a curra e o estupro seriam punidos com severidade equivalente à prescrita para o crime de homicídio.

– Ora, Ringo, – o palestrante não conteve o pio irônico, – não podemos reconstruir a personalidade do indivíduo a cada infração legal. Não é assim que o sistema funciona.

– Ninguém está trinando de infrações legais aqui. – Ringo assobiou, convicto. – Estamos trinando em extirpar uma conduta atávica repugnante do repertório comportamental dolfino.

O palestrante se preparava para replicar, quando foi interrompido pelo som ululante da sirene.

– Bem, meus jovens, infelizmente, precisamos interromper esse debate acalorado, mas produtivo, a fim de que prossigam para a próxima aula desta tarde. A fim de avaliar seus entendimentos e participações, peço-lhes que preparem uma composição em que se discuta as vantagens e desvantagens de se enquadrar o estupro como crime grave, conforme sugerido por Ringo. Até a palestra do mês que vem.

– Até o mês que vem. – Os alunos piam circunspectos ao nadarem para fora de seus consoles.

CAPÍTULO 14

Assobiou extasiado, como todos os outros dolfinos e a maioria das dolfinas do auditório, assim que a silhueta formosa recém-emersa do tubo de acesso rodopiou em torno de si mesma, perdendo momento e estabilizando na água bem acima do púlpito.

Que dolfinoide mais linda!

Ringo não tinha muita experiência com dolfinoides. E a pouca experiência que tivera não fora das mais agradáveis.

Na vila em que crescera não havia dolfinoides residentes. Uma vez receberam um cidadão visitante artificial. Um ancião chamado "Nereu", sujeito pernóstico que se gabava de ter sido contemporâneo dos mestres que construíram a *Oceanos*, nave de gerações, que trouxera a delfineia para Bluegarden. Ringo não acreditou num só pio daquele farsante. Dolfino algum, orgânico ou artificial, podia ser tão velho a ponto de ter vogado nas águas frias dos mares de Tannhöuser, o planeta dos mestres.

De todo modo, velho ou jovem, veraz ou mentiroso, o artificial Nereu assemelhava-se em tudo a um dolfino orgânico, exceto pelo trio de tentáculos que emergia de seu tórax na mesma tonalidade de cinza do resto de seu corpo hidrodinâmico.

Exatamente como essa lindeza que ora flutuava à frente da turma de calouros. Só que seus tentáculos graciosos eram tão rosados quanto o ventre liso e delicado e o tronco torneado do qual se estendiam.

A dolfina mais benfeita que Ringo já havia visto. *Pena que seja uma dolfinoide.*

– Meu nome é Nayades. Serei sua professora de Princípios de Geofísica. – A sílfide trinou num delphii melodioso. – Bem-vindos ao Instituto de Geociências de Hydrocore.

– Uma professora dolfinoide? – Uma jovem pipilou atrás de Ringo.

– Exato. – Nayades emitiu um pio de desafio bem-humorado. – Por que, Carlyle? Tem algo contra os dolfinoides?

– Em absoluto. – A dolfina trinou, animada. – Muito pelo contrário.

– Devemos nos entender bem, então.

– Você foi ativada aqui em Bluegarden ou veio de Olduvaii? – Ringo assobiou, amaldiçoando-se de imediato por não ter conseguido bolar uma pergunta mais inteligente.

– Dolfinos artificiais não são ativados. Não somos robôs. – A professora pipilou muito séria. – Nascemos de modo diferente, é verdade. Mas trata-se de um nascimento, mesmo assim. Precisamos ser educados, exatamente como as crianças orgânicas. – Ela liberou um filete de bolhas elegante pelo espiráculo à guisa de risada. – Nasci aqui, sim. Só que no tempo em que nosso mundo ainda se chamava Thalassa.

– Desculpe, Nayades. Não pretendi insinuar que você...

– Tudo bem, Ringo. No fundo, já estou acostumada. – A dolfinoide emitiu um assobio irônico. – Certo, turma. Podem ligar seus registradores. Nesta primeira aula vamos revisar o perfil geofísico de Bluegarden em termos de evolução planetológica e falar um pouco da influência de sua biosfera oceânica na diversidade mineralógica do planeta.

Ringo se sentiu o último dos dolfinos por ter demonstrado de forma tão sonora o preconceito que realmente nutria.

Ao se descobrir atraído por Nayades, ficou ainda mais envergonhado e se indagou quanto à natureza de sua predisposição contra os dolfinoides.

Porque eles não passam de constructos humanos.

Sempre pensou desta forma. No entanto, apatetado diante da formosura estonteante da nova professora, começou a se questionar. Desprovidos do sentido de ecolocação e com suas audições vestigiais, como os mestres foram capazes de elaborar uma obra tão perfeita e tão bela quanto Nayades?

A vergonha de Ringo transmutou-se em despeito quando, na confraternização que se seguiu à aula inaugural, Nayades aceitou três dolfinos e uma dolfina como parceiros sexuais, mas vetou delicada e peremptoriamente o pedido dele para se integrar à cópula grupal.

– É, Bicudo, você vacilou legal com a belezura lá na aula. – Um colega disparou uma saraivada de cliques sarcásticos de alta frequência enquanto beliscava casualmente um sanduíche de atum com algas prensadas, uma das iguarias oferecidas pela direção do Instituto como tira-gosto. – Perdeu uma oportunidade e tanto de descobrir do que os tentáculos da gostosa são capazes. Imagine só, uma daquelas delícias rosadas massageando seu membro...

Ringo soltou um pio inarticulado de desgosto, mas se eximiu de replicar.

Em termos genéricos, "bicudo" constituía um termo medianamente ofensivo que humanos extraolduvaicos de baixa estatura mental criaram para se referir aos dolfinos. É o tipo de insulto barato que os cidadãos de Bluegarden jamais empregam uns contra os outros.

Em termos específicos, numa acepção distinta, "Bicudo" é o apelido odiado que vem perseguindo Ringo desde a infância. As pessoas insistem em afirmar que ele possui o bico exageradamente comprido. Mentira deslavada, é lógico.

Capítulo 15
Colonos do Jardim Azul

Timmy detestava dar a nadadeira a torcer, mas, contrafeita, tinha que admitir: os humanos acertaram em cheio na invenção dos dolfinoides.

Sabia que o conceito de "dolfinoide" inspirara-se, é claro, nos androides, robôs consideravelmente sofisticados, de aparência externa humanoide, empregados pela humanidade olduvaica há dezenas de milênios.

Na época em que os ancestrais de Timmy estavam sendo promovidos à racionalidade, fazia menos de dois milênios que os androides de última geração haviam conquistado a cidadania plena em Olduvaii. Desde então, passou a ser considerado politicamente correto empregar a expressão "humanos artificiais" em lugar de "androides".

No entanto, nem tudo o que valia para os humanos, era bom para seus tutelados.

Às vésperas da Grande Travessia que conduziu os dolfinos do Sistema Gigante de Olduvaii até Posseidon – jornada heroica, mencionada por nove em cada dez canções épicas que ainda ecoam pelas ondas – a ideia inicial da equipe que organizou a migração era pôr humanos a bordo para integrar a tripulação de apoio da *Oceanos*.

Contudo, os humanos logo perceberam que, independentemente de seus melhores esforços, não lograriam desempenhar a contento suas funções a bordo da gigantesca nave de gerações.

O motivo da incapacidade dessa tripulação humana hipotética residia justamente no projeto heterodoxo da *Oceanos*. Uma nave estelar do tamanho de uma grande cidade, quase inteiramente repleta de água salgada!

Até onde a memória histórica recuava, muito antes da própria chegada dos primeiros colonos a Tannhöuser, os humanos jamais haviam ouvido falar em naves estelares que não dispusessem de compensadores de aceleração e geradores gravitacionais.

Por isto, quase 500 séculos após a chegada ao sistema, os cidadãos de Olduvaii simplesmente não conseguiam se imaginar empreendendo uma viagem interestelar em ambiente g-zero.

É lógico que a *Oceanos* também possuía compensadores de inércia e gravitacionais: um protótipo dolfino, baseado no projeto mais recente desenvolvido pela tecnologia olduvaica, capaz de absorver acelerações da ordem de 3 g por períodos de várias horas. Não obstante, os humanos imaginaram que, se estivessem imersos em água salgada quase todo o tempo, sentir-se-iam mal com a sensação desagradável de ausência de peso.

É possível que os mestres tremessem ante a perspectiva de se submeterem a máscaras extratoras de oxigênio, passagem por eclusas duplas e outros desconfortos do gênero, sempre que saíssem de seus alojamentos estanques (*secos*).

Para piorar ainda mais a situação, como Timmy aprendera já em seu primeiro ano de infantário, nos primórdios de seu projeto, a *Oceanos* fora concebida como uma nave estelar *sui generis*: um veículo que era uma nave de gerações e ao mesmo tempo não era...

Os humanos da tripulação deveriam se submeter às indignidades das máscaras, eclusas, água salgada e a consequente ausência de peso por séculos a fio, visto que a distância entre Olduvaii e Posseidon era de 130,2 anos-luz. Numa velocidade de cruzeiro de 0,51 c, a viagem duraria algo em torno de 220 anos, *tempo de bordo*.

Os tripulantes humanos hipotéticos da missão considerariam tal permanência a bordo uma provação intolerável.

Afinal, embora fossem muito mais longevos que os dolfinos e, portanto, capazes de sobreviver à viagem sem morrer de velhice no habitat volante que, para seus pupilos, constituiria uma nave de gerações, os humanos não se concebiam suportando o tédio medonho de permanecer boa parte de suas vidas afastados do contexto histórico da civilização materna. Pois aqueles humanos eram olduvaicos – frutos da cultura mais científica e hedonista que a humanidade já produzira naquele setor da periferia.

Cogitou-se equipar a *Oceanos* com sistemas de animação suspensa adequados às necessidades da tripulação de apoio humana. A ideia não vingou por causa da recusa dos projetistas dolfinos em ampliar os conveses estanques para abrigar as várias dezenas de hibernáculos necessários. O representante dolfino no Conselho de Olduvaii apresentou um argumento assaz convincente: ou bem a tripulação de apoio humana viajava desperta, prestando apoio real aos emigrantes, ou não se faria necessária em absoluto. Afinal, quem já havia ouvido falar de uma tripulação de apoio que seguia viagem em estado de animação suspensa?

Envergonhados, os humanos propuseram então a criação dos dolfinoides para compor a tripulação de apoio da *Oceanos*.

Em princípio, os dolfinoides deveriam ser tão indistinguíveis de um dolfino quanto um artificial de última geração o era de um humano orgânico.

Timmy tinha certeza que os projetistas haviam dado o melhor de si. Segundo constava, haviam contado até mesmo com ajuda dolfina para a execução do projeto dos dolfinoides.

No entanto, o malogro esperado ocorreu.

A falha era, até certo ponto, compreensível. Nem seria concebível que se conseguisse criar uma máquina indistinguível de um dolfino. Mas, afinal, o que se podia esperar? Os projetistas eram apenas humanos...

No entanto, o que era considerado indistinguível à percepção sensorial limitada dos primatas, não o era em absoluto aos sentidos apurados dos dolfinos. Timmy ouvira dizer que, no caso dos modelos de androides mais sofisticados, apenas através de exames clínicos, ou a partir da análise detalhada dos padrões comportamentais, os humanos lograriam diferenciar os artificiais de seus congêneres orgânicos.

As percepções sensoriais dos dolfinos não se deixavam iludir com tamanha facilidade.

Embora jamais houvesse se deparado pessoalmente com um humano, Timmy aprendera em seus estudos que uma das deficiências mais graves dos mentores residia no fato de não disporem de órgãos de ecolocação.

Ao pensar nas limitações humanas, sempre emergia em seu espírito o velho ditado dolfino que afirmava: *"Para bem e para mal, nossos mestres captam o mundo de acordo com seus anseios e temores"*.

Pobres primatas.

Os dolfinoides possuíam formas exteriores quase idênticas às dos dolfinos. Eram dotados de autoconsciência e, em sua maioria, haviam sido educados apenas por educadores dolfinos.

Não obstante essas características, jamais seriam confundidos com dolfinos de verdade.

Por isto, tanto fazia possuírem ou não tentáculos.

Timmy sabia o que o Velho Nereu diria a respeito:

– Pelo fato de constituírem uma espécie menos amadurecida que a humanidade, a maioria dos cidadãos da delfineia ainda nutre preconceitos contra as inteligências artificiais autoconscientes.

A jovem se indagou se Nereu, um humanófilo incorrigível, não estaria excepcionalmente certo desta vez.

Porque, embora possuíssem psicologia tipicamente dolfina, os dolfinoides ainda eram considerados por boa parte da população de Bluegarden como meras máquinas e, o que era pior, como constructos do engenho equivocado dos mestres humanos.

Capítulo 16

O assobio estridente invadiu o sonho em que Timmy perseguia um cardume aos saltos. Um lindo cardume de atuns lilases. Ela pulava entre as presas, assustando-as, brincando com elas, conduzindo-as através da espuma borbulhante da rebentação.

Ainda não inteiramente desperta e já tristonha ao notar que seu sonho se desvanecia, concluiu que a exploração solitária de Nereu terminara mais cedo, pois o dolfinoide voltou ao acampamento secundário bem antes do que ela esperava.

Estranho. Pois a cadeia de colinas submarinas do noroeste, que ele se propusera explorar enquanto ela dormia, não era tão próxima assim.

A cerca de cem metros da jovem, ele lhe extraiu os últimos vestígios de sonolência com outro assobio ultrassônico ainda mais forte do que o primeiro. O trinado soou entusiasmado.

– Timmy, querida, fiz uma descoberta e tanto!

Lá vamos nós outra vez. A jovem abanou o bico num protesto mudo e resignado.

Externamente, Nereu se assemelhava bastante a Timmy, exceto pelo dimorfismo sexual existente entre ambos que, embora óbvio, nem sempre parecia evidente aos olhos de um humano destreinado.

Isto, é claro, sem contar com os três tentáculos vigorosos. Estes, sim! Como é que os humanos diriam? Ah, sim: "saltam aos olhos". Os apêndices possuíam a mesma coloração cinza com tons rosados do resto da pele de Nereu que, aliás, era uma imitação para lá de razoável da epiderme de um dolfino orgânico.

Diante do ceticismo exibido no pio curto e risonho da jovem, o dolfinoide voltou à carga.

– Descobri sinais inequívocos de uma cultura de algas! A datação preliminar estimou que os espécimes foram plantados há cerca de cinco séculos.

– Impossível. – O chilreio subsônico categórico da jovem atravessou a água que os separava. Ela ondulou a cauda e abriu as nadadeiras, acrescentando em tom meigo, mas salpicado de ironia, como se explicasse um tópico espinhoso a um filhote particularmente recalcitrante. – Nereuzinho querido, há cinco séculos não havia golfinhos em Bluegarden. Como antigo tripulante da *Oceanos*, você sabe disso melhor do que ninguém.

– Exato. – Ele nem sequer se deu ao trabalho de reconhecer o tom irônico dos trinados da orgânica. O fato de expressar concordância através de um mero sibilo monotonal, com aquele laconismo que os mais velhos afirmavam ser típico de alguns humanos artificiais, irritou sua interlocutora. – Além disso, a variedade de alga cultivada não se encontra entre as espécies nativas que adotamos em nossa dieta.

– Se sua análise estiver correta, – Timmy sabia que tinha que haver um ponto fraco na tese da entidade com aparência de golfino, – então, o que você considerou como solo cultivado, não passa de um fenômeno natural desconhecido. Não é plantação coisíssima alguma.

– De fato, cheguei a cogitar esta hipótese. – O dolfinoide concedeu, naquele tom pretensamente amistoso com o qual costumava dissimular suas estocadas, transformando-as em ataques-surpresa, obras-primas de um virtuose na aplicação da estratégia indireta à esgrima verbal. – Porém, descartei-a de pronto ao constatar que o padrão do plantio era geométrico demais para que possamos atribuí-lo a causas meramente naturais. Você tem que captar o eco *in loco*. Então concluirá comigo que aqueles feixes de algas não brotaram do solo oceânico sozinhos. Foram semeados em fileiras paralelas, afastadas umas das outras por uma distância idêntica ao dobro do intervalo regular que separa dois feixes de algas quaisquer da mesma fileira. Apesar do campo de cultivo ter sido abandonado há muito e de a maioria das fileiras jazer em desalinho, algumas raras se exibem pouco emaranhadas e ainda possuem mais de trezentos feixes de extensão.

Timmy refletiu em silêncio.

Seu corpo, que na opinião de um humano leigo mal teria atingido o tamanho mínimo esperado de uma fêmea adulta, manteve-se imóvel em relação ao fundo arenoso pontilhado de corais esparsos e arbustos submarinos, que ondeavam lentamente na corrente fraca daquela parte desconhecida do globo bluegardeniano.

Os dois haviam sido destacados do grupo maior, que constituía a primeira expedição exploratória a avançar tão ao norte da linha equatorial.

Desde o início da colonização, há pouco mais de três séculos medidos em Tempo Humano Padrão, os dolfinos haviam se instalado próximos ao Polo Sul. Os pioneiros da primeira geração pós-Chegada escolheram tal sítio pelo simples fato de que era lá que se localizava o Arquipélago e a base humana.

Mesmo com o crescimento populacional espetacular que se dera desde a Chegada, com os novos núcleos urbanos, as fazendas de peixes e crustáceos aclimatados e as estações de algicultura, a civilização dolfina ainda se situava predominantemente dentro do círculo polar austral.

Ao contrário do que ocorria em Tannhöuser, as regiões polares de Bluegarden eram não só habitáveis, como mantinham um salutar padrão de insolação constante ao longo de todo seu período orbital, o ano planetário bluegardeniano. Havia, portanto, dias e noites com durações praticamente uniformes o ano todo. Tal se dava graças à inclinação axial reduzida do planeta em relação à perpendicular ao plano da eclíptica.

Ali, a mudança das estações se devia quase que exclusivamente à excentricidade orbital. Quando Bluegarden estava no periélio, era verão em todo o planeta. No afélio, sete meses e catorze dias THP mais tarde, o inverno de águas frescas tomava de uma só vez todo o globo oceânico habitado pelos dolfinos, com exceção da zona quente equatorial.

Essas estações, contudo, não eram pronunciadas. O fato da superfície de Bluegarden constituir um oceano global fazia com que as temperaturas e demais condições climáticas variassem relativamente pouco ao longo do ano planetário.

As águas do oceano se mantêm mais quentes ao redor do equador. O efeito causado pela maior insolação recebida nas regiões de baixa latitude é intensificado por correntes circulares equatoriais que retêm as águas quentes próximo ao equador.

Portanto, as águas equatoriais são consideradas desagradavelmente tépidas pelos dolfinos, adaptados pela seleção natural às temperaturas frias dos oceanos de Tannhöuser. Por este motivo, a planetologia dolfina insiste em afirmar que existem duas zonas habitáveis em Bluegarden, separadas por um cinturão equatorial inóspito. Na opinião de Timmy, há certa dose de exagero nessa afirmação, mas não muito.

Algum dia, num futuro ainda remoto, ela imaginava que o mundo inteiro seria explorado e habitado. Porém, para a população atual de meio milhão de habitantes, a região polar fornecia espaço mais que suficiente para a célula mater da nova cultura.

Em seu avanço rumo ao norte, a expedição presente já havia descoberto dezenas de novas espécies de algas clorofiladas; um punhado de vermes marinhos até então desconhecidos pela ciência; além de uma nova ordem taxonômica de crustáceos gigantes e uma família de moluscos couraçados, vagamente semelhantes aos meganáutilos de Archaeodelphos.

Em termos zoológicos, a grande sensação de Bluegarden é, sem dúvida, a ordem dos moluscos pisciformes. A maioria dos representantes dessa ordem é dotada de sistemas de bexiga-sifão capazes de atuar como hidropropulsores de eficiência considerável, impulsionando-os oceano afora a velocidades que pouco ficavam a dever às desenvolvidas por um dolfino adulto. As formas hidrodinâmicas e as barbatanas ventrais e dorsais, constituídas por músculos rígidos, contribuíam bastante para tornar os pisciformes morfologicamente semelhantes, pelo menos à primeira vista, aos peixes teleósteos.

Pertencentes a várias famílias taxonômicas distintas e ocupando uma miríade de nichos ecológicos em habitats aquáticos de diversos relevos e profundidades, os pisciformes constituíam o maior êxito adaptativo da história da evolução em Bluegarden, sendo virtualmente onipresentes em toda a extensão do oceano planetário.

– Talvez essas algas que você descobriu tenham sido cultivadas por uma espécie de crustáceo ou molusco social.

– É possível. Porém, improvável. Afinal, jamais encontramos sinais de uma espécie assim em mais de três séculos de exploração.

Timmy emitiu um pio irônico. *Exploração parcial e, mesmo assim, restrita ao hemisfério situado ao sul do equador.* Ao constatar a ineficácia da ironia, resolve empregar armas mais potentes:

– E o que você julga provável, então? Uma civilização alienígena? Não me faça rir, Nereu... – Pelo tremor nas pontas dos tentáculos do dolfinoide, notou que seu sarcasmo atingira o alvo. Vibrou um trinado de satisfação. – E daí que estamos explorando esse oceano global há três séculos? Não cobrimos sequer um quarto do planeta. Nossas descobertas mais recentes denotam o quão pouco conhecemos da fauna e da flora deste hemisfério.

– Tudo bem. É possível que esteja certa.

Nereu não daria a nadadeira a torcer de imediato. Contudo, o simples fato de não ter brandido uma rejeição categórica e imediata contra sua hipótese demonstrava que a levava a sério.

A dolfina se entusiasmou.

Seria possível que se tratassem de crustáceos sociais? Uma espécie inteiramente nova, cuja existência os biólogos não haviam suspeitado até então? Animais que exibiam padrões de comportamento análogos aos de várias famílias de insetos sociais terrícolas, presentes não só em Tannhöuser, como em outros planetas de atmosfera oxigenada habitados pela humanidade.

– Assisti há uns dois anos um holo de biologia sobre várias espécies de pseudoinsetos sociais de Gil-galad. Sabia que os danados dos bichinhos são capazes de cultivar fungos no interior de suas colmeias? – Ela abanou as nadadeiras em ritmo exaltado. – Será que existe em Bluegarden uma espécie de crustáceos sociais que, apesar de irracionais como indivíduos, emulam, com a prática da algicultura, atividades comportamentais típicas de entidades conscientes?

Nereu assentiu com movimentos vigorosos da cauda e dos tentáculos.

– A ideia em si não é de todo implausível.

Aquela concordância contrafeita fez com que Timmy deixasse escapar um pio curto de orgulho.

Justo ela, o membro mais jovem da expedição, formulara uma hipótese heterodoxa e original. Se conseguisse comprová-la, seu prestígio se elevaria significativamente junto aos diretores dos principais subconselhos científicos.

Minutos mais tarde, ainda excitada ante a perspectiva de realizar uma grande descoberta, Timmy se deixou levar pela habilidade das carícias que Nereu começara a traçar em seu ventre com as pontas dos tentáculos.

Apesar da promessa que fizera a si mesma, os dois acabaram copulando outra vez.

Primeiro, Nereu a deixou louca de desejo com aqueles tentáculos atrevidos. Então, ele mergulhou por baixo dela, girou em parafuso até ficar de barriga para cima e se posicionou sob a amante orgânica. Enlaçou o dorso da jovem com dois tentáculos, tomando a precaução de deixá-la com as nadadeiras livres, para que não se sentisse aprisionada, como ela reclamou ter ocorrido da última vez.

Fêmeas. Nunca se sabe o que irão desejar da próxima vez...

Colaram seus ventres um no outro e ele a penetrou numa única estocada violenta, arrancando um silvo agudo de surpresa e prazer do bico entreaberto da parceira.

Ao mesmo tempo em que mantinha firme a cadência de seu vai-e--vem, o dolfinoide empregou o tentáculo restante para acariciar ora o bico, ora a cauda e o clitóris da companheira, fazendo-a rabear em arrepios de êxtase.

Timmy comprimiu o pênis do amante com a musculatura flexível da vagina. Sentia-se deliciosamente indefesa quando copulava com Nereu.

Jamais havia sido assim com um macho orgânico. Decerto era por causa daqueles tentáculos tão maravilhosamente fortes e obscenos... que a penetravam, invadindo os recônditos de sua intimidade, como nenhum outro amante o fizera. Adorava quando ele a capturava, tão dominada e entregue durante o gozo infindável, ao ser tomada pelo pênis rígido e pulsante do dolfinoide, quanto a tainha indefesa emaranhada numa rede de pesca.

Enquanto gozava, ela bateu as nadadeiras impetuosas, alçando a si própria e ao amante enlaçado à superfície.

Ouvira dizer, não sabia aonde, que as fêmeas dolfinas primitivas, da época anterior à promoção, não eram capazes de gozar com tamanha intensidade.

Como podia ser verdade?

Em pensar que ainda havia gente que criticava os humanos por haverem concedido a seus pupilos algumas de suas *melhores* características comportamentais...

Os raios matinais de Posseidon banharam seu dorso cinzento como uma carícia, no que se fizeram acompanhar pelo afago precioso da brisa suave que costumava soprar de leste para oeste sobre as águas da região equatorial de Bluegarden.

Com um movimento ágil da cabeça, ejetou o tubo de ar de seu espiráculo, sorvendo, gulosa, não a mistura gasosa hiperbárica que fluía do interior do tanque minúsculo que trazia preso às costas, mas o ar puro da atmosfera do planeta.

Em momentos como aquele, Timmy se perguntava por que diabos alienígenas e alguns dolfinos julgavam a espécie progenitora com tanta severidade.

Benditos mestres que lhes haviam concedido um mundo tão belo e aprazível! Que haviam-na tornado capaz de apreciar esse oceano generoso com seu intelecto e emoções, e que lhe haviam presenteado com um corpo tão apto e propenso a prazeres impossíveis a suas ancestrais remotas.

Como a vida era boa!

Ela era uma dolfina plenamente feliz e realizada.

* * *

Não que copular com dolfinoides fosse exatamente um hábito de Timmy.

Isto é que não.

O problema é que se encontrava isolada. Sozinha há vários dias com Nereu, sem parceiros orgânicos à disposição. Ela era jovem e saudável. E Nereu, muito esperto, revelando-se sempre tão atencioso...

Caíra na rede como uma peixinha... Outra vez!

Síndrome de abstinência. Só pode ser isto.

O importante é que, além do prazer físico intenso, a cópula a fez relaxar do estresse devido ao afastamento prolongado da equipe principal e, sobretudo, da autoridade firme e tranquila de Lennox, o comandante da missão exploratória presente.

Além disso, era forçada a admitir, deixar-se seduzir pelo *Velho* era o tipo de fraqueza que, definitivamente, fazia um bem danado a seu ego.

Isto, para não falar no ego biofotônico de Nereu. Pois, segundo o artificial confessou, depois de todos aqueles séculos copulando com fêmeas dolfinoides, fora sua primeira vez com uma orgânica.

Porém, o mais importante mesmo era que ninguém descobrisse.

Porque, após três séculos da Chegada em Bluegarden, ainda persistia certo ranço de preconceito contra os dolfinoides.

Alguns dolfinos, sobretudo líderes disciplinadores como Lennox, talvez não fossem lá muito compreensivos para com os motivos e necessidades de uma jovem carente.

Ah, mas a ousadia daqueles tentáculos experientes não era coisa de se jogar fora! Com eles, Nereu podia acariciar sua reentrância vaginal e seu clitóris com uma suavidade que bico ou nadadeira alguma seria capaz de igualar.

O prazer psicológico advindo do sexo e o fato de em geral sentirem anseio de copular em todas as épocas, estações e em quase todas as fases de suas vidas, eram duas características comportamentais que, embora compartilhadas por dolfinos e humanos, já causara espanto em xenoetólogos alienígenas radicados ou em visita ao Sistema Gigante de Olduvaii.

Alguns desses *humanistas* chegavam ao desplante de sugerir que tutores e pupilos constituiriam duas culturas de maníacos sexuais, tamanho o interesse que ambas as espécies comungavam pelo assunto.

Nereu esperou que Timmy repousasse uns minutinhos após a cópula.

Então propôs que rumassem juntos até a cultura de algas abandonada que ele havia descoberto.

Saciada, a jovem aquiesceu com um trinado melódico.

Uma vez no local, Timmy chilreou, indignada:

– Mais parece uma floresta de algas, do que uma plantação!

– Esqueça as folhagens superiores. – Nereu ripostou com uma série de cliques de baixa frequência bem-humorados. – Emita através delas e observe os ecos das raízes. Repare que muitas delas, a maioria, avança em fileiras ordenadas. Ouça só essas distâncias constantes entre os feixes de uma mesma fileira e as separações entre fileiras adjacentes.

Timmy seguiu o conselho do dolfinoide.

Talvez uma humana não lograsse perceber a regularidade mencionada à primeira vista. Só que a jovem não era humana. Piou divertida. *Também, com aqueles sentidos limitados, o que você esperava?*

Sonogravaram o exame preliminar efetuado no sítio em questão. Enquanto a dolfina comunicava o achado a Lennox via enlace-sonar, consciente da provável importância histórica da descoberta, Nereu insistiu em holografá-la para a posteridade. O arquivo resultante era o equivalente holográfico de um sonorregistro, como tal, poderia ser facilmente interpretado pela visão aguçada e a audição vestigial dos mestres humanos.

Os dois nadaram durante três dias para regressar ao acampamento da expedição.

Ao receber o comunicado de Timmy, o líder convocara o retorno imediato do outro par de exploradores que desenvolvia atividades longe do acampamento principal. Por isto, quando Timmy e Nereu chegaram, os três outros dolfinos e a dolfinoide já encontravam presentes.

Após uma refeição ligeira à base de peixes e algas, os membros da expedição deliberaram sobre a descoberta de Nereu.

Fizeram os preparativos necessários, alteraram o roteiro preestabelecido e registraram a mudança de planos no diário sonográfico da expedição.

Então rumaram para o sítio onde o dolfinoide havia encontrado os vestígios do campo cultivado.

Capítulo 17

Segundo os registros centrais de Olduvaii, os delfinídeos originais, os ancestrais não manipulados do *Delphinus sapiens*, haviam chegado a Tannhöuser a bordo de uma das primeiras frotas de colonos. Havia indícios de que os delfinídeos eram oriundos de Gil-galad, o planeta biótico do qual proveio a maior parte dos colonos humanos de Olduvaii. Ninguém parecia saber, contudo, de onde eles haviam chegado quando os humanos os trouxeram pela primeira vez para Gil-galad. Pois o planeta dos primeiros colonos de Tannhöuser fora, por sua vez, colonizado por humanos procedentes de diversos sistemas estelares, tanto próximos quanto longínquos.

Estudos antigos na área de genética molecular demonstraram, para além de qualquer margem razoável de dúvida, que humanos e dolfinos haviam evoluído numa mesma biosfera original, fato comprovado inequivocamente através da extrema similaridade existente entre os genomas das duas espécies.

Há cerca de cinco milênios, uma equipe de geneticistas de Tannhöuser propôs realizar uns poucos aperfeiçoamentos significativos no genoma dos paleodolfinos. A ideia tomou vulto. O projeto tornou-se mais ambicioso do que inicialmente planejado e, quando enfim recebeu o aval entusiasmado da comunidade científica do planeta, já se havia transformado no primeiro processo de promoção empreendido pelos olduvaicos e, ao que se sabe, o único levado a termo pela humanidade – uma espécie que, por sua própria natureza anômala e história incongruente, costumava condenar o instituto da promoção, prática comum entre as raças alienígenas.

O fato indiscutível é que se decidiu abrir uma exceção no caso dos delfinídeos. Afinal, segundo a doutrina então vigente, os paleodolfinos não eram considerados alienígenas, mas uma espécie aparentada, como que *primos* afastados da humanidade. Os aperfeiçoamentos em seus programas genéticos tornaram as novas gerações de dolfinos muito mais inteligentes do que suas predecessoras, incorporando várias características tipicamente humanas em seus cérebros cetáceos.

Devido ao teor pretensamente chauvinista desta decisão crucial de implantar características humanas numa espécie nova, os geneticistas de Olduvaii foram e ainda são alvo de saraivadas de críticas, disparadas ora por comunidades acadêmicas humanas extraolduvaicas, ora por estudiosos alienígenas e até mesmo por dolfinos de várias épocas distintas.

Após umas poucas gerações humanas e muitas gerações dolfinas, os frutos dessas manipulações genéticas delicadas no genoma cetáceo original foram considerados estáveis como espécie racional.

A justificativa oficial para a criação do *Delphinus sapiens* que os olduvaicos legaram à posteridade foi a necessidade real de apoio na exploração e colonização dos oceanos de Tannhöuser e dos outros três planetas com atmosferas oxigenadas orbitantes em torno de Olduvaii. Contudo, é crença arraigada entre dolfinos e alienígenas que a nova espécie foi promovida pura e simplesmente para atender um anseio intelectual. A satisfação duradoura que cada participante do projeto decerto auferiu ao brincar de deus, criando e aperfeiçoando uma nova espécie de seres inteligentes, até então inexistente na espiral galáctica.

Como os teóricos comportamentais do projeto haviam previsto, o aumento significativo de capacidade intelectual gerou nos dolfinos um espírito mais voluntarioso e um senso de independência muito maior que os já presentes em seus primos, cujos genomas haviam sido preservados intactos.

Menos de um século após os geneticistas terem considerado seu trabalho concluído, os dolfinos já se mostravam propensos a erigir uma civilização autônoma, independente da olduvaica. Foi o período em que seus artistas, políticos e formadores de opinião começaram a denunciar toda e qualquer fórmula ou expressão cultural que denotasse influência humana.

Mais ou menos por essa época, políticos dolfinos da ala radical lideraram a Recusa, movimento civil que pregava que dolfinos não deveriam cooperar com os projetos humanos de pesquisa e exploração submarinas até verem suas principais reivindicações atendidas.

O movimento se disseminou por todo Tannhöuser e, anos mais tarde, por todo o Sistema Olduvaii.

O boicote perdurou até que os humanos concordaram em conceder a cidadania plena aos dolfinos, à semelhança do que já ocorrera, de forma mais ordeira, com os humanos artificiais alguns milênios antes. O impasse foi solucionado pelo Conselho de Olduvaii, quando os hierarcas votaram por ampla margem a favor do atendimento das reivindicações de seus tutelados.

* * *

Além da cidadania, os dolfinos reivindicaram um lar para sua espécie. Um sítio isolado, onde sua cultura incipiente pudesse florescer com pouca ou nenhuma influência externa.

Desse modo, com o auxílio de um exército de máquinas e robôs colocado à disposição da delfineia pelo Conselho de Olduvaii, projetistas e engenheiros dolfinos conceberam e construíram uma cidade para seu povo. Localizaram-na próximo às praias rochosas de uma ilha distante das principais massas continentais de Tannhöuser. Acqua Marina fora erigida na região equatorial. Bem distante, portanto, da glaciação severa que assolava o hemisfério austral do planeta. Em seu apogeu, a cidade chegou a abrigar quase 10.000 cidadãos – população que correspondia, grosso modo, a 80% dos dolfinos, à época, residentes em Tannhöuser.

No princípio, a iniciativa de fixar residência na cidade anfíbia de Acqua Marina foi motivo de orgulho e satisfação para os cidadãos dolfinos. Contudo, os líderes da nova espécie não demoraram em perceber que o fato de possuírem uma cidade soberana não resolvera automaticamente o problema de evitar o excesso de influência humana. Muito ao contrário.

Planejada para fornecer aos dolfinos isolamento quase completo, fator almejado e considerado essencial para o desenvolvimento de uma cultura com personalidade própria, Acqua Marina transformou-se, praticamente desde o dia de sua fundação, numa das maiores atrações turísticas de Olduvaii. Um sítio ao qual acorriam, não apenas a população de Tannhöuser e dos outros planetas do sistema, como também humanos extraolduvaicos, além de alienígenas radicados ou de passagem pelo quadrante.

Meio século após a inauguração da cidade, o representante dolfino no Conselho de Olduvaii conduziu oficialmente aos humanos uma proposta crucial para seu povo.

Não satisfeita com a cidadania plena e a autonomia nominal já conquistadas, a delfineia ansiava que os tutores providenciassem um mundo exclusivo.

Após algumas sessões de estudos e vários debates, os estadistas humanos propuseram modificar Biterolf, um dos outros planetas com biosfera superior de Olduvaii. O mundo teria sua reduzida população humana evacuada e suas massas continentais erodidas, de modo a transformá-lo num planeta oceânico.

Os dolfinos recusaram a oferta.

Desejavam um planeta fora da gravitosfera de Olduvaii.

Um mundo virgem, de preferência. Um planeta onde pudessem começar do zero.

Os sociólogos dolfinos acreditavam que, somente com tal afastamento, seu povo seria capaz de erigir uma cultura genuinamente independente, dotada apenas com os aspectos positivos de sua herança humana. Também ansiavam pela liberdade de decidir seu destino, bem longe da interferência poderosa da civilização olduvaica.

Os humanos pesaram os riscos de atender tal pedido.

Então, aceitaram os termos dolfinos como inevitáveis. No fundo, sempre souberam que aquele dia chegaria. Pois a emancipação é o destino final de toda espécie promovida saudável. No entanto, jamais supuseram que seus pupilos fossem exigi-la tão cedo.

Sim, os humanos conheciam um planeta perfeitamente adequado aos propósitos de seus tutelados. Um mundo sem nome. Seu primário – uma anã amarela da Sequência Principal – constituía apenas um número no catálogo galáctico. Jamais havia sido visitado pessoalmente pelos humanos, embora houvesse sido explorado há dezenas de milênios por uma sonda autoconsciente lançada pelos olduvaicos. Malgrado a estrela amarela ao redor da qual o mundo oceânico orbitava fosse consideravelmente menor do que Olduvaii, os dolfinos se apressaram em batizá-la *Posseidon*.

O mundo em si constituía um planeta terrestroide aquático. Seu belo oceano azul se espalhava por todo o globo; numa extensão de quase 600 milhões de quilômetros quadrados. O leito raso desse oceano planetário raramente distava a profundidades superiores a 200 metros da superfície. O mundo não possuía, em absoluto, mais água do que Tannhöuser. A diferença é que as placas tectônicas continentais do planeta prometido não eram tão espessas. Portanto, não se elevavam acima do nível do mar. Além disso, ao contrário de Tannhöuser, o mundo oceânico não retinha quantidades imensas de água aprisionadas sob forma de gelo glacial.

De comum acordo, dolfinos e humanos decidiram que o novo lar da delfineia iria se chamar "Thalassa", designação extraída, segundo alguns folcloristas, dos mitos do passado monoplanetário da humanidade.

Thalassa possuía umas poucas dezenas de ilhas, concentradas em sua maioria num arquipélago no interior do círculo polar austral. A maior delas, batizada de "Merídia", possuía uma área emersa que mal ultrapassava 10.000 km^2. Foi a escolha natural para a instalação da sede da única base de apoio humana num raio de dezenas de anos-luz.

Os primeiros humanos olduvaicos que visitaram pessoalmente o Sistema Posseidon, chegaram numa nave estelar bem menor e mais veloz do que a *Oceanos*. Haviam partido de Olduvaii cerca de meio século depois da gigantesca nave de gerações, mas atingiram seu destino setenta anos antes.

Graças à dilatação relativística, ao longo de sua jornada, o tempo de bordo no interior da *Startide* foi de cerca de um terço do tempo de bordo da *Oceanos*.

Mesmo assim, aqueles 74 anos teriam constituído quase um quarto da expectativa de vida humana natural – abstraída a possibilidade de prolongamento, quer através das técnicas de rejuvenescimento celular, quer pela transferência de personalidade e memórias para o cérebro virgem de um clone. De qualquer modo, com ou sem prolongamento, era um período demasiado longo para ser desperdiçado e, sobretudo, para se envelhecer fora do contexto cultural da civilização materna. Portanto, embora a expectativa de vida não prolongada dos humanos fosse cinco vezes maior que a dos dolfinos, os tripulantes da *Startide* não hesitaram em empreender a travessia em estado de animação suspensa.

Em sua vasta maioria, os dolfinos que hoje nadam no oceano planetário do mundo rebatizado como *Bluegarden* são descendentes de oitava, nona, ou até mesmo de décima geração, dos pioneiros que haviam embarcado na nave de gerações em Olduvaii.

Quando chegaram ao oceano prometido, os dolfinos verificaram que seus tutores haviam cumprido o trato. Não havia humanos em Posseidon. Erigida sete décadas antes, a base de apoio encontrava-se plenamente funcional. Conforme combinado, as instalações de Merídia foram guarnecidas exclusivamente por robôs não humanoides.

Armazenado na base de apoio, um registro de bordo da *Startide* informava que os humanos haviam detectado a presença de artefatos alienígenas, há muito inoperantes, orbitando em torno de Thalassa.

Era de todo provável que se tratassem de sondas secundárias, componentes descartáveis de uma antiga expedição interestelar não tripulada, que havia explorado o sistema dezenas ou mesmo centenas de milênios atrás. Refugos imprestáveis que uma sonda estelar primária julgara por bem deixar para trás ao partir de Posseidon, rumo à próxima estrela designada em seu programa de exploração.

Refugos daquele gênero não são raros neste setor da periferia.

Com um planeta inteiro a explorar e, sobretudo, uma base de apoio a erigir, é compreensível que simples lixo orbital não tenha merecido mais do que alguns breves registros holográficos de rotina, coligidos por uma das microssondas remotas da *Startide*.

Afinal, ainda que cruciais ao estabelecimento da cultura dolfina em Thalassa, a construção da base de apoio e a adaptação do planeta às necessidades de seus pupilos, constituíam tão somente a missão secundária dos tripulantes daquela nave estelar.

Thalassa foi, por assim dizer, uma parada intermediária, uma mera escala entre o ponto de partida em Olduvaii e o destino final da *Startide* no Sistema Lobster, distante cerca de 400 anos-luz de Posseidon. Uma missão para a qual aquele grupo seleto de cientistas passara boa parte de suas vidas estudando e se preparando.

* * *

Em verdade, o exame dos artefatos orbitais inoperantes só se havia dado uns poucos meses antes da partida da *Startide* para Lobster. Os sessenta e três humanos orgânicos e artificiais que constituíam a tripulação da nave passavam a maior parte do tempo imersos em simulações e realidades virtuais interativas, no intuito de melhor se prepararem para a missão crucial que os aguardava. A *Startide* conduzia a segunda expedição que Tannhöuser enviava a Zoo, quarto mundo do Sistema Lobster.

Como espécie recém-emancipada, os dolfinos talvez tivessem razão ao julgar aquele um nome deveras esquisito para um planeta.

O fato é que Zoo parecia merecer plenamente a tradução em ânglico de sua principal designação em Intercosmo. Um planeta legendário, considerado pelo folclore de muitas culturas como um dos maiores enigmas de uma periferia galáctica repleta de mistérios. Também era conhecido como "Mundo sem Volta", "Escaramuça" ou "Perdição". O sítio onde, segundo as lendas, uma supercivilização antiga mantinha cativos representantes de milhares de espécies racionais, descendentes de antigas tripulações de naves para lá atraídas, para fazerem parte de um acervo ímpar, genuíno zoológico galáctico de dimensões planetárias. Um terrário para abrigar criaturas racionais.

A segunda expedição olduvaica tentaria obter êxito onde a primeira fracassara, mais de um milênio antes. Para isto fora mais bem planejada e dotada de recursos e tecnologias muito superiores aos disponíveis à expedição anterior. A maioria dos tripulantes da *Startide* dedicara a vida ao propósito exclusivo de solucionar alguns dos muitos enigmas tecidos em torno daquele sistema lendário. Contudo, mais importante do que desvendar enigmas cósmicos, era regressar a Tannhöuser com as respostas que obtivessem.

Imbuídos de ideais tão nobres e objetivos tão grandiosos, os tripulantes da *Startide* reembarcaram e partiram do Sistema Posseidon o mais rápido possível, sem deixar humanos para trás.

Uma vez instalados em Thalassa, a única maneira que os dolfinos disporiam para entrar em contato com a civilização materna em Olduvaii seria via rádio. Ainda que prontamente processado em Tannhöuser, um pedido de auxílio hipotético só poderia ser atendido cerca de 270 anos depois da transmissão.

Humanos e dolfinos conheciam perfeitamente as limitações e os riscos desse afastamento estelar.

Julgaram, no entanto, que a experiência valeria a pena.

Aquele era exatamente o tipo de isolamento que a delfineia havia almejado.

Os dezessete mil colonos que haviam desembarcado em Thalassa – uma população uma vez e meia superior aos quase três quartos do número total de indivíduos da espécie que haviam decidido empreender a Grande Travessia quase três séculos antes – teriam todo o tempo e o espaço necessários para se expandir e multiplicar seus números.

A humanidade olduvaica estabeleceu dois mecanismos de segurança para salvaguardar seus tutelados contra os riscos inerentes ao isolamento estelar.

Em primeira instância, havia o gestor da Base de Merídia, uma autoconsciência artificial poderosa, dotada de vastos recursos, autoridade e conhecimentos, à qual os dolfinos poderiam recorrer sempre que desejassem, em caso de dúvidas ou dificuldades.

Em segunda instância, foram instituídas as visitas de inspeção periódicas, efetuadas por naves estelares de Tannhöuser que deveriam passar por Thalassa a intervalos de um século, Tempo Humano Padrão.

As tripulações dessas naves de inspeção em investidas de autoridade plenipotenciária conferida pelo Conselho Supremo de Olduvaii. Em teoria, esses tripulantes eram capazes de tomar toda e qualquer decisão necessária à salvaguarda dos interesses humanos e dolfinos sem consulta prévia a Tannhöuser.

Além desses mecanismos de segurança, havia os Protocolos de Colonização, o conjunto de regulamentos promulgados para estabelecer o ritmo e as normas da expansão dolfina em Thalassa.

De acordo com os Protocolos, no primeiro século de colonização do oceano planetário os dolfinos não deviam ultrapassar os limites definidos pelo círculo polar meridional. Ao fim do terceiro século, poderiam – caso o aumento da população assim o justificasse – explorar e colonizar a região tropical do hemisfério sul. Em meados da segunda metade do milênio, o gestor de Merídia concederia seu beneplácito para que cruzassem as águas desagradavelmente quentes, dominadas pelas correntes equatoriais, para atingir o hemisfério setentrional de Thalassa.

Portanto, ao se aproximar do equador planetário sem autorização e, supostamente, sem conhecimento de Merídia, a expedição exploratória comandada por Lennox infringira os Protocolos.

Na opinião de Timmy a transgressão em causa não constituía um crime contra os ditames últimos dos mestres, mas apenas um delito menor, uma travessura.

Parecido com o deslize de copular com um dolfinoide.

Capítulo 18

Não havia vestígios dos cultivadores de algas, fossem eles quem fossem.

A escavação no campo abandonado não resultou em qualquer indício da identidade das criaturas que o produziram.

Nenhum artefato.

Nenhum resíduo orgânico ou fóssil que pudesse ser relacionado categoricamente à atividade de plantio.

Já parecia então duvidoso que o campo de algas fosse fruto do instinto de animais sociais. Não obstante o estado óbvio de abandono, aquela área cultivada ecoava simétrica demais para constituir obra de criaturas irracionais.

Se os algicultores fossem moluscos desprovidos de conchas, era pouco provável que encontrassem registros fósseis de sua presença.

No que dizia respeito aos crustáceos, a maioria dos espécimes de Bluegarden libera placas de exoesqueleto com frequência, por onde quer que nadem ou rastejem.

Como os paleontólogos dolfinos constataram tão logo iniciaram seus trabalhos de campo no hemisfério sul, essas placas fossilizavam bem sob o lodo orgânico e a argila do leito oceânico. Bem até demais, segundo alguns estudiosos, pois sua presença maciça nas jazidas fossilíferas de quase todos os períodos geológicos examinados soterrava, por assim dizer, evidências fósseis outras que não as *"malditas placas de quitina petrificada!"*

Justamente tais placas, indefectíveis nos solos do oceano planetário, embora presentes aqui e ali, junto à superfície do leito em si, encontravam-se praticamente ausentes dos sedimentos extraídos do sítio escavado.

Além disso, até à época, os dolfinos não haviam descoberto o menor indício da existência dos tais crustáceos sociais em Bluegarden.

Nereu consolou Timmy, afirmando que os crustáceos, sociais ou não, talvez houvessem removido propositadamente as placas exoesqueletais fósseis, mais ou menos como se acredita que os humanos primitivos fizessem ao retirar pedras e tocos de árvores mortas de seus primeiros campos de cultivo de cereais.

No caminho de volta ao curso original da expedição, num vale estreito entre duas vertentes coralinas extensas de corte abrupto, eles esbarraram no segundo campo de cultivo abandonado.

Ali, já no primeiro dia de escavação, Andrômeda, a fêmea dolfinoide da expedição, encontrou a ferramenta.

* * *

A raspadeira lavrada em placa exoesqueletal de crustáceo constituíra aparentemente parte de um arado primitivo.

Um fragmento que a dolfinoide encontrara a quase dois metros de profundidade, numa escavação promovida com auxílio do kit de paleontologia submarina da expedição.

O processo de mineralização da ferramenta ainda estava em seu início, fato que lhes permitiu concluir de imediato que não se tratava de um artefato muito antigo.

A datação radioativa indicou uma idade mínima de 40 milênios THP.

Animado, Lennox determinou que fossem empreendidas novas escavações.

O terreno foi demarcado com microponteiras magnéticas, rastreado com sensores ultrassônicos e dividido num reticulado. Os seis dedicaram seus esforços aos quadrantes que a análise preliminar das holossonografias indicou serem os mais promissores.

Novos artefatos foram encontrados.

Os setenta e poucos artefatos ou fragmentos haviam sido confeccionados no mesmo material proveniente das placas exoesqueletais dos crustáceos. O acabamento artístico das peças, no entanto, variava enormemente, com os designs tornando-se cada vez mais funcionais e bem trabalhados, à medida que as datações apontavam para períodos mais recentes. A ferramenta mais antiga, um cortador comprido, de empunhadura delicada, datava de 110 mil anos THP, ao passo que a mais recente, outro fragmento de arado, fora talhado e polido com belos arabescos curvilíneos 38 mil anos atrás.

– Existem neste sítio algas cujos brotos foram plantados há apenas 400 anos. – Andrômeda gesticulou com as pontas dos tentáculos rosados. – No entanto, os artefatos mais recentes datam de quase 40 milênios atrás.

– Talvez por volta daquela época, eles tenham substituído suas ferramentas de casca de crustáceo por algo melhor. – Lennox trinou, pensativo. – Suponha que tenham adotado ferramentas metálicas ou plásticas, por exemplo. Poucas ligas sobreviveriam mais do que uns poucos milênios ao processo de oxidação presente nestas águas.

– Metal ou plástico? – Timmy agitou as nadadeiras, infeliz. – Não está, por acaso, supondo que se tratem de criaturas inteligentes, está?

– É uma hipótese. – Lennox entreabriu o bico com ar ausente.

Enquanto os expedicionários especulavam a respeito do desaparecimento dos artefatos nas camadas de sedimentos mais recentes, o comandante pediu a Nereu que lançasse uma rádio-boia.

O dolfinoide disparou o aparelho em direção à superfície. A boia do dispositivo inflou-se tão logo emergiu do oceano e ele se quedou flutuando nas águas calmas do oceano planetário.

A boia ejetou sua antena e rastreou o céu até encontrar o satélite de comunicações mais bem alinhado com a posição atual dos expedicionários. Desta forma, puderam estabelecer contato com o núcleo urbano mais próximo, quase dez mil quilômetros distante do sítio em que haviam estacionado.

Lennox informou aos governantes a descoberta das algas cultivadas e dos artefatos. Enunciou o propósito de prosseguir no quadrante, se possível até solucionar o enigma dos campos de cultivo.

Duas horas mais tarde, receberam a aprovação do conselho científico planetário. O controle da expedição concordou em enviar um submarino não tripulado com os suprimentos necessários.

Os expedicionários retornaram ao confinamento desconfortável do trator semipressurizado e rumaram para o norte, retomando a jornada em busca de terrenos cultivados mais recentes.

O curso já não era uma linha reta como antes, mas um conjunto de curvas sinuosas, percorrendo grandes extensões do terreno ondulado, pontilhado de dunas submersas e colinas coralíferas. Seguiram ora para leste, ora para oeste, avançando muito pouco para o norte propriamente dito.

Sete dias após a partida do primeiro sítio arqueológico, depararam-se com a terceira cultura de algas. Ao contrário das anteriores, não mostrava sinais de abandono. O campo cultivado localizava-se ao sopé de uma colina baixa, uma formação coralina típica das águas mornas das regiões equatoriais. Embora a profundidade média daquela planície submarina fosse da ordem de vinte metros, o ponto culminante da colina distava menos de um metro abaixo da superfície.

Não havia sinal algum dos algicultores. Apenas o campo de algas em perfeito estado.

A julgar pelo comprimento dos brotos, alguns filamentos pareciam ter sido podados há poucos dias.

Assim que o trator contornou a colina, manobrando com cautela para evitar esmagar os corais sob suas esteiras largas, dolfinos e dolfinoides avistaram a colmeia.

Não era uma colmeia, é lógico.

Contudo, preconceitos arraigados e a visão limitada dos dolfinos fizeram com que interpretassem daquela forma o conjunto de construções cônicas erigido em material calcário, constituído aparentemente de argamassa fabricada a partir dos corais.

Instantes mais tarde, despressurizado o domo do veículo e abertas as amplas vigias de observação, a ecometria dos dolfinos revelou um quadro mais esclarecedor, mostrando a estrutura complexa de um sistema de tocas escavado na colina. Tocas conectadas umas às outras por meio de túneis subterrâneos e corredores abobadados que se estendiam sob mar aberto.

Mesmo com seus olhos míopes, os dolfinos puderam entrever, em meio à claridade do crepúsculo vespertino que filtrava através da água, a luz pálida que emergia de algumas cavidades. Uma luz de matiz esverdeado, que costumavam associar ao fenômeno da fosforescência.

De seus mestres humanos, os dolfinos herdaram o comportamento de animais predominantemente diurnos. Ao contrário, as criaturas que se ocultavam nas tocas pareciam noctívagas. Para conhecê-las, deveriam aguardar o término do longo crepúsculo de um dia de quase 43 horas THP.

– Não se trata de uma simples colmeia. – Andrômeda tremulou os tentáculos, mais excitada do que Timmy já se lembrava de tê-la visto. – Uma cidade submarina, isto sim.

– E então? – No espaço exíguo da cabine do trator, Nereu abanou nadadeiras e tentáculos, voltando-se para os demais. – Este núcleo urbano não parece produto do esforço instintivo de crustáceos sociais. Seus construtores são criaturas racionais.

– Para mim ainda parece uma colmeia. – Timmy assobiou, pouco convencida.

– Concordo. – Lennox opinou entre uma e outra emissão de cliques de alta frequência, cujos ecos possibilitavam que ele e os companheiros observassem melhor a cidadela calcária. – Tantas torres de coral, tantas estruturas muralhadas, essa verticalização toda, essas excrescências... isto não se parece com cidade alguma que eu já tenha captado nos velhos sonorregistros sobre arquitetura alienígena.

– Pois saiba que em algumas sociedades humanas primitivas já existiram cidades com estruturas assim. – Nereu pipilou com ar plácido e amigável, esquivando-se do seu tom professoral característico. – Pelo menos é o que consta nos registros trazidos de Gil-galad e nos relatos de Archaeodelphos.

– Lendas e tolices. – Lennox retornou sua saraivada de cliques à colmeia alienígena, cidadela, ou o que quer que fosse.

– Será que vocês não percebem o que a presença dessa cidade-colmeia significa? – Ringo corcoveou, preocupado.

– O que importa, – Andrômeda voltou a observar as torres, – é saber se essas estruturas são obra do instinto ou da inteligência.

– Aposto no instinto. – Timmy emitiu um pio tenso em defesa de sua hipótese cada vez mais inconsistente.

– E eu na inteligência. – Nereu ripostou, divertido. – Dois turnos de limpeza das esteiras do trator?

– Apostado. – A jovem assobiou de imediato.

Lennox clicou um pulso curto de ecolocação em Andrômeda, no tom de quem sussurra: "esses dois, hein?"

* * *

Fora do oceano planetário, Posseidon mergulhou atrás do horizonte oeste.

A escuridão que se abateu aos poucos sobre as águas cálidas em torno da colina não afetava muito os dolfinos, acostumados a confiar mais na ecometria do que na visão.

No interior das tocas, a bioluminescência pareceu mais intensa.

Os habitantes da cidade-colônia emergiram de suas torres e cavernas pouco depois do anoitecer.

Quando saíram do trator, Lennox determinou que Timmy trouxesse o gravador para documentar o evento. Pressentiu que aquele encontro talvez se tornasse o mais importante da história dolfina.

O *dolfinoide de Timmy* – como os outros dolfinos da expedição começaram a se referir dias atrás ao pouco discreto Nereu – expressou o sentimento entalado nas gargantas dos demais, desde o primeiro instante em que se depararam com as criaturas:

– Não são crustáceos, mas moluscos cefalópodes!

O sonar orgânico de Lennox captou perfeitamente o eco dos cliques ultrassônicos da varredura do dolfinoide. Os ecopulsos de alta frequência do outro detalharam doze grandes cefalópodes de cabeças avantajadas, avançando lentos e majestosos rumo ao grupo, que se havia postado avante da chapa dianteira do trator.

As criaturas moviam-se juntas, com ondulações curtas dos tentáculos, como se estivessem vinculadas umas às outras por linhas de força invisíveis. Não se locomoviam como os cefalópodes que eles conheciam, com as cabeças apontadas na direção do movimento e os tentáculos voltados no sentido contrário. Vogavam de forma lenta e cadenciada, de maneira a manterem a postura vertical.

A atitude marcial lembrou a Lennox velhos sonorregistros de veracidade duvidosa, que pretensamente retratariam antigos soldados humanos marchando numa parada militar primitiva.

Apesar da postura impositiva dos alienígenas, o comandante dolfino não julgou o aspecto dos cefalópodes particularmente ameaçador ou hostil.

Recordou-se de uma ocasião em que observara moluscos parecidos com esses nos sonorregistros sobre os oceanos de Tannhöuser. Lá, no entanto, os cefalópodes possuíam catorze tentáculos simples, ao passo que esses eram dotados de apenas oito, metade dos quais se ramificava em três filamentos delicados, cuja finalidade precípua devia ser a manipulação.

Os cefalópodes tannhöusianos tinham grandes cabeças cônicas, é fato.

As criaturas com que então se deparavam, no entanto, possuíam cabeçorras elipsoidais gigantescas, indicador mais do que provável de índices de cefalização elevados.

Timmy ajustou as lentes infravermelhas do gravador. Os humanos fariam questão absoluta de enxergar as cores daquelas criaturas.

Para ela, bastava o retorno de seus cliques ecométricos.

O gravador não efetuava apenas holorregistros visuais da cena focada. A função principal do aparelho de concepção dolfina era realizar um ecorregistro tridimensional dos eventos, com o nível de resolução e fidelidade exigidos pelo sentido-sonar pronunciado de seus projetistas. Como função secundária, o equipamento também efetuava holorregistros convencionais, em prol do intercâmbio de informação com os humanos.

Então, era isto.

Pelos ecos, não restava dúvida de que as criaturas eram mais do que simples animais sociais.

O primeiro sentimento da jovem foi decepção.

Sua hipótese audaciosa tombara catarata abaixo sob o peso de uma realidade mais insólita que suas lucubrações mais ousadas.

E agora?

A decepção cedeu lugar ao temor.

De onde diabos vieram esses alienígenas?

Sim, pois decerto se tratavam de inteligências alienígenas.

Quando chegaram ao planeta?

Como não haviam sido detectados quando ingressaram em Posseidon?

O programa autoconsciente que comandava a Base de Merídia não lhes falara nada dessas criaturas cabeçudas... Estaria ocultando algo da delfineia?

Afinal, quem são esses intrusos? Como se atrevem a invadir o oceano global que os mestres nos ofertaram?

Evidentemente, não guardavam relação alguma com os paleoartefatos encontrados pela expedição.

Ou será que...

Não! Não é possível. Esses cefalópodes não podem ser autóctones! Não... De jeito algum.

Timmy permaneceu ali estática, abobalhada ante criaturas que, supostamente, cultivavam algas que, malgrado seu teor protéico elevado, eram impróprias para consumo dolfino.

Daí, intuiu a verdade.

Eles erigiam essas cidades com torres robustas de calcário e ramificações subterrâneas extensas. Ao que tudo indicava, utilizavam corais bioluminescentes para iluminar o interior de seus lares.

Tudo bem. Eram racionais.

E daí? Isto não significa que sejam autóctones... Ou significa?

Abrindo e fechando o músculo do espiráculo, ela descerrou por instantes a válvula de admissão de seu pequeno cilindro de ar comprimido. Através da canícula adaptada ao conduto nasal, inalou profundamente a mistura gasosa, enchendo os pulmões. A válvula fechou-se automaticamente sem que ela tomasse conhecimento do fato.

A jovem não se conteve mais. Trêmula, em respeito à importância da ocasião histórica que gravava e em consideração aos mestres humanos, não emitiu em delphii, mas sim num ânglico roufenho, que soou estranho à audição sensível dos presentes:

– Nereu está certo. Perdi a aposta. Reconheço que são racionais. – Então acrescentou num pio surpreso. – Captem só o tamanho dessas cabeças! Devem abrigar cérebros enormes.

– Cefalópodes inteligentes, não resta a menor dúvida. – Carthy, a bióloga da expedição, reconheceu num chilreio em delphii, transmitindo toda a consternação que passava pelas mentes dos demais. – Mas não deveriam existir. Em lugar algum. Muito menos aqui, em Bluegarden...

– Malditos humanos! – Ringo borbulhou sua irritação por todos os poros. O geofísico da expedição era um dolfino temperamental e loquaz, de porte pequeno e bico muito longo e pontudo, bastante desproporcional para seu tamanho. Uma de suas piores manias consistia em explicitar desnecessariamente o estado de espírito do grupo. – Prometeram um mundo inteiro só para nós e captem só o que fizeram! Atiraram-nos num planeta habitado por racionais autóctones! Eu devia...

– Timmy! – O trinado de comando emitido por Lennox, perfurou o falatório do geofísico como o golpe de um bico aguçado. – Desligue esse sonogravador, agora!

Durante vários segundos, todos permaneceram em silêncio.

A maioria dos dolfinos já havia esquecido que, por ordem de Lennox, Timmy estava documentando o encontro com os autóctones. A jovem concluiu que precisaria estudar melhor a operação do gravador, sobretudo as *funções de edição* de sonorregistros.

Não que fosse hábito humano retaliar acusações e ofensas que os dolfinos não raro lançavam em suas faces secas.

Afinal, já se haviam acostumado ao comportamento exaltado de seus tutelados, pelo menos desde a época em que o Partido Radical lhes empurrara a autonomia dolfina goela abaixo.

Porém, agora, com os pupilos vivendo no melhor de dois universos, dispondo simultaneamente de um planeta soberano e do auxílio eventual dos antigos mestres, não convinha gerar tensões diplomáticas desnecessárias.

"Não produza marolas, pois elas podem se transformar em maremotos" constituía um ditado popular entre os dolfinos, desde os tempos da Grande Travessia.

– Ah, *Bico Comprido*, – Andrômeda, a dolfinoide graciosa de temperamento calmo e atitudes invariavelmente sensatas, quebrou o gelo, procurando acalmar o amigo, – é claro que os humanos ignoravam a existência desses *octópodes* racionais. Caso contrário, jamais nos teriam trazido para Bluegarden.

Naquele instante, com o seu modo de se expressar a um só tempo preciso e espirituoso, mas de forma muito provavelmente involuntária, Andrômeda acabou cunhando o termo coloquial pelo qual tanto dolfinos quanto humanos viriam a designar a espécie cefalópode racional.

– Parece óbvio que os humanos são inocentes. – Nereu acorreu em auxílio da velha amiga dos tempos da longa viagem na *Oceanos*. Sentindo a irritação presente nos cliques de alta frequência que os demais centraram sobre si, com o intuito óbvio perscrutá-lo, não tardou a se justificar – Quer dizer, pelo menos desta vez. Quem já tinha ouvido falar no aparecimento espontâneo de uma civilização de criaturas aquáticas?

– O que você quer dizer com *aparecimento espontâneo*? – Os cliques de Ringo soaram francamente hostis. – No que me diz respeito, esses... esses octópodes podem perfeitamente ter sido promovidos, como nós e praticamente todas as outras espécies da Espiral Galáctica. E os humanos são culpados, sim! Eles foderam com tudo! Ao contrário de vocês, não tenho medo de afirmar o fato.

Com um meneio combinado de cauda e nadadeiras, Carthy discordou do geofísico falastrão:

– Os humanos não devem ser inculpados neste caso. Ora, se nós próprios, radicados em Bluegarden há mais de quatro séculos, jamais nos havíamos deparado com esses octópodes até agora, como esperar que sondagens automáticas, feitas no decorrer de uns poucos anos, pudessem descobri-los?

– Tudo por causa da porra daquelas restrições dos Protocolos! – Ringo esbravejou, agitando as nadadeiras em fúria impotente.

– Dolfinos e dolfinoides, por favor. – Os pipilos estridentes de Lennox fizeram com que a atenção dos demais convergisse para si. – Deixem as discussões de lado e se concentrem nas criaturas.

Depois de todos terem dirigido seus cliques aos cefalópodes, o comandante prosseguiu:

– Reparem na atitude deles. Não sei quanto a vocês, mas tenho a ligeira impressão de que esses octópodes estão ávidos para entabular comunicação conosco. Se não constituísse sacrifício demasiado, eu solicitaria que deixassem tanto as filigranas teóricas quanto os rompantes de indignação para mais tarde. Se não lograrem êxito de todo, eu sugeriria que reservassem os comentários impertinentes para seus relatórios pessoais.

Timmy clicou outra vez em direção aos alienígenas e reativou o sonogravador.

Fixou a atenção no octópode que julgou ser o líder, não apenas pela compleição robusta e postura de dominância na presença dos outros membros da comitiva, quanto pelo fato de parecer ladeado e protegido pelos demais.

Além dos ornamentos de conchas em volta dos tentáculos ramificados, comuns aos outros octópodes que flutuavam a cerca de um metro do solo oceânico, o suposto líder portava um dispositivo eletrônico de aspecto estranho, encastoado sobre a cabeçorra, como uma tiara larga ou coroa.

Andrômeda julgou conhecer a finalidade daquele aparato *sui generis*.

Ali, em pleno oceano de um planeta inteiramente afastado do convívio com civilizações alienígenas a que a dolfinoide se acostumara, ao longo de sua juventude em Tannhöuser, jamais esperara se deparar com um dispositivo daquele tipo.

Decididamente, o equipamento não se parecia nem um pouco com seus congêneres de fabrico humano ou dolfino. Contudo, boa parte da instrução de Andrômeda se dera ainda em Olduvaii. Uma educação eclética e apurada, ministrada tanto por mestres humanos e dolfinos quanto por professores alienígenas.

A maioria desses últimos se comunicava através de transceptores de símbolos intercósmicos. Alguns poucos daqueles aparelhos possuíam uma semelhança vaga com a grossa tiara metálica engastada na cabeça daquele octópode.

Embora supusesse que Nereu também tivesse percebido, evitou externar suas suspeitas com o outro artificial.

A maioria dos orgânicos possuía uma tendência quase inata a menosprezar o saber e a experiência que os dolfinoides haviam acumulado, graças a seu convívio em primeira mão com os mestres humanos. Não julgavam esses conhecimentos tão importantes quanto os *Velhos* afirmavam.

Por seu lado, Andrômeda não compartilhava da inclinação altruísta-masoquista incompreensível de Nereu para se expor voluntariamente à crítica e ao escárnio de seus queridos *vidas-curtas*.

Contemplando o retorno dos cliques ecométricos de alta frequência dos companheiros, Carthy comentou:

– Devemos aprender o idioma deles, ou tentar lhes ensinar o Intercosmo.

Meditando sobre o que a bióloga dissera, sem desviar a atenção dos movimentos lentos e tranquilos dos octópodes, Lennox chilreou sua resposta:

– Por ora, acho que traduzir a linguagem deles é a única opção viável. Quando formos capazes de nos comunicar mutuamente, talvez, caso se interessem, possamos lhes tentar ministrar os rudimentos do Intercosmo elementar.

Um dos tentáculos ramificados do líder octópode dirigiu-se ao teclado minúsculo de seu aparelho. Naquele instante exato, Nereu teve certeza daquilo que suspeitara e, não resistindo mais, assobiou no tom mais irônico que foi capaz:

– Quanta pretensão!

Movendo as duas nadadeiras em sentidos opostos, Lennox voltou-se abruptamente para o dolfinoide, atitude que, mesmo em condições normais, já teria sido considerada grosseira falta de cortesia.

Além da postura agressiva, o comandante demonstrou toda sua indignação através de um corcoveio breve, mas intenso.

Ringo emitiu um pio indignado em apoio ao comandante.

Timmy sentiu seu ventre estremecer de puro nervosismo.

Esse artificial velho e adorável só se mete em encrencas...

Lennox estava prestes a vocalizar uma crítica dura ao comportamento do dolfinoide que, em sua opinião, em virtude da idade provecta, já começava a apresentar os primeiros sinais de desarranjo.

Nereu enfrentou os cliques secos do rastreio e os ecopulsos furiosos do líder com uma dose de serenidade talvez somente possível a um dolfinoide.

O clima perturbador de antagonismo entre o comandante da expedição e um dos dolfinoides mais experientes do planeta foi bruscamente dissolvido pelo pipilo assustado de Ringo:

– Detesto reconhecer, mas, desta vez, excepcionalmente, o *Velho* caduco está coberto de razão!

– Como assim? – A pergunta de Lennox começou assobiada num tom francamente belicoso, mas terminou num outro, bem mais próximo da normalidade.

O geofísico explicou:

– Razão quanto a sermos pretensiosos por almejar ensinar aos octópodes algo que eles já estão cansados de saber.

– Ringo, Ringo... Tudo seria tão mais fácil se você simplesmente lhes dissesse para ativar seus visores infravermelhos... – Andrômeda esclareceu de pronto, sucinta demais para o gosto histriônico do geofísico. – Os octópodes estão transmitindo símbolos intercósmicos.

Capítulo 19
Contato!

Dolfinos e dolfinoides se aproximaram dos octópodes, até que os ideogramas luminosos flutuassem sobre suas cabeças.

Timmy julgou estranho observar os símbolos daquela maneira silenciosa, desacompanhados dos tons modulados de baixa frequência que constituíam seus análogos sonoros. Chegou um pouco mais perto e ergueu o corpo, esforçando-se para distinguir os hologramas com sua visão míope.

Lennox recomendou que os dolfinos ativassem seus visores infravermelhos. Andrômeda e Nereu já haviam regulado seus aparelhos visuais, adequando-os à percepção dos símbolos holográficos.

Entre si próprios, dolfinos e dolfinoides vocalizam o delphii, a linguagem rica em tons ultrassônicos que as primeiras gerações da espécie haviam elaborado, ainda em Tannhöuser. Excepcionalmente, empregavam o ânglico, idioma dos humanos de Olduvaii. Na maioria das vezes, utilizavam-no apenas quando falavam com os mestres ou seus construtos.

A maioria tinha o Intercosmo quase por língua morta desde a chegada em Posseidon. Ainda assim, havia indivíduos orgânicos que possuíam fluência razoável na linguagem dos símbolos holográficos. Afinal, a delfineia não pretendia permanecer limitada para todo o sempre ao oceano vasto, mas finito, de Bluegarden.

Daí a muitas gerações, chegaria o dia em que, caso quisessem, os dolfinos seriam capazes de construir suas próprias naves estelares. Então, mais cedo ou mais tarde, travariam contato com povos alienígenas, longe da presença protetora de seus mestres.

As culturas extra-humanas possuem, é claro, suas próprias linguagens, poucas vezes decifráveis e tampouco inteligíveis.

Todavia, a compreensão mútua não constituía problema, visto que todas as espécies realmente civilizadas dominam o Intercosmo e o empregam como *lingua franca*.

É de se crer que, num passado remoto, quando os humanos chegaram às estrelas e se confrontaram pela primeira vez com inteligências alienígenas, tenham sido obrigados a aprender o idioma dos ideogramas e dos tons modulados, que provavelmente já estava pronto, muito antes de haver humanos na periferia.

Por isto, se os dolfinos planejavam singrar entre as estrelas algum dia, não podiam se dar ao luxo de voltar o dorso ao Intercosmo.

"Saudações, invasores. Há muito aguardávamos este portento. Sabíamos que, mais ciclo, menos ciclo, teríamos este encontro convosco. Destarte, esperamos, imbuídos de paciência infinita. Agora, contudo, o tempo da espera terminou. Pois que é finalmente chegado o dia do confronto entre os Únicos e os violadores do Santuário."

Lennox sacudiu o bico, incrédulo.

Jamais se deparara com hologlifos intercósmicos tão pomposos e arcaicos. Não vira símbolos tão formais e antiquados assim nem mesmo quando estudara as crônicas dos contatos dos primeiros colonos olduvaicos com as culturas extra-humanas do quadrante.

Lembrando que os dolfinos mais jovens eram pouco versados na linguagem dos hologramas, Nereu gesticulou com os tentáculos, pedindo que Timmy e Ringo se aproximassem. Quando eles o atenderam, passou a lhes murmurar em delphii o mesmo discurso que o líder dos octópodes não se cansava de repetir através dos símbolos intercósmicos.

– O que eles querem dizer com isto? – O assobio monotonal de Ringo denotou toda a sua perplexidade. – Você está traduzindo mal, ou esses caras estão realmente empregando um Intercosmo empolado *pra* cacete?

Lennox voltou-se para o geofísico e respondeu, antes que o artificial pudesse fazê-lo:

– Não dispomos de transceptor para lhes perguntar o que pretenderam expressar. – O tom de contrariedade do comandante reverberou, claro como água na estridência de seu assobio. Ele ativou o cilindro de ar e inalou pesadamente. Só depois de encher os pulmões, ordenou à dolfinoide. – Andy, aproxime-se dos alienígenas e tente convencê-los, através de gestos, a permitir que use o transceptor deles para responder.

– E você acha que eu vou conseguir manipular aquele teclado ínfimo? – Andrômeda sacudiu o bico numa negativa mal-humorada. O trabalho duro sempre cabia aos seus tentáculos, nunca aos do queridinho da Timmy.

– Se tiver sugestão melhor, assobie logo.

– Sugiro que mande Nereu. – Ela rebateu, incontinenti. – Ele também possui tentáculos.

– Seus tentáculos têm pontas menores e mais delicadas do que os dele. Por isto, imagino que encontre menos dificuldades com o teclado dessa coroa. Se alguém pode digitar nessas teclinhas, essa alguém é você. – Ao final da justificativa, Lennox acrescentou um pio curto, expressão de sarcasmo brincalhão não articulado, tipicamente dolfino.

Antecipando a resposta atravessada da dolfinoide, ele se aproximou dela e acariciou suavemente seu torso com a nadadeira.

Lançou um sibilo maroto, muito baixo para que apenas ela o ouvisse:

– Confie em seus tentáculos, minha *peixinha*. São muito mais habilidosos do que os de Nereu.

– Experiência própria ou mera lisonja infundada? – Entre divertida e irritada, ela trinou num tom perfeitamente audível aos demais. – De qualquer modo, sou capaz de apostar que a Timmy não concorda contigo.

Sem graça, Lennox afastou a nadadeira, já prestes a acariciar a bela cauda da dolfinoide.

Ringo, Carthy e Nereu não conseguiram conter os chilreios risonhos. Encabulada, Timmy pipilou baixinho:

– Em pleno primeiro contato com uma espécie alienígena, vocês parecem não ter nada mais interessante para assobiar do que a minha intimidade!

– Mais interessante que teu romancezinho secreto com o dolfinoide mais devasso da Periferia? E logo aqui, tão longe do círculo polar, neste fim de mundo onde nada acontece? Ah, isto é que não! – Ringo sibilou a última exclamação num tom bastante satisfeito. Deleitou-se ao constatar que recuperava aos poucos sua veia humorística proverbial. – Além disso, como diz o velho ditado: *"privacidade é um anseio humano, não dolfino"*.

– Muito bem, pessoal. – Lennox liberou uma salva de borbulhas, no equivalente dolfino de um pigarro, tentando recobrar a seriedade. – Já nos divertimos o bastante por ora. Andrômeda, vá agora.

– Seu desejo é uma ordem, meu digníssimo e mui querido chefe. – Ela se lançou em direção aos octópodes, com um movimento ritmado da cauda formosa, antes que Lennox pudesse ripostar à altura.

Capítulo 20

A mímica elaborada de Andrômeda foi respondida por um conjunto de frases secas em Intercosmo.

Enfim, após certa insistência da dolfinoide, a indignação do líder octópode cedeu lugar a uma anuência relutante.

Após quarenta minutos de manipulação pouco frutífera no teclado delicado do toro circular que constituía o transceptor octópode, a dolfinoide logrou projetar:

"Não somos invasores. Nascemos aqui, como vocês. Nossos mestres trouxeram nossos antepassados para este mundo há muitas gerações, muitas dezenas de quilociclos..."

Depois de aguardar impassível que Andrômeda encerrasse aquela manipulação desajeitada em sua coroa transceptora, o octópode esperou que os tentáculos rombos da dolfinoide se afastassem de sua cabeça e que os hologramas se desvanecessem.

Elevou então um dos tentáculos ramificados ao teclado do equipamento, manipulando-o de forma ágil, sem qualquer dificuldade.

"Vossos antepassados? Vós sois máquinas."

O portador da coroa transceptora lançou um olhar intenso aos dolfinos. Abriu e fechou o bico córneo. Ondulou lentamente dois de seus tentáculos não ramificados e então prosseguiu:

"Todavia, da análise preliminar das inteligências orgânicas que vos acompanham, concluo que eles de fato necessitam de vosso auxílio para se comunicar conosco. Portanto, assumo que vós agis em consonância com os desígnios deles."

Os tentáculos de Andrômeda executaram vênias pronunciadas antes de avançarem outra vez em direção à cabeçorra do octópode. Esse manteve a postura impávida de imobilidade fleugmática, consentindo que ela estendesse seus tentáculos para manipular o teclado delicado do transceptor.

Desconfortável por ter que se achegar tanto ao alienígena, a dolfinoide procurou se concentrar. Levou quase cinco minutos para digitar:

"Possuo cidadania plena. Fui encarregada de falar em nome de meu povo."

Ante o tom enfático visível nos hologlifos do Intercosmo da

artificial, os tentáculos ramificados de vários octópodes estremeceram de modo significativo.

O que esses tremores estão expressando? Nereu manteve a saraivada de cliques de rastreio centrada nos octópodes. *Desagrado? Inquietação? Repugnância?*

Não havia como saber. Pelo menos, não por ora.

O fato é que aparentemente os autóctones não se sentiam lá muito à vontade ao dialogar com quem se fazia representar por uma consciência artificial ambulante.

O dolfinoide viu-se forçado a deixar as divagações de lado, quando o octópode que atuava como interlocutor respondeu à declaração de Andrômeda.

"Não mais discutirei a legitimidade de vosso papel como porta-voz dessas criaturas. Retornando à vossa alegação inicial, a espécie que vós representais não evoluiu neste oceano. Apenas este fato já basta para caracterizar a presença deles como invasão. Os antepassados deles decidiram ignorar deliberadamente a advertência dos engenhos postos em órbita pelos Oniscientes. Quando nossos mestres tomarem conhecimento dessa afronta, irão se empenhar em punir-vos e a vossos mestres."

"*Oniscientes?*"

Andrômeda conseguiu projetar a indagação quase sem esforço manipulatório, pois, ao observar os movimentos do alienígena, descobriu como conjurar o símbolo especial que denotava os tais mestres dos octópodes, destacado no teclado da coroa que circundava a cabeça do líder.

"A espécie mais sábia e poderosa que já habitou a Periferia. O povo que nos forneceu o conhecimento e o ferramental necessários para que pudéssemos forjar uma civilização tecnológica autêntica. Não vos preocupeis: vós guardareis o nome Deles. Posto que os Oniscientes serão os responsáveis por vossa perdição. Agora que confirmamos vossa existência para além de qualquer dúvida, comunicaremos a invasão do Santuário aos Oniscientes. Deixai este mundo o quanto antes, ou o poder daqueles que velam pelos Únicos se abaterá sobre vossa espécie mal-adaptada."

As nadadeiras de dolfinos orgânicos e artificiais se agitaram nervosas nas águas escuras da noite de Bluegarden. Ainda que enunciada num Intercosmo antiquado e solene, a ameaça fora inequívoca.

Ringo abriu o bico, pasmo de espanto. Emitiu em alta frequência, para detalhar o eco do semblante inescrutável do alienígena.

Imagine... nos chamar de mal-adaptados! Se ao menos houvesse trazido a broca-laser do trator... Ainda vou mostrar pra esses cefalópodes cabeçudos quem são os mal-adaptados!

Num ânglico irrepreensível, tão frio e enfático quanto o Intercosmo do octópode e com um laconismo que denotava toda a sua irritação, Lennox recomendou a Andrômeda:

– Fale dos humanos.

A dolfinoide assentiu.

Naquele projetor de símbolos alienígena não havia, é claro, um holograma específico para designar os dolfinos.

Ao consultar o dicionário padrão do aparelho, depois de vários minutos, Andrômeda constatou, não sem certa satisfação, que os tais Oniscientes, ao menos possuíam um símbolo intercósmico para designar a humanidade.

Tomou o fato por bom augúrio.

"Esperamos que não nos tomem por numa raça de arrivistas ignorantes, restritos apenas a uns poucos oceanos planetários. A questão, no entanto, é que jamais ouvimos falar nesses Oniscientes aos quais vocês se referem. De nossa parte, informamos que por nossa segurança velam os humanos, não apenas nossos mestres, mas nossos criadores. Decerto não ignoram que se trata de uma das espécies mais disseminadas e empreendedoras deste setor da periferia galáctica."

Para emitir aquela réplica extensa, a dolfinoide gastou quase duas horas THP. Embora os octópodes não houvessem demonstrado o mínimo indício de impaciência, a resposta deles levou menos de um minuto para começar a brilhar em infravermelho no escuro do oceano.

"Humanos. Sim, já ouvimos falar de vossos mentores. Felizmente, jamais estabelecemos contato direto com eles. Portanto, tudo que sabemos de vossos criadores é o que consta na Biblioteca que nos foi ofertada por nossos mestres. Segundo esta fonte infalível, os humanos constituem uma espécie racional terrícola, bípede e humanoide, de extrema prolificidade e de baixa longevidade. Por sua celeridade em se alastrar pelos mais diversos recônditos da Espiral, são tidos como praga nefasta em alguns quadrantes da Periferia Galáctica. Bípedes cuja principal peculiaridade é a ignorância alegada quanto à localização de seu mundo original."

– Filhos de uma lesma bentônica! – Não satisfeito em vociferar em delphii, para desespero de Lennox, Ringo repetiu a ofensa em ânglico, registrando-a para a posteridade. – Como ousam?!

Aquilo fora positivamente demais.

A *Ignorância* referida era o exato motivo pelo qual os detratores da humanidade ridicularizavam a espécie periferia adentro.

Afinal, umas poucas civilizações conhecidas tiveram seus planetas originais destruídos em cataclismos cósmicos.

Outros povos, mais numerosos, foram insensatos o bastante para arruinar seus mundos natais através da aplicação resoluta de seus próprios esforços, quer por meio de hecatombes termonucleares, quer por catástrofes ambientais.

Os humanos, contudo, constituíam a única cultura tecnológica conhecida que havia simplesmente *perdido* seu mundo natal ao longo da diáspora desenfreada pelos setores da Periferia que atualmente habitava.

Talvez houvesse sociedades humanas para as quais o paradeiro do lendário Sistema Sol não constituísse mistério algum. Humanos para os quais a Velha Terra fosse algo além de uma figura mitológica obscura, fruto da imaginação coletiva da humanidade, germinado num passado fabuloso.

No entanto, se tais humanos existiam, os olduvaicos e todas as outras culturas humanas e alienígenas catalogadas não os conheciam.

Quando representantes de duas culturas humanas distintas travavam seu primeiro contato mútuo, sempre faziam uns aos outros as mesmas perguntas rituais.

"Você sabe onde fica o Sistema Sol?"

"Ele existe mesmo?".

"Sabe voltar para lá?"

Até onde os olduvaicos sabiam, as respostas foram sempre as mesmas.

Invariavelmente negativas.

A Ignorância constituía fonte de opróbrio tremendo para a maioria das culturas humanas, das mais arcaicas às mais avançadas.

Em muitos sistemas, a questão da origem da espécie havia se tornado em tabu, assunto cuja simples menção era passível de severa punição legal. Os cidadãos de algumas dessas sociedades tacanhas se esforçavam para crer que a humanidade era uma espécie promovida, como quase todas as outras. Uma espécie promovida que, como várias outras, ignorava a identidade real de seus mestres. Sem dúvida, uma crença melhor e mais reconfortante. Dos males, o menor. Afinal, ao assumir o estatuto de espécie-órfã, as tais sociedades humanas transferiam a pretensa desonra para uma espécie alienígena hipotética.

Ao contrário de certas culturas atrasadas, a humanidade olduvaica condenava a prática desta política de avestruz.

Embora não possuíssem provas conclusivas, os olduvaicos não se importavam com o que os sábios alienígenas afirmavam. Porque os melhores estudos de Tannhöuser indicavam que todas as estirpes da tão disseminada humanidade eram fruto da evolução espontânea, um processo infinitamente mais tortuoso e fortuito do que uma promoção simples, rápida e segura. Evolução esta que teria ocorrido uma única vez, numa única biosfera planetária. Chamar esse mundo original de "Terra" e seu primário de "Sol", ou escolher quaisquer outros nomes, era mera questão de folclore histórico.

Contudo, não obstante essa postura pragmática, o fato é que a ignomínia de ignorar a localização desse mundo primevo hipotético se fazia presente até mesmo em Tannhöuser, o planeta que abrigava a sociedade humana mais culta e progressista deste quadrante da periferia galáctica.

Em Olduvaii, a vergonha de haverem perdido a Terra foi herdada pelos dolfinos. Pois, de acordo com as tradições, a Terra fora não apenas o planeta original da humanidade, mas também da espécie ancestral do *Delphinus sapiens*.

Muitos humanistas alienígenas consideravam esse sentimento de perda a marca registrada de ambas as espécies mamíferas.

Desanimado e abatido com o rumo que o diálogo inicial com os cefalópodes tomara, Lennox recomendou à Andrômeda que encerrasse o encontro.

Os dois lados combinaram um novo contato trinta ciclos mais tarde.

Durante o intervalo, a expedição regressaria aos núcleos dolfinos no sul do planeta.

Nereu contemplou os octópodes com cliques curiosos. Ou o líder autóctone já havia ouvido falar dos humanos – conhecimento prévio que o dolfinoide reputou duvidoso em virtude do isolamento dessa espécie – ou consultara a tal Biblioteca através de um link online, acesso que denotava a posse de tecnologia avançada. *De qualquer modo, no próximo encontro, não dependeremos mais de um transceptor alienígena.*

– Espero estar presente nesse segundo contato. – Ringo suspirou baixinho para si próprio. A cauda e as nadadeiras vibraram num súbito tremor de jubilo. – Virei preparado.

Capítulo 21

Horas após a interrupção do primeiro contato com os octópodes, quando os expedicionários já haviam se afastado da cidade-colmeia para estabelecer um acampamento provisório para passar a noite. Enquanto Lennox reportava os últimos acontecimentos ao controle da expedição, Ringo e os dolfinoides excitados debatiam acaloradamente as consequências da descoberta dos octópodes.

Aproveitando o ensejo, Carthy roçou levemente a barbatana dorsal de Timmy com a nadadeira esquerda e, com um pio discreto, convidou a jovem a se afastar um pouco do grupo para que pudessem conversar a sós.

Nas raras ocasiões em que desejam conversar com certa privacidade, em virtude de suas audições apuradas, os dolfinos precisam se afastar uma boa distância de seus semelhantes.

Por isto, ao cair daquela noite fatídica, as duas dolfinas nadaram para trás de uma pequena formação de coral. A meio caminho, um cardume de moluscos pisciformes disparou sobre seus dorsos.

Impulsionados pela pressão dos jatos d'água ejetados de seus sifões oblongos, as belas criaturas de cílios compridos, rígidos e fosforescentes, interligados por membranas coloridas iridescentes, semelhantes a barbatanas, os pisciformes sempre impressionavam Timmy por suas semelhanças com os teleósteos autênticos – animais que, em Bluegarden, existiam tão somente nas vastas fazendas de criação intensiva mantidas dentro do círculo polar meridional.

Maravilhadas, as duas emitiram cliques de ecolocação para apreciar a evolução célere dos pisciformes. Aos cliques de baixa frequência seguiram-se outros, de frequência mais elevada, que dolfinos e dolfinoides empregavam para gerar ecos detalhados dos objetos examinados.

Carthy aplicou uma palmadinha com a ponta da nadadeira no dorso da jovem, estimulando-a a retomar o curso rumo à formação coralina.

Pesarosa, Timmy se abstraiu da beleza cintilante que o espetáculo do desfile dos pisciformes proporcionava e debandou na direção indicada pela bióloga.

Uma vez protegidas da curiosidade alheia, Carthy assobiou num tom baixo e reconfortante, inaudível aos demais:

– Imagino se sua paixonite por Nereu não se tornou algo irrelevante diante do estabelecimento de um primeiro contato inamistoso com uma espécie que, ao que tudo indica, evoluiu nesta biosfera oceânica.

– Realmente. Ante os últimos acontecimentos, o falatório sobre meus percalços sexuais com Nereu constitui a última das preocupações.

A fim de confirmar suas suspeitas, Carthy varreu a afilhada com uma salva de cliques de alta frequência. A postura corporal da dolfina mais jovem indicava que, ao contrário do que acabara de afirmar, os octópodes não estavam no topo de sua lista de preocupações.

– Vamos colocar os octópodes de lado por um instante.

– Como se fosse possível... – Timmy piou num tom aborrecido. – Será que os mestres vão mesmo nos expulsar daqui?

– Talvez. – Carthy abanou o bico, denotando concordância dúbia. – Quem sabe, não logramos dar um jeito de permanecer aqui?

– Julga nossa permanência possível?

– Improvável, mas não impossível. – Carthy trinou, pensativa. – De qualquer modo, uma evacuação planetária hipotética só começaria na época de nossos filhos e netos. Mesmo que venha a ocorrer, a emigração não nos atingirá pessoalmente. Por outro lado, seu desejo pelo Velho está te perturbando aqui e agora, certo?

– Nem tanto.

– Não é o que parece. – A dolfina mais velha emitiu um pipilo bem-humorado. – Insisti em trazê-la para trás destes corais para falar de Nereu e não da emigração de nossos descendentes.

– Está bem, Carthy. – Timmy assentiu com o bico. – Já que insiste.

– Pois insisto. – A bióloga piou, enfática. – É besteira ficar se culpando ou se sentindo envergonhada, só porque gosta de copular com Nereu. Ele é um artificial adorável. Exceto por um punhado de radicais empedernidos, os membros do conselho científico o consideram insubstituível.

– Eu sei. Também gosto muito dele. – Timmy sempre dera ouvidos aos conselhos da bióloga. Afinal, era sua madrinha. A fêmea que a amparara quando emergiu do ventre de sua mãe e a conduzira até a superfície, para que pudesse sorver o primeiro hausto sôfrego de ar. Não que aceitasse sempre os tais conselhos de bom grado, mas os ouvia com atenção. – O problema é que Nereu não é um dolfino de verdade. Tudo bem que seu corpo e personalidade sejam emulações fantásticas... Mas é apenas uma máquina.

– Lógico que é! – Carthy soltou um pipilo divertido. – Só que, como você decerto não ignora, há máquinas e máquinas. Num certo sentido, eu e você também não passamos de máquinas. Máquinas biológicas sofisticadas de complexidade extrema. De forma idêntica, Nereu é uma máquina biofotomecânica de complexidade equivalente à nossa.

– Não é a mesma coisa.

– Ah, criança... Desde antes da Chegada em Olduvaii, os humanos vêm tentando criar uma máquina com um programa capaz de emular a autoconsciência tão bem quanto aquele que gera uma mente humana ou dolfina a partir de pouco mais de um quilograma de matéria orgânica acinzentada.

– Sim, mas, e daí?

– Daí que, embora não tenhamos notícias do resultado dessas tentativas em outras sociedades humanas, no que diz respeito a Tannhöuser, o êxito integral só foi obtido há coisa de cinco ou seis milênios, dependendo da definição técnica de autoconsciência que prefiramos adotar. Portanto, humanos e dolfinos artificiais são elementos relativamente novos em nosso contexto social.

– Você tocou no ponto exato. Nereu, Andrômeda e os outros dolfinoides não passam de programas autoconscientes injetados em máquinas sofisticadíssimas. Uma combinação genial, reconheço. Contudo, genialidade apenas não basta para criar dolfinos ou humanos.

– Ao que me consta, o Postulado de Blackmore afirma exatamente o contrário.

– Nunca ouvi falar desse postulado.

– Bem, traduzindo do jargão técnico pesado da turingística aplicada para o delphii cotidiano, segundo a lendária Blackmore, quando um programa é sofisticado a ponto de possuir autoconsciência e volição, a absorção de conhecimentos novos torna-se mais eficiente se o dito programa empregar mecanismos de aquisição de dados em tudo semelhantes aos sistemas de aprendizagem utilizados para ensinar uma mente residente num cérebro de proteína. E o que isto prova, minha querida? Apenas que, uma vez ultrapassado certo limiar, não existe mais diferença. Emulação e realidade se tornam a mesma coisa! Turing perfeito, percebe?

– Não sei. O argumento é persuasivo, não há dúvida. Mas ainda não me sinto inteiramente convencida. – No entanto, a jovem já não parecia tão segura de seus argumentos. – Talvez a diferença resida no fato dos dolfinoides terem sido fabricados.

– Oh, sim, é claro. Só que a delfineia, como espécie promovida, também foi fabricada.

Carthy lançou um clique inquisitivo à afilhada. Diante da ausência de resposta, decidiu encetar o ataque por novo ângulo:

– Há alguns milênios, houve uma escola filosófica em Archaeodelphos que advogava uma teoria de origem das mais heterodoxas que já ouvi. De acordo com os filósofos peludos, a própria humanidade seria uma espécie promovida. Só que, no caso humano, por algum motivo obscuro, o processo de promoção teria sido abortado antes de seu término.

– Certo. Já ouvi trinar dessa tese. Só não sabia que havia sido engendrada pelos humanos hirsutos de Archaeodelphos. Mas o que essa teoria maluca tem a ver com os dolfinoides?

– Apesar de soar inverossímil e não possuir um grama de evidência histórica concreta para corroborá-la, essa teoria maluca ao menos possui o mérito de explicar a relativa fragilidade e as imperfeições flagrantes do design humano, quando comparado ao da maioria das espécies alienígenas, sabidamente promovidas. Contudo, não importa muito para a discussão presente se essa teoria de origem é válida ou não, no caso específico de nossos mestres. O importante é que foi deste modo que a maioria das espécies racionais se originou. Nós, inclusive. Nós, dolfinos, fomos fabricados, por assim dizer, a partir de ancestrais irracionais. Então, vou perguntar outra vez, qual a diferença moral entre nós orgânicos e os dolfinos artificiais?

– Ah, Madrinha, você sabe... É diferente. – Ante o silêncio provocador da bióloga, que lhe dirigia apenas cliques de rastreio indiferentes, Timmy tentou vocalizar melhor. – A mente dolfina é diferente da humana. Talvez os humanos tenham logrado êxito no caso dos androides.

– Humanos artificiais.

– Que seja. Já que decidimos bancar as politicamente corretas hoje, no caso dos humanos artificiais. – Timmy brindou a madrinha com um pio irônico inarticulado. – No caso dos dolfinoides, foi diferente. Não conseguiram criar um programa capaz de emular de maneira convincente a personalidade de um dolfino orgânico.

– Quem foi o malvado que te convenceu desta tolice, minha *peixinha* inocente? – A dolfina mais velha sugou ar por sua canícula e borbulhou, conjurando paciência para a explicação. – Embora o organismo físico de um dolfino artificial tenha sido uma invenção humana e a própria ideia da criação dos mesmos também tenha sido originalmente humana, os mestres jamais teriam sido capazes de criar um programa capaz de emular a mente dolfina com a perfeição necessária. Porque, por mais inteligentes que sejam, os humanos não nos conhecem tão bem quanto nós próprios nos conhecemos. Por isto, as consciências artificiais que hoje residem nos dolfinoides foram elaboradas por dolfinos especializados em turingística. Nossos maiores experts em inteligência artificial autoconsciente.

– Quer dizer que a mente dos dolfinoides não foi um produto do engenho humano, mas sim dolfino?

– Exato. E não há a menor dúvida que podemos projetar nossos artificiais tão bem quanto os humanos projetam os deles, não é?

– Claro que sim, mas...

– Bom. Já que concordamos em tudo, que tal deixar de criar caso à toa? Lógico que, ao ultrassonografar o interior de um organismo, somos capazes de distinguir facilmente um dolfino orgânico de um artificial. Contudo, essa capacidade não nos confere o direito de considerar o último menos dolfino do que o primeiro. Se você parar de clicar um instante, vai perceber que, exceto por um trio de tentáculos maravilhosos, não há tanta diferença assim.

– Mas, então...

– Então, acho que já é hora de crescer um pouco e abandonar essas noções preconceituosas infantis. Que tal seguir um bom exemplo humano uma vez na vida e parar de chamar nossos artificiais de *dolfinoides*?

A jovem permaneceu algum tempo imersa num silêncio pensativo.

Intrigada com o silêncio da afilhada, bióloga experiente, Carthy resolveu empregar a pujança hormonal da jovem em favor do seu argumento:

– Por acaso você já se perguntou por que os humanos tratam os artificiais deles com tanta consideração? De minha parte, sempre julguei que o Conselho de Olduvaii tomou a decisão acertada, quando condicionou a partida da *Oceanos* à concessão de cidadania plena aos dolfinos artificiais.

– Não sabia que os humanos gostavam tanto assim dos seus

androides... – Conscientemente ou não, Timmy notou o tom maroto da madrinha e acabou mordendo a isca. – Você acha que os mestres também copulam com os artificiais deles?

– Pelo que me consta, tanto quanto nós com os nossos. Só que, ao contrário dos dolfinos, os humanos não criaram tabu algum em relação ao sexo com artificiais. É vergonhoso ter que admitir, mas, ao menos neste ponto, os mestres denotam mais maturidade do que nós.

Timmy ignorou a provocação e suspirou fundo:

– Puxa, não imagina como me sinto aliviada. Quer dizer então que não há nada de pervertido em copular com dolfinoides? Pensei que Lennox fosse me lançar aos tubarões...

– Imagina, se logo o Lennox iria te criticar por isto... – Carthy assobiou uma risada. – Até porque, Nereu pode ter sido sua primeira experiência com dolfinoides, mas não pense que o inverso seja verdadeiro.

– Como assim?

– Ora, querida, através das gerações de dolfinos orgânicos, desde a chegada dos colonos em Bluegarden, e talvez mesmo antes disso, ainda a bordo da *Oceanos*, esse velho sátiro tem copulado, alegre e vivaz, com praticamente todas as jovenzinhas ávidas que lhe caem nos tentáculos. E com os jovenzinhos também. Incrível como aquele papo furado de que é a primeira vez dele com uma orgânica acaba sempre iludindo as incautas, geração após geração...

– Que filho duma sardinha desgraçado! Ah, esse farsante senil me paga!

– Captou só? E você se recusando a considerá-lo dolfino...

– Pela trolha de Netuno! Ele é mais sacana que o pior dolfino que eu conheço! – Havia um tom carinhoso nos impropérios assobiados pela jovem. Então, pensou um pouco e acrescentou num trinado malicioso. – Espera um pouco. Como é que você sabe disso tudo?

– Sei que vai soar inacreditável, mas também já fui uma jovenzinha inexperiente.

– Quer dizer que...

– Ah, ter a pontinha de um daqueles tentáculos acariciando sua fenda, brincando com seu clitóris, é a melhor coisa do mundo, não é? E a Andy, então? Já experimentou? – Ante o chilreio de espanto e indignação da jovem, a dolfina mais velha trinou, divertida – Pelo visto, ainda não. Tudo bem, não precisa ficar escandalizada. Quando a oportunidade surgir, não a desperdice por conta desse outro preconceito antiquado.

– Puxa, Madrinha. E eu que pensei que estava descobrindo a pólvora sem fazer barulho...

– Relaxe. – A bióloga movimentou a cauda, o bico e as nadadeiras no mesmo ritmo, num gesto claro de apaziguamento. – Muitas de nós já passaram pelos tentáculos amorosos de Nereu e dos outros artificiais.

– É. Estou captando. – Timmy articulou, pensativa. – Em pensar que eu te julgava toda certinha...

– Certinha, eu? Imagina... – Carthy assobiou um suspiro monotonal que denotava satisfação. – Enquanto você insistir nessas ideias antiquadas, é melhor eu nem comentar contigo a questão das cópulas entre dolfinos e humanos.

– Como é que é?! – O espanto foi tão grande que Timmy se atrapalhou toda com o tubo de ar e foi obrigada a expelir uma série de bolhas pelo espiráculo para desobstruir o conduto nasal. – Você já fez *isto*?

– Claro que não, criança. Ainda não era nascida quando os mestres estiveram aqui da última vez. Mas minha avó paterna se gabava de ter copulado com uma humana...

– Copulado com uma mestra...

Atordoada, Timmy simplesmente não sabia o que pensar.

A dolfina mais velha ocultou o pio que equivalia a um sorriso. Contudo, não deixou de notar que a afilhada se sentia tão excitada quanto confusa.

– Vamos deixar este assunto das cópulas interespecíficas para outra ocasião. Agora, temos que voltar para junto dos outros. Se demorarmos mais um pouquinho, é provável que Ringo trine por nós.

– Bico Comprido não aceitou a descoberta dos octópodes numa boa.

A bióloga liberou um pio contrito antes de responder:

– Para assobiar a verdade, eu também não.

Capítulo 22
Orgulho & Preconceito

Os líderes das mônadas mais populosas da civilização cefalópode chegaram de vários pontos do oceano para se reunir no fundo de uma gruta profunda, uma caverna submarina gigantesca escavada há centenas de quilociclos numa de suas cidades-colmeia.

O interior da gruta mantinha-se parcamente iluminado, num padrão intrincado, composto por miríades de micro-organismos fosforescentes, fixados com perfeccionismo artístico carinhoso nas superfícies coralinas que revestiam o teto e as paredes rochosas.

Os olhos grandes e circulares dos octópodes brilhavam na penumbra.

Contudo, a percepção que esses seres possuem do mundo exterior é bastante semelhante a dos dolfinos. A ecolocação é de longe o sentido mais importante para ambas as espécies. Só que as capacidades ecométricas dos octópodes são menos desenvolvidas que as dos dolfinos. Em compensação, a visão dos autóctones é mais aguçada do que a dos forasteiros.

Por isto, a obscuridade reinante no interior da gruta pouco os incomodava.

O Fiel da Voz emitiu no idioma nativo dos octópodes, uma linguagem que misturava os estalidos e silvos ultrassônicos modulados a uma gesticulação muito rápida, realizada pelos dígitos de seus tentáculos manipuladores, que brilhavam fracamente no escuro:

– Os invasores surgiram afinal. Vieram do sul, conforme nossas simulações haviam previsto. Embora alguns de nossos cidadãos ainda há poucos ciclos se recusassem a crer na realidade da ameaça, sua natureza revelou-se pior do que prognosticavam nossas avaliações mais pessimistas. Ao contrário dos Únicos, as criaturas não evoluíram espontaneamente. Segundo apuramos, foram promovidas à racionalidade pelos humanos. Imagino que todos os presentes compreendam a gravidade deste fato.

A indagação do Fiel da Voz fora meramente retórica.

Afinal, como guardião da Biblioteca, sabia melhor do que ninguém dos milhares de acessos prioritários em busca de informações urgentes sobre os humanos, espécie que, até pouquíssimo tempo atrás, só os teóricos em xenologia haviam ouvido falar.

– Compreendemos. – O líder de uma mônada sulina ondulou seus tentáculos, sério, fazendo uso da palavra para recapitular os fatos. – Não constituindo produto da evolução natural, mas antes fruto de uma promoção recente, essas criaturas muito provavelmente não chegaram a desenvolver um perfil psicológico autônomo. Nesses casos, pelo que depreendi de leituras recentes, a espécie mentora costuma imprimir suas próprias características comportamentais à conduta da espécie tutelada.

– Se essa impressão foi de fato executada nessas criaturas aquáticas mal-adaptadas,– outro líder comentou, – então, pobres criaturas inocentes... Porque a Voz dos Oniscientes afirma que esses tais humanos possuem compulsão inaudita para se expandir, até a ocupação integral de todos os habitats disponíveis. Há ainda outro ponto agravante: embora pouco longevos como indivíduos, são bastante prolíferos. Esta última característica, e não a versatilidade da sua tecnologia e de seus padrões culturais, como eles próprios costumam alardear, tornou a humanidade tristemente notória em vastas extensões da Periferia, mesmo naquelas parcelas da espiral ainda livres do seu assédio avassalador.

– Muitas civilizações alienígenas consideram os humanos uma praga cósmica. – O Fiel da Voz complementou – Nossos mestres, no entanto, jamais registraram opiniões pessoais sobre o assunto. Tampouco teceram juízos de valor a respeito. É possível que essa pretensa lacuna informacional decorra do fato de que não comungam com a opinião prevalente. Como imagino que já seja do conhecimento da maioria dos presentes, nossos mestres jamais travaram contato direto com os humanos.

– Também andei estudando os humanos na Biblioteca. – O líder de uma mônada nortenha, que até então se mantivera calado, pronunciou-se pela primeira vez. – Um fato me chamou atenção. De acordo com os Oniscientes, não há registros de espécies promovidas pela humanidade. Ao contrário: há anotações claras de que os humanos abominam a prática da promoção. Conduta, aliás, responsável pelo único comentário elogioso, conquanto indireto, que nossos mestres jamais registraram em favor dessa espécie.

– De fato, não há registros de espécies promovidas por humanos, ao passo que abundam referências de que essas criaturas sempre adotaram políticas contrárias a tal prática. – O Fiel da Voz reconheceu, contrafeito. – Contudo, os invasores se afirmam sob a tutela dos humanos.

– E se eles estiverem mentindo, com o intuito de nos intimidar? – O núncio da Gerúsia indagou. – Talvez estejam empregando a má fama dos humanos em proveito próprio, apenas para nos atemorizar.

– Arriscar-se-iam eles a despertar a ira dos Oniscientes? – O líder da mônada que cumpria o papel de anfitriã para o conclave mostrou-se céptico. – Não creio que ousassem tal manobra.

– Se de fato constituem crias dos humanos, talvez ousem feitos piores que um simples blefe. – Um suspiro grave elevou-se em meio aos gerontes.

– Ao que parece, nossos raciocínios começaram a singrar trilhas circulares, meus irmãos. – O Fiel da Voz interrompeu o burburinho ultrassônico que ameaçava tomar conta da gruta. Todos pararam de emitir para ouvi-lo. – Admitamos, como hipótese preliminar, que tais seres são de fato pupilos dos humanos.

– Neste caso, – o octópode que havia conduzido o contato inicial com os alienígenas manifestava-se pela primeira vez, – é de todo provável que esses vertebrados racionais aquáticos padeçam do mesmo distúrbio de conduta de seus criadores.

– A Voz da Biblioteca não possui dados sobre os invasores.

Como de hábito, o Fiel da Voz parecia considerar qualquer informação ausente dos vastos bancos de dados gerenciados pelo programa do biocomputador, como um evento meramente imaginário. A contragosto, acabou admitindo com um gesto desanimado de um dos tentáculos ramificados:

– Devemos contar com a possibilidade de que eles tenham sido promovidos após a instalação da Voz em nosso planeta.

– Devemos elaborar um relatório detalhado e transmiti-lo aos Oniscientes. – O núncio da Gerúsia opinou.

A maioria dos presentes ciciou em concordância.

O responsável pela Biblioteca interrompeu o burburinho de aquiescência de seus semelhantes com uma ondulação enfática dos tentáculos:

– Há algo que, conquanto não constitua segredo estrito, é fato ignorado pela maioria dos presentes. Um fato que, por sua extrema gravidade, preciso compartilhar convosco.

– Sim, Fiel da Voz. – O núncio da Gerúsia pronunciou-se com um sibilo circunspecto. – É chegada a hora dessa confissão crucial.

– Pois que é. – O Fiel da Voz sinalizou uma anuência exaurida. – Houve épocas no passado em que, não obstante as determinações, meus antecessores tentaram estabelecer contato com nossos mestres.

Embora as tentativas de estabelecer contato com os mestres não constituíssem sacrilégio per si, a maioria dos presentes manifestou inquietação visível ante a confissão da desobediência explícita de um mandamento deixado pelos Oniscientes.

O escândalo só não eclodiu, o Fiel da Voz intuiu, pelo fato de não ter sido o desrespeito perpetrado no presente, por ele, mas por seus antecessores remotos.

Ainda assim, o silêncio de água estagnada que inundou a gruta estava prenhe de expectativa.

Todos os olhares convergiram para o Fiel da Voz. Esse sentiu a epiderme sensível se arrepiar ante as emissões simultâneas de centenas de octópodes.

Enfim, aspirou água pelas brânquias e concluiu a confissão:

– Jamais houve resposta.

Murmúrios consternados ecoaram no arcabouço do teto cupular da caverna.

O núncio acalmou os ânimos dos presentes, declarando:

– Não há motivo para desalento. Antes de partir, os Oniscientes deixaram bem claro que não responderiam eventuais tentativas frívolas de restabelecer comunicação. Fomos autorizados a entrar em contato tão somente para solicitar auxílio contra catástrofes naturais ou ameaças externas que colocassem em risco a segurança do Santuário ou a sobrevivência dos Únicos.

– Pois que então é chegado o momento de solicitarmos auxílio. – O líder que estabelecera o primeiro contato com os dolfinos piou, enfático. – Creio que aquelas criaturas malformadas constituem uma ameaça deveras grave à integridade do Santuário e à sobrevivência dos Únicos.

Houve um alarido de emissões de apoio.

Naquele instante, um silvo solitário elevou-se da multidão de piados estrídulos, opondo-se à tendência da maioria.

– Sei que esses alienígenas vertebrados parecem impetuosos, com sua longevidade baixa e suas taxas de desenvolvimento cultural elevadas. – O teórico em psicologia alienígena ergueu seu assobio discordante. – Imagino que, conscientes da efemeridade de suas vidas individuais, tenham pressa em empreender todo o tipo de ações volitivas.

Todos se calaram para ouvi-lo.

Agiram mais por educação do que por respeito à sua opinião, pois ele era um octópode que, até então, pouco fizera, além de *brincar* com simulações de mentes alienígenas geradas pela Voz da Biblioteca a seu pedido.

Com um pio neutro, típico de quem expõe um fato concreto sem tentar influenciar seus ouvintes, o autoproclamado xenopsicólogo prosseguiu:

– O fato é que esses alienígenas não se mostraram particularmente agressivos ou hostis. Sabemos que a matriz tecnológica humana é extremamente diversificada e, sobretudo, muito diferente daquela que absorvemos dos Oniscientes. Inferior em vários aspectos, é verdade. E, contudo, superior em outros. Quem sabe não poderíamos estabelecer um intercâmbio técnico e cultural com essas criaturas. Uma relação benéfica para ambas as partes.

Ante o pasmo geral que se instalou na gruta com a proposta absurda, o xenopsicólogo resolveu acrescentar em seu canto mais persuasivo:

– De acordo com algumas das minhas simulações mais convincentes, existem indícios de que esses vertebrados recebem, ainda hoje, visitas periódicas dos humanos. – Neste ponto, ele expressou sua preocupação com um tremor súbito e ligeiro dos tentáculos. – De qualquer modo, não parecem tão isolados de seus mentores, quanto nosso povo dos Oniscientes.

– Já estivemos isolados tempo bastante. – Um membro nato da Gerúsia concordou – Talvez o contato com esses alienígenas não seja de todo maléfico.

– Exato. – O xenopsicólogo retomou a palavra, mais animado. – Acredito na coexistência pacífica das duas culturas. Incapazes que são de extrair oxigênio da água é provável que construam suas cidades e instalações próximas à superfície, enquanto nós preferimos o subsolo e as regiões mais profundas. Parece-me uma combinação ideal.

– Tolice! Como poderemos almejar cooperação com criaturas tão primitivas e mal-adaptadas? Sim, pois é isto que esses seres toscos e mal-acabados são! – Com as pupilas-bastonetes dilatadas, valendo-se de seu papel de líder do conclave, o Anfitrião ergueu mais uma vez o silvo da intolerância, expressando o pensamento da maioria.

– Aquáticos, sem dúvida, mas desprovidos de brânquias. Incapazes de respirar livremente em nosso elemento natural. Como constatamos, eles necessitam de tanques de oxigênio para lhes fornecer o ar que carecem para não morrerem sufocados nas águas cálidas de nosso mundo. Além disso, nem sequer possuem órgãos de manipulação. Precisam se valer de máquinas como pajens e ajudantes, mesmo para as tarefas mais simples. Que tipo de cooperação poderíamos esperar de criaturas tão reles e primitivas?

– O líder presente tem razão, meus irmãos. – Um dos líderes mais conservadores apoiou a postura do Anfitrião. – Não creio na possibilidade de um acordo factível. Até porque nada nos garantiria que essas criaturas seriam capazes de honrá-lo. Ademais, antes de partir os Oniscientes manifestaram sua vontade de modo categórico. O Mundo é um santuário e, como tal, deve ser preservado.

– Isto mesmo. – O núncio da Gerúsia anuiu, num pio convicto. – Se permitirmos que bárbaros de tal estirpe se espalhem por nossas águas adentro, em breve tomarão conta de tudo. Multiplicar-se-ão para além de toda medida. Encherão o oceano com suas vidas curtas e movimentos rápidos, de um modo tal que jamais sentiremos novamente o prazer de permanecer imersos com uns poucos amigos sobre um leito arenoso, observando a passagem das ondas sobre nossas cabeças, ou em nossos jardins e pomares, à sombra dos feixes de algas.

Capítulo 23

O segundo contato entre octópodes e dolfinos ocorreu a poucas centenas de metros do sítio onde o anterior se dera, no centro de uma praça rodeada por torres cônicas altaneiras erigidas em coral e arenito fosco, no coração daquela colônia cefalópoda.

Dessa vez os dolfinos portavam dois transceptores de símbolos de fabricação humana, ambos adaptados às suas necessidades. Sob forma de luva, um dos aparelhos fora *vestido* na nadadeira direita de Lennox. O outro, um modelo de design mais convencional, permanecia atado ao tórax de Carthy.

Ante o preconceito contra os dolfinoides demonstrado pelos autóctones no primeiro contato, o conselho científico julgara melhor que os artificiais não participassem diretamente do diálogo que pretendiam entabular.

Não obstante esta decisão, Nereu fora enfim alçado ao Conselho de Governo. Portanto, o dolfinoide possuía em tese cargo superior ao de Lennox, o comandante dessa segunda expedição.

Só havia cerca de uma dúzia de transceptores de hologlifos intercósmicos em todo Bluegarden, pois humanos e dolfinos haviam há muito acordado quanto às modalidades de tecnologia que os primeiros transfeririam aos últimos.

Embora os dolfinos constituíssem uma cultura de âmbito planetário, não almejavam permanecer neste status para sempre. Pretendiam atingir o status estelar dentro dos próximos séculos e o galáctico em cerca de dois ou três milênios. Orgulhosos como eram, ansiavam por alcançar as estrelas remotas sem auxílio humano.

Contudo, a existência de cefalópodes racionais autóctones talvez viesse a atrasar esses sonhos de grandeza, ou mesmo frustrá-los por completo.

Os octópodes constituíam uma dificuldade incontornável. Um problema seriíssimo, que os dolfinos não podiam em absoluto se dar ao luxo de ignorar. Uma variável nova, imponderável e até então inconcebível, dentro do modelo detalhadamente elaborado pela delfineia com o apoio da humanidade.

* * *

Uma resolução do conselho científico determinara que a mesma equipe de quatro dolfinos e dois dolfinoides que estabelecera o primeiro contato deveria proceder com as negociações junto aos octópodes.

Entre os estadistas dolfinos prevalecia a consciência plena da gravidade do dilema em que se encontravam.

Os humanos haviam prometido um mundo exclusivo para a delfineia.

Até bem pouco tempo atrás, todos julgavam que a promessa fora cumprida à risca, quando, ignorando a existência dos octópodes, eles concederam Bluegarden aos dolfinos.

A descoberta efetuada pela primeira expedição de Lennox mudara tudo.

Como os olduvaicos reagiriam à notícia de que o mundo ofertado a seus pupilos abrigava racionais autóctones?

Reconheceriam seu erro, permitindo que a delfineia inocente permanecesse em Bluegarden?

Ou obrigariam os dolfinos a empreender nova migração. Desta vez uma migração forçada para fora de Posseidon?

A questão mais importante, contudo, era se eventuais relações amistosas ou hostis com os octópodes poderiam influenciar a decisão da humanidade?

* * *

O flutuador subaquático que conduzia dolfinos e dolfinoides ao encontro dos octópodes estacionou no centro da praça. Não era mais o antiquado trator semipressurizado do primeiro contato, mas um veículo maior, desprovido de capota, mais potente e de linhas arrojadas.

Da baia de pilotagem do flutuador, Ringo ativou o sistema de travas eletromagnéticas e desalimentou o motor de fusão. Os outros cinco nadaram para fora do veículo. O geofísico se deixou ficar um pouco para trás. Fingiu executar uma verificação de rotina no programa do flutuador. Aproveitou o ensejo para *vestir* sua perfuratriz-laser, dispositivo discreto que trouxe consigo, acoplado de forma anatômica sob a nadadeira esquerda.

Não admitia confrontar os octópodes desarmado.

Quando se reuniu aos demais junto ao flutuador, Lennox reparou que o geofísico portava a ferramenta de trabalho. Intrigado, emitiu um curto trinado interrogativo.

Antes que Ringo pudesse esboçar a resposta ensaiada, o octópode postado no centro de seu grupo começou a emitir:

"Saudações, invasores. Estamos satisfeitos em constatar que dispondes de meios de comunicação próprios." – Com aquela sentença, que os dolfinos tiveram dúvidas se classificavam como amistosa ou sarcástica, os octópodes iniciaram o diálogo.

Os símbolos flutuavam sobre os dorsos de dolfinos e dolfinoides. Os primeiros ativaram seus visores infravermelhos. Andrômeda e Nereu regularam seus sensores visuais.

Timmy observou que vários octópodes portavam coroas transceptoras.

Manipulando destramente o teclado do aparelho que lhe envolvia a cabeça, o cefalópode que iniciara o diálogo continuou:

"Curioso não terdes utilizado vosso equipamento em nosso primeiro encontro."

"Ignorávamos a existência de outra espécie racional neste mundo." – Lennox ativou seu transceptor e assobiou a explicação em seu próprio idioma. Fabricado pelos humanos, o dispositivo era capaz de apresentar tradução automática em Intercosmo tanto a partir do delphii quanto do ânglico. Não necessitavam de teclado, pois compreendia ambas as linguagens naturais. Caso necessário, também poderia converter os hologlifos nesses idiomas. – *"E, mesmo se desconfiássemos da existência de sua espécie, jamais imaginaríamos que seu povo dominasse o Intercosmo. Contudo, ao contrário de nós, vocês não pareceram lá muito surpresos em nos encontrar. Como souberam sobre nós?"*

Timmy julgou que o cefalópode que dialogava com eles se parecia, até onde ela podia julgar, com aquele que estabelecera o primeiro contato. Devia se lembrar de indagar a Nereu sobre o assunto mais tarde.

"Concluímos que o Santuário fora violado através da coleta e análise de pequenos vestígios, aqui e acolá. Fragmentos de algas alienígenas e vertebrados pecilotérmicos diminutos trazidos pelas correntes polares até o equador. Formas de vida estranhas à evolução biológica de nosso mundo."

– Preparem-se para novas incriminações. – Ringo articulou num ânglico arrastado, em benefício do sonorregistro gravado por Timmy.

Antes que os outros pudessem admoestá-lo, o interlocutor cefalópode confirmou seu palpite:

"Tais resíduos poluem nosso ambiente de maneira irresponsável. Uma conduta pouco digna de criaturas que se dizem racionais..."

"Esta acusação é preconceituosa e infundada." – Carthy ativou seu

transceptor com um movimento rítmico do bico, chilreando a réplica num tom agudo. O sentimento de repulsa enfatizado pelo tremor das nadadeiras. – *"Nossos peixes, crustáceos e algas são estéreis. Só podem se reproduzir sob condições artificiais rigidamente controladas, presentes apenas no interior de nossas fazendas."*

Os tentáculos do interlocutor estremeceram.

"Espécimes animais e vegetais alienígenas foram encontrados em áreas muito distantes de vossos locais de habitação, constituindo sinais inequívocos de degradação ambiental produzida por agentes biológicos." – O octópode elevou um de seus tentáculos ramificados, apontando para os dolfinos com um *dígito* em riste. – *"Calculamos que estejais habitando os mares temperados do hemisfério sul".*

Inquieta, Timmy abriu e fechou as nadadeiras, arqueando a cauda para compensar o movimento e se manter no mesmo lugar. Sugou ar de seu tubo.

Esses cefalópodes não são nada estúpidos.

Lennox respondeu ao interlocutor, retomando a iniciativa do diálogo:

"Hipótese correta. Nossas primeiras colônias foram erigidas há cerca de sessenta mil ciclos no litoral do arquipélago próximo ao polo sul. Como já explicamos, até descobrirmos uma de suas áreas de cultivo, cerca de vinte ciclos antes do primeiro contato, não cogitávamos a possibilidade de existirem criaturas racionais nativas."

O cefalópode respondeu de chofre num tom solene, de poucos amigos:

"Agora, que a ignorância já não vos serve de respaldo, o que pretendeis fazer? Este mundo é um santuário. Santuário este que vosso povo violou deliberadamente, quando decidiu ignorar as advertências que nossos mestres colocaram em órbita. Se os tais bípedes humanoides a que vos referíreis foram cúmplices desta invasão prolongada, alertamos desde já que eles também serão inculpados pelo crime."

Um cardume de pisciformes voluteou sobre as cabeças dos cefalópodes e os dorsos dos dolfinos. Alheio à exibição radiante multicolorida dos animais e às ecoimagens de seus corpos fluidos circulando num helicoide cintilante sobre os dois grupos mutuamente alienígenas, Lennox concentrou-se em responder a acusação, cujos ideogramas já se haviam desvanecido, atravessados pelos rodopios do cardume:

"Ignoramos o teor da advertência de que nos fala."

Ele fez uma pausa, à espera de que o cefalópode replicasse de algum modo.

Como o autóctone se manteve calado, Lennox julgou por bem esclarecer melhor o assunto:

"O fato é que este mundo nos foi concedido pelos humanos. Nem eles, nem nosso povo e nem qualquer espécie alienígena contatada, jamais soube que este mundo abrigava uma espécie racional autóctone. Nunca havíamos ouvido falar de uma espécie aquática racional que houvesse evoluído espontaneamente."

"Também há fatos que ignoramos em vossa evolução." – Outro octópode dirigiu-se a eles com seu próprio transceptor. Seu tom era sonoramente mais afável que o do líder. Disposição essa perceptível pela escolha criteriosa dos hologlifos empregados, não obstante as dificuldades inerentes em se estimar o estado emocional de uma entidade alienígena somente através dos ideogramas do Intercosmo. Esse segundo octópode tornou a digitar o teclado minúsculo de sua coroa transceptora. – *"Não compreendemos como fostes capazes de erigir uma civilização tecnológica sem órgãos manipuladores".*

Carthy assumiu a palavra para responder:

"Os humanos nos auxiliaram. Depois de nos promover, através de alterações sucessivas no genoma de nossos ancestrais que, embora inteligentes, ainda não eram racionais, nossos mestres nos forneceram os meios necessários para manipular o ambiente. No início, foram armaduras dotadas de membros articulados, que ainda hoje empregamos em várias tarefas. Mais tarde, adaptações e facilidades tecnológicas criadas por nossos engenheiros, supriram nossa carência de manipuladores próprios. Além disso, há os dolfinoides."

O cefalópode afável atrapalhou-se com o visor acoplado à coroa transceptora.

"Referis-vos às máquinas autoconscientes morfologicamente semelhantes a vós, como essas duas que trouxestes convosco?" – O líder octópode acorreu em auxílio do semelhante, apontando para Nereu e Andrômeda, depois de uma pausa considerável, empregada sem dúvida na tentativa infrutífera de descobrir o significado do ideograma "dolfinoide" no dicionário do seu transceptor.

"Exato." – Lennox respondeu – *"Compreendo que também é fácil para vocês perceber que não se tratam de dolfinos orgânicos".*

"E por que seria de outro modo? Os ecos que deles retornam são diferentes dos vossos. As entranhas deles são inteiramente distintas das vossas e parcialmente confeccionadas com materiais inorgânicos. Além disso, o som produzido pelo funcionamento de seus organismos artificiais é deveras diverso dos batimentos e pulsações de vossos corpos."

Os dolfinos não se sentiram espantados com a declaração do octópode.

Captar o que se passa dentro dos organismos de seus semelhantes é quase uma segunda natureza para criaturas capazes de emitir e interpretar ultrassons.

Nereu foi o único a manifestar opinião:

– Grande! – Inteiramente emitida na faixa do ultrassom, a exclamação do dolfinoide interrompeu de imediato as divagações de dolfinos e octópodes. – Adoro quando meus amigos confabulam a meu respeito como se eu não passasse de um peixe morto espetado num arpão...

A reprimenda branda do novo conselheiro atingiu plenamente seu objetivo. Tanto dolfinos quanto octópodes notaram que a conversação desviara-se dos assuntos importantes para trivialidades sensoriais.

O ponto fundamental que ambas as espécies almejavam abordar durante o encontro mal havia sido mencionado.

Lennox consultou o conselheiro dolfinoide e a bióloga com um clique curto de baixa frequência.

Nereu fez um gesto rápido de assentimento com o bico.

Com ar calmo, Carthy sorveu um pouco de oxigênio de seu tanque e respondeu com um clique mais longo e agudo, inquisitivo e algo simpático.

O comandante voltou a chilrear para o transceptor.

"Sua espécie é antiga. Alguns de nossos estudos indicam que sua civilização persiste em sua forma presente há pelo menos dezesseis megaciclos. No decorrer desse vasto intervalo de tempo, vocês ocuparam muito pouco do leito oceânico de Bluegarden, permanecendo sempre restritos ao hemisfério norte. É óbvio, portanto, que seu povo não possui um caráter expansionista. Não compreendemos porque se importam tanto com o fato de colonizarmos o outro hemisfério."

A brusquidão da resposta forneceu aos dolfinos a certeza de que havia sido ensaiada:

"Importamo-nos, de fato. Pois, conquanto não sejamos expansionistas, como vós bem o afirmastes, sabemos que vós sois e, como tais, não vos contentaríeis com um hemisfério apenas. Nossas simulações indicam que, em menos de um megaciclo, seríamos sufocados por vossos números, caso consentíssemos em vossa permanência. Seríamos transformados em intrusos dentro de nosso próprio mundo. Dada a oportunidade, vossa população crescente ocuparia todos os espaços disponíveis, cultivando todos os solos férteis. Vossas algas se sobreporiam às nossas. Os vertebrados pecilotérmicos que trouxeram convosco de outros mundos competiriam pelo fitoplâncton com os crustáceos bentônicos e moluscos tubuliformes que constituem a base de nossa alimentação. Por fim, nosso povo, ainda que mais sábio e longevo, tornar-se-ia vassalo do vosso, esmagado por vossa

gigantesca superioridade numérica. Viver submissos sob tal jugo, seria para nós pior do que a extinção."

Os dolfinos quedaram-se, surpresos.

Não haviam suposto que os autóctones dominassem tamanha capacidade extrapolativa.

Viviam isolados, é certo. No entanto, sabiam perfeitamente o que costumava ocorrer à cultura mais lenta ou mais fraca quando obrigada ao convívio forçado com outra, de evolução célere.

São sem eco de dúvida mais sofisticados do que pensávamos. Amargurado, Lennox não duvidou por um instante sequer da inevitabilidade do prognóstico apresentado pelo cefalópode. Ainda assim, cumpria defender a posição da delfineia:

"O quadro que você pintou não precisa necessariamente acontecer. Nossos dois povos podem costurar um entendimento. Tenho certeza de que..."

"Jamais existiu possibilidade de um entendimento mutuamente benéfico entre nós." – O líder octópode cortou, abrupto, projetando a declaração no mesmo tom que um adulto empregaria para repreender uma criança levada, humana ou dolfina. Então, acrescentou em tom muito mais ríspido. – *"Recusamos de uma vez por todas qualquer proposta de entendimento que exclua vossa partida imediata do Santuário. Vós sois criaturas aviltadas por uma ascendência sórdida, pois que sois crias de uma praga!"*

– Seus salafrários! Filhos de uma enguia! Quem pensam que são para falar assim conosco? – Ringo ergueu a nadadeira que portava a perfuratriz-laser, brandindo-a de súbito em direção à cabeçorra do líder octópode. Emitiu o pio curto que ordenava o destravamento da ferramenta.

– Ringo, não! – O temor retiniu no trinado de Timmy. Jamais cogitara que uma perfuratriz pudesse ser utilizada como arma.

Funcionará como arma, sim! Uma arma potente e eficaz...

Sem que pudesse evitá-lo, a imagem medonha da tragédia iminente assaltou sua imaginação.

O jato fino de um azul fulgurante jorraria da perfuratriz, varando num átimo a água que separava Ringo do líder octópode. A cabeçorra do alienígena atingido inflaria como um baiacu, desabrochando numa explosão vagarosa, típica do ambiente subaquático. O sangue espesso tingiria o mar de vermelho-escuro.

Pedaços da criatura, até há pouco consciente e volitiva, flutuariam, espalhando-se em todas as direções, num massacre incompreensível, dantesco.

* * *

Dolfinos e octópodes trocaram cliques frenéticos de ecolocação. A conversação cessara inteiramente.

– Não faça nenhuma besteira, rapaz. Baixe essa... essa arma. Lentamente. – Lennox piou, girando o corpo para encarar o dolfino mais jovem, manobrando para se colocar entre o geofísico e seus alvos octópodes. – Não torne esta situação que já é crítica, irremediável.

A fala do comandante foi traduzida automaticamente para o Intercosmo sem que ele sequer desse pelo fato.

Pela tensão exibida no tremor de seus tentáculos e a intensificação no brilho de suas pupilas-bastonetes, Nereu concluiu que, mesmo sem compreender o delphii do geofísico, os autóctones deviam ter uma boa compreensão da gravidade daquela crise.

– Estou farto dessas ofensas descabidas! – Ringo trinou, brandindo a arma num ritmo raivoso. – Farto dessa humilhação toda! Será que por acaso corre sangue de camarão em suas veias? Não sei como conseguem suportar tamanha afronta.

– Calma, Ringo. – Nereu emitiu, ondulando os tentáculos em direção ao dolfino num gesto de apaziguamento. – Ameaças à integridade dos autóctones só piorarão nossa situação. Pense no que os humanos dirão.

– Pare onde está, Velho! – Ringo girou o corpo, mirando a perfuratriz no tórax do dolfinoide. – O que os humanos irão dizer? Ora, os humanos estão muito longe daqui! Quando chegarem a Bluegarden, a história já estará escrita. Por isto, afirmo: fodam-se os humanos e suas restrições idiotas! Sei muito bem o que estou fazendo e não deixarei esses cabeçudos nos intimidarem outra vez.

– Ringo, Ringo... – O chilro de Carthy soou mais preocupado do que ela pretendia. – Pense bem nas repercussões de seus atos.

Enquanto os outros tentavam dissuadir o geofísico, Andrômeda flanqueou-o, aproximando-se lentamente de esguelha, sem que ele o percebesse. Quando julgou estar próxima o bastante, retesou o tentáculo e o lançou para frente como um chicote, atingindo em cheio a nadadeira em que Ringo portava a arma.

O geofísico soltou um pio agudo de dor e se contorceu, dobrando o corpo para frente.

Antes que Ringo pudesse reagir, numa explosão muscular, Andrômeda disparou sobre ele, enlaçando-o com os tentáculos.

Ele corcoveou, lutando para sacudi-la de seu dorso. Contudo, além de mais forte, a dolfinoide conseguira pegá-lo de surpresa. O amplexo sufocante de seus tentáculos o fez soprar bolhas de ar pelo espiráculo, perdendo o fôlego.

A perfuratriz, no entanto, continuou destravada sob a nadadeira atingida de Ringo.

Após girarem várias vezes, flutuando agarrados um no outro, ele parou de lutar e gemeu num tom aflito:

– Largue-me! Você partiu minha nadadeira...

Mal Ringo parou de se debater, Nereu e Carthy acorreram em sua direção.

O dolfinoide enlaçou o tronco dele com dois tentáculos poderosos, ajudando Andrômeda a mantê-lo imobilizado. Com o terceiro tentáculo, desarmou o dolfino com um golpe preciso, arrancando-lhe a arma da nadadeira inerte.

O cilindro esguio e oblongo que constituía a perfuratriz afundou devagar, até repousar no solo arenoso da praça.

Carthy nadou em torno do trio com a nadadeira direita estendida. Nereu constatou que ela exteriorizara a agulha de sua seringa retrátil. Com uma estocada ágil, a bióloga tocou o abdome do geofísico, aplicando-lhe o sedativo.

Ringo emitiu um gemido subsônico cavo. Pouco depois, relaxava a musculatura sob os tentáculos que o seguravam.

– Excelente atuação, Andy! – Lennox elogiou, liberando o suspiro de alívio com muitas bolhas. – Simplesmente salvou o dia.

– Deve permanecer inconsciente pelas próximas duas horas. – Carthy reportou, voltada para o comandante. Com um tapinha da nadadeira, colocou o tanque de ar do geofísico em modo automático. – Creio que é melhor levá-lo para o flutuador.

– De acordo. Nereu, por favor, encarregue-se disto.

Andrômeda recolheu seus tentáculos.

O outro dolfinoide nadou em direção ao veículo, conduzindo o dolfino inconsciente enlaçado, como se este fosse um filhote humano.

Timmy fremiu da cauda à ponta do bico.

Lennox e Carthy voltaram a atenção aos octópodes.

Os alienígenas não haviam demonstrado reação alguma ante o rompante emocional e as ameaças proferidas por Ringo.

Apenas observaram tudo, através da emissão ininterrupta de cliques de alta frequência.

"Desculpem este incidente lamentável." – O comandante emitiu em delphii e seu transceptor exibiu a tradução num Intercosmo contrito. – *"Este ato isolado não representa, em absoluto, as intenções pacíficas de nosso povo".*

"Poupai os esforços desperdiçados em explicações canhestras." – O líder cefalópode ripostou, impassível. – *"Essa manifestação de comportamento violento e primitivo em nada nos surpreende e tampouco altera nossa resolução. Sabei que emitimos há poucos ciclos um relatório da crise presente aos Oniscientes. Com o relatório, seguiu nosso pedido de socorro. Julgamos sensato assim proceder, após confirmar através de nossos registros, que nossos mestres têm os humanos em baixa conta."*

A notícia desabou sobre os dolfinos como uma avalanche submarina.

Os dolfinoides remexeram os tentáculos num gesto reflexo.

Ao procurar tranquilidade no eco regressado da madrinha, Timmy se sentiu aturdida ao constatar o grau de nervosismo que dominava a dolfina mais velha.

Lennox logrou recuperar o autodomínio a ponto de emitir num tom gélido que inundou o espírito de Timmy com uma emoção *sui generis*, mistura de orgulho e temor:

"Torna-se óbvio que já haviam tomado essa decisão antes de nosso encontro." – O comandante aspirou profundamente o ar de seu tubo e continuou. – *"Existe entre os humanos, essas mesmas criaturas cujo aviltamento gratuito lhes concede prazer inaudito, o conceito de crime de prejulgamento. Um crime perfeitamente tipificado pela exata atitude que acabam de confessar ter cometido".*

O líder autóctone fez uma pausa antes de responder:

"Gostaríamos que as coisas não houvessem transcorrido desta forma. Pois, no fundo, consideramo-vos crias inocentes e, portanto, vítimas de uma estirpe pervertida. Contudo, independente das boas intenções que possais hoje professar, constituiria estupidez rematada confiar o futuro dos Únicos à vossa boa vontade. Sentimos muito por vosso destino ingrato, mas cabe a nós zelar pela segurança dos Únicos e pelo cumprimento dos desígnios dos Oniscientes."

Capítulo 24

Uma vez no interior das instalações anfíbias de Merídia, os dois dolfinos expuseram suas queixas e preocupações ao gestor da estação humana.

Emitidas em delphii correto, mas de pronúncia pobre, tipicamente humana, as respostas do programa-mestre foram algo lacônicas, mas bastante enfáticas.

– A partir do informe preliminar do conselho dirigente, lancei algumas sondas. As holotransmissões resultantes confirmam plenamente os registros da *Startide*.

– Quantos desses projetores de símbolos intercósmicos existem lá em cima? – Lennox perguntou no intuito de verificar a correção dos dados coligidos pelos satélites sob controle dolfino.

– Sessenta e três projetores orbitais inoperantes. Presentemente não há projetores em funcionamento.

– Por que os tripulantes da *Startide* ignoraram o teor daquelas projeções? – Carthy inquietou-se com o que tomava por negligência indesculpável dos olduvaicos.

– Os equipamentos supostamente postos em órbita pelos galácticos que se arvoram em protetores dos cefalópodes já se encontravam inoperantes quando a primeira sonda estelar humana ingressou no sistema milênios atrás.

Lennox podia estar enganado, mas imaginou certo tom de enfado na explicação repetitiva do gestor de Merídia.

Das duas, uma. Ou esses tais Oniscientes são engenheiros medíocres, incapazes de dotar seus projetores de hologlifos com sistemas de autorreparo minimamente eficientes, ou esse conjunto de sucata orbital é terrivelmente antigo.

Carthy parecia percorrer uma trilha de pensamento semelhante, pois indagou à consciência artificial:

– Há quanto tempo esses projetores foram colocados em órbita?

– Presentemente não disponho desses dados. Contudo, estou trabalhando para precisar uma data confiável.

– Não desejamos precisão absoluta. – Lennox controlou-se para não perder a paciência com a meticulosidade do gestor. – Forneça sua melhor estimativa.

– Baseado numa análise preliminar das amostras colhidas por minhas sondas e pelo desgaste das estruturas dos projetores, eu me arriscaria em afirmar que esses artefatos foram colocados em órbita há pelo menos 5.000.000 de anos THP.

Carthy e Lennox mergulharam num silêncio pensativo.

Cinco milhões de anos era um bocado de tempo.

As civilizações humanas mais antigas catalogadas por Tannhöuser jactavam-se por possuírem 200.000 anos de história documentada.

Era provável que os Oniscientes houvessem estabelecido esse santuário em Bluegarden num período muito anterior à própria diáspora da humanidade periferia afora. Quem sabe, à época da última visita desses galácticos a Posseidon, não existiam humanos sequer na Velha Terra...

Enfim recuperado do choque, Lennox conseguiu vocalizar:

– Fale-nos do tipo de rastreamento que os tripulantes da *Startide* efetuaram em Bluegarden.

– Rotina de rastreamento padrão. Vocês já estão fartos de saber disso.

Lennox permaneceu quieto.

Carthy limitou-se a emitir um curto pio inquisitivo.

Após uma pausa prolongada, quando os dolfinos já se haviam convencido de que o gestor não iria responder, veio a réplica:

– Não é de se estranhar que os cefalópodes não tenham sido detectados durante a permanência da *Startide*. Os autóctones ocupam uma fração reduzida do leito oceânico. Quase não dispõem de estruturas à superfície. Parecem restritos ao hemisfério boreal e, à distância, as torres calcárias de suas cidadelas se assemelham à primeira vista a formações coralinas naturais.

– E quanto a esses tais Oniscientes? – Lennox indagou, empregando o equivalente em delphii à expressão intercósmica.

– Ao que eu saiba, a humanidade jamais ouviu falar em alienígenas galácticos que atendam por essa alcunha.

– Quer dizer que o termo não lhe diz nada? – Carthy não soube dizer se se sentia decepcionada ou aliviada. – Nenhuma lenda? Nem um boato sequer?

– A única coisa que o termo me diz, – o gestor respondeu num tom sonoramente irônico, – é que uma espécie galáctica precisa ser tremendamente cabotina para se apresentar desse modo, sobretudo perante uma cultura de baixa tecnologia e âmbito estritamente planetário, como a dos cefalópodes.

– E quanto a nós? – Lennox indagou por obrigação, embora já soubesse a resposta.

– A humanidade olduvaica providenciará a remoção da delfineia de Bluegarden. – Ante o mutismo chocado dos interlocutores, o gestor apressou-se em acrescentar – Não se preocupem. Os humanos lhes concederão outro mundo oceânico.

Então era isto.

As águas eram tão turvas quanto haviam imaginado.

Não importava que houvessem viajado durante gerações. Tampouco que já estivessem em Posseidon há mais de três séculos.

Num âmbito estelar, o nicho ecológico de Bluegarden já se encontrava preenchido. Não estava, em absoluto, vago para ser ocupado por inteligências alienígenas àquela biosfera.

A humanidade de Olduvaii não permitiria que os dolfinos competissem com uma espécie racional autóctone.

Ainda mais, uma espécie única, como os octópodes.

Caso compactuassem com tamanha perturbação do ambiente planetário, receberiam não apenas críticas severas, mas a condenação unânime de todas as culturas humanas e alienígenas com quem Olduvaii mantinha relações.

* * *

Da borda da piscina de água salgada, Carthy e Lennox emitiram pios ecométricos de baixa frequência um para o outro.

Era a segunda visita deles a Merídia em menos de três meses. No fundo, não esperavam resultado diverso nesta segunda tentativa de sensibilizar o gestor.

Aquele era o maior tanque de reuniões da base. Centenas de dolfinos poderiam vogar livremente ali dentro sem que suas nadadeiras se esbarrassem.

No centro da piscina, o teto abaulado do aposento distava cerca de doze metros da superfície líquida.

Na borda, onde os dois dolfinos se encontravam, a cúpula se curvava até se aproximar pouco mais de meio metro da água.

Naquele ponto do teto, brilhava um holocubo de design antiquado, onde os dolfinos haviam exibido detalhes do encontro com os octópodes. O aparelho fazia parte de um console, que também abrigava teclados e controles especialmente adaptados às nadadeiras e aos bicos dos visitantes. Nada que se assemelhasse, nem de longe, a sistemas de acesso comandados através de linguagem natural.

No início, Carthy sentiu-se atônita: os sistemas e equipamentos da base eram primitivos, para dizer o mínimo, além de pouquíssimos funcionais.

Idiossincrasias de projeto absurdas, pois em Olduvaii tais tecnologias já se haviam tornado obsoletas milênios antes da promoção dos dolfinos.

Ainda nadando no longo túnel de acesso à base, comentou o assunto com Lennox e este explicou que o padrão tecnológico das instalações humanas em Merídia ou, pelo menos, das instalações visíveis aos dolfinos, fora acordado entre as duas espécies antes do início da Travessia.

A bióloga se indagou se acaso seus antepassados não haviam exagerado um pouco.

O próprio ingresso naquele recinto, por exemplo, não constituíra empresa das mais agradáveis. Primeiro, haviam mergulhado até o sopé da cordilheira submarina da qual se erguia a ilha principal do arquipélago. Ativaram as comportas de um duto com cerca de oito metros de diâmetro. Penetraram a nado, tão logo as pressões externa e interna se equalizaram. Nos minutos seguintes, atravessaram vários conjuntos de escotilhas e sistemas de eclusas. Enfim, cruzaram um portal triplo selado por grossas comportas de plastiaço, despiram seus tanques de ar comprimido no vestiário apropriado e ingressaram no aposento da piscina.

É claro que o programa- mestre poderia ter facilitado as coisas, aceitando o contato via rádio. De fato, não havia a mínima necessidade da presença física dos dolfinos ali. A mera telepresença proporcionada por um ultrassonotanque deveria bastar.

Mas, não!

Aquela C.A. parecia imbuída do mesmo senso de formalidade despropositado que, segundo os dolfinos, caracterizava seus mentores.

Lennox, no entanto, era mais compreensivo.

Argumentou que todas aquelas pretensas formalidades tinham uma certa razão de ser. Afinal, os dolfinos haviam pedido para serem deixados em paz, não haviam? Portanto, quando desejavam o conselho ou o auxílio dos humanos, nada mais justo do que serem forçados a vir solicitá-lo pessoalmente, nadando até os tanques e piscinas de reunião da Base de Merídia.

O salão da piscina fora escavado na rocha com máquinas trazidas de Olduvaii por projetistas humanos, porém concebido, em tese, para usuários dolfinos.

Óbvio que, não obstante o esforço de imaginação e a boa vontade desses humanos, o salão não era nem de longe tão adequado à finalidade a que se propunha quanto as instalações dolfinas existentes nos núcleos urbanos adjacentes.

Mal e mal servia ao objetivo de estabelecer uma interface temporária e indireta entre a delfineia e sua cultura materna.

* * *

Com o objetivo precípuo de demover os dolfinos do propósito hipotético de adotar uma solução irrefletida qualquer para a crise com os autóctones, o programa-mestre informou, em seu delphii lacônico característico:

– Transmiti um relato pormenorizado da descoberta da civilização dos cefalópodes para Tannhöuser. A resposta deverá chegar em pouco mais de 260 anos THP.

– Mais de um quarto de milênio... – Lennox chilreou num tom grave. – Num intervalo de tempo tão grande, muita coisa pode acontecer.

– Exatamente por este motivo, e considerando a demora mínima da resposta de Tannhöuser, bem como a gravidade e a urgência da situação, tomei a liberdade de transmitir um relato idêntico à *Penny Lane*, a nave que partiu de Olduvaii para cá, via Sistema Daros, há cerca de 170 anos.

A notícia em si não surpreendeu muito os dolfinos.

Já haviam ouvido falar na nave estelar que faria a próxima inspeção de rotina, evento que ocorria cerca de uma vez a cada século. O gestor de Merídia já havia mencionado brevemente o assunto há coisa de três ou quatro décadas.

Se a humanidade de Olduvaii se sentia mais segura com o envio periódico de uma nave a Posseidon para, segundo seu próprio Conselho de Governo, *dar uma olhada no progresso de seus tutelados e verificar se eles estavam precisando de alguma coisa*, que os inspetores viessem e preparassem seus relatórios. Desde que não interferissem no desenvolvimento dolfino, a espécie emancipada não imporia obstáculos. Embora, no fundo, os dolfinos julgassem a atitude de Tannhöuser um exagero superprotetor tipicamente humano.

– Você já tem algum tempo de chegada previsto? – Lennox indagou, num pio agudo, denotando mais ansiedade do que mera curiosidade.

– Ingresso previsto no sistema em aproximadamente dezessete anos THP.

– Tão cedo! – Carthy pipilou, surpresa. – Quase dez anos antes de nossa pior estimativa. Você não disse que a nave iria parar em Daros para prestar auxílio a uma civilização alienígena?

– A permanência prevista em Daros era de quatro meses a um ano e meio. Lá ela deve ter cumprido a missão de salvar a biosfera do planeta natal dos streakers, ameaçada de destruição por um bombardeio de asteroides.

– Deve ter sido um espetáculo digno de ser visto. Espero que os inspetores nos permitam assistir os holos da ação. – Lennox comentou com uma ponta de entusiasmo. Ante o pio curto de censura da dolfina, ele liberou algumas bolhas de ar e acrescentou. – Porém, se a tal nave efetuou uma parada em Daros e teve que acelerar de novo a partir do zero até a velocidade da luz, como estará chegando aqui tão cedo?

– Sim, – Carthy apoiou-o, – e como conseguiu cumprir sua missão tão rápido? Você mesmo não havia adiantado que o informe que os alienígenas enviaram a Tannhöuser falava em centenas de asteroides com potencial biosfericida?

– Foi o que recebi de Olduvaii. – O gestor confirmou. – Quanto à *Penny Lane*, as informações que disponho indicam que se trata de uma nave experimental, com alta capacidade de aceleração, capaz de manter uma velocidade de cruzeiro de nove décimos da velocidade da luz, com velocidade máxima alegada de vírgula duplo nove.

– Navezinha danada de rápida, hein? – Lennox assobiou, mais para si próprio. – E, pelo eco, tremendamente poderosa, para dar conta sozinha de todo um enxame de asteroides... Não lhe parece estranho que os humanos tenham enviado uma belonave experimental numa mera inspeção de rotina?

– Não há o menor motivo para desconfianças. – O gestor explicou, paciente, já bastante acostumado às cismas e suspeitas dos dolfinos. – Segundo me consta, a *Penny Lane* não é uma belonave. Embora ainda cumprindo seu período regulamentar de provas de espaço, foi designada como nave de inspeção regular a Posseidon. Portanto, imagino que sua tripulação esteja plenamente habilitada a fornecer o apoio necessário ao planejamento inicial das tarefas relativas à evacuação.

– Já disse e repito que não pretendemos ser evacuados. – Lennox estrilou pela enésima-quarta vez. – Não somos lixo ambiental, para que os humanos nos possam alijar para fora de nosso mundo! Desejamos apenas que eles nos protejam de uma possível retaliação da parte desses tais Oniscientes.

– Não há motivo para preocupações quanto a segurança da delfineia. Enfatizei a questão desta ameaça em meu relatório ao Conselho de Olduvaii. É de todo provável que Tannhöuser se sinta compelido a projetar e construir algumas belonaves pesadas para escoltar a frota de naves de gerações que deverão transferi-los para outro sistema.

– Uma frota de naves de gerações? – Lennox nunca as havia cogitado assim, no plural.

– Decerto será necessária mais de uma nave para conduzir toda a população atual de Bluegarden até seu novo lar. – Bom conhecedor dos temperamentos dolfinos, o gestor fez uma pausa deliberada, concedendo-lhes o momento de introspecção necessário para que a relevância do assunto abordado sedimentasse em seus espíritos. – Alternativas existem, é claro. Os humanos podem projetar naves estelares mais rápidas, reduzindo substancialmente a duração subjetiva da viagem de migração.

– De qualquer modo, deveremos viver outra vez a bordo de um habitat volante por várias gerações. – Carthy sacudiu o bico para trás e para frente, desanimada. – Não consigo me imaginar residindo num oceano encerrado no interior de um a nave.

– E nem precisa. – O gestor replicou num tom demasiado cordial para o gosto dela. – Contudo, este é um assunto que só deverá afetar diretamente a geração de seus netos.

Ante o mutismo dos dolfinos, o gestor acrescentou num delphii melífluo:

– A bem da lealdade para com nossos criadores, talvez eu não devesse salientar determinado fato. Contudo, certo senso de justiça rudimentar me convenceu a fazê-lo.

Lennox emitiu um pio de curiosidade, estímulo mais do que suficiente para que o gestor prosseguisse:

– Numa eventual barganha com Olduvaii, a delfineia não deve em hipótese alguma deixar de considerar a posição privilegiada em que se encontra, quando chegar a ocasião de pleitear condições mais vantajosas para a remoção. Considerando que o erro cometido foi de responsabilidade última dos tripulantes da *Startide*, é de todo provável que os humanos concordem em equipar as naves com as centenas de milhares de hibernáculos necessários para que seus descendentes cruzem o espaço interestelar em estado de animação suspensa. Nesse caso, os dolfinos poderiam empreender a jornada num intervalo subjetivo de poucos meses. É tudo uma questão de saber negociar. Recordo-os de que os inspetores que desembarcarão da *Penny Lane* estarão habilitados a tomar decisões cruciais em nome de Tannhöuser.

– Frotas de naves de gerações e belonaves estelares armadas até os dentes são conceitos instigantes. Absurdos, mas instigantes... – O trinado pungente da bióloga revelava toda a sua amargura. – Algum motivo específico para tamanha precaução?

– O motivo existe de fato. Confirmei uma emissão radiofônica unidirecional concentrada, que vem se repetindo periodicamente há cerca de três meses. A mensagem tem sido transmitida de um ponto bem próximo do polo norte. Os sinais estão sendo dirigidos para fora do sistema. Trata-se do relatório sobre o primeiro contato com vocês. O relato que eles mencionaram ter transmitido aos galácticos.

– Decodificação positiva? – Ambos os dolfinos indagaram ao mesmo tempo.

– Afirmativo. Texto em Intercosmo padronizado. Hologlifos do grupo VII, conquanto bastante arcaicos. Estimo que alguns dos ideogramas utilizados já tenham caído em desuso nos quadrantes conhecidos há cerca de 3.000.000 de anos THP. A mensagem em si não foi cifrada.

– E quanto ao teor? – Lennox agitou as nadadeiras numa rara manifestação de impaciência.

– Ah. Já que decidiram voltar a se interessar pelo assunto, enviarei uma cópia da tradução ao conselho dirigente dolfino. Peço-lhes que não se assustem com o teor do relato que, aliás, é demasiado prolixo e eivado de considerações morais tendenciosas, para dizer o mínimo. De qualquer modo, não há motivo para temer uma retaliação hipotética. Tannhöuser é a cultura catalogada mais próxima que dispõe de tecnologia estelar sofisticada. Mesmo que esses Oniscientes decidam atender o apelo de seus protegidos com a maior brevidade possível, não chegarão a Posseidon em tempo de prejudicar a delfineia. Quando ingressarem no sistema, vocês já terão partido há séculos ou milênios.

– E se eles puderem se deslocar em velocidades superiores à da luz? – Ante o pio pasmado de Lennox e um ruído deveras anômalo do gestor, parecido com o de um filhote com dificuldades de engolir, Carthy ainda tentou emendar. – Sei lá! Afinal, podemos estar lidando com uma civilização com vários milhões de anos de progresso tecnológico... Não? Tudo bem. Retiro a pergunta imbecil.

– Quer dizer que, em sua opinião, – após um longo suspiro de alívio, Lennox chilreou, algo desanimado, – o novo desterro é realmente mera questão de três ou quatro séculos?

– Caso esteja se referindo à evacuação dos dolfinos, a resposta é afirmativa.

– Se está tomando essa evacuação por certa, é bem capaz de ter uma bruta surpresa, minha cara emulação humana! – A réplica da bióloga foi pipilada num tom agudo e frio, denotando menosprezo e raiva há muito represados. – Vamos ter dezessete anos para alterar este quadro. Quando a nave dos humanos chegar, seus tripulantes se defrontarão com fatos consumados.

Lennox lançou um pio curto, implorando cautela à companheira. Não julgava sensato divulgar livremente os planos secretos do comando de contingência recém-estabelecido.

Aproximando o bico da cabeça de Carthy, ele assobiou num sussurro:

– Carthy, por favor. Que tal deixarmos esta conversa para depois? – Lennox engoliu a vontade de discutir. A indiscrição já havia sido cometida. Por isto, sentiu-se à vontade para apoiar a companheira, dirigindo-se ao gestor e tocando no mesmo compasso. – Solicitamos novo contato com os octópodes. O encontro se dará dentro em quinze dias.

– Não gostamos de nos sentir pressionados a tomar atitudes de contingência. – A bióloga retomou a palavra num tom mais tranquilo, mas ainda irritado. – Porém, segundo você mesmo afirma, os humanos não nos deixarão alternativa. E, como eles próprios nos ensinaram: *as vantagens de escolher o sítio e a ocasião adequados representam, em qualquer operação estratégica, não raro, mais da metade da vitória.*

– Segundo me consta, isto não passa de doutrina militar ultrapassada. Uma máxima atribuída, de acordo com algumas fontes pouco confiáveis, à fase monoplanetária da humanidade. – O programa-mestre replicou num tom que exibia sonoramente seu divertimento. – Julguei que você fosse bióloga, não estrategista.

– As coisas mudam. – A dolfina replicou com ar sereno.

– Algumas coisas mudam. Outras, contudo, permanecem sempre as mesmas. – O delphii da C.A. passara de condescendente a preocupado. – Espero sinceramente que não estejam considerando a hipótese de hostilizar a civilização autóctone. Nem sequer ouso imaginar qual seria a reação dos inspetores humanos ante uma atitude deste tipo.

Os dolfinos não responderam à provocação.

Por mais astuto que se mostrasse, o gestor não conseguiria arrancar-lhes novas informações.

Ante o mutismo dos pupilos, a C.A. acrescentou, com timbre outra vez neutro e oficial:

– Na ausência dos humanos, vocês sabem estar autorizados a agir conforme julgarem melhor. Em princípio, os recursos sob meu comando não serão empregados para obstruir quaisquer ações que decidam empreender. Recordo, contudo, que dentro em dezessete anos, para bem e para mal, toda a responsabilidade sobre os atos que porventura pratiquem lhes será integralmente imputada.

Os dolfinos deram a entrevista por encerrada.

* * *

Quando distavam a uma distância segura de Merídia, nadando rumo ao núcleo dolfino mais próximo, Lennox rompeu enfim o silêncio que se abatera sobre ambos:

– Sempre considerei esta entrevista uma perda de tempo. Serviu apenas para confirmar aquilo que já estamos fartos de saber.

– Nem tanto. – Ela respondeu no mesmo tom. – Graças a esta conversa com o gestor, descobrimos dispor de muito menos tempo do que imaginávamos.

– Tudo bem. Mas imagino que houvesse maneiras mais inteligentes de descobrir isto, sem que você precisasse alertá-lo.

– Ah, Lenny. Por quanto tempo julga que conseguiríamos ocultar nossas atividades estratégicas dos sensores do gestor da base? Se ele cismar conosco, simplesmente fabricará milhões de microssondas e as dispersará pelo oceano em torno dos nossos núcleos e vilas.

Carthy tinha razão, é lógico.

Além das microssondas, havia os satélites em órbita e o gigantesco complexo industrial automático instalado no subsolo de Merídia.

Sua cauda estremeceu quando rememorou os recursos à disposição do gestor da Base.

Capítulo 25
Vozes Profetizando Guerra

Dizia-se que Ringo emergira do tratamento como um dolfino renascido.

Ante a repercussão ambígua do surto psicótico do geofísico em pleno segundo contato, a própria Secretária de Saúde sentiu-se obrigada a se pronunciar, declarando considerar Ringo inteiramente reabilitado.

Nereu nutria opinião diversa.

Não havia dúvida quanto ao fato de que a reprogramação de conduta obtivera êxito completo. As sessões lograram controlar os impulsos agressivos do geofísico, bem como sua tendência inata para o comportamento destrutivo. No entanto, segundo o conselheiro dolfinoide, o tratamento fracassara em reajustar a atitude básica de Ringo em relação àqueles a quem ainda insistia em chamar de *o Inimigo*.

Assim, embora o tratamento tenha curado os sintomas da conduta antissocial, de acordo com Nereu, não havia atacado a moléstia em si.

Uma vez reabilitado de seu surto, desculpas apresentadas em público e aceitas pela comunidade, numa questão de meses, o geofísico tornou-se um dos pregadores mais eloquentes em prol da política de confronto com os octópodes.

Passou a percorrer as cidades e vilas dolfinas, por todo o Círculo Meridional, advogando a tese de que a delfineia precisava implementar uma solução definitiva para resolver o impasse com os autóctones, antes da chegada dos inspetores de Olduvaii.

Segundo Ringo, a espécie tinha que colocar a humanidade diante de fatos consumados. Uma situação irreversível, contra a qual nem mesmo os inspetores humanos poderiam fazer algo, não obstante a autoridade que lhes fora investida.

De acordo com os partidários da doutrina de Ringo, que os dolfinoides apelidaram – não sem certa justiça – Partido Belicista, o "confronto construtivo" era a única maneira de impedir a interferência humana, de evitar que os antigos mestres os obrigassem a uma migração forçada dezenas de anos-luz afora e ao longo de gerações.

Os belicistas estavam longe de constituir um bloco monolítico.

Ao contrário, dividiam-se em várias facções. Facções essas que, embora parecessem idênticas à audição aterrorizada dos moderados, diferenciavam-se pelo grau de radicalismo.

Após se tornar surpreendentemente famoso da noite para o dia, Ringo amenizou seus argumentos de modo significativo, afirmando não almejar o extermínio dos octópodes, mas apenas que eles fossem *contidos*, por força de tratados, ou até pelo emprego das armas, se necessário.

De acordo com o ex-geofísico e atual líder belicista, não deveriam medir esforços para impedir que os feios núcleos urbanos dos autóctones, seus campos de cultivo e suas áreas de criação ocupassem regiões de Bluegarden que deveriam ser preservadas a todo custo para salvaguardar a expansão populacional e econômica das futuras gerações dolfinas.

A bem da verdade, a facção de Ringo não era, nem de longe, a mais radical.

Havia grupos que advogavam a eclosão de uma guerra total contra os autóctones. Segundo esses ultrarradicais, se os humanos, ao ingressarem em Posseidon, se deparassem com um conflito já deflagrado, sentir-se-iam obrigados a apoiar seus tutelados, independente do mérito da questão.

Ademais, os elementos mais pragmáticos dessa facção argumentavam, mediante uma série de provocações cuidadosamente planejadas, talvez se pudesse estimular os octópodes a efetuar um primeiro ataque. Se o plano lograsse êxito, esse ataque forneceria à delfineia o *casus belli* necessário para justificar a abertura de hostilidades contra os nativos. Afinal, eles estariam apenas retaliando.

Os tentáculos de Nereu estremeciam quando imaginava os resultados de uma política belicista radical levada às últimas consequências. *Terá a delfineia coragem de obliterar uma espécie racional que talvez constitua a maior raridade evolutiva deste setor da Periferia?*

E, se de fato os dolfinos ousassem atentar contra a integridade dos nativos, como os humanos reagiriam?

Até então, a humanidade sempre se mostrara tolerante com as diatribes e travessuras dos dolfinos, encarando-as como atos de rebeldia mais ou menos esperados em filhos adolescentes. Contudo, por tudo que conhecia dos humanos, Nereu intuiu que aquela crise seria diferente.

Pela primeira vez, os dolfinos se viam sozinhos ante uma situação crítica inesperada.

Os humanos encararão a maneira pela qual os dolfinos lidaram com a crise da descoberta dos octópodes como prova crucial, onde a maturidade e a atitude ética de seus pupilos seriam criteriosamente aferidas. Avaliariam com atenção a conduta de seus tutelados diante do primeiro impasse grave de sua vida adulta.

Nem poderia ser de outro modo. Porque, se a delfineia se comportasse de forma indigna, o opróbrio não recairia apenas sobre si própria, mas sobre a reputação combalida da humanidade. Uma reputação que a estirpe olduvaica tanto lutava para reabilitar.

Nereu sabia, dos seus tempos de Olduvaii, o quão duros os humanos podiam se mostrar quando se decepcionavam com aqueles em quem haviam confiado. Muito mais severos do que costumavam ser contra seus adversários declarados. Supôs que outros dolfinoides antigos também o soubessem.

Aqueles que haviam sido educados em Tannhöuser jamais esqueceriam o respeito e o temor que os interesses alienígenas mais recalcitrantes nutriam pelos olduvaicos.

Por isto, a maioria dos dolfinoides tentou se opor ao radicalismo dos belicistas.

Apesar da relativa brandura de seus argumentos, ou talvez exatamente por causa dela, esses dolfinoides foram logo apelidados pelos radicais de Partido da Subserviência, quando o único crime dos artificiais fora advogar a observância estrita de uma política que, caso implementada, anteciparia os preparativos para a evacuação planetária, medida que seria decerto oficializada com a chegada da nave humana.

Após regressar de uma visita de observação a um complexo industrial próximo à Merídia, Andrômeda procurou Nereu o mais rápido que a discrição lhe permitiu.

O conselheiro notou que tudo na artificial, do trinado nervoso à inquietação de seus tentáculos, falava da consternação profunda que se abatera sobre seu espírito.

– Mal posso acreditar! A programação daquela fábrica robotizada foi alterada há meses...

– E o gestor de Merídia? Ele permitiu que essa mudança fosse implementada assim, às ocultas?

– Suspeito que o gestor ignore as mudanças no programa de produção. – Andrômeda gesticulou com tentáculos e nadadeiras. – E o pior é que tenho quase certeza de que essa autêntica sabotagem não se restringe somente à fábrica que inspecionei.

– Não resta dúvida de que sua descoberta constitui apenas a ponta do iceberg. Mas, no que consistiria exatamente essas mudanças na produção?

– Em vez de flutuadores e escavadeiras submarinas, as linhas de produção automáticas estão montando tanques de guerra e minissubmarinos de ataque.

– Essa não!

– Outras linhas foram alteradas para despejar torpedos e mísseis. Enquanto outras ainda, dedicam-se a cuspir armamento portátil e elementos para as redes de sonar passivo de longo alcance.

– O que esses idiotas estão tentando fazer? – Nereu sentia-se inteiramente pasmo ante o relato da dolfinoide. – Uma corrida armamentista unilateral! Não percebem que é impossível solucionar o impasse com os octópodes pela força das armas?

– Pelo visto, não. – Andrômeda respondeu com um chilro desconsolado.

– Isto não pode ficar assim. Eu vou falar com Lennox.

– Se você acha que vai adiantar algo, vá em frente.

* * *

Uma agitação política e social sem precedentes se abateu sobre a delfineia naqueles primeiros meses que sucederam à descoberta da civilização autóctone.

Ringo transformara-se num profeta da revolução, o mais influente dos arautos do caos. Era seguido por milhares de adeptos e simpatizantes, onde quer que proferisse suas arengas.

No entanto, o antigo geofísico não fora o único dolfino a granjear prestígio e dividendos políticos pelo fato de ter participado da expedição que descobrira os octópodes.

Se Ringo virou um importante líder da oposição radical, o antigo comandante da expedição foi indicado pelo conselho científico para membro permanente do Conselho de Governo, tornando-se um dos conselheiros mais jovens a deliberar sobre os destinos da delfineia desde o fim da Grande Travessia.

Como a maioria dos membros da classe governante, Lennox ainda não se manifestara contra ou a favor das propostas do Partido Belicista.

Apesar das divergências do passado, não hesitou em receber Nereu em seus aposentos particulares, com a cordialidade devida a um colega do Conselho.

– Gostaria de uma fatia de peixe fresco? – O anfitrião ofereceu, simpático. – Atum azul.

– Depois, talvez. – Nereu saltou por cima dos rodeios de praxe. – Como você deve imaginar, vim até aqui para falar sobre Ringo e seus fanáticos. A situação degenerou nos últimos meses.

– A situação política está em ebulição, realmente. – Lennox reconheceu, num tom neutro. – Depois do último discurso dele, em Organia, e da inspeção de nossa querida Andrômeda ao Complexo 37, eu mais ou menos já esperava uma visita sua.

– Então, você já conhece o teor do relatório que Andrômeda apresentará ao Conselho? – Nereu sentiu uma ponta de frustração por não ter logrado conter o trinado de surpresa.

Supôs que aquele era um segredo exclusivo dos dolfinoides.

O dolfino emitiu um pio curto afirmativo.

– E o que os orgânicos do Conselho pretendem fazer a respeito? Ringo tem que ser detido, antes que seja tarde.

– Antes que seja tarde para o quê? – O chilreio de Lennox soou por demais divertido para o gosto do dolfinoide. – Antes que os octópodes descubram, por acaso?

– Isto seria horrível! – Os tentáculos de Nereu se contorceram ante a perspectiva. – Talvez eles começassem a construir suas próprias armas...

– O fato é que nós queremos que os octópodes saibam.

– Como é que é? Acaso desejam que eles descubram que estamos fabricando armas para atacá-los?

Lennox emitiu uma série de bolhas pelo espiráculo. Observou-as se erguendo numa fileira contínua, até a superfície do tanque de água salgada que se abria para o céu estrelado. Só então, dignou-se a explicar:

– Não pretendemos atacar os nativos. Ou, pelo menos, ataques preventivos não fazem parte de nossos planos iniciais. O que não quer dizer, em absoluto, que não faça parte de nossa grande estratégia deixá-los descobrir que estamos nos preparando para o pior.

– Lennox, isto é loucura! Os humanos...

– Os humanos ainda estão muito longe de Posseidon. Quando chegarem aqui, já teremos a casa toda arrumada.

– Falando assim, você até está parecendo o Ringo.

– Ringo se deixa levar por suas paixões.

– Percebo. Os radicais de Ringo são emocionais, ao passo que você e seu grupo estão agindo com a razão, não é?

– Não subestime nossa maioria no Conselho, meu caro. Se você parar para pensar, concluirá que, se bem manobrado, Ringo pode constituir uma ferramenta de extrema utilidade.

– Ringo, útil? Quer dizer que vocês estão apenas usando Ringo e seus seguidores? – Nereu nadou em torno do dolfino, remexendo os tentáculos, com ar inquieto. Então parou à frente do orgânico e continuou. – Cuidado para não perderem o controle dessa ferramenta!

– Reconheço que há certa dose de risco. – Lennox piou num tom grave. – Contudo, nos tempos difíceis em que vivemos, esta nos parece a melhor estratégia a seguir. Ou a menos pior, se preferir.

– Que o Espírito Galáctico nos proteja da ira dos humanos, se algo der errado.

– Você era a última pessoa do sistema que eu esperava ouvir clamar pelas divindades etéreas do passado. – Lennox piou um riso desprovido de alegria. – Porém, melodramas à parte, nada sairá errado. Não podemos nos dar a este luxo.

– Sabe de uma coisa? Agora eu aceito o atum azul que você ofereceu. Só que prefiro defumado, se você tiver.

– O mesmo velho humanófilo incorrigível! – Lennox riu, fazendo um gesto com a nadadeira para que um autômato que aguardava à disposição trouxesse a iguaria desejada pelo visitante.

Nereu compreendeu que Lennox e sua facção no Conselho estavam empenhados na partida de um jogo mortal.

As apostas eram altíssimas.

Sentia-se francamente surpreso ao constatar que havia dolfinos dispostos a blefar. *Afinal, não fui só eu que aprendi um bocado com os humanos...*

No entanto, se os octópodes decidissem pagar para ver, talvez eles se vissem obrigados a mostrar seus trunfos.

Só que os trunfos da delfineia não eram tão fortes assim. Sobretudo, numa partida onde qualquer deslize conduziria à tragédia líquida e certa.

Em meio à angústia terrível, sentiu uma ponta diminuta de contentamento. Uma ilha de satisfação cercada de pressentimentos ruins por todos os lados. Lennox decidira confiar nele, mesmo que apenas em parte e somente quando se sentira forçado.

Foi preciso uma crise gravíssima para obrigar os dolfinos da classe dirigente a superar os preconceitos arraigados há gerações e buscar apoio nos dolfinoides.

Como os humanos diziam: “há males que vêm para bem”.

Capítulo 26

A reunião não se dava na cúpula central do vasto complexo de cavernas que abrigava a Voz dos Oniscientes, mas num de seus laboratórios mais modestos.

Presentes, apenas o Fiel da Voz, o núncio da Gerúsia, o órgão máximo do governo planetário, o Pleiteante da Ciência, quatro emissários de mônadas importantes, além de três pesquisadores da ala de biologia da Biblioteca.

Os três hierarcas e os quatro emissários estavam postados em semicírculo ao redor do trio de pesquisadores. Os recém-chegados mantinham-se atentos às explicações dos cientistas. Seus tentáculos propulsores moviam-se apenas o suficiente para permanecerem no mesmo lugar.

A reunião fora solicitada ao Fiel da Voz pelo Pleiteante da Ciência.

Era o líder dos cientistas, um biólogo, quem falava:

– Descobrimos a toxina numa pesquisa nos bancos de dados xenológicos da Biblioteca. – O cientista agitou os tentáculos, lançando um apelo patético com o olhar ao Fiel da Voz. Este o fitou com um breve fulgor em suas pupilas-bastonetes. Aliviado, o biólogo prosseguiu. – Detalhamos a estrutura molecular da substância e, com a devida autorização do Pleiteante, empreendemos sua síntese, ora concluída com êxito.

Responsável não apenas pela aplicação prática dos conhecimentos extraídos à Biblioteca, mas também pela implementação de políticas que geravam novas tecnologias, o Pleiteante da Ciência confirmou a declaração do biólogo com um estalido seco emitido através de um bico córneo pronunciado. Em seguida, esclareceu:

– A substância se propaga bem na água, espalhando-se pela ação das ondas e correntes oceânicas. É completamente inócua para as criaturas nativas do Santuário.

– Como podem ter certeza de que a toxina não nos fará mal? – Ainda que os pipilos do núncio da Gerúsia aparentassem tranquilidade, seu autocontrole foi traído pela preocupação expressa em suas pupilas dilatadas.

– Acaso não notaram que passamos por um sistema de comportas estanques, antes de ingressar neste laboratório? – O Pleiteante indagou, à guisa de resposta.

– Sim, – o Fiel da Voz piou, impaciente, – mas o que tem isto?

– Este aposento se encontra impregnado com a toxina. – O hierarca da ciência cefalópoda respondeu com o ritmo calmo e firme das correntes oceânicas. – Segundo meus cientistas, a concentração aqui presente é cerca de três mil vezes superior àquela capaz de matar as criaturas alienígenas em poucos segundos.

O núncio voltou-se do líder científico para o Fiel da Voz. Este respondeu ao olhar feérico do núncio com tentáculos frenéticos, indicando que também ignorava aquela surpresa.

Com uma série de estalidos nervosos, o biólogo apressou-se em interferir em favor de seu líder:

– Todos permanecemos vivos.

Um silêncio pesado afundou sobre os autóctones, à medida que hierarcas e emissários conscientizavam-se do óbvio.

Finalmente, o emissário da mônada polar comentou, num tom pensativo:

– Compreendo. Presumo que não tenhamos sido as primeiras cobaias do Santuário.

– Decerto que não. – O Pleiteante agitou os tentáculos bissectos em concordância. – Nossas primeiras experiências foram efetuadas com moluscos inferiores.

– Eu próprio fui a primeira cobaia dos Únicos. – O biólogo acrescentou com um silvo neutro.

– Muito bem. Vocês conseguiram comprovar que a toxina sintética é inócua à vida do Santuário. – O núncio articulou através de estalidos ultrassônicos e ondulações dos tentáculos. – Mas, como saberemos se essa substância surtirá efeito contra os invasores?

Os três pesquisadores trocaram olhares e cliques de ecolocação. Então dirigiram um apelo mudo, mas convincente, ao Pleiteante da Ciência.

Este abanou os tentáculos, declarando:

– Para esclarecer suas dúvidas, preparamos uma pequena demonstração. – Ele se deslocou coisa de dois metros avante, até se postar ao lado de um cubo opaco com cerca de oitenta centímetros de aresta. Ativou um controle embutido na base do cubo e as paredes do sólido tornaram-se transparentes. Concedeu o tempo necessário para que os demais se aproximassem e observassem o interior do cubo. – Atentem para essa criatura que nada dentro do contentor. Por seu aspecto, eu diria que ela parece bastante saudável, vocês não acham?

– Não reconheço essa espécie de tubuliforme. – Todos notaram a ponta de indignação no pio abrupto do Fiel da Voz.

– Observem melhor esse animal. – O líder científico recomendou. – Reparem no retículo de escamas minúsculas que recobre seu corpo. Captem o posicionamento peculiar das guelras e barbatanas. Não se trata de um molusco tubuliforme, mas sim um dos vertebrados trazidos pelos invasores. Capturamos alguns espécimes vivos para fins de pesquisa.

– Um invasor! – O emissário da segunda maior mônada planetária recuou do cubo, assustado.

– Não tenha medo. É apenas um animálculo irracional. – Outro cientista, aquele que se afirmava xenólogo, manifestou-se pela primeira vez, no intuito de tranquilizar o ancião. – Uma criaturinha humilde, cujos antepassados foram trazidos para nosso mundo pelos verdadeiros invasores, para lhes servir de alimento.

– Observem atentamente o que irá acontecer agora. – O Pleiteante fez um gesto ao biólogo e esse manipulou os controles do cubo.

O tampo superior do contentor se abriu.

Curioso, o peixinho voltou-se para a abertura no teto do recipiente que constituía seu lar, mas não se aventurou para fora.

Os pesquisadores haviam previsto que o animálculo poderia apresentar tal comportamento. Por isto, o biólogo ativou uma ventoinha de circulação e a água na qual o laboratório se encontrava imerso começou a se misturar aos poucos à água do contentor.

Nadando tranquila até então, a criatura alienígena começou a se debater.

Trinta segundos mais tarde, parou de nadar e se quedou inerte, vogando lentamente de barriga para cima, até jazer flutuando no fundo do recipiente, devido à ação da ventoinha.

Os octópodes aplicaram o sentido-sonar para examinar as entranhas do animal. Constataram que os órgãos vitais do vertebrado haviam parado de funcionar.

– Conforme eu havia mencionado, – o Pleiteante voltou a falar, – a toxina mata quase instantaneamente criaturas que possuem DNA nos núcleos de suas células.

– Uma experiência assaz convincente! – Um dos emissários

das mônadas agitou os dígitos dos tentáculos, entusiasmado. – Poderíamos inundar o Santuário com essa toxina de efeito fulminante.

– Não é tão fácil assim. – O cientista mais jovem, que o Pleiteante disse ser perito em ecologia, afirmou, entre gestos e silvos. – Apesar de nossos testes indicarem que o composto mantém sua efetividade mesmo em dosagens diminutas, talvez levemos décadas, ou mesmo séculos, para produzi-la em quantidades grandes o bastante para saturar o oceano, a ponto de tornar a sobrevivência dos invasores impossível.

– E nem seria sensato fazê-lo. – O xenólogo afirmou, para indignação de alguns e pasmo de todos. – A Gerúsia vive proclamando que esses invasores vertebrados são monstros horríveis...

– E eles o são de fato! – O núncio exclamou, cortando o pesquisador.

– E, no entanto, – o outro continuou, como se não houvesse sido interrompido, – somos nós, e não eles, que propomos a prática do genocídio.

– Ora, meu caro, eles são crias de uma das espécies mais nefandas da Galáxia. – O Fiel da Voz estridulou num tom irônico. – Decerto não imagina que eles estejam aguardando placidamente que os Mestres retornem em nosso auxílio e lhes apliquem a punição merecida, não é?

– Minhas simulações indicam que eles devem estar se preparando para o pior. – O xenólogo asseverou num tom neutro deliberado. – Seriam tolos, se não o fizessem.

– Pois bem. Suas previsões coincidem com nossas crenças. – O emissário da mônada sulina se manifestou. Condescendência perfeita delineada nas pontas dos tentáculos ramificados. – Por que então a reserva quanto ao emprego da toxina?

– Porque, nem mesmo nos cenários mais pessimistas, há evidências de que eles pretendam assumir a iniciativa de uma primeira agressão.

– Questiono a exatidão dessa análise. – O Fiel da Voz replicou, em tom mais calmo. – Todos nós tivemos oportunidade de observar a ecogravação que exibiu a conduta do invasor que quase disparou sua arma contra nosso embaixador. Não se iludam, meus irmãos. Lidamos com alienígenas violentos e selvagens. Crias de crias abandonadas, que evoluíram sem auxílio, como predadores de seus semelhantes.

– Isto não passa de especulação. – O xenólogo opinou, menos convicto do que gostaria. – Quanto ao gesto agressivo do alienígena, julgo que o ataque não passou de uma atitude isolada. Lembrem-se de que ele foi rapidamente dominado pelos alienígenas artificiais, antes que pudesse causar danos a nós ou a seus semelhantes. Além disso, o líder deles nos apresentou as explicações e as desculpas devidas.

– Tais desculpas não me tranquilizaram nem um pouco. – O núncio pipilou, preocupado. – Aquele comportamento foi apenas um sinal. Sintoma de um mal mais grave, um monstro que jaz adormecido nos espíritos desses invasores. Adormecido, mas pronto a despertar. Não, meus irmãos, o Fiel da Voz tem razão. Nutro convicção inabalável de que essas criaturas são desequilibradas.

– Também, – o Fiel da Voz acrescentou, – o que podíamos esperar de uma espécie promovida pelos humanos?

– Mantenho a posição de que a toxina não deve ser empregada contra os alienígenas. – O xenólogo assobiou sua discordância aos demais. – Ainda creio que poderíamos chegar a um acordo benéfico para as duas espécies. Além disso, convém lembrar que, com toda probabilidade, os alienígenas artificiais são imunes à ação da toxina. Não sabemos quantas dessas criaturas existem, mas não podemos ignorar a hipótese de que sejam capazes de exercer uma represália terrível pelo genocídio dos alienígenas orgânicos.

O argumento do xenólogo lançou a reunião num impasse.

As atenções voltaram-se para o núncio.

Embora a decisão final não pertencesse exclusivamente a ele, o núncio não só costumava expressar a vontade da Gerúsia, como possuía, até certo ponto, influência considerável nos rumos que o consenso de seus pares costumava assumir.

– A substância será fabricada. – Ele declarou por fim, após uns poucos minutos de meditação. – Porém, em princípio não será usada. Esta é a proposta que pretendo conduzir a meus pares. Uma estratégia que poderá ser revista, caso os alienígenas resolvam invadir nossos territórios. Enquanto isto, aguardaremos a chegada dos Oniscientes.

– Uma demonstração de força talvez se faça necessária. – O emissário da mônada polar opinou, estendendo os tentáculos. – Para convencer esses invasores belicosos de que não estão lidando com presas indefesas.

– Apresentarei sua sugestão à Gerúsia. Quanto ao mais, já enunciei minha proposta inicial. – O núncio declarou, num tom de quem considerava a reunião encerrada. – O consenso se fará.

Capítulo 27
Regresso à Vida

Talleyrand já estava acordando há bastante tempo.

No entanto, ainda não se encontrava inteiramente desperto.

Havia momentos de lucidez entremeados por mergulhos no limbo da inconsciência, quando se quedava com olhar abúlico, hipnotizado pelos sólidos multicoloridos que giravam no holotanque instalado no teto da câmara de hibernação.

Ele observava as explosões multicoloridas e os arco-íris holográficos através da cúpula transparente de seu hibernáculo.

Sem que o soubesse, o desfile de formas e cores mutantes exercitava os centros visuais de seu cérebro. Afinal, ao contrário do que ocorria no sono comum, não havia sonhos no Sono.

Tampouco se tratava do despertar normal do sono cotidiano, de umas poucas horas, a bordo da Nave.

Num piscar de olhos, entre um estado de vigília fugidio e o seguinte, a cúpula do hibernáculo desapareceu, engolida pela carcaça de plastiaço maciço que o envolvia.

Sentia a superfície acolchoada, mas firme, sobre a qual jazia.

Estava sendo acordado aos poucos. Braços mecânicos massageavam seus músculos, enquanto dezenas de microsseringas ágeis lançavam-lhe estimulantes na corrente sanguínea. Uma parte dele – uma parte minúscula, é verdade – sabia que ainda levaria horas para recuperar a plenitude de seu tônus muscular.

Sua pulsação cardíaca já atingira o ritmo normal.

O Sono.

Seis longos anos de hibernação. E agora, o Despertar.

Uma série de programas especialistas monitorava o regresso gradual de seu organismo à vida ativa. Cada programa controlava um batalhão de nanobios injetados em seu corpo. Cada módulo ocupava-se exclusivamente com a função vital específica pela qual era responsável. O próprio programa-mestre da Nave supervisionava o andamento global do processo automático.

Não havia nada naquele procedimento que não constituísse a mais absoluta rotina. Afinal, o Sono era uma invenção antiga, já plenamente desenvolvida há pelo menos 250 mil anos THP. Todos os humanos que viajavam entre as estrelas hibernavam.

Isto é, todos os humanos orgânicos.

É claro que com Pandora a coisa era diferente. Para a bela artificial, o Sono era uma opção. Contudo, mesmo a bordo de uma nave tão rápida quanto a *Penny Lane*, capaz de reduzir o tempo de bordo a uma fração do tempo real, as viagens interestelares eram muito longas.

Longas e enfadonhas.

O tédio e a solidão costumavam ser maiores entre tripulações pequenas.

A *Penny Lane* possuía três tripulantes. Destes, apenas Talleyrand era orgânico.

Contudo, não importava muito se as tripulações eram pequenas ou grandes. O fato é que o tédio e a solidão sempre foram os principais adversários dos humanos que singravam a periferia.

Deste modo, era compreensível que a opção de Pandora fosse quase sempre em favor do Sono. Pelo menos nas viagens mais longas.

Como a viagem de Olduvaii a Daros durara apenas quarenta meses, tempo de bordo, ela permanecera desperta. Já no percurso de Daros a Posseidon, mais de cinco vezes maior, imaginou que a companheira houvesse optado por um pouco de Sono.

Afinal, ninguém é de ferro. Nem mesmo Pandora.

Talleyrand sabia que a companheira costumava permanecer desperta por longos períodos, por vezes durante anos a fio, após ele se entregar ao Sono.

Não compreendia como ela conseguia suportar a solidão.

Havia a Nave, é lógico.

Sempre se podia conversar com a consciência artificial voluntariosa que controlava a *Penny Lane*. Contudo, não era a mesma coisa que conviver com uma pessoa que possuísse expressões faciais e movimentos.

– Há sempre o que fazer. – Pandora lhe respondia. – Muito a aprender.

Talleyrand acreditava nela.

Sabia, porém, que ele próprio jamais suportaria o tédio das longas jornadas sem o Sono.

Talvez Pandora o conseguisse pelo fato de ser artificial e, como tal, dotada da paciência inesgotável, característica comum à maioria dos artificiais experientes.

Por outro lado, talvez ela suportasse a solidão melhor do que ele não por ser artificial, mas apenas por ser diferente. Mais velha e mais sábia.

Quem sabe, Pandy não permanece imersa anos a fio nessas realidades psicointerativas tão convincentes que se tornam indistinguíveis da vida real?

Não ignorava o quão diferente sua amada era.

Por mais perfeitas e semelhantes às mentes dos humanos orgânicos que a ciência olduvaica tenha logrado concretizar as mentes dos artificiais, eles não experimentavam uma infância de verdade.

Quanto muito, vivenciavam em segunda mão, através de RVI canhestras, o colo dos pais, a hesitação dos primeiros passos, as várias fases do crescimento, as primeiras palavras balbuciadas e tudo mais.

É claro que os artificiais eram ensinados, quase a partir do zero, como se fossem recém-nascidos.

Quase.

Pois nasciam com o tamanho adulto e já sabendo mais ou menos falar e andar.

No entanto, diferente ou não, dotada ou desprovida de paciência inesgotável, nem mesmo Pandora abria mão do Sono. Pelo menos, não inteiramente.

É claro que, ao contrário do processo empregado com os humanos orgânicos, o sono dos artificiais não era propriamente o Sono.

Nos artificiais, não havia, como nos orgânicos, a redução gradual das funções vitais, até o estado típico da hibernação. Apenas o desligamento voluntário da consciência.

Ele costumava visualizar esse pseudo-Sono da companheira como uma espécie de meditação profunda.

Embora Pandora, mesmo após tantas décadas de convívio íntimo, ainda insistisse em se manter reservada e enigmática a respeito do quanto de controle ela mantinha sobre o processo, Talleyrand ouvira dizer que a inconsciência não era absoluta no Sono dos artificiais.

Em geral, nas viagens interestelares, os artificiais iam dormir mais tarde e acordavam mais cedo do que os orgânicos.

Por isso, Talleyrand não se surpreendeu quando abriu os olhos e se deparou com a fisionomia serena de Pandora. A pele lisa e macia, os olhos cor de mel, o rosto alvo que ele amava, emoldurado pela cabeleira longa e castanha que, quando solta, derramava-se ombros abaixo.

– Posseidon. – Não era uma indagação. Ele fora dormir cinco meses após a partida de Daros. Como de praxe, só esperava acordar uma semana antes de a Nave cruzar a órbita do planeta mais externo do sistema de destino.

No entanto, desta vez o brilho preocupado nos olhos claros da artificial contava outra história.

– Ainda não, querido. Estamos a seis meses-luz do sistema.

– O que houve de errado?

– A Nave recebeu uma mensagem alarmante do programa-gestor de nossa base em Bluegarden há alguns anos. Preocupada, decidiu nos despertar antes, para que nos preparemos para solucionar o problema.

– O problema? – Ele balbuciou a palavra com cuidado, como se estivesse com a boca repleta de cacos de cristal pontiagudos.

Não.

Aquilo simplesmente não podia estar acontecendo.

A passagem por Posseidon nem sequer chegava a constituir uma missão. Não passava de uma escala de rotina, uma parada de uns míseros dois ou três meses, antes do regresso a Olduvaii.

Uma vez em Olduvaii, receberiam a comissão tão almejada. Então, a partida triunfal para Lobster.

Ainda sonolento, Talleyrand voltou a cerrar os olhos, apertando as pálpebras com força, na esperança de que o pesadelo se dissipasse.

Tornou a abri-los e constatou que a companheira ainda o fitava com a expressão paciente, mas preocupada.

Rendeu-se às evidências e, após um suspiro profundo, indagou:

– O que os bicudo*s* fizeram desta vez?

– Você sabe que eles não gostam que os chamemos desta forma.

– Pelo Espírito Galáctico, Pandy! Que importa como eu os chamo? – Ante o olhar gélido e as sobrancelhas arqueadas da artificial, ele se deu por vencido, não sem antes emitir um gemido débil de impaciência. *Ela podia ter ao menos aguardado que eu despertasse inteiramente...* – Está bem, está bem. O que foi que os teus queridos dolfinos fizeram desta vez?

– Segundo o gestor da base, os dolfinos estabeleceram contato com uma espécie racional autóctone de Bluegarden.

– Isto é ridículo! Deve haver um engano. Não existem espécies racionais em Bluegarden. Só os dolfinos.

– Uma equipe de pesquisa trabalhando numa região até então inexplorada do oceano planetário, tropeçou, por assim dizer, numa cultura tecnológica erigida por moluscos cefalópodes, que teriam evoluído espontaneamente por lá.

– Moluscos aquáticos?

– Acorde de uma vez, Tally! É claro que são aquáticos. Estamos falando de Bluegarden, lembra? O que você esperava que eles fossem? Moluscos alados?

– Muitíssimo obrigado, querida. Como de hábito, seu sarcasmo é um tônico restaurador mais eficaz que os estimulantes injetáveis da Nave. – Ele piscou para a companheira, fazendo-a constatar que ele estava plenamente desperto. – Nada como o bom e velho tratamento de choque. Porém, ironias à parte, tem que haver outra explicação. Quem sabe, nossos amigos dolfinos não estão sendo vítimas de um embuste tramado por galácticos que se fazem passar por criaturas autóctones.

– Quem se disporia a um papel deste? E com que propósito? – Pandora piscou os olhos de pestanas compridas, de um jeito adorável que Talleyrand sabia denotar cepticismo. – Como planeta oceânico, Bluegarden teria bem pouco valor para uma espécie alienígena terrícola.

– Talvez uma espécie que quisesse nos prejudicar. – Ele insinuou sem convicção. – Ademais, uma biosfera é sempre uma biosfera...

– Não seja paranoico, querido. Antes de se pronunciar, você deveria assistir os holos que o gestor de Merídia nos mandou em seu relatório. Ele é uma C.A. danada de esperta. Não se deixaria iludir facilmente.

– Tudo bem. Mas, espere um pouco. Você falou que os tais cefalópodes teriam evoluído sozinhos em Thalassa... isto é, em Bluegarden? Porque acabo de lembrar outra coisa: sempre ouvi os especialistas em cálculo evolutivo aplicado afirmarem ser impossível o surgimento espontâneo de uma cultura de seres aquáticos racionais.

"Bom, como diz o velho ditado," – a *voz* da Nave ecoou diretamente em suas mentes, – "há sempre uma primeira vez para tudo. Mas Pandy ainda não te contou o pior. Continue, querida."

– Quer dizer que ainda há mais? – Talleyrand tentou se erguer sobre o cotovelo.

Tornou a tombar no leito do hibernáculo. Gemeu e arregalou os olhos, com expressão incrédula e magoada.

"Cale a boca e escute."

– Segundo os dolfinos, os cefalópodes seriam protegidos de uma civilização galáctica que batizou a si própria como os "Oniscientes".

– Sei... Oniscientes? Gozado... nunca ouvi falar.

"Tampouco nós."

– Gostaria que você se recobrasse logo de sua letargia mental pós-Sono e encarasse essa descoberta com a seriedade que ela merece.

– Calma, calma. Tudo bem. Esses tais Oniscientes devem ser a espécie que promoveu os cefalópodes. Meio pretensiosa, pelo visto, para se autodesignar desta maneira.

"Acorde, Garoto! Os nativos de Bluegarden não foram promovidos. Evoluíram espontaneamente. Ponto."

– Ou, pelo menos, o gestor de Merídia não crê que os Oniscientes tenham sido os promotores dos cefalópodes. Aparentemente, os nativos já possuíam uma civilização tecnológica quando essa cultura galáctica os descobriu.

– Se esses galácticos não promoveram os cefalópodes, então qual é a relação entre as duas espécies?

– Entusiasmados com a descoberta de criaturas racionais marinhas, um fenômeno indiscutivelmente raro e surpreendente em termos evolutivos, os tais galácticos decidiram transformar Bluegarden num planeta-santuário.

– Agora, estou compreendendo. Um santuário que auxiliamos nossos protegidos a violar. – Talleyrand apreendeu toda a gravidade da situação. – Ah, esses bicudos! Eles nos colocam numa roda-viva...

"Nisto sou obrigada a concordar contigo."

– Pois é. O que era para ser apenas uma escala de rotina, –Pandora suspirou, resignada, – vai se transformar no trabalho exaustivo de planejamento para uma evacuação maciça.

– Ah, isto é que não! Nós iremos perder anos nesse sistema.

"Quinze anos e sete meses THP, segundo a minha estimativa mais otimista. Se tudo correr bem, é claro."

– É claro... – O humano orgânico bufou, desanimado. Depois de mais de um minuto de silêncio emburrado sob o olhar plácido da companheira, ele concluiu, resignado. – Só espero que esse planejamento todo não altere nossos planos em relação a Zoo.

– Não se preocupe. Eu e a Nave já fizemos nossos cálculos, enquanto esperávamos você acordar. Mesmo com duas ou três décadas de atraso, ainda regressaremos a Olduvaii em tempo de ter referendada nossa solicitação para constituir a Terceira Expedição ao Sistema Lobster.

"Depois de todas aquelas décadas de treinamento e todas essas provas DE espaço intermináveis, eles não ousariam mandar outra equipe em nosso lugar!"

– Assim espero. – Talleyrand murmurou entre os dentes. Deu uma risada curta, desprovida de alegria, mais semelhante a um latido. – Enfim, é como eu sempre digo: em se tratando dos bicudos, desgraça pouca é bobagem.

Capítulo 28

– O que há de bom para fazer em Bluegarden, quer dizer, além de conversar com os teus amigos dolfinos?

Pandora fitou o companheiro.

Havia certa dose de ironia no olhar dele. Mas também havia curiosidade sincera.

Naqueles quarenta e poucos dias desde seu Despertar, Talleyrand permanecera a maior parte do tempo imerso numa programação especial de realidade virtual interativa que a Nave preparara a seu pedido. Empenhava-se em aprender o máximo possível sobre Bluegarden e a cultura dos colonos dolfinos. Até se esforçava para evitar o termo "bicudo", ainda que Pandora soubesse que aquilo fosse apenas para agradá-la.

A artificial pensou nas duas décadas que seriam forçados a permanecer no planeta oceânico, para dar início ao programa de evacuação global.

Duas décadas em tempo real e não o equivalente aos nove anos em tempo de bordo. Décadas de trabalho duro, bem diferente do tempo que transcorria num piscar de olhos, quando estavam imersos no Sono.

Para ela, seria agradável voltar a conviver com os dolfinos e rever alguns velhos amigos dolfinoides. Um interlúdio prazeroso e prolongado, afastada da efervescência da periferia humana, antes da viagem de regresso a Olduvaii, para assumir a missão mais importante de sua longa vida.

Contudo, para seu jovem amado, a estadia forçada em Bluegarden, coordenando os preparativos para a evacuação do planeta e ouvindo as lamúrias dos dolfinos, poderia vir a se tornar um suplício intolerável.

Por isto, ela se preocupou em descobrir maneiras de distrair o companheiro. Para piorar a situação, ele não costumava suportar de bom grado períodos prolongados de imersão nas RVI de entretenimento.

Tão jovem e tão antiquado.

Para Talleyrand, simulações psicointerativas representavam apenas um meio eficaz de adquirir experiências e conhecimento, nunca uma forma de lazer.

Talvez eu devesse tê-lo deixado imerso no Sono. Não. A Nave não iria concordar em violar os protocolos da inspeção. Pois deve haver pelo menos dois inspetores. Além disso, Tally levaria séculos para me perdoar. Em tempo real.

– Esportes aquáticos. – Ela respondeu finalmente.

– Como assim? Passeios de barco? – O semblante dele se iluminou com um sorriso franco e sonhador. – Eles têm barcos por lá? Quer dizer, barcos que nós possamos usar?

– Quando estive lá, o gestor da base mandou que seus robôs construíssem alguns barcos para o nosso lazer.

– Será que ele conseguiria projetar um minissubmarino? Um daqueles vasos antigos, movido a fusão nuclear... Descobri um design aparentemente funcional em nosso banco de dados.

– Não sei, Tally. Um design tão primitivo assim... Não gostaria de vê-lo arriscar o pescoço à toa. Talvez fosse melhor deixar de lado essa tua paixão por artefatos paleotecnológicos ou, pelo menos, adotar um sistema de propulsão mais moderno e confiável, munido de um bom microconversor de antimatéria. – Ela ajeitou os cabelos já arrumados e então indagou. – O que você acha, Nave?

"FORNECEREI AS ESPECIFICAÇÕES AO GESTOR DE MERÍDIA, ASSIM QUE CHEGARMOS AO PLANETA. COM OS RECURSOS QUE ELE DISPÕE, NÃO CREIO QUE TENHA DIFICULDADES EM CONSTRUIR UM PROTÓTIPO COM REATOR DE FUSÃO NUCLEAR, OU MESMO UM DE FISSÃO, SE NOSSO JOVEM AMIGO REALMENTE FIZER QUESTÃO."

– Essas geringonças seriam seguras? Veja lá se não vai meter o Tally numa arapuca...

"FIQUE TRANQUILA. NÃO PERMITIREI QUE NADA DE RUIM ACONTEÇA AO NOSSO MASCOTE ORGÂNICO. AFINAL, EMBORA VOCÊS SE CONSIDEREM UM CASAL, A VERDADE É QUE CONSTITUÍMOS UM TRIO."

– E esta, agora? – Ele soltou uma risada.

– Tudo bem. Só não quero que ele assuma riscos desnecessários por causa de um capricho juvenil. Será que é mesmo preciso embarcar num veículo primitivo, que se locomove graças a um sistema de propulsão ineficiente e mal projetado?

"ACASO JULGA QUE EU SERIA CAPAZ DE FORNECER UMA ESPECIFICAÇÃO DE PROJETO QUE NÃO FOSSE CEM POR CENTO SEGURA?" – O tom da Nave soou definitivamente magoado em seus espíritos. – "SIMULEI A CONSTRUÇÃO DESSE MINISSUBMARINO E VERIFIQUEI

TODOS OS TESTES DE PORTO E AS PROVAS DE MAR TRÊS VEZES, ANTES DE APRESENTAR MINHA SUGESTÃO".

– Está bem, está bem. Desculpem-me se pareci um pouco...

"SUPERPROTETORA!"

– Ahn... Só um pouquinho. O gozado é que a delfineia vive nos acusando de superprotetores. – Ela entreabriu os lábios num sorriso. O companheiro vislumbrou uma sombra de nostalgia em seu olhar.

– Certo. Vão em frente. Se você afirma ser capaz de especificar um submarino seguro, ainda que propulsionado por um reator de fissão nuclear, não sou eu que vou impedir o Tally de passear nele.

– Excelente. – O humano orgânico esfregou as mãos.

– Há mais diversões à nossa disposição num mundo oceânico. Já ouviu falar em mergulho com extratores de oxigênio ou com trajes pressurizados?

– Claro que já! Você já fez isto?

– Já, sim. Quer dizer, mais ou menos... – Ela sorriu sem graça e ele assentiu com um gesto automático. Ambos sabiam que ela poderia dispensar aqueles equipamentos. Pandora baixou os olhos, com ar tímido. Mas logo ergueu o olhar e voltou a sorrir, desta vez abertamente, ao lembrar das experiências de sua estada anterior. – É muito divertido mergulhar junto às muralhas de corais. Há uma fauna marinha excepcional por lá. Cardumes de pisciformes multicoloridos de beleza incomparável. Isto, só para começar. – Ela suspirou com ar feliz. – Além disso, voltando aos barcos, não precisamos nos limitar aos autopropulsados. Podemos velejar.

– O que é *velejar*?

– Passear em barcos movidos apenas pela força do vento.

– Como num iate espacial dotado de velas estelares?

– Parecido. No fundo, trata-se do mesmo princípio. Só que, como a pressão do vento sobre as velas é muito maior do que a pressão da luz no vácuo, as velas de um barco não precisam ser tão grandes quanto as de um iate espacial.

– Faz sentido. Puxa, acho que vou gostar de experimentar isto!

– E quanto ao *surf*, já ouviu falar? – Ante a negativa do companheiro, ela explicou – Um esporte e tanto. Consiste em descer a crista de uma onda do mar equilibrada sobre uma prancha de metaplástico transparente.

– Caramba! Você já fez isto?

– Olha, eu tentei fazer. Não ouso afirmar ter sido muito

bem-sucedida. Se bem que não insisti até o ponto de adquirir pleno domínio da técnica.

Ele fechou os olhos e sorriu, deliciado em imaginar a companheira equilibrada sobre uma placa transparente.

– Aposto que você fazia isto nua.

– Claro. Mas não o aconselho a tentar sem o biotraje. – Ela piscou o olho para ele. – Mais uma vantagem da anatomia feminina.

– Tudo bem. Já entendi. – Ele sorriu de volta. – Mas, como posso aprender esse "surf", sem ninguém por lá para me ensinar?

– Havia uma realidade interativa sobre o assunto em Merídia. Ela é capaz de lhe ensinar direitinho, desde que você tenha paciência para vivenciá-la até o fim.

– E quanto à exploração do interior da ilha de Merídia?

– Ah, esta era minha diversão favorita. Eu adorava caminhar pelas trilhas da Ilha, sobretudo nos trechos preservados do ambiente original.

– Como assim? Não terraformizados?

– Isto. Quase toda Merídia foi deixada em seu estado natural, para preservar o único habitat terrícola do planeta. As áreas terraformizadas são mantidas em condições estanques, abrigadas no interior de campânulas energéticas.

– Os bi... dolfinos costumam andar por essas trilhas?

– Embora não sejam proibidos de fazê-lo, é claro, em mais de três anos de permanência, durante minha estada anterior, jamais vi um por lá.

– Parece o paraíso.

– Apesar desse sarcasmo, acho que você vai gostar.

– Esteja certa que vou. Quando estiver cansado das conversinhas com os teus amigos, é para lá que vou te arrastar. Ao que parece, vamos ter muito tempo para explorar aqueles bosques de musgoides e aquelas florestas de cogumelos gigantes de Merídia.

– Será um prazer. Só que não são cogumelos de verdade. Para começar, a vida nativa do planeta nem se baseia no DNA.

– Não importa. O fato é que parecem cogumelos gigantes.

Ela sorriu ao lembrar das planícies revestidas de musgo verde-acinzentado, a forma de vegetação mais comum da região central de Merídia. Recordou também de seus passeios por trilhas que serpenteavam pelas áreas montanhosas, onde riachos encachoeirados rasgavam seu caminho através da rocha basáltica escura que constituía a forma de relevo dominante da ilha.

Não havia vertebrados, é lógico. Tampouco artrópodes insetoides. Somente duas ou três espécies de crustáceos haviam decidido colonizar aquele habitat exíguo que representava mais de nove décimos da terra firme do planeta.

Os moluscos eram outra história.

Embora não houvesse pisciformes nos rios e riachos que se despenhavam das montanhas, a existência de uma ordem de moluscos terrícolas era indicador seguro de que Bluegarden outrora possuíra uma superfície emersa muito mais vasta do que o punhado de ilhas do Arquipélago Meridional.

Geofísicos dolfinos haviam corroborado a hipótese da existência de massas continentais no passado geológico do planeta.

Os paleontólogos haviam até mesmo encontrado uns poucos fósseis de invertebrados terrestres que confirmaram essa tese para além de qualquer dúvida.

É bem verdade que os continentes desaparecidos jamais somaram uma superfície emersa superior a poucos milhões de quilômetros quadrados. Contudo, aquela quantidade de terra firme parece ter subsistido por tempo suficiente para possibilitar a evolução de criaturas bastante semelhantes aos moluscos e anelídeos terrícolas existentes em Tannhöuser.

Quanto às florestas de cogumelos gigantes, elas realmente existiam nos vales montanhosos de Merídia, embora não se tratassem de cogumelos de fato, mas de espécimes de uma família que a humanidade olduvaica batizara de *paramicetos*. As reentrâncias de seus caules robustos serviam de morada a crustáceos minúsculos e vermes oblongos. Seus píleos frondosos lançavam sombras sobre as trilhas que os robôs da base faziam questão de manter abertas, para o dia que em os humanos regressassem para caminhar pelas únicas florestas nativas do planeta.

Capítulo 29

Desperta na penumbra do camarote, deitada em silêncio no leito para não perturbar os sonhos felizes do companheiro que ressonava suave como um bebê a seu lado, Pandora fitou o próprio rosto no espelho que a Nave conjurou para ela no teto abobadado do aposento.

O mesmo semblante imutável. Inescrutável. Sem o menor indício das experiências passadas milênios afora.

Por vezes se surpreendia imaginando como os orgânicos deviam se sentir ao mudar, envelhecer, enrugar, para então rejuvenescer outra vez, através das terapias de reprogramação celular ou do processo radical de transferir suas personalidades e memórias para os cérebros abúlicos de seus clones virgens e mais jovens.

Como artificial, permanecia sempre a mesma. Não precisava se preocupar com a passagem do tempo. Ao menos, não com o efeito da passagem dos séculos sobre si mesma.

Havia Talleyrand, é claro.

O companheiro era assustadoramente jovem. Sobretudo, para alguém tão vivida quanto ela. Por isto, quando o conheceu, não levou seus arroubos românticos a sério. No início, não passou de um passatempo carinhoso. Mais tarde, quando resolveu que valia a pena investir nele, aguardando a seu lado até que amadurecesse, otimista, julgou que fosse só questão de quatro ou cinco décadas. No entanto, o tempo passou e, diversos rompimentos e reconciliações mais tarde, o companheiro se tornou mais sábio e experiente, mas não amadureceu tanto quanto ela ansiava.

A culpa é da educação hedonista que ministramos em Olduvaii. Nossa juventude leva mais tempo para amadurecer. Alguns simplesmente não logram atingir a maturidade emocional. Não sei se vale a pena esperar...

Do ponto de vista estritamente físico, Tally era um amante dedicado. Criativo, apaixonado e, portanto, impulsivo. Pandora gostava assim. Não tinha motivo para queixas. Se bem que por vezes o julgasse um tanto limitado. Porém, na maior parte do tempo, resignava-se com a noção de que não se pode ter tudo.

Sentiu a Nave roçando as franjas de sua consciência, espreitando de um jeito sutil, a ponto de quase passar despercebida, no afã de bisbilhotar o que ela estava sentindo. Ergueu o bloqueio mental sem esforço consciente. Não pretendia deixar que a velha amiga descobrisse o que se passava em seu íntimo. Não dessa vez.

Por que me sinto tão animada? Só porque vou passar mais de uma década convivendo uma vez mais com dolfinos, em lugar dos três ou quatro meses previstos para a inspeção de rotina?

Cerrou as pálpebras, afirmando para si própria que não era egoísta a este ponto. Mesmo que não fosse correto se sentir feliz ante a perspectiva de uma convivência prolongada com seus queridos dolfinos, quando o motivo desse prolongamento era a necessidade de planejar a evacuação de Bluegarden.

Por outro lado, será melhor estar presente para consolá-los. Antes eu do que uma inspetora estranha, sem ligação afetiva com eles.

Mal podia esperar para nadar outra vez em mar aberto em companhia de seus dolfinos. Vogar pelas águas tépidas do oceano global com suas crianças amadas circulando ao seu redor, suas peles lisas como borracha provocando-lhe arrepios de prazer ao roçar contra sua epiderme.

Alegres e excitados. Apaixonantes.

Esboçou um sorriso ao rememorar a primeira vez que um dolfino tentou seduzi-la. A cantada atrevida se deu numa piscina de água salgada no interior da base de Merídia. Em questão de segundos o susto inicial deu lugar à curiosidade. *Por que não?* Claro que se sentiu lisonjeada. Afinal, seus queridos podiam visualizá-la por dentro. Sabiam como ela realmente era e decerto não a consideravam fisicamente atraente.

As cópulas com dolfinos eram muito diferentes. Para alguém que jamais cogitou copular com alienígenas, fazê-lo com dolfinos constituiu uma pletora exótica de experiências prazerosas. Os pênis compridos e flexíveis, capazes de enlaçar seus pulsos e tornozelos. Clitóris sedosos do tamanho e no formato aproximado de nozes. A musculatura poderosa de suas fendas vaginais, ávidas para apertar, comprimir e sugar um antebraço humano até o cotovelo. A paixão, a ânsia, o arrebatamento de ser tomada por vários amantes ao mesmo tempo...

"VOCÊ SE ENCONTRA UM BOCADO EXCITADA." – A Nave sussurrou em sua mente. – "JULGUEI QUE TALLY HOUVESSE ABRANDADO SEU FOGO".

– Não é nada.

"CONTA OUTRA. POSSO NÃO SABER O QUE VOCÊ ESTÁ PENSANDO, MAS QUE ESTÁ EXCITADA É INEGÁVEL."

– Lembranças antigas.

"SEI." – A artificial escuta o risinho malicioso em seu cérebro. – "A PROPÓSITO, MUITO ANIMADA COM A PERMANÊNCIA PROLONGADA EM BLUEGARDEN?"

– Estaria, se não fôssemos os arautos do caos.

"NÃO EXAGERE. QUANDO CHEGARMOS EM POSSEIDON, OS DOLFINOS JÁ ESTARÃO DE MALAS PRONTAS, POR ASSIM DIZER."

– Engraçadinha. – Pandora exala um suspiro abatido. – Estarão traumatizados, isto sim. E com os bicos cheios de recriminações merecidas.

"SÉRIO. JÁ TERÃO SE ACOSTUMADO COM A IDEIA. TERÃO TIDO MAIS DE UMA DÉCADA E MEIA PARA SE PREPARAR PARA O INEVITÁVEL. CULTURAS ESTABELECIDAS POR INDIVÍDUOS DE VIDA CURTA COSTUMAM REAGIR RÁPIDO ÀS ADVERSIDADES."

– Sem dúvida. Meu receio é em que sentido essas reações rápidas irão conduzi-los.

Capítulo 30
Guerra Submarina

– ... portanto, faz-se mister que a Gerúsia nomeie um de nossos pares, a fim de cuidar dos graves assuntos que decerto advirão do conflito iminente com a espécie semiaquática promovida pelos humanos. – Em meio a uma ondulação enfática dos tentáculos manipuladores, o núncio concluiu seu discurso no grande debate que se desenrolava na Gruta do Conclave.

– Seria de fato necessário designar um geronte só para isto? – O representante de uma mônada situada próximo ao círculo polar setentrional manifestou-se com tentáculos ansiosos e um pipilo estridulante.

– É necessário, irmão. Já adiamos este consenso ciclos demais. – O núncio gesticulou. Os dígitos de seus tentáculos esforçaram-se ao máximo no afã de articular seu canto com tato e a diplomacia que lhe eram característicos, sem deixar transparecer o temor que o consumia. – O último informe de nossos batedores na fronteira relatou que uma expedição dos invasores partiu das regiões que eles habitam rumo ao norte. Não sabemos até onde e por quanto tempo pretendem avançar. Trata-se de uma expedição maior e mais bem aparelhada do que aquela que estabeleceu contato conosco. Cinquenta membros, pelo menos. Inclusive quatro daquelas máquinas com tentáculos rombos e deselegantes. Devemos nos preparar para o pior.

– Considerando a absoluta falta de experiência dos Únicos nestes assuntos, ditos "bélicos", – o Fiel da Voz manifestou-se em gestos ríspidos e solenes aos demais pares da Gerúsia, – julgo que o próprio núncio é a escolha natural para esse novo cargo.

– Discordo. – O núncio roncou. Os tentáculos descaídos, sintoma nítido da exaustão, fruto de ciclos intermináveis de discussão arrastada, inconclusiva. – O cidadão que assumir esse cargo de, poderíamos chamá-lo... "Defensor dos Únicos", deverá estar investido de autoridade plena e inquestionável. Pois, imagino, existirão situações críticas, onde não haverá tempo para consultar a Gerúsia.

A última declaração do núncio afundou como pedra largada no mar profundo das consciências dos gerontes.

Afinal, o núncio era o que os Únicos possuíam de mais próximo de um chefe de executivo planetário e, ainda assim, era obrigado a consultar e prestar contas à Gerúsia em todas as decisões importantes.

Aquela era a maneira de governar dos cefalópodes.

Sempre fora daquele modo, desde as primeiras ondas do mundo, bem antes da chegada dos Oniscientes e do advento do Santuário, numa época arquirremota, quando ainda havia um núncio e uma gerúsia para cada pequena mônada dos Únicos.

A proposta de criar um novo hierarca, um Defensor dos Únicos, como o núncio colocou, que não estivesse sujeito ao controle direto da Gerúsia constituía mais do que mero conceito revolucionário.

Um hierarca absoluto soava com acordes bem próximos à heresia.

Intuindo que o real motivo da paralisia de seus pares residia na aversão à novidade sem precedentes, o Pleiteante da Ciência nadou em direção ao núcleo, até então vazio, pois que ninguém se dispusera a ocupar o palco central para onde, pela própria geometria da gruta, convergiam naturalmente os cliques de ecolocação e os olhares de seus semelhantes.

Uma vez no núcleo, equilibrou-se e, com os tentáculos ramificados fixos no cinturão de pedras que trazia consigo à guisa de lastro, deixou-se afundar mansamente, até que as extremidades de seus tentáculos propulsores roçassem suaves o piso rugoso de arenito.

Como rezavam as tradições, os membros natos da Gerúsia se mantinham dispostos numa série de círculos concêntricos ao redor do picadeiro rebaixado que constituía o núcleo. Permaneciam parados no sítio desejado, seguros, com um ou dois tentáculos propulsores passados em volta de argolas presas a postes oblongos fincados verticalmente a intervalos regulares no piso da gruta. Ancorados a postes mais curtos, os cefalópodes dos círculos interiores flutuavam mais próximos ao solo do que aqueles que se mantinham nos círculos mais afastados.

O Pleiteante crepitou com o bico semicerrado. Conquistada a atenção de seus pares, gesticulou com segurança:

– Meus pares e irmãos. Vivemos agora o momento mais crítico de nossa longa história. Desde nossos primeiros registros, desde nossas memórias mais remotas, jamais nos havíamos deparado com uma ameaça tão grave à nossa sobrevivência e ao nosso modo de vida. – Ele fez uma pausa proposital, a fim de permitir que a harmonia compassada de sua fala e as nuances sutis de sua verve precipitassem até o fundo do espírito de seus ouvintes e ali sedimentassem, fincando raízes. – Sei que a ideia de escolher um de nós para atuar como "hierarca bélico", capaz de tomar decisões sem consultas à Gerúsia, infla nossas almas de ojeriza, pois em verdade, comungo deste mesmo sentimento. Contudo, como ninguém ignora, situações extraordinárias exigem medidas extraordinárias. Não há aqui geronte capaz de questionar a seriedade desta crise. Portanto, concordo com o núncio, quando ele advoga a criação desse cargo de Defensor.

Concluída sua fala, o Pleiteante da Ciência vogou lentamente, regressando a seu poste habitual.

Uma cacofonia de pipilos, estrilos, roncos e assobios ecoou nas paredes e no teto cupular da vasta Gruta do Conclave. Milhares de tentáculos ergueram-se e ondularam em vão. Dígitos manipuladores fulgiram na penumbra do aposento. Poucos foram os que lhes prestaram atenção.

Inspirado no exemplo do Pleiteante, o xenólogo avançou, lento em direção ao núcleo. Uma vez ancorado ali, conseguiu enfim que os demais o ouvissem:

– Sugiro que o Pleiteante da Ciência, inegavelmente a mentalidade mais esclarecida dentre nós, assuma esse cargo de Defensor dos Únicos.

– Apoiado. – Valendo-se de sua prerrogativa, o núncio manifestou-se antes dos demais.

– Não julgo ser o único mais adequado à tarefa. Pois que sou o responsável pelo desenvolvimento científico de nosso povo. Como tal, há muito me acostumei a enxergar fatos e eventos sob a óptica e os interesses da ciência. Imagino que o cidadão que se tornar o Defensor dos Únicos deverá encarar esses fatos e eventos sob um conjunto de premissas diversas, por vezes até mesmo antagônicas, aos princípios que norteiam a conduta científica.

– Você teria alguma sugestão para o cargo, Pleiteante? – Os tentáculos do Fiel da Voz se agitaram, incertos.

– Talvez. – O hierarca da ciência piou. O bico córneo trincado sobre a questão fulcral. – Quem dentre nós, pela missão que se autodelegou, está mais do que acostumado a lidar com situações novas e imprevisíveis? Quem, dentre os presentes, procura compreender, praticamente desde o início de sua vida adulta, o comportamento de entidades alienígenas hipotéticas, com seus modelos e simulações?

– O xenólogo? – A incredulidade presente no pio do núncio ecoou na vastidão da Gruta do Conclave.

– Exato. – O Pleiteante manifestou-se com um gesto lacônico. – Precisamos de alguém capaz de se colocar no lugar dos alienígenas, para tentar antecipar suas intenções e movimentos.

– Ele é demasiado jovem. – O núncio pipilou em seu tom mais persuasivo, decerto tentando influenciar seus pares na Gerúsia. – Mal assumiu seu lugar entre nós.

– É jovem, de fato. – O hierarca da ciência confirmou, com a ponta trifurcada do tentáculo brilhando num verde pálido conciliador. – Contudo, dentre as espécies com experiência nesses assuntos bélicos, também é fato inconteste que alguns dos estrategistas mais brilhantes e originais foram indivíduos relativamente jovens.

– Meus pares e irmãos, ouçam-me, por favor. – De seu púlpito no núcleo, o xenólogo conclamou os demais com uma série de chiados baixos e nervosos.

Trêmulo, pressentiu que o Pleiteante da Ciência, tanto por índole quanto por vocação, teceria uma rede inquebrantável de argumentos lógicos, capaz de arrastar todas as réplicas e opiniões contrárias, como se não passassem de tolos cardumes de pisciformes debatendo-se em vão contra a força de uma corrente insuperável.

Ainda assim, deveria tentar agir de acordo com a consciência:

– Não me julgo à altura do cargo de Defensor dos Únicos... Decerto a Gerúsia chegará ao consenso quanto ao cidadão mais capacitado.

– Sua opinião ainda não foi solicitada, meu jovem. Pois que ainda não é chegado o momento de considerá-la. – O núncio gesticulou com os tentáculos cinzentos de neutralidade. – Aguarde que os pares mais experientes debatam o assunto, até que o consenso seja gestado.

O xenólogo piou sua concordância resignada.

O assunto ainda seria discutido por muitos e muitos ciclos, numa sessão ininterrupta, exaustiva e infindável.

Aquela era a maneira dos Únicos.

Todavia, ele já sabia de antemão o resultado daquela decisão de consenso.

Sentia-se forçado a concordar com o Pleiteante.

Em parte.

Por um lado, era o par da Gerúsia que melhor saberia interpretar a conduta e motivações dos alienígenas, que a maioria chamava de "invasores". Neste sentido, era de fato o cefalópode mais indicado ao cargo de Defensor dos Únicos.

Infelizmente.

Por outro lado, era o geronte mais favorável ao contato pacífico com os dolfinos.

Era justo por causa desta postura que ele temia se ver forçado a tomar decisões capazes de transformar um sentimento de ligeira antipatia interespecífica num conflito bélico de gravidade extrema e proporções inimagináveis.

Capítulo 31

– Não, meu nobre conselheiro e dileto amigo. Não resta mais dúvida. Os octópodes estão se mobilizando.

Do conforto de sua piscina de trabalho ao ar livre, Lennox lançou um clique de ecolocação algo mal-humorado ao dolfino recém-chegado.

Pela postura das nadadeiras e o ligeiro tremor do bico comprido, não foi difícil ao conselheiro constatar o quão perturbado Ringo se encontrava.

E ainda têm o desplante de afirmar que ele se encontra curado. Sei...

– Como é que vocês descobriram que eles estão se mobilizando? – O clique de Lennox transformou-se num longo trinado de alta frequência, à medida que dedicava mais de sua atenção ao agitador político. – O gestor de Merídia por acaso liberou os dados coligidos pelas microssondas?

– Claro que não... Aquele programa idiota! Os octópodes culminando seus preparativos para a guerra e esse gerentezinho coprófago nos sonegando informações vitais...

– Não pretendo discutir este assunto com você de novo. – Lennox assobiou, impaciente. O gestor afirmara diversas vezes que não pretendia intervir no entrevero com os nativos, exceto para salvaguardar a delfineia da extinção iminente. Por que será que Ringo não se resignava ante o inevitável? – Afinal, se o gestor não liberou as gravações das microssondas, como é que vocês sabem dessa pretensa mobilização dos octópodes?

– Fabricamos nossas próprias sondas. – Ante o pio incrédulo do conselheiro, Ringo acrescentou. – Maiores e bem menos eficientes do que as que o gestor lança aos milhões oceano adentro. Ainda não conseguimos gravar sonorregistros de resolução tão elevada quanto o equipamento das fábricas de Merídia. Contudo, registramos estereossonogramas bons o bastante para poder acompanhar as atividades militares do inimigo.

– Inimigo? – Lennox trinou uma gargalhada. – Atividades militares? Você tem certeza que está falando dos octópodes?

– Quer o Conselho queira, quer não, os octópodes são nossos inimigos, sim senhor.

– Ao que me consta, fomos nós que invadimos o mundo deles.

– Não tivemos culpa disso. Além do mais, agora não importa mais de quem é a culpa. E pare de me clicar deste jeito. Não estou tecendo juízo de valor algum sobre se os octópodes estão certos ou errados. Não se trata de ter razão. Trata-se, sim, de colocar os interesses últimos da delfineia em primeiro lugar.

– Muito eloquente este teu patriotismo ensaiado. – O sarcasmo do assobio de Lennox soou perfurante como uma broca-laser. – Só que você não respondeu minha pergunta. Tem certeza de que vocês registraram atividades militares dos nativos?

– Claro que tenho! – Ringo *cuspiu* o tubo do espiráculo e sorveu o ar direto da atmosfera. Abanou as nadadeiras. – Por quê? Se conseguirmos provar a autenticidade de nossos registros, isto mudará alguma coisa ante o Conselho?

– Não firmarei acordo algum antes de verificar essas provas. Deixe-me ouvi-las. Se conseguirem me convencer, prometo que terão sua chance perante o Conselho.

– É justamente este compromisso que pretendo arrancar de você. Precisamos do respaldo de um conselheiro imparcial para introduzir esta questão urgente da maneira correta.

– Compreendo.

– Pois é. Se for o arengueiro do Ringo e seus extremistas a apresentar os sonogramas, vão logo dizer que as gravações são forjadas.

– Não me leve a mal, mas torço para que suas provas sejam de fato forjadas.

– Estou certo de que torce contra mim. Mesmo assim, se dará ao trabalho de examiná-las, não é?

– Óbvio. Espero que sejam forjadas. Contudo, como bom paranoico, não descarto a hipótese remota de que sejam autênticas.

– Sabia que podia contar com sua decantada isenção.

– Eu não chamaria minha postura de isenta.

– Ah! Lennox, o Justo... Tudo bem, tudo bem. Não precisa se irritar. Não está mais aqui quem trinou. No entanto, foi exatamente por você ser quem é que solicitei esse encontro contigo.

– Chega de papo. Ao contrário dos humanos, não temos tempo a perder.

– Não temos mesmo.

– Então, vamos às provas.
– O dolfino pragmático de sempre.
– Pragmático, não sei. Mas nado muito ocupado.

* * *

Lennox conduziu Ringo a outro tanque, onde disporiam de mais privacidade. Ao contrário da piscina de trabalho do conselheiro, o novo aposento não era a céu aberto. Portanto, ambos voltaram a colocar os tubos de ar em seus espiráculos.

Com o bico, Ringo passou o gancho minúsculo da pastilha de sonorregistro ao conselheiro. Lennox ativou a reprodução do sonogravador com a nadadeira e, com o próprio bico, introduziu a pastilha cristalina no aparelho.

Ringo recomendou que Lennox avançasse a gravação para uma data-hora determinada.

O conselheiro comandou o aparelho com ordens curtas em delphii.

Gravado por dolfinos e para dolfinos, o registro não possuía equivalente visual.

Portanto, não havia cores e tampouco matizes. Não sendo criaturas eminentemente visuais, os dolfinos não sentiam muita falta das cores.

Afora este fato, os sólidos de som que se formavam à frente dos dolfinos constituíam uma simulação bastante razoável dos ecos dos objetos reais registrados pelo gravador.

Com interesse e espanto crescentes, Lennox assistiu ao sonorregistro.

Um grupo de octópodes avançava em fila indiana. Todos portavam bastões metálicos em seus tentáculos ramificados. Pela maneira como seguravam os bastões, Lennox supôs que fossem armas.

Ringo informou:

– Uma das patrulhas de fronteira inimigas.

Como a qualidade da reprodução não permitisse observar detalhes dos tais bastões, Lennox acabou trinando:

– Vocês descobriram que tipo de artefato é esse?

– Lançadores de miniarpões guiados a fio. Disparam descargas elétricas assim que se cravam nos corpos das vítimas.

– Não parecem lá muito eficazes como armas de ataque.

– Nós os vimos em ação contra um asmodeus. Três octópodes dispararam contra o animal, que atacara um membro da patrulha. A fera estremeceu sob efeito da corrente elétrica, até se quedar inerte. Embora o registro esteja truncado neste ponto, cremos que o monstro tenha morrido.

– De que distância foram efetuados os disparos?

– Cerca de quinze metros.

– Arma de curto alcance.

– É verdade. Mas terrivelmente eficientes. Em alguns aspectos melhores do que nossos arpões autopropulsados.

Os asmodeus são predadores perigosos. Rápidos, astutos e providos de barbatanas bucais extremamente cortantes e afiadas, esses pisciformes carnívoros atingem até oito metros de comprimento e duas toneladas bem distribuídas em linhas hidrodinâmicas. São considerados o maior terror dos mares tropicais. É uma dádiva galáctica que não existam pesadelos desse tipo nas águas mais frescas dos mares temperados.

Se três arpões eletrificados foram suficientes para abater um asmodeus, Lennox não duvidava que um único bastasse para aniquilar um dolfino.

Na hipótese da guerra eclodir, Lennox imaginou que talvez fosse preciso projetar armaduras com isolamento elétrico para os combatentes.

– Gostaria de assistir ao sonorregistro dessa luta com o asmodeus.

– Posso arranjar.

Lennox desativou a pausa. A reprodução dos registros prosseguiu.

Minutos mais tarde, o conselheiro indagou:

– Quem são esses nativos?

– Repare naquele com braceletes de fios metálicos trançados com algas nos quatro tentáculos manipuladores. Esse mesmo indivíduo parece estar associado não apenas às atividades de patrulhamento, mas também ao adestramento no uso dos lançadores de arpões e de outras armas. Contudo, não participa das patrulhas pessoalmente. Suas funções parecem associadas à coordenação e ao comando de operações. Julgamos que seja um dos líderes militares mais importantes do Inimigo.

– Percebo. Um *general inimigo*, de acordo com a terminologia belicista. – Lennox não se esforçou para conter o riso. – E de que outras armas eles dispõem?

– Vou lhe mostrar. Avance a gravação até o registro 32.

Lennox comandou a máquina.

Observou um grupo de mais de cem nativos trajando uma espécie de armadura flexível de eco metálico que só lhes deixava os tentáculos de fora. Em se tratando de octópodes, as armaduras assemelhavam-se a elmos gigantescos, com fendas diminutas para os olhos e uma abertura maior, donde se vislumbrava os bicos córneos das criaturas.

Na seção posterior das armaduras-elmo havia um dispositivo similar a uma mochila.

Ante o pio curioso do conselheiro, o outro explicou:

– Hidropropulsores.

De fato, pouco depois, alguns nativos dispararam em alta velocidade oceano afora, impulsionados pelos jatos de suas mochilas. Sem dúvida alguma, um princípio desenvolvido a partir da observação dos pisciformes.

* * *

Quando Lennox ordenou que o sonogravador se autodesligasse, Ringo trinou, esperançoso:

– Podemos contar com seu apoio para apresentar as provas da mobilização dos octópodes ao Conselho?

– Dependendo da verificação de autenticidade dos sonorregistros, sim, concordo em apresentar o caso a meus pares.

– Perfeito. Deixarei a pastilha contigo e gravarei outra com os registros que você pediu.

– Melhor ainda: transmita os outros registros direto para meu link privativo.

– Como você, também tenho meu lado paranoico. Se não se importa, prefiro trazer a pastilha pessoalmente.

– Tudo bem. Solicitarei a Nereu que verifique os sonorregistros.

– Por que confiar uma tarefa tão sensível a um dolfinoide?

– Pois saiba que coloco minha nadadeira entre os dentes de um tubarão por ele. – Ante a postura corporal desconfiada do outro, Lennox forçou-se a acrescentar – Garanto que Nereu é de confiança. Sei que você e ele nutrem certa antipatia recíproca. Mas, como sabe, ele também é membro do Conselho agora e, mais importante, possui capacitação técnica para verificar a integridade dos sonorregistros.

– Não me venha com desculpas. Há dezenas de dolfinos com capacitação idêntica.

– É fato. Por outro lado, imagine como sua causa sairá fortalecida se a autenticidade dos registros for atestada pelo próprio Nereu.

– Aja como quiser. Se faz mesmo questão de trabalhar com dolfinoides, não me importo que o Velho verifique os registros. Desde que o faça rápido.

– Combinado. Aguarde notícias para breve.

– Estou contando com isto.

Ringo partiu satisfeito.

Embora sua postura corporal não o demonstrasse, Lennox sentiu-se mais satisfeito ainda.

Tudo corria conforme planejado.

Capítulo 32

Quando as pupilas-bastonetes do núncio se dilataram, fulgurando em púrpura intenso, o antigo xenólogo e atual Defensor dos Únicos, não precisou observar o gestual dos tentáculos do hierarca para constatar o quão furioso o recém-chegado se sentia.

– Conforme previmos na última reunião da Gerúsia, os alienígenas ultrapassaram a fronteira que havíamos anunciado como delimitadoras de nossas áreas exclusivas. – O núncio agitou os dígitos dos tentáculos em ritmo frenético para enfatizar sua indignação. – Mesmo assim, você se recusa a cumprir o combinado.

– Não me recuso a enviar reforços para a região em litígio. Aliás, já despachei para lá efetivos que julgo mais do que suficientes para conter o avanço dos dolfinos.

– Mas ousou declarar perante a Gerúsia sua recusa em liberar a toxina que nos livrará definitivamente dessa praga das crias dos humanos!

– Até agora só tivemos escaramuças sem importância com esses alienígenas. Incidentes entre nossas patrulhas de fronteira e as deles. Nenhum cidadão foi ferido com gravidade. Ao que saibamos, nenhum dolfino sofreu danos permanentes. Portanto, em minha opinião, não há motivo para desencadearmos uma ação pela qual poderíamos ser, em tese, acusados de genocídio.

– Ora, que genocídio é este, se o próprio Pleiteante da Ciência asseverou que não somos capazes de fabricar a toxina nas quantidades necessárias? – O núncio empregou dois tentáculos propulsores para se agarrar à haste horizontal presa ao solo arenoso da toca do Defensor. Desta forma, logrou manter-se fixo, sem flutuar para longe, não obstante girar seus dígitos com a celeridade insensata de um daqueles motores a hélice do passado. – Só pretendemos disseminar a substância nas regiões fronteiriças assoladas pelos invasores.

– E quanto tempo você julga que a toxina permaneceria ativa no sítio-alvo, considerando a ação das marés, ondas e correntes marinhas?

– Ainda não havia pensado nisto. Porém, em todo caso, tempo bastante para aniquilar centenas de invasores.

– Aniquilar centenas de criaturas racionais que não fizeram mal a um único cidadão até agora.

– E daí? Precisamos de uma demonstração de força. Os gerontes natos dos núcleos sulinos assim o exigem e eu concordo com eles. É a única linguagem que esses bárbaros parecem entender.

– E se os dolfinos decidirem retaliar, eliminando um cidadão em represália para cada um dos seus que boiar morto pela ação da toxina?

– Não ousariam fazê-lo!

– Será mesmo?

– Além disso, não dispõem de recursos para uma contraofensiva biológica. Não passam de crias dos humanos, esqueceu?

– Não conhecemos os humanos tão bem quanto o Fiel da Voz insinua. – Ante o gestual inquisitivo do núncio, o Defensor apressou-se em explicar. – Sabemos, no entanto, que se trata de uma espécie capaz de gerar culturas muito diversificadas entre si. Segundo descobrimos, a cultura humana que promoveu os dolfinos reside num sistema estelar relativamente próximo. Um sistema que consta como desabitado no catálogo galáctico desatualizado dos Oniscientes.

– No que me diz respeito, os humanos são todos iguais.

– Discordo. A maioria das estirpes humanas, por exemplo, não promove outras espécies à racionalidade. A estirpe com que ora lidamos indiretamente parece constituir exceção.

O núncio mergulhou num silêncio aborrecido.

Pensou em argumentar que talvez houvesse outras estirpes humanas adeptas da prática da promoção. Afinal, no que dizia respeito à humanidade, o banco de conhecimento de que dispunham estava longe de ser completo.

Refreou-se a tempo ao notar que seu argumento forneceria ainda mais lastro à hipótese do Defensor.

Controlou sua agitação e mudou de estratégia.

– Talvez não conheçamos os promotores desses alienígenas semiaquáticos tão bem quanto gostaríamos. Ainda assim, o que suas crias poderão fazer contra uma toxina tão fulminante? Fabricar um antídoto? Ou, quem sabe, sintetizar uma toxina que seja mortal para os Únicos? Para tal, precisariam dispor de uma base de conhecimentos comparável à Voz dos Oniscientes. Até onde sabemos, os invasores não dispõem de nada semelhante à Voz.

– Segundo os dados coligidos por nossas microespias, é provável que possuam um complexo computacional de algum tipo no arquipélago do círculo polar austral. Talvez eles próprios tenham erigido esse complexo. Talvez o mesmo lhes tenha sido legado pelos humanos. Em todo caso, tanto pela atitude quanto pelos comentários dos dolfinos, não creio que o complexo deles abrigue uma Biblioteca tão vasta quanto a nossa.

– Então, não têm acesso ao conhecimento galáctico na escala facultada pela Voz dos Oniscientes.

– Por outro lado, os dolfinos afirmam receber visitas periódicas de seus mestres.

– Se tal for verdade, essas visitas podem vir a constituir uma ameaça para os Únicos. A que distância está o sistema estelar desses humanos que promoveram os invasores?

– Ainda não conseguimos determinar ao certo. Contudo, pela frequência dessas visitas, eu arriscaria afirmar que o planeta dos humanos não deve distar muito longe. De qualquer modo, muito mais próximo do Santuário do que o sistema natal dos Oniscientes.

– Se esses visitantes humanos frequentam nosso mundo amiúde, como é que nunca observamos a presença deles no Santuário?

– Creio que só não os descobrimos antes pelo fato de termos deixado as observações astronômicas de lado nos últimos milênios. Em verdade, só retomamos esta atividade científica em particular quando começamos a suspeitar que estávamos sofrendo uma invasão.

– Então, julga possível que os humanos tenham visitado o Santuário nos últimos séculos, sem que tenhamos sequer dado pelo fato?

– Ante as últimas evidências, eu diria que é não só possível, como deveras provável.

– Voltando à questão inicial, insisto que autorize o emprego da toxina contra os alienígenas. Servirá de advertência, para asseverar que falamos sério.

– Não pretendo autorizar o emprego de um agente letal, a menos que a segurança dos Únicos esteja gravemente ameaçada. Por enquanto, nada me leva a crer que tal seja o caso.

– Diante de sua obstinação, submeterei a questão à Gerúsia.

– Recordo-o de que não estou sujeito aos desígnios da Gerúsia.

– É verdade. Não está, em princípio. No entanto, se emergir um consenso unânime em favor do emprego da toxina, não imagino como poderá se manter agarrado à recusa.

O Defensor dos Únicos não reagiu ao truísmo do núncio. A recusa ante um consenso unânime soava-lhe simplesmente inconcebível.

Capítulo 33

Ante a escalada dos confrontos na fronteira, é de todo provável que aquele incidente lamentável estivesse fadado a ocorrer mais cedo ou mais tarde.

Contudo, podia não ter passado de apenas mais uma das numerosas escaramuças fronteiriças. Nada mais.

Tudo começou como mais uma provocação arquitetada como parte da grande estratégia dolfina, elaborada na surdina por membros do Partido Moderado, que então dispunha de maioria no conselho dirigente de Bluegarden.

Uma equipe de colonos foi mandada ensaiar a instalação de um acampamento temporário nas fraldas de uma colina submarina, vários quilômetros além do limite definido unilateralmente pelos octópodes como fronteira, enquanto se aguardava que os invasores se arrependessem e iniciassem seus preparativos para a ansiada evacuação planetária.

A resposta dos autóctones não se fez esperar.

Um batalhão de cefalópodes trajando suas indefectíveis armaduras-elmo autopropulsadas atacou o acampamento durante a madrugada. As ordens eram bem claras: expulsar os invasores para além da fronteira estabelecida, produzindo o máximo de prejuízo material possível. O ataque não devia provocar baixas em hipótese alguma.

Só que desta feita o Partido Belicista conseguira infiltrar alguns operativos na equipe de colonos selecionada de acordo com os ditames do conselho dirigente.

Contrários à política de pintar os colonos dolfinos como vítimas inocentes da intolerância octópode, os radicais belicistas estavam dispostos a resistir e vieram preparados para tanto.

Assim, quando os quatro octetos de autóctones blindados avançaram colina acima com seus tubos de concussão ultrassônica prontos para disparar contra as tendas semipressurizadas dos dolfinos, foram brindados com salvas de feixes azulados de pistolas energéticas especialmente desenhadas para passar por simples brocas-laser de curto alcance.

Relativamente ineficientes em meio líquido, os disparos laser refletiram nas armaduras espelhadas dos atacantes sem causar danos.

Eventualmente, um disparo atingia o tentáculo de um octópode, produzindo ferimentos mais ou menos graves, conforme o laser incidia em feixe concentrado, produzindo rasgos e perfurações, ou difuso, ocasionando queimaduras superficiais.

Os atacantes hesitaram. Era a primeira vez que os dolfinos reagiam com armas energéticas e não canhões de concussão ultrassônica, análogos aos tubos que os próprios nativos empregavam.

O comandante de campo ordenou o estabelecimento de contato remoto VLF com o Defensor dos Únicos para relatar a ocorrência e solicitar instruções.

Um dolfino permaneceu inadvertidamente no interior de uma tenda escolhida como alvo dos octópodes. Seus companheiros tiveram que removê-lo dos escombros inconsciente e com duas costelas fraturadas.

O ataque dos autóctones estancou antes que eles conseguissem demolir mais do que uma dúzia de tendas e danificar uma escavadeira e um flutuador.

Alheia aos planos dos belicistas, a maioria dos colonos encontrava-se desarmada. Logo aos primeiros disparos das pistolas, esses indivíduos começaram a vocalizar sua indignação em trinados estridentes.

Com o apoio de três dolfinoides, um grupo de colonos conseguiu se organizar a ponto de planejar uma ofensiva, brandindo redes e arpões, com o objetivo de desarmar os belicistas.

Antes que esse plano fosse posto em ação, um disparo laser atingiu o autopropulsor da armadura de um octópode.

É possível que o disparo tenha sido intencional.

Por outro lado, não está descartada a hipótese de um pulso laser perdido ter atingido por acidente justamente um ponto de falha estrutural da carcaça do autopropulsor.

O fato é que o dispositivo emitiu um zumbido agudo para explodir logo em seguida. O fragor apavorante reverberou nos ossos e tecidos dos dolfinos mais distantes.

Tomados pela violência da explosão, atacantes e defensores interromperam imediatamente o conflito. Hipnotizados pelo ondular plácido e silencioso da armadura dilacerada, dolfinos e octópodes se reuniram em torno do nativo vitimado para contemplar a tragédia em estado de completa abulia.

Em meio à nuvem de lodo e areia erguida pelo deslocamento de água, uma névoa mais densa começou a fluir caudalosa dos orifícios superiores da armadura fendida pela explosão.

Fragmentos de massa encefálica esverdeada saltavam aos borbotões das frestas por onde antes se anteviam os olhos e o bico córneo do autóctone.

Nenhum dos presentes duvidou por um instante sequer que o ocupante daquela armadura destroçada estava morto.

Os octópodes haviam mantido uma formação compacta.

Afinal, uma de suas táticas favoritas era o ataque em fileiras cerradas. Pois, deste modo, em geral logravam impedir que os adversários se esgueirassem por entre os diferentes membros de um octeto.

Portanto, além trucidar o ocupante da armadura atingida, a explosão do autopropulsor afetara outros cinco atacantes que haviam formado ao redor dele.

Num meio denso como a água, o poder destrutivo de uma explosão daquela intensidade se propagava de maneira muito mais efetiva do que ao ar livre.

Cinco armaduras flutuavam, tétricas e inofensivas.

Em seus interiores jaziam cinco ocupantes. Tão inertes e tão mortos quanto o cadáver explodido.

Dispondo de sentidos de ecolocação apurados, octópodes e dolfinos não tiveram qualquer dificuldade em diagnosticar o estado dos seis cadáveres – situação terrível em que um ser humano talvez insistisse em nutrir até o último instante possível a esperança de que houvesse apenas um.

Horrorizados, os sobreviventes octópodes bateram retirada sob as ordens proferidas por um comandante de campo extremamente abalado.

Jamais se ouvira falar em tamanha carnificina, desde o início dos tempos.

Como podiam enfrentar monstros tão pavorosos e cruéis?

Com o espírito alquebrado, os nativos levaram seus mortos consigo.

Aturdidos com o resultado trágico do que era para ter sido apenas mais uma rusga de fronteira sem maiores consequências, os dolfinos se quedaram inermes, não esboçando a menor reação ante a retirada dos atacantes.

Levou vários minutos até que o grupo comandado pelos dolfinoides recobrasse a iniciativa a ponto de cercar os belicistas.

Tomados pelo temor, não se sabe direito se pelo resultado do confronto ou se pela reação colérica de seus concidadãos, os radicais depuseram as armas sem resistência.

Já era tarde então.

Depois daquele disparo fatídico as coisas jamais voltariam a ser as mesmas em Bluegarden.

* * *

– Inconcebível! – O pio rouco de Rahiso, a líder do Partido Moderado, ecoou no alto da cúpula emersa da vasta piscina de reuniões do conselho. – Seis octópodes mortos! Esses celerados nos colocaram numa situação insustentável.

– O que vocês esperavam? – Ringo trinou satisfeito da baia das testemunhas. – Só um idiota não perceberia que o gerenciamento desastrado dessa escalada de hostilidades acabaria nos lançando numa guerra involuntária. Como sabem, meus caros, numa guerra, pessoas morrem. Ao menos foram eles e não nós.

A líder moderada girou o corpo cansado com um impulso das nadadeiras. Como líder do partido da maioria e, portanto, presidenta do conselho, fora contrária à presença daquele agitador e suspeito de terrorismo como testemunha nessa investigação do conselho. No entanto, graças à pressão proporcionada pela inesperada aliança de conciliadores e belicistas, fora voto vencido.

A sucessão de assobios secos que disparou mal conseguiu ocultar sua ira:

– Vou insistir pela última vez. A testemunha deve se abster de comentários extemporâneos. Limite-se a responder as perguntas que lhe forem dirigidas.

Aquela sessão já durara tempo demasiado. O pior é que não culminou em resultados concretos.

Os trabalhos se iniciaram com a exibição daquele registro pavoroso.

O gestor de Merídia concordou em abrir uma exceção e forneceu cópia da estereosonogravação do engajamento que culminara na morte dos soldados octópodes. Os sonogramas dos registros coligidos pelas microssondas do gestor exibiam qualidade técnica olduvaica.

Conselheiros e testemunhas foram se sentindo cada vez mais chocados à medida que os piores trechos do registro iam sendo repetidos.

Pela própria exigência de se apurar sonoramente os fatos, a explosão da armadura-elmo foi repassada dezenas de vezes em todos os seus detalhes, em câmera lenta e de ângulos diversos.

Abalados, não poucos dolfinos adotaram subterfúgios engenhosos ou bisonhos para evitar presenciar a cena dantesca uma segunda vez.

Nereu abanou o bico, desalentado. *Felizes são os humanos, a quem basta cerrar as pálpebras para ignorar as parcelas mais terríveis da realidade.*

Desde o *incidente*, os autóctones mantinham-se inteiramente surdos aos apelos para a reabertura dos canais de comunicação diplomática.

Atendendo ao pedido do tentáculo estendido de Nereu, Rahiso sinalizou sua anuência através de um meneio abatido com a ponta do bico.

– Com a palavra, o líder interino do Partido Conciliador.

– Obrigado, Presidenta. – Nereu ergueu o corpo e flutuou em postura ereta, exclusivamente com o emprego das nadadeiras e da cauda. Como os demais, mantinha apenas a metade superior da cabeça acima da linha d'água. – Todo o nosso relacionamento com a civilização cefalópoda até o momento está eivado por erros de fato gravíssimos.

O dolfinoide observou as fisionomias e posturas de seus pares.

Fosse a declaração bombástica proferida no dia anterior, quando ainda se ignorava a tragédia da morte estúpida dos octópodes e a reação teria sido fulminante.

Ele já sustentara vários debates acalorados sobre a necessidade de se mudar a conduta ética da delfineia em relação aos autóctones.

Todos os esforços haviam sido em vão.

Agora, contudo, o clima era outro.

Percebeu claramente no gestual alquebrado dos conselheiros que, mesmo que ainda não o soubessem, vários de seus antigos opositores ferrenhos começavam a lhe conceder razão.

Animado, retomou seu discurso valendo-se de seu trinado de persuasão mais harmonioso e sutil:

– Talvez ainda não seja tarde demais para recuarmos dessa política insensata de confrontação. Devemos oferecer salvaguardas concretas aos nativos. Garantias de que realmente deixaremos este mundo dentro em poucos séculos.

Ante o silêncio prostrado dos outros membros do conselho, decidiu prosseguir vogando na mesma corrente:

– Sim, porque, diante desse massacre de nativos que perpetramos horas atrás, já não pode restar dúvida alguma, mesmo nos espíritos mais empedernidos, sobre qual será o veredicto dos inspetores humanos. Portanto, faz-se mister retroceder sobre nossa própria esteira. Pois só assim conseguiremos reter a vantagem representada pela posição de vítimas inocentes de uma decisão equivocada de Olduvaii.

– Não.

O pio enfático de Lennox inundou a parte aérea do amplo recinto.

Embora não houvesse emitido o vocábulo negativo num delphii particularmente elevado, o silêncio atento e os cliques nervosos que se seguiram indicaram que alcançara êxito no intento de arrancar a maioria dos presentes de seus estados de letargia ou desânimo.

Ele se manifestara sem ao menos solicitar a palavra. No entanto, a própria Rahiso não o repreendera pela flagrante quebra de decoro.

Percebeu que todas as atenções estavam concentradas em si, aguardando o que ele diria a seguir.

– Nereu está errado. Já ultrapassamos há muito o ponto de retorno. É demasiado tarde para voltar atrás. – Lennox suspirou fundo. Encheu os pulmões de ar e continuou. – Imaginávamos poder intimidar os octópodes com nossas manobras brilhantes e nosso aparato bélico superior. No entanto, sabíamos desde o início que estávamos empreendendo um jogo deveras perigoso. Mesmo assim, fomos em frente e fizemos nossas apostas. No fundo, nossa atitude não passou de um blefe. Um blefe estratégico que acabou explodindo em nossos bicos junto com a armadura daquele octópode. Porque agora, meus pares, estamos à beira de uma guerra inevitável. Estejam certos de que a retaliação dos nativos não se fará esperar. É de todo possível que já esteja, inclusive, a caminho.

– Não há certeza alguma de que os cefalópodes de fato desejem a guerra. – Nereu produziu ondas nervosas com a agitação de seus tentáculos.

– Mesmo que não a tenham desejado antes, agora serão obrigados a travá-la. – Ringo manifestou-se mais uma vez.

– Peço que a testemunha permaneça em...

O silvo agudo de uma sirene ultrassônica interrompeu a admoestação da presidenta.

Sinal de emergência, Nereu constatou, assustado.

Uma voz se pronunciou através do sistema de alto-falantes da piscina do conselho num delphii entrecortado por uma crepitação irritante que tornava as suas palavras pouco inteligíveis:

"Aqui... Triton, subcomandante do... Norte IV... forte ataque inimigo... Efetivos... pelo menos trezentos nativos... e trajados com armaduras-elmo... Sofremos dezenove baixas até... Oito... fatais... Situação insustentável... Impossível manter posição... Assumir responsabilidade... evacuação do complexo defensivo... serão destruídas... evitar que caiam em poder inimigo..."

Primeiro veio o instante de silêncio imponderável. Eternidade numa fração de segundo.

Então, a algazarra de centenas de pios, assobios e trinados tornou a comunicação impossível no interior da piscina.

Graças à audição privilegiada, Nereu conseguiu distinguir um fragmento balbuciado da fala de Lennox:

– ... como eu falei, é a guerra!

– Lennox, quero falar contigo! – Não mais tolhido pela segurança, Ringo disparou da baia das testemunhas em direção ao conselheiro. – Não saia da piscina! É preciso articular um plano...

Porém, em meio à balbúrdia geral, com centenas de dolfinos nadando a esmo de um lado para outro da piscina, quando Ringo finalmente conseguiu chegar ao ponto onde Lennox estivera, esse já se havia dirigido à saída, cercado por uma turba de dolfinos ruidosos e agitados.

* * *

– Em dois meses de conflito já perdemos mais de cinquenta cidadãos. Soldados, em sua maioria. – Com aquela sentença, Ringo se aproximou da conclusão da parte formal de seu relatório diário ao conselho.

Agora já não se apresentava mais ante os representantes eleitos da delfineia na qualidade de agitador radical acusado de terrorismo.

O avanço célere do inimigo fez com que a opinião pública recordasse subitamente o nome do cidadão que lançou o primeiro brado de alerta contra a ameaça octópode. Sem alternativa melhor que a de ceder à pressão popular, o governo de coalizão acabou nomeando-o comandante.

Era do alto da formalidade exigida no exercício deste cargo que se dirigia aos conselheiros:

– Segundo nossos cálculos, as baixas do inimigo montam cerca de 170 combatentes, entre mortos e feridos. Contudo, o mais importante é que conseguimos estabilizar nossa linha defensiva a 650 quilômetros ao norte do círculo polar.

Pensou na perda de vidas e da quantidade tremenda de recursos consumidos para conter as incursões dos nativos.

Quantos octópodes existiram em Bluegarden? Qual a dimensão exata da superioridade numérica inimiga que estavam enfrentando?

Com um suspiro subsônico, fez o sinal convencionado, indicando que havia concluído a parte formal do relatório.

– Alguma recomendação adicional, comandante? – O trinado de Rahiso expressou sonoramente toda a exaustão e desânimo que tomavam conta da presidenta nos últimos meses.

Estava velha demais para liderar a delfineia nesta que constituía sem dúvida a crise mais grave da história.

No entanto, não se atrevia a cogitar a hipótese de delegar a cana do leme a outrem num momento tão desfavorável.

– Tenho, sim, presidenta. – Ringo esticou o bico comprido e emitiu um ruído borbulhado pelo espiráculo, atitude que constituía o análogo dolfino do pigarro humano. – Solicito com o máximo empenho que sejam envidados novos esforços no sentido de que possamos contar com o apoio do gestor de Merídia.

– O gestor de Merídia... – Rahiso mascou a expressão com num grunhido que denotava sua exaustão profunda.

– Não se trata de solicitarmos que ele nos forneça armas, veículos ou robôs de combate, como fizemos da outra vez. – Ringo se apressou em explicar. – Gostaria apenas de poder contar com os dados sobre a movimentação das forças inimigas. Dados esses que ele decerto continua coligindo com seus satélites orbitais e microssondas oceânicas. Enfatizo que o acesso a tais informações é de importância vital para nosso esforço de guerra.

– Se é assim, ofereço-me como voluntário para solicitar a cessão desses dados estratégicos. – Lennox propôs num trinado grave e abatido. – Contudo, já imagino de antemão qual será a resposta do gestor.

– Irei contigo. – Nereu lançou uma série de cliques de alta frequência ao seu redor, analisando a disposição de ânimo dos demais. – Isto é, se não houver objeções.

A ausência de manifestações em contrário indicou o consenso tácito à proposta de Lennox e Nereu dirigirem novo apelo à Merídia.

Lennox voltou-se outra vez para Ringo:

– E quanto ao desenvolvimento dos novos meios?

– Nossos primeiros minissubmarinos de ataque estarão prontos dentro em alguns dias. Nutro plena convicção de que, quando pudermos contar com um número suficiente dessas novas unidades, seremos capazes de levar o conflito até a região equatorial e, de lá, até as cidades-colmeia do inimigo.

– Excelente. – Lennox brindou o comandante com um trinado elogioso.

– Portanto, peço autorização para empregar os minissubs tão logo concluam sua prontificação expedita.

– Muito bem. – Rahiso tentou imprimir um timbre decidido ao assobio. – Conselheiros, coloco a permissão solicitada pelo Comandante Ringo na pauta de votação. Quem advogará a favor do pleito do Comando?

– Eu trinarei em favor do pleito. – Lennox manifestou-se com um chilreio incisivo.

– E eu advogarei contra a permissão. – Nereu ripostou em ato contínuo.

* * *

Antes que a nova esquadra de minissubs pudesse ser colocada em ação, a delfineia sofreu seu revés mais traumático na Guerra de Bluegarden.

O ataque inimigo chegou sem aviso.

As sondas-espiãs dolfinas não registraram qualquer movimentação de tropas que indicasse a possibilidade de um ataque iminente. Não houve em absoluto qualquer mudança significativa no front.

Nada que pudesse indicar a hecatombe que se abateria sobre a causa dolfina.

O Comando Central jamais conseguiu descobrir os meios empregados pelo inimigo na execução do ataque.

Decerto não chegaram à Base Setentrional XII num de seus desajeitados transportes de esteiras, pois nesse caso teriam sido detectados com relativa facilidade pelas sentinelas eletrônicas avançadas do perímetro externo da base.

Tampouco chegaram sob forma de destacamento numeroso.

Talvez o ataque tenha sido encetado por um agente isolado.

Ou, quem sabe, através de um minitorpedo teleguiado.

Não importa.

A infecção letal foi disseminada na base dolfina na calada da noite. Em silêncio absoluto. Sem aviso de qualquer espécie.

Toda a guarnição pereceu. A maioria de seus membros nem

sequer chegou a despertar do sono. As sentinelas do turno de vigilância não lograram disparar um único alarme.

Em verdade, o Comando só tomou conhecimento da catástrofe através de monitores automáticos, ativados depois do fracasso de todas as tentativas de restabelecer contato com a base através das vias normais.

O mal misterioso e traiçoeiro que se abateu sobre a Base Setentrional XII deixou um saldo de 232 mortos.

Não restaram sobreviventes para contar a história.

* * *

O caos afundou como lastro inerte na sede de governo da delfineia.

Cidadãos dos núcleos urbanos mais antigos e, portanto, mais próximos de Merídia, reuniam-se nas galerias para bradar por medidas de retaliação imediata.

Mais afastados do arquipélago que, de uma hora para outra, passara a representar a proteção da humanidade, as populações dos núcleos nortenhos, mais próximos da fronteira, começaram a externar os primeiros sinais inequívocos de pânico.

Dessa vez o conselho dirigente não mandou emissários a Merídia.

Ante a situação emergencial, várias tradições do passado mais caras aos humanos foram postas de lado.

Impotente para enfrentar a crise, com aprovação do conselho, Rahiso deu posse imediata ao triunvirato que assumiria os destinos da delfineia até o fim do conflito.

Portanto, foi na qualidade de triúnviros nomeados pelo conselho dirigente que Lennox, Nereu e Ringo se dirigiram ao gestor de Merídia via hololink direto.

"Já estou ciente do ataque à Base XII." – O gestor expressou-se em seu delphii correto e monotônico. – "Minhas condolências aos mortos e suas famílias".

– Deixe de conversinhas! – Ringo corcoveou diante do holocubo onde girava a representação do gestor. A entidade que representava a humanidade em Posseidon escolhera desta feita o globo de Bluegarden visto do espaço como o sólido pelo qual manifestaria sua presença virtual. O planeta girava em torno do próprio eixo com velocidade bastante superior à real. Sem paciência para as filigranas do programa-mestre, o comandante das forças dolfinas exigiu – Queremos detalhes sobre esse ataque medonho que sofremos há doze horas. Que diabo de arma é essa?

"Vocês podem descobrir isto por si próprios. Basta que se deem ao trabalho de enviar agentes dolfinoides à base atacada." – O tom empregado pelo gestor lembrou a Nereu o de um humano explicando ao pupilo dolfino que ele deveria se desvencilhar sozinho da rede de pesca onde se enredara. Ainda em Tannhöuser, a delfineia exigira que o gestor possuísse personalidade não intervencionista. *Cuidado com o que você deseja...* – "Eles deverão ser capazes de coligir os dados necessários para responder suas perguntas".

– Já enviamos batedores dolfinoides para lá. – Lennox esclareceu, impassível. – Mas lhes recomendamos máxima cautela. Não sabemos se o inimigo deixou alguma armadilha engatilhada por lá. Por isto, julgamos que ainda decorrerão várias horas até que consigamos obter essas informações por nós mesmos. Horas cruciais que o inimigo pode muito bem aproveitar para encetar novos ataques devastadores.

– Será que você não poderia ao menos nos adiantar algo? – Nereu agitou os tentáculos naquele aposento submarino exíguo. – Por acaso os octópodes empregaram um agente virótico?

– Guerra biológica... – Ringo assobiou para si mesmo.

– Você afirmou que interviria caso a segurança da delfineia estivesse ameaçada. – O trinado de Lennox soou imperturbável como o clangor ritmado de um martelo numa chapa metálica. O respeito que o dolfinoide nutria por ele se elevou várias ordens de magnitude. – Resolvemos estabelecer este hololink para lembrá-lo de cumprir sua promessa. Antes que seja tarde demais.

O gestor manteve-se calado.

Uma parte ínfima do espírito de Lennox se distraiu por um instante com a exuberância do globo de Bluegarden volvendo majestoso do fundo do holocubo.

Sou capaz de jurar que essa representação está girando mais devagar do que antes...

"Muito bem. Como eu temia desde o começo dessa escalada militar infantil, meus deveres para convosco enfim me obrigam a tomar partido." – O gestor se manifestou afinal. Não havia mais dúvidas: Bluegarden jazia congelado no espaço como se fosse um mero sonograma e não uma estereossonogravação sofisticada. – "Contudo, cumpre esclarecer um ponto crucial de antemão: minha intervenção será forçosamente de caráter limitado. Só posso avançar até determinado ponto."

– Compreendemos. – Nereu e Lennox piaram em uníssono.

"Em primeiro lugar, não há agente infeccioso algum. Os nativos empregaram uma toxina."

– Uma toxina? – Ringo ecoou, abúlico.

"Exato. Uma molécula complexa, em realidade, uma enzima catalítica, capaz de dissociar as cadeias de vários tipos de ácido nucléicos, dentre eles o DNA."

– Estamos indefesos, então. – Lennox declarou num trinado longo e doloroso. – Nosso futuro está nos tentáculos deles. Se quiserem, poderão nos exterminar até o último filhote entre um clique e o seguinte.

"Não creio nesta hipótese. Por um lado, os nativos já possuem certas reservas da toxina há algum tempo e, no entanto, só agora se dispuseram a empregá-la. Mesmo assim, o fizeram contra um alvo militar e não contra um núcleo urbano. Por outro lado, ao que pude constatar com minhas microssondas, eles ainda não dominam as técnicas que lhes facultariam a síntese da substância em larga escala. Portanto, estão impedidos de levar avante o processo de genocídio que vocês tanto temem."

– Precisamos de ogivas termonucleares. – Ringo se pronunciou, recém-emerso de seu transe cataléptico. – Devemos arrasar as cidadelas inimigas, antes que consigam fabricar a quantidade de toxina necessária para encetar um ataque total contra nós. Portanto, a delfineia exige da humanidade ogivas e indicações de alvos.

"Considero esse pleito fora de cogitação." – O gestor manifestou-se mal o comandante acabou de falar. – "Não fornecerei e tampouco permitirei que desenvolvam a tecnologia necessária para fabricar artefatos termonucleares".

– Você não entende... – Ringo argumentou num silvo irado. – É nossa única chance!

"Receio não ter sido suficientemente claro. Empregarei todos os meios a meu dispor para baldar qualquer tentativa que vocês possam porventura empreender a fim de desenvolver capacidade de retaliação nuclear."

– Está bem. Já entendemos este ponto. – Lennox chilreou em seu melhor tom apaziguador. – Mas, afinal de contas, como representante da humanidade olduvaica em Posseidon, o que você propõe fazer para nos ajudar?

Capítulo 34

– Este é o biotraje, Ringo. Cuidado com ele, é o único espécime funcional de que dispomos. – Carthy estendeu os manipuladores de seu colete torácico, exibindo a vestimenta legendária, confeccionada de tecidos vivos. – É uma criatura-simbionte. Dizem que é capaz de proteger seu usuário contra qualquer doença ou mal. Pode ampliar sua força, agilidade e vigor. Diz-se que pode até curar os ferimentos e lesões mais graves.

– Esse é o plano mais alucinado que já ouvi falar. Não me espanta nem um pouco que tenha sido concebido como solução de um conflito definido como loucura rematada pelos dois lados. – Lennox trinou com ironia explícita no afã de ocultar sua preocupação. – Essa criatura-traje foi configurada para atender as necessidades de um organismo humano. É de todo provável que não funcione a contento sobre um corpo dolfino. Temo as reações adversas que possam resultar da...

– O gestor de Merídia afirmou que, se um dolfino vestir o biotraje por tempo suficiente, o simbionte começará a atuar em seu organismo. – Nereu cortou as considerações inoportunas do orgânico. Ondulou os tentáculos, menos seguro do que gostaria de admitir. – Afinal, no que diz respeito às suas bioquímicas moleculares, dolfinos e humanos são mais semelhantes do que se supõe.

– Quanto tempo é "tempo suficiente"? – Timmy procurou ignorar a vergonha pelo timbre de receio que se fez presente em cada nota de seu chilreio.

– Isto nem o próprio gestor soube precisar. – Nereu desculpou-se, constrangido pela ignorância absoluta num assunto tão relevante. – Algumas horas, na melhor das hipóteses.

Quem diria que as nuances metabólicas daqueles trajes-simbiontes, usados por humanos que se aventuravam para além da segurança do Sistema Gigante de Olduvaii pudessem se revelar vitais à sobrevivência da delfineia?

– Não dispomos de muito tempo. Algumas horas terão que bastar. – Ringo declarou, esforçando-se para soar despreocupado. – Carthy, você vai conseguir ajustar o biotraje aos meus contornos?

– Essa vai ser a parte fácil. A questão é se o simbionte se adaptará ao seu metabolismo tão bem quanto ao de um humano. – Com ar de dúvida, ela se voltou para a dolfinoide. – Vou precisar da habilidade dos teus tentáculos.

– Ficaria decepcionada se você não me pedisse. – Andrômeda gesticulou sua concordância em meio a um gorjeio nervoso. – Engraçada essa convocação dos nossos amados triúnviros para que nos reuníssemos outra vez, justo neste momento de crise.

– Ora, num certo sentido, fomos nós seis os responsáveis por esta confusão toda. – Ringo sustentou um trinado repleto de acordes pretensamente filosóficos. – Há uma justiça poética inegável em que sejamos nós a tentar limpar a lambança.

Lennox girou o corpo em direção ao companheiro orgânico de triunvirato e emitiu num tom baixo, quase inaudível aos demais:

– Ringo, você tem certeza de que deseja mesmo empreender essa missão suicida?

– Alguém tem que ir até lá para tentar fazer o que é preciso. – Ele fez uma pausa para sugar o ar com força através da canícula do tanque. – Acontece que não me sinto à vontade para ordenar que outra pessoa vá em meu lugar. Se o pior tiver que acontecer... Bem, se o pior acontecer, é bom que seja comigo.

– Não se sente à vontade, por quê? – Andrômeda sussurrou, muito séria. – Pelo fato de reconhecer que as chances de sobreviver à missão são reduzidas?

– Não vou perder meu tempo estimando as chances de sucesso da missão. – Ringo articulou com o cuidado de quem insiste em trinar com um ouriço-do-mar espetado na língua. – Senão acabo perdendo a coragem.

Lennox emitiu um risinho curto. Sabia que aquilo não tinha nada a ver com coragem. Pelo menos, não diretamente.

Obcecado como era, o amigo devia estar inteiramente concentrado no cumprimento da missão que se autoimpusera.

O temor só o atormentaria mais tarde, se e quando cumprisse seu objetivo com êxito e começasse a pensar na maneira mais segura de regressar.

– O gestor fez um bom trabalho extrapolando as probabilidades em cima dos cenários e simulações mais prováveis. – Nereu comentou, circunspecto.

– Ah, por favor! Poupe-me dos resultados. – O bico avantajado do comandante dolfino abriu-se numa tentativa de sorriso que acabou como esgar forçado.

– Gostaria que você voltasse atrás e me deixasse ir contigo. – Andrômeda insistiu mais uma vez.

Os outros quatro observaram atentamente a postura de Ringo quando ele não recusou a proposta de pronto.

Havia apenas um biotraje. Portanto, o dolfino que executasse a missão deveria fazê-lo sozinho.

Só que um dolfinoide não precisaria de biotraje para protegê-lo da ação letal da toxina.

– Já discutimos este assunto, querida. – Ringo enfim sacudiu o bico, num gesto enfático que pareceu tipicamente humano aos dois dolfinoides. – Nossas análises apontam para a possibilidade de que os sistemas de detecção inimigos sejam capazes de captar a presença de artificiais a distâncias significativamente maiores do que aquelas em que percebem a presença de orgânicos.

Andrômeda ondulou os tentáculos impacientes, pronta para insistir.

Ringo lhe cortou o argumento no nascedouro:

– Você não gostaria que eu assumisse riscos desnecessários, só pelo prazer de centrar meus cliques nas ondulações dessa tua caudinha linda, não é?

– Engraçadinho! Eu pensei que poderia resgatar teu cadáver dos tentáculos dos octópodes, ao invés de deixá-los te oferecer para os tubuliformes deles comerem.

– Olha, Andy, desta vez sou obrigado a concordar com o Ringo. – Nereu entrelaçou as pontas dos tentáculos umas nas outras. – Apesar de não dispormos nem de longe da capacidade de processamento fantástica do gestor de Merídia, nossas rotinas especialistas são capazes de estabelecer prognósticos e extrapolações razoavelmente confiáveis. E as análises desses programas são unânimes em concluir que a companhia de um dolfinoide reduziria as poucas chances de sucesso de um comando dolfino.

Andrômeda emitiu um clique triste de reconhecimento e o grupo mergulhou num silêncio desconfortável.

– Estamos entendidos, então? – Lennox sorveu ar pelo tubo conectado ao espiráculo e agitou simultaneamente as nadadeiras e a cauda no intuito de permanecer numa profundidade constante e transmitir tranquilidade aos demais. Depois que os outros concordaram com pios curtos, ele declarou com finalidade. – Certo. Vamos aos preparativos. Não há tempo a perder.

* * *

O objetivo de Ringo situava-se no coração do território inimigo, milhares de quilômetros distantes das regiões polares habitadas pelos dolfinos.

Seria provavelmente impossível atingi-lo por meios convencionais.

Portanto, fez-se mister adotar um método heterodoxo.

Um método que o inimigo jamais cogitaria que tivessem coragem de empregar.

De fato, foi preciso estômago forte para enfrentar a parada.

Um veículo que, em tese, os nativos não conseguiriam detectar.

O trecho mais longo da viagem foi percorrido em questão de minutos.

A jornada foi empreendida a bordo de um desajeitado veículo aéreo experimental, um protótipo inspirado em projetos humanos do passado pré-olduvaico.

O comandante dolfino sentiu-se terrivelmente mal durante toda a jornada.

Felizmente, o voo alucinado foi breve, pois não suportaria muito tempo mais no interior sacolejante daquela cápsula exígua, repleta de água morna e malcheirosa, onde não podia sequer abanar as nadadeiras.

Sem se dar ao trabalho de reduzir a velocidade, o suborbital ejetou a cápsula sobre um desfiladeiro profundo a poucos quilômetros do alvo.

A agonia de se saber balouçando a céu aberto, suspenso apenas pelo cordame tênue de um paraquedas, foi sem dúvida a pior experiência de uma vida repleta de percalços.

Jurou que estava prestes a despejar todo o peixe comido nas quatro últimas refeições no interior confinado daquela cápsula.

Por fim, a agonia dos engulhos passou antes que o pior acontecesse.

Quando a cápsula enfim se acomodou suavemente no leito arenoso do fundo do desfiladeiro, pôde constatar, não sem certa dose de surpresa, que estava relativamente vivo e saudável, não obstante o desconforto proporcionado pelo contato do biotraje com sua epiderme nua, incômodo quase esquecido minutos antes, quando se imaginava capaz de expelir as vísceras pelo espiráculo.

Então pôs de lado as agruras, como se estas jamais houvessem existido, e controlou o gorjeio de alegria.

Valera a pena se submeter à aflição daquela viagem célere no suborbital.

Porque o gestor confirmara uma antiga suspeita que circulava há meses pelos túneis e corredores do Comando Central: o inimigo não dispunha de equipamentos capazes de detectar a presença de veículos que se deslocassem mais do que uns poucos metros acima da linha d'água.

Graças a seu sacrifício no suborbital, conseguiu mergulhar de surpresa num território desguarnecido, muito próximo de seu alvo.

Completamente indetectado.

Pelo menos, até agora.

* * *

Chegara ao fundo do desfiladeiro nas primeiras horas da longa manhã de Bluegarden. O planejamento da missão contara aproveitar o fato dos octópodes serem criaturas predominantemente noturnas.

Nadou rente ao leito oceânico. Manteve-se protegido em meio a um bosque de algas espinhosas até atingir a extremidade do desfiladeiro. O biotraje conseguiu escudar seu ventre e cauda dos espinhos.

Os paredões de arenito desembocaram numa plantação de algas de hastes compridas e fibrosas que os nativos consideravam comestíveis.

Não havia octópodes ao alcance de seus cliques de ecolocação.

Emitiu um comando verbal curto ao aparelho acoplado na parte interior da nadadeira direita.

Uma tela plana se iluminou com a imagem do alvo.

Sim!

O prédio se situava exatamente onde o gestor garantiu que estaria.

Até que a entidade inflexível não fora tão desleal quanto ele temera. Tinha que reconhecer, jamais teria logrado chegar até ali sem o apoio de Merídia.

Uma edificação cilíndrica isolada, encimada por uma cúpula semiesférica.

Nereu afirmara que a construção se assemelhava vagamente aos antigos observatórios astronômicos planetários que os humanos primitivos erigiram antes de concluírem que o sítio ideal para instalar um observatório é o espaço.

O único edifício num raio de quase um quilômetro. O gestor de Merídia confirmou a suspeita levantada pela inteligência dolfina quanto à existência de instalações subterrâneas de apoio sob o prédio cilíndrico.

Contudo, na superfície do leito oceânico, somente ao longe se vislumbrava os contornos tênues das torres cônicas da cidadela mais próxima. Através do visor, as estruturas se exibiam pontilhadas de focos luminosos esparsos, que Ringo sabia corresponder às entradas das tocas, de onde filtrava a claridade fosforescente esverdeada característica das residências octópodes.

Tais detalhes não importavam.

Para Ringo, havia apenas o Alvo.

O laboratório onde a toxina letal era fabricada e armazenada.

Era tudo o que precisava saber.

Verificou uma vez mais o status do lançador de minitorpedos acoplado em torno de sua barbatana dorsal. Os sistemas automáticos da arma informaram seu estado de prontidão operacional.

Nadou em direção ao alvo com movimentos vigorosos da cauda, rente ao leito do mar, com o intuito de dificultar as chances de detecção. Só deteve seu avanço quando atingiu o cume de um morro submarino com pouco mais de trinta metros de altura, cujo topo distava onze metros de profundidade.

Do cume daquele morro baixo, lançou uma breve saraivada de cliques de rastreio, seguida pela emissão cautelosa de uma série de pulsos de ecolocação, para confirmar a posição do laboratório inimigo. Como esperado, as instalações se situavam na planície abaixo, a menos de duzentos metros de distância.

Pleno de satisfação sorveu um hausto generoso de seu tanque de ar e emitiu o comando para destravar o lançador.

* * *

O lançador estendeu um tubo flexível cuja extremidade se ajustou com delicadeza em torno do globo ocular esquerdo de Ringo.

A mira telescópica fora especialmente projetada para a visão limitada dos dolfinos.

Enxergou a retícula quadriculada vermelha sobre o vulto maciço do laboratório que brilhava num tom baço esverdeado.

A mira estava centrada sobre a cúpula semiesférica.

– Reduza a elevação em trinta graus.

Obediente, a rotina especialista do lançador indicou que a mira situava-se agora sobre a estrutura cilíndrica que constituía o corpo principal da edificação.

– Mais um pouco. Mire três metros acima do solo.

Através da mira, constatou que a rotina cumprira a determinação.

A base do cilindro aparecia centralizada no círculo interior da mira. A retícula pulsava ritmicamente. O quadriculado mudara para azul-cobalto e começou a alternar sua intensidade ritmicamente para chamar atenção.

A mensagem aguardada cintilou intermitente na extremidade inferior do retângulo da mira:

PRONTA PARA DISPARAR.

Ringo abriu o olho direito. Lançou um último olhar ao alvo.

Segundo o informe do gestor, a área de armazenagem da toxina localizava-se numa câmara subterrânea escavada sob o prédio do laboratório.

A potência explosiva da ogiva do torpedo devia ser suficiente para destruir não apenas o laboratório em si, mas também a área de armazenagem subterrânea.

– Fogo.

Seu dorso estremeceu com o coice quando o minitorpedo emergiu do lançador num silvo atordoante.

A esteira do torpedo se estendeu célere, à medida que o projétil autopropulsado se afastava do topo do morro em curso retilíneo descendente rumo ao laboratório.

Os motores do torpedo eram razoavelmente potentes. Deslocou-se rápido. Uma agulha mortal percorrendo sua trajetória vertiginosa numa velocidade de cruzeiro superior a 190 km/h.

Demasiado lento, é lógico, se comparado a um míssil de superfície, disparado a partir do espaço ou da atmosfera.

Aqueles quatro segundos se estenderam por uma breve eternidade ante o rastreio impotente de Ringo.

Uma onda de desespero o golpeou quando a rede defensiva surgiu do nada, lançada de uns pedregulhos de aspecto inocente que se situavam diretamente sob a trajetória do torpedo.

Só que os octópodes não haviam projetado seu sistema de defesa para bloquear um projétil submarino capaz de se deslocar tão rápido.

Quando os cabos de aço da rede se elevaram até a altura necessária para interceptar a trajetória do torpedo, erguendo consigo a malha tecida em fios de titânio, o projétil já a havia ultrapassado, um bom metro acima da borda superior do aparato defensivo.

Em seguida, novo sobressalto. Uma antena da cúpula irradiou um feixe de energia azulado contra o torpedo. O raio cruzou instantaneamente o espaço de trinta metros que separava a antena de seu alvo.

Analisando o fato a posteriori, Ringo imaginou que o feixe tenha perdido a ogiva do projétil por questão de centímetros.

Impávido ante os obstáculos que tentavam defleti-lo de seu curso mortal, o minitorpedo atingiu em cheio o terço inferior da edificação cilíndrica do laboratório.

A explosão resultante se expandiu num átimo a partir do ponto de impacto.

Ringo recuou assustado. Virou a cabeça, procurando resguardar os olhos do fulgor ígneo que se espalhou oceano adentro.

Que explosão medonha!

Por todas as simulações vivenciadas em ritmo acelerado nas últimas horas, sabia que não era para ser desse jeito...

A carga explosiva da ogiva não possuía potência suficiente para produzir essa bola de plasma, ardente mesmo àquela profundidade.

Deviam existir vastas quantidades de material explosivo armazenadas no laboratório. A explosão da ogiva atuara como estopim.

Era a única explicação.

Ringo tentou se abrigar atrás de um rochedo equilibrado no topo do morro.

Mesmo assim, o efeito da onda de choque medonha se abateu sobre ele, sacudindo-o como o tentáculo de um calamar gigante.

O maremoto comprimiu-o dolorosamente contra a lateral do rochedo. Sentiu as costelas estalarem dentro do tórax. Era bom que o biotraje fosse capaz de cuidar disso...

Em seguida, o redemoinho resultante da onda varreu-o dali como se não passasse de um peixinho morto.

Arrancado do sítio onde se julgara seguro, viu-se arrastado por centenas de metros na direção oposta ao lado do morro que dava para o laboratório.

Sob efeito da concussão, quedou-se inerme ante a maré avassaladora da explosão.

Quando deu por si, o deslocamento já amainara. Parcialmente recobrado, conseguiu escapar aos tentáculos da corrente.

Jamais imaginara que a explosão seria tão grande!

Por muito pouco não sucumbiu perante o mal que ele próprio desencadeou.

Perguntou-se se o biotraje ajudara a salvar sua vida durante os minutos em que permaneceu inconsciente. O fato é que fraturara pelo menos duas costelas que agora estavam outra vez perfeitas em seus lugares.

Perdeu o alvo de vista.

Devia regressar ao topo do morro, agora distante, para confirmar se o torpedo conseguira destruir totalmente a instalação inimiga.

Pela força da explosão, duvidava que qualquer estrutura num raio de cem metros do epicentro houvesse sobrevivido. Contudo, se fosse viável, não se furtaria ao prazer de registrar os escombros resultantes para a posteridade.

Porém, antes de qualquer consideração, precisava remover o lançador inútil da barbatana. Daí notou o chiado baixo, mas agourento, em seu dorso. Indicação segura de que algo se avariara no lançador. A suspeita se confirmou em certeza quando o equipamento ignorou solenemente sua ordem de ejetar.

A maré de desespero ameaçou tomar seu espírito de roldão. Jamais conseguiria escapar a nado do território inimigo com a inércia de um cachalote dessa geringonça inerte fixada em seu dorso.

Então ouviu o zumbido característico das armaduras autopropulsadas do inimigo. Ainda estavam distantes, mas o zumbido tornava-se perceptivelmente mais agudo a cada segundo.

O inimigo se aproximava bem rápido. Não restava dúvida de que haviam determinado sua posição e rumavam definitivamente ao seu encalço.

Debateu-se uma vez mais no esforço furioso e infrutífero de se desvencilhar do peso morto do lançador. *Estou perdido.*

Emitiu cliques de alta frequência na direção de onde supôs que os zumbidos provinham.

Não havia se enganado. Ali estavam eles. Três infantes octópodes!

Não nutriu ilusões a respeito. Eles se deslocavam com velocidade superior àquela que seria capaz de imprimir continuamente, ainda que estivesse livre do lançador que o oprimia.

Com calma estranha que surpreendeu a si próprio, concluiu que não conseguiria se evadir.

Resignado, sacou da pistola-laser, sua velha companheira e, no entanto, resposta demasiado débil ante os eficientes lançadores de miniarpões elétricos que os octópodes decerto traziam consigo.

Bem, ao menos cumpri a missão impossível. Os dolfinos se livraram da ameaça de genocídio. Procurou um sítio que oferecesse um mínimo de proteção. *Enfim vou descobrir se estes biotrajes são tão bons quanto os humanos alardeiam.*

Então recebeu novos ecos de seus cliques de rastreio e constatou que os infantes se aproximavam de três direções diferentes.

– Eia, Netuno! – Bradou num ânglico roufenho, com uma réstia de esperança que, ocorresse o que ocorresse, um dia alguém, de algum modo, lograsse resgatar seu gravador. – Este que está prestes a morrer te saúda!

Capítulo 35
Desenlaces?

Para uma nave estelar, a *Penny Lane* possuía dimensões ridículas, tanto pela escala humana, quanto pelos padrões de construção alienígenas que Nereu conhecia.

Era o quarto veículo a ingressar no sistema, desde a chegada da *Oceanos*.

Desta feita não se tratava de uma inspeção de rotina, como das três vezes anteriores. A visita deixara de ser a escala curta, onde a nave estelar permanecia dois ou três meses e depois partia, pouco depois de transmitir notícias a Olduvaii, contando que os pupilos continuavam prosperando em Bluegarden.

Do ponto de vista dos dolfinos, essa inspeção de rotina se transformou num pesadelo. Embora, na opinião de Nereu, não houvesse tanto motivo para preocupações.

É certo que a espada de Dâmocles ainda pendia sobre suas cabeças, mas tudo que estava pendente se ergueria a seu tempo.

De uma maneira ou de outra.

Lembrou novamente daquela expressão a um só tempo singela e cruel, pela qual o gestor da base humana parecia nutrir predileção toda especial: *planejamento inicial de evacuação.*

Quase dezoito anos se haviam passado desde o início da estratégia dos dolfinos. Duas décadas bastante atarefadas.

Duas décadas...

Intervalo de tempo curto demais para os humanos, habituados a estimar suas expectativas de vida em termos de séculos.

Para os dolfinos, contudo, a situação era diferente.

Para bem e para mal, muito fora concretizado entre o primeiro contato com os octópodes e a chegada da *Penny Lane.*

O dolfinoide apostou consigo mesmo que os mestres teriam uma bruta surpresa com a situação política com que se deparariam em Bluegarden.

Não duvidava em absoluto que os tripulantes dessa nave se houvessem preparado demasiado bem para a tarefa espinhosa que teriam pela frente. Visualizou-os vivenciando milhares de horas de simulação em ritmo acelerado. *Séculos de experiências, quiçá milênios, em tão poucos anos...*

Ainda assim, tinha quase certeza de que seriam surpreendidos pela maneira como o panorama político e estratégico mudara durante as últimas duas décadas.

Com cerca de cinquenta metros de diâmetro, a esfera diminuta podia até ser confundida com um veículo auxiliar de uma nave estelar do porte da *Oceanos*. Aliás, vários dos veículos auxiliares da nave de gerações eram maiores do que a *Penny Lane*. Embora bem menor que a espaçonave que trouxera os dolfinos, com quase três quilômetros em seu comprimento maior, a *Schismatrix*, veículo que trouxera a equipe de inspeção anterior, ao menos era uma nave estelar digna de nota.

Não importa quantas vezes o gestor da base se referisse à *Penny Lane* como *nave estelar compacta*. Para Nereu, ainda parecia um simples transporte interplanetário.

É lógico que os dolfinos já haviam ouvido falar de naves estelares minúsculas e robustas a ponto de conseguirem pousar sobre pisos reforçados de espaçoportos planetários. Constituíam exceções, não impossibilidades. Contudo, até mesmo essas exceções eram consideravelmente maiores do que a *Penny Lane*.

Ademais, ninguém em Bluegarden jamais cogitara que fosse possível a um veículo estelar aterrar num terreno pedregoso e irregular, quanto o da área adjacente à base humana, mero campo de pouso de navetas auxiliares e não um espaçoporto de verdade.

Para que diabos os olduvaicos precisavam de uma navezinha tão versátil e tão rápida?

Empregando dois de seus três tentáculos para se manter afastado da aspereza do solo rochoso, Nereu movia-se como se fosse imune aos efeitos inclementes da gravidade em terra firme.

O mesmo não ocorria, é claro, com Johnny e Tieko, o casal de orgânicos designados pelo novo Conselho Mundial para acompanhar os humanos durante os primeiros dias de sua estada. Nenhum dos dois estava habituado a utilizar os trajes estanques pesados, projetados para as raras excursões dos dolfinos à superfície emersa de Merídia.

Ainda que essas armaduras mantivessem os dolfinos imersos em água e lhes fornecesse um suprimento de oxigênio com um sistema de manutenção de vida com autonomia prevista de oito dias, eram consideradas bastante desconfortáveis. No entanto, os dois orgânicos fizeram questão absoluta de receber os tripulantes da *Penny Lane* com toda a pompa e solenidade. Tradições que o folclore dolfino insistia em afirmar que os antigos mestres tanto apreciavam.

– Definitivamente, não parece uma espaçonave comum. – O dolfinoide trinou, eufemístico, sem tirar os olhos da nave recém-pousada. Em terra firme e àquela distância, imaginou que os dois orgânicos só estivessem enxergando tão somente um vulto de formas imprecisas, quiçá arredondadas.

– O gestor persiste na tese de que se trata de um veículo experimental. – Johnny respondeu o comentário com um chilreio embevecido. Grande ou pequena, a *Penny Lane* era uma nave estelar. A primeira que ele já vira pessoalmente. – Um veículo dotado de um sistema de propulsão baseado num novo princípio físico, imaginem só... Um projeto revolucionário, segundo ele. Mais ousado, a se crer no que ele diz, do que qualquer invento anterior da humanidade olduvaica.

– Haverá oportunidade para confirmar ou desmentir esses boatos esdrúxulos com os tripulantes da nave. – Tieko trinou, com uma ponta de impaciência, sonoramente perceptível ao dolfinoide experiente. O som se propagou dentro da água salgada de sua armadura, sendo convertido em ondas eletromagnéticas e transmitido desta forma até a armadura do dolfino e os sensores do dolfinoide. – Já estou farta do ufanismo exacerbado desse gestor por tudo quanto é humano. Por outro lado, não consigo compreender para que os olduvaicos precisam de uma nave tão pequenina.

– Não sei quanto a vocês, mas, de minha parte, duvido que essa naveta auxiliar fantasiada de veículo estelar tenha aniquilado dezenas de asteroides lá em Daros. – Johnny trinou, céptico. – Ainda mais no curto intervalo de quatro meses...

– Bem, foi o que o gestor da base afirmou. – Nereu replicou. Então, notando a aproximação de um vulto em voo rasante, informou. – Um robô da base está vindo em nossa direção.

– Maldito traje! Não vejo nada direito. – Johnny assobiou, contrafeito. – Por que não nos instalaram um transdutor sonar decente?

– O transdutor existe. Só que o funcionamento não é automático. – O dolfinoide explicou, paciente, soprando ar pelo espiráculo. – Ative essa alavanca verde em frente ao seu bico.

Envergonhado, Johnny estendeu o bico e empurrou a pequena alavanca fosforescente para cima. Sua armadura começou a emitir cliques e a captar os ecos resultantes. A interpretação desses ecos reverberou sob a forma de ecograma tridimensional minúsculo, bem em frente à cabeça do dolfino.

Então, ele viu o robô.

Não se tratava de uma máquina humanoide.

Do tamanho da nadadeira de um dolfino adulto, o elipsoide de cor clara exibia características essencialmente funcionais. Flutuou do prédio principal da base, uma cúpula achatada transparente, até poucos metros dos dolfinos.

Esperavam que o robô aterrasse junto às patas metálicas de suas armaduras. A máquina diminuta, no entanto, limitou-se a pairar sobre eles, enquanto transmitia sua mensagem num ânglico claro e monocórdio.

– A nave humana solicitou que gestor da base lhes transmitisse o convite para um encontro informal com a tripulação no tanque de reuniões da ala norte.

Um encontro com toda a tripulação? Nereu concluiu haver uma falha de comunicação qualquer na mensagem. Já estivera no tanque mencionado e lembrava que ele era demasiado pequeno.

– Apreciamos o gesto de consideração da parte dos humanos. – Johnny asseverou, também em ânglico, depois de trocar olhares significativos com Nereu e Tieko. – Presumo que nossos visitantes possuam aparelhagem e vestimentas adequadas.

– Presunção inspirada.

– Não entendi bem uma coisa no seu recado. – Nereu pronunciou num delphii macio, quase relaxado. – O que você quis dizer foi que o *comandante* da nave enviará *alguns* tripulantes ao tanque de reuniões, não foi?

– Negativo. Ao contrário de algumas inteligências artificiais ambulantes, máquinas lógicas simples deste modelo não estão habilitadas a incorrer em ambiguidades semânticas de tal ordem de complexidade.

Demonstrando agilidade até então insuspeita, o robô disparou para o alto, elevando-se alguns metros acima do raio de ação do tentáculo ameaçador, brandido como chicote pelo dolfinoide.

– Quis dizer exatamente o que falei. – O elipsoide esclareceu, imperturbável, como se o ataque jamais houvesse acontecido. – Em contato direto com nosso gestor, o programa-gerente da nave e não um membro orgânico da tripulação ambulante, afirmou que todo seu pessoal estaria presente no tanque mencionado. A propósito, não quero parecer impertinente, mas vocês estão atrasados.

Puseram-se a caminho por uma pista estreita de material brilhante de coloração branco-azulada. Durante o percurso, seguiram a luz indicativa do farol de sinalização do robô-mensageiro, que pairava poucos metros à frente deles. Nereu imaginou que o sinal luminoso era provavelmente emitido em benefício dos interlocutores orgânicos.

– O que é essa vegetação verde de aspecto esponjoso, que recobre o chão? – Tieko indagou ao dolfinoide. – Acaso são gramíneas trazidas de Tannhöuser?

– Negativo. Em verdade, trata-se de musgo nativo. É a forma vegetal terrícola mais abundante do planeta.

Johnny fitou Nereu de esguelha e chilreou em delphii:

– Uma nave diferente, como você disse!

– Autoconsciente? – Tieko indagou, nervosa. – Uma nave estelar comandada por uma consciência artificial?

– A se crer no gestor da base e nesse robozinho impertinente, sim. – Nereu respondeu, mais pensativo que indignado. – Mais uma extravagância típica de nossos mestres. Só não consigo conceber para que precisam de uma nave assim.

– Teremos nosso destino selado por uma inteligência artificial autoconsciente? – As nadadeiras de Johnny tremeram dentro da armadura, ante a perspectiva. – Com os humanos, ao menos teríamos uma chance...

– Relaxe. – Nereu tentou acalmá-lo. – Nem tudo está perdido.

– De qualquer modo, tenho a impressão que aquele tanque vai ficar um bocado apertado... – Tieko suspirou, preocupada e ansiosa diante da oportunidade única de um contato pessoal tão íntimo com criaturas míticas, decantadas nas velhas baladas dolfinas, que voltaram a fazer sucesso em Bluegarden depois de quase um século de esquecimento.

Capítulo 36

– E então, que informações você obteve do gestor da base? – Pandora indagou, preocupada.

A humana aguardava o pior, não obstante haverem observado do espaço sinais de atividade inteligente em sítios urbanos ao norte do equador planetário, região supostamente habitada pela civilização autóctone. O estilo arquitetônico e as assinaturas das transmissões EM não eram em absoluto típicas da matriz tecnológica dolfina. Portanto, os indícios apontavam para a existência de octópodes vivos neste oceano planetário.

Ainda assim, Pandora não se sentiu tranquila.

As coisas estavam quietas demais. Pacíficas demais.

E se havia uma coisa que ela aprendera em seu longo relacionamento com seus amigos dolfinos, é que calmaria e quietude eram sinônimos de problemas.

Por isto, ante o silêncio da Nave, insistiu:

– Não faça suspense. Fale logo o que descobriu, mesmo que ainda não tenha conseguido compor um quadro coerente da situação.

"Pois bem." – A Nave soou com tom funesto grandiloquente dentro dos crânios deles. – "Houve um conflito armado entre dolfinos e cefalópodes".

– Não acredito! – A humana artificial cerrou os punhos e baixou os olhos até fitar o piso do Centro de Comando. – Uma guerra em Bluegarden...

– Não sei por que você aparenta surpresa. – Talleyrand falou, buscando o olhar da companheira sem sucesso. – Já vivenciamos diversas variações desta hipótese em nossas simulações.

– Nunca acreditei que pudesse realmente acontecer. – Ela murmurou cabisbaixa. – Os dolfinos... uma guerra...

– Conseguiu por acaso descobrir o número de baixas? – O orgânico sentia-se mais à vontade do que a artificial quando questões bélicas vinham à baila. Afinal, pelo treinamento que se autoimpusera desde a adolescência, ele se jactava de ser o que de mais próximo havia de um estrategista militar no Sistema Gigante de Olduvaii.

"Nossos protegidos perderam 423 combatentes, contra

287 BAIXAS DOS AUTÓCTONES." – A Nave informou, sem se fazer de rogada.

– Um massacre... – Ainda fitando o piso, Pandora abanou a cabeça, consternada. – Centenas de mortos...

– Esse conflito prossegue até hoje? – Talleyrand indagou, com ar satisfeito, ao antecipar a resposta.

"NÃO. A ÚLTIMA BATALHA TRANSCORREU CERCA DE DEZESSEIS ANOS ATRÁS."

– Excelente. – O humano orgânico murmurou entre os dentes. Em voz alta, acrescentou. – Um ano após o primeiro contato.

"ONZE MESES E 22 DIAS, PARA SER EXATA."

– Ora, nesta escala tão reduzida um conflito não merece sequer a designação de batalha.

– Ah, não? – A humana levantou os olhos, fixando-os no semblante assustadoramente frio do companheiro. Só então ele percebeu as lágrimas que corriam pelo rosto dela. – Como é que se chama então, um engajamento onde morreram mais de quatro centenas de dolfinos?

– Em primeiro lugar, não creio que tenham tombado todos no mesmo engajamento. É mais provável que tenha ocorrido uma série de pequenas escaramuças.

"PELO QUE DEPREENDI DAS EXPLICAÇÕES DO PROGRAMA GESTOR, FOI MAIS OU MENOS ISTO QUE ACONTECEU. SE BEM QUE MAIS DA METADE DAS BAIXAS DOLFINAS OCORRERAM DURANTE UM ÚNICO ATAQUE."

– Só não compreendo como foi que os cefalópodes conseguiram abater tantos dolfinos... – Talleyrand coçou o queixo, intrigado. Começou a andar de um lado para o outro no interior do Centro de Comando, com o dedo em riste e um ar professoral que Pandora teria considerado cômico em circunstâncias diversas. – Sou capaz de imaginar que tipo de armas nossos pupilos desenvolveram com os recursos que dispunham. Contudo, nada no informe original do gestor da base indicava que os autóctones possuíam tecnologia capaz de fabricar armamento ofensivo tão eficiente, sobretudo num intervalo de tempo tão curto...

"O GESTOR INFORMOU QUE OS OCTÓPODES CONSEGUIRAM SINTETIZAR UMA TOXINA EXTREMAMENTE LETAL CONTRA QUALQUER ORGANISMO MULTICELULAR CUJO GENOMA SEJA ESCRITO EM DNA."

– Pode até ser verdade. Mas, repito, nada nos informes que o gestor nos transmitiu até agora nos leva a crer que os autóctones disponham de conhecimentos e tecnologias tão sofisticados.

"AO QUE PARECE, OS MESTRES DELES, OS TAIS ONISCIENTES,

DEIXARAM PARA TRÁS UMA VASTA BIBLIOTECA, RECHEADA COM TODO TIPO DE CONHECIMENTO ÚTIL."

– Inclusive projetos de máquinas capazes de sintetizar moléculas orgânicas tão complexas quanto essa toxina? – Pandora indagou, com olhos secos e ar sereno.

"PELO VISTO, SIM."

– Qual é a situação diplomática vigente em Bluegarden? – Talleyrand parou de andar de repente. – As duas espécies se tornaram amigas ou ainda persiste um clima de guerra fria?

"O GESTOR DE MERÍDIA PREFERIU NÃO ESCLARECER ESTE PONTO."

– Como é que é? – O humano guinchou, erguendo o olhar para o holocubo que exibia a projeção do complexo principal da Base de Merídia. – Quem esse sujeitinho pensa que é para nos sonegar informação?

"CALMA, TALLY. CONCORDO QUE O GESTOR ESTÁ OMITINDO ELEMENTOS RELEVANTES DO QUADRO GERAL. SÓ QUE, AO MENOS APARENTEMENTE, ELE POSSUI MOTIVOS VÁLIDOS PARA AGIR DESSA FORMA."

– Ah, é? E que motivos são esses?

– Nave, faça o favor de esclarecer. – Pandora ordenou no tom cândido de quem está apenas pedindo. – Sem rodeios.

"O GESTOR AFIRMOU QUE ERA MELHOR ESCLARECERMOS A QUESTÃO DAS RELAÇÕES DOLFINO-CEFALÓPODAS DIRETAMENTE COM AS PARTES ENVOLVIDAS. SEGUNDO ELE, JÁ ESTÁ FARTO DE SE METER NESTE ASSUNTO E DE TER SEUS CONSELHOS IGNORADOS PELOS DOLFINOS. UMA VEZ QUE AQUI ESTAMOS, ELE COLOCA A DECISÃO EM NOSSAS MÃOS. AFIRMOU QUE, EXCETO NO CASO DE DETERMINAÇÃO EXPLÍCITA DE PANDORA EM CONTRÁRIO, PRETENDE SE EXIMIR DA EMISSÃO DE QUALQUER OPINIÃO OU ANÁLISE A RESPEITO. SEGUNDO ELE, PARA NÃO SER ACUSADO DE TENTAR NOS INFLUENCIAR."

– E agora mais esta! – Talleyrand fitou a companheira, em busca de apoio. – Uma consciência artificial cheia de escrúpulos. Isto é que dá, deixar esse programa sozinho num sistema estelar com esses dolfinos encrenqueiros!

Pandora deu de ombros.

– E aí, Pandy? Vai deixar as coisas ficarem assim malparadas? – Ante o olhar gélido da companheira, Talleyrand julgou prudente engolir a provocação seguinte. Em tom mais judicioso, indagou – Afinal, o que é que deu nesse programa gestor?

– Lealdades divididas. – A artificial murmurou, irônica, à guisa de resposta.

Capítulo 37

Mal emergiram da antecâmara do "vestiário" – onde despiram as armaduras incomodas – para a piscina de reuniões, os dolfinos concluíram que o velho Nereu estivera certo desde o início em sua implicância com o robô-mensageiro.

Orgânico ou não, o comandante da nave enviara apenas parte de sua... como a maquinazinha da base falara? Ah, sim: parte de sua *tripulação ambulante*.

Porque havia somente dois humanos de pé na borda do pequeno tanque de reuniões.

Ambos trajavam vestes impermeáveis colantes que recobriam seus corpos inteiramente do queixo para baixo. Tieko suspeitou que fossem os famosos biotrajes.

Dizia-se que o Grande Ringo vestira um desses simbiontes em seu momento fatídico, quando salvara a delfineia do genocídio planejado por uma célula terrorista ligada à minoria radical cefalópode.

Tão logo o decoro permitisse, varreria os humanos com seus cliques de alta frequência para verificar essa hipótese de que estavam vestindo biotrajes.

Ao invés dos tanques de ar, preferidos pelos dolfinos, o macho portava um pequeno extrator de oxigênio. Presa a seu traje à altura do pescoço, havia uma cápsula diminuta, que Nereu explicou ser um transcodificador ânglico-delphii.

A fêmea não procurou disfarçar o fato de ser ginoide com o uso de um extrator que, para si, constituiria ornamento inútil.

Os humanos decerto não ignoravam que, uma vez em seu elemento natural, os dolfinos desmascarariam qualquer dissimulação desse gênero assim que recebessem os ecos dos primeiros cliques ultrassônicos.

Nereu emitiu um pio melodioso de puro júbilo, desconcertando os dolfinos.

Não foi uma ginoide qualquer que ingressou no aposento, mas sua velha amiga Pandora! Haviam se conhecido em Tannhöuser, é claro. *Há quanto tempo não se viam?* Dependia da perspectiva, é lógico. Sim, porque ela já exercera esse papel de inspetora antes. Da última vez que esteve em Posseidon, Pandora chegou a bordo da *Melkor*. Aquilo foi em 50.950, a primeira visita de inspeção após a partida da *Oceanos*. Mais de 350 anos atrás. Pelo menos, para ele... Já para Pandora, submetida frequentemente ao fenômeno da dilatação temporal relativística, há quanto tempo não se viam? Um século? Oito décadas? Precisava conferir este fato com a amiga.

Se aqueles dois constituíam a tripulação completa, então, na opinião de Johnny, a *Penny Lane* era mesmo uma nave muito esquisita. Os humanos vestiam trajes inteiriços, que lhes recobria todo o corpo, à exceção de suas cabeças, como epidermes de tom bege-claro.

O casal ingressou no tanque de reuniões através de uma rampa inclinada lateral. Do interior da piscina natural, Nereu observou que as extremidades dos trajes que revestiam os pés dos humanos assemelhavam-se aos solados grossos dos calçados usados para andar em trilhas. Contudo, assim que tocaram a água, as extremidades referidas assumiram o formato de pés de pato. Em verdade, os *solados* do humano orgânico se transformaram quando ainda se encontrava na parte seca da rampa, fazendo com que se atrapalhasse um pouco nos últimos passos. Já os pés de pato de sua velha amiga Pandora só se formaram após ela estar imersa na água até os ombros.

O fenômeno surpreendeu Johnny.

Não era biólogo como Tieko. E, ao contrário de Nereu, jamais se deparara com um biotraje antes.

Os dois inspetores permaneceram na parte rasa do tanque, profundidade que lhes permitia manter cabeça e pescoço fora d'água. Examinaram com aparente interesse o fundo do tanque, artisticamente decorado com moluscos, crustáceos, algas e corais presentes nas águas que banhavam Merídia.

Tanto Pandora, quanto o outro tripulante possuíam cabelos castanhos. Os da artificial, lisos e mais claros, chegavam até o meio de suas costas, já os do humano orgânico eram cacheados e mantidos à altura dos ombros.

Ao contrário de vários humanos que Nereu conheceu, os dois pareciam se sentir à vontade com os cabelos impregnados com água salgada.

O humano cultivava um vasto bigode igualmente castanho.

Ao contrário de diversas estirpes humanas, entre os olduvaicos, apenas os machos possuíam pelagem facial abundante.

– É muito bom revê-lo, Nereu. – Pandora sorriu ao estender a mão para afagar o tentáculo central do ex-aluno. Seria bom tê-lo por perto nesta situação tão delicada. – Já faz um bom tempo que não nos vemos.

– Imagino que muito mais tempo para mim do que para você. – O dolfinoide brincou num ânglico agudo, bem pronunciado. Em seguida, acrescentou, mais sério – É sempre um prazer tê-la de volta. Sobretudo numa ocasião com esta, em que a delfineia precisa mais do que nunca de todos os amigos com que possa contar.

– Podem contar comigo.

– Jamais duvidei disso.

Então ela apresentou Talleyrand.

* * *

Ah, os caprichos da dilatação temporal a velocidades relativísticas...

Com 750 anos THP de idade cronológica, mas apenas 132 de idade somática, Talleyrand poderia ser considerado bastante jovem pelos padrões humanos, visto não ter atingido sequer a metade da *primeira vida* – período da existência humana que começa no nascimento e termina com a primeira aplicação do tratamento de rejuvenescimento celular.

Já Pandora fora *despertada* – termo empregado exclusivamente em relação aos artificiais – mais de três milênios atrás, embora, graças às viagens frequentes, contasse com menos de 600 anos de idade somática, embora os artificiais preferissem o conceito de *experiência de vida* ao da idade somática, decerto pelo fato de não estarem sujeitos ao envelhecimento e, portanto, dispensarem o rejuvenescimento celular.

De qualquer modo, apesar de ter sido professora de Nereu, ainda em Tannhöuser, por ocasião de sua segunda inspeção, a artificial já se tornara mais jovem do que o dolfinoide no que se referia à experiência de vida, o número de anos que ela realmente sentiu passar diante de seus olhos.

Concluído aquele preâmbulo protocolar constituído de apresentações iniciais, troca de cumprimentos, credenciais e saudações de praxe, Pandora tomou a palavra, articulando um ânglico que repercutia agudo e melódico sobre o espelho-d'água do tanque.

– É uma satisfação constatar que vocês dominam tão bem o ânglico. É um alívio deixar de lado as impropriedades e a falta de sutileza inerentes ao uso do transcodificador.

Ela tocou lentamente com os pés de pato no fundo do tanque. O dolfinoide pôde perceber nos movimentos lentos e estudados da artificial humana, cautela deliberada para evitar pisar em qualquer alga ou molusco.

Sabia que a amiga era capaz de articular um delphii quase tão bom quanto o dele. Se não o fazia, devia ser exclusivamente em consideração à ignorância do companheiro.

Sim, porque, das posturas e semblantes dos inspetores, Nereu intuiu estarem lidando com um casal, fato que, em se tratando de humanos, não o surpreendeu em absoluto.

Antes que pudesse tecer novas considerações a respeito, Pandora continuou:

– Como sabem, recebemos o relatório do gestor da base quando já estávamos a caminho de Posseidon. O programa-mestre da Nave nos despertou algum tempo antes do combinado, para que nos inteirássemos da gravidade da crise dos octópodes.

– Antes de abordarmos este assunto, cumpre levantar uma questão de ordem. – Tudo em Johnny, do tom esganiçado do seu ânglico à postura arqueada do dorso, denotava um ar provocador e divertido, facilmente perceptível para a humana. – Gostaríamos de confirmar se vocês possuem de fato a autonomia necessária para tomar decisões definitivas sobre o futuro de nosso povo.

Alheio ao tom de pilhéria por trás do questionamento aparentemente grave do dolfino, Talleyrand respondeu:

– Por se tratar de uma situação emergencial sem precedentes, como encarregados da inspeção de rotina ao desenvolvimento dolfino, estamos investidos da autoridade necessária para tomar quaisquer decisões. Naturalmente, assumiremos total responsabilidade pela decisão de ordenar o início da evacuação global.

– Perfeito. – Tieko assentiu com uma vênia que Pandora julgou exagerada. – No entanto, não podem tomar uma decisão tão crucial, baseados em pressupostos equivocados.

– Como assim, equivocados? – Ambos os humanos indagaram ao mesmo tempo.

– Há dezessete anos atrás, –Nereu rememorou, – o relatório do gestor da base informou que a presença dos dolfinos em Bluegarden representava uma ameaça à cultura dos octópodes. Compreendemos perfeitamente que cogitem corrigir o engano cometido pelos mestres de Tannhöuser ao nos investir na posse de um mundo que julgaram desabitado. Contudo, ao pretenderem corrigir este erro, não devem incidir noutro maior. Porque, na conjuntura atual, nossa remoção produziria um sério abalo no desenvolvimento da civilização cefalópode.

– Ah, é? E como esse abalo se daria? – Talleyrand riu entre os dentes. – Sabemos que vocês andaram trocando uns tirinhos com os autóctones, mas que já fizeram as pazes. No entanto, esta paz temporária não os qualifica, em absoluto, a pleitear a permanência aqui. Embora admita que o blefe possua boa dose de originalidade, eu não...

– Tally, por favor. A partir daqui, pode deixar que eu assumo. – O tom meigo e paciente da artificial não conseguiu ocultar de ninguém a voz de comando que acabara de empregar.

A autoridade branda daquela voz fez Nereu se sentir saudoso dos tempos de Tannhöuser.

Enfim, reconheceu o óbvio: era sua velha amiga que comandava aquela nave estelar *sui generis*.

Ela suspirou antes de continuar, suave e decidida:

– Reconhecemos que a remoção não é, de modo algum, uma medida justa para seu povo. Sabemos que representa, antes, uma punição. Um castigo pesado e decerto imerecido. Os dolfinos irão pagar por um erro cometido pelos humanos. Contudo, é necessário que compreendam que não há outro caminho. Quando chegar a época, todos os cidadãos dolfinos embarcarão em suas naves de gerações, com a certeza absoluta de que somente seus descendentes longínquos poderão nadar nos oceanos do mundo de destino.

Após uma pausa breve, onde observou os interlocutores, quase como se necessitasse tomar fôlego, ela retomou o argumento:

– Antes de tudo, há que se considerar a existência de uma espécie inteligente ímpar. Não se trata em absoluto da sobrevivência dos dolfinos contra a dos octópodes. Vocês são os nossos filhos queridos. Até onde sabemos, constituem a única espécie jamais promovida pela humanidade. Não tenham dúvida de que, se algo na espiral galáctica os ameaçasse, não mediríamos esforços para protegê-los. Todavia, ao que entendi, não é este o caso. Em última análise, trata-se da sobrevivência dos cefalópodes como espécie autônoma e não simples curiosidade zoológica, contra a manutenção da cultura dolfina em Bluegarden.

– Não constituímos ameaça à sobrevivência da espécie racional autóctone, muito pelo contrário. – Nereu asseverou, com um gorjeio emocionado, mas circunspecto. – Imagino que os relatórios do gestor da base, decerto inspirados em nossos informes sobre os primeiros contatos com os octópodes, devam ter enfatizado essa ideia equivocada. De qualquer modo, trabalhamos bastante para alterar aquele quadro inicial. As pequenas rusgas de fronteira que vocês mencionaram há pouco, já fazem parte do passado histórico, tanto para os nativos quanto para nós.

– Trabalharam bastante, como? Vamos colocar as cartas na mesa, por favor. – Talleyrand cobrou no tom mais neutro que conseguiu conjurar.

– É simples. – Nadando em volta do humano, Tieko chilreou, alegre. – Indiretamente, foram vocês mesmos que nos forçaram as nadadeiras.

Diante do ar intrigado dos humanos, Nereu lançou a proposta que havia combinado previamente com os dolfinos.

– Seria melhor que examinassem nossos argumentos *in loco*. Que tal se vocês nos acompanharem numa excursão a uma das estações experimentais mistas que erigimos há pouco mais de uma década?

Os dois humanos trocaram olhares inquisitivos.

Pandora assentiu.

* * *

Duas horas mais tarde, não obstante o poder de vida e morte que detinham como inspetores, os humanos se sentiam francamente aturdidos.

A estação mista distava menos de cem quilômetros de Merídia. No entanto, no que dizia respeito aos humanos, era como se houvessem viajado para um aglomerado globular dezenas de milhares de anos-luz acima da eclíptica galáctica.

As simulações a bordo da Nave os haviam preparado para todas as hipóteses possíveis e imagináveis.

Todas, menos esta.

Embora a jornada até a estação não tenha transcorrido em silêncio, durante o percurso de pouco mais de uma hora, dolfinos e dolfinoide se esquivaram de todas as tentativas humanas de abordar a questão dos octópodes. Sempre que o assunto vinha à baila, eles ensaiavam respostas pertinentes e então defletiam a conversa para temas inofensivos, como as características da fauna oceânica, o comportamento sexual humano, os nichos ecológicos únicos de Merídia, ou as especificações técnicas da *Penny Lane*.

Mal saíram do transporte subaquático, a pouco mais de cinco metros de profundidade, e a primeira cena com que os humanos se depararam foi a de crianças dolfinas e filhotes de octópodes brincando juntas numa espécie de infantário submarino.

Como era possível? As duas espécies não estavam guerreando há menos de duas décadas?

Algumas crianças dolfinas pararam de perseguir um grupo de crias octópodes, quedando-se em frente aos humanos, com movimentos giratórios bruscos das caudas e nadadeiras.

Seus cliques ecométricos intensos rastrearam os visitantes com a falta de cerimônia somente permissível aos muito jovens.

Então, abriram seus bicos, maravilhadas, chilreando animadamente umas para as outras e expelindo longos filetes de bolhas pelos espiráculos.

Sendo tão jovens, Pandora imaginou que ainda não dominassem o ânglico. Tagarelavam em delphii. Ela não teve dificuldades em acompanhar a conversa das crianças.

– São dois humanos! Dois mestres! – Um dolfino muito pequeno trinou, agitado, piando em seguida para chamar atenção dos demais.

– Como sabe que são humanos? – Uma dolfina ainda menor indagou com ar impertinente.

Surpreso, Talleyrand notou que a jovenzinha, que não parava de nadar ao redor deles em círculos apertados, tinha um octópode diminuto encarapitado sobre a barbatana dorsal.

A femeazinha insistiu:

– Papai me mostrou o holograma de um humano outro dia. Igualzinho! Só que não possuía essa pele brilhante. E nem patas terminadas nessas nadadeiras engraçadas...

– Como você é burra! – Outra dolfina, pouco mais velha, replicou repleta de crueldade infantil. Ela também trazia um filhote octópode montado em seu dorso. – Isto não é epiderme coisíssima alguma! É uma roupa!

– O que é uma roupa? – A menorzinha perguntou com expressão inocente.

Dois outros octópodes pequeninos juntaram-se às crianças dolfinas e começaram a zumbir e apitar num ritmo frenético, tagarelando em seu próprio idioma.

Então, Pandora percebeu o óbvio!

Apesar de não compreender o linguajar dos nativos, observou

que as crianças dolfinas não tinham dificuldades em entendê-los. Elas continuavam falando em delphii e as formas octópodes infantis também as entendiam e respondiam em seu próprio vernáculo. Assim, embora articulassem idiomas diferentes, os jovens das duas espécies interagiam com perfeita compreensão mútua.

Talleyrand notou que algo estranho se passava ali.

Ativou a faixa privativa do radiolink para verificar a questão com a companheira.

– Por acaso está vendo a mesma coisa que eu? É só impressão minha, ou os filhotes dolfinos estão conversando com as crias cefalópodes?

– Estão conversando, sim. Só consigo entender o que os dolfinos falam, mas, mesmo assim, é fácil constatar que eles se compreendem mutuamente.

– Sobre o que eles falam?

– Tagarelice infantil. Somos o assunto da hora. Ou talvez fosse melhor dizer, "do segundo". As crianças dolfinas estão exibindo os antigos mestres de sua espécie aos amiguinhos octópodes. Já agora, a maioria dos mais jovens começa a se desinteressar e dois ou três reclamam que preferiam retomar a brincadeira de pique.

Segundos mais tarde, o grupo de crianças das duas espécies voltou a se dispersar pelas águas claras que circundavam os prédios da estação.

Talleyrand voltou-se para os anfitriões e perguntou:

– Por que não nos contaram nada? É incrível! Crianças dolfinas e octópodes brincando juntas...

– Preferimos que vocês constatassem o fato com os próprios olhos. – Johnny trinou, divertido.

– Para que vocês mantêm essas telas em torno do perímetro da estação? – O humano indagou.

– Para evitar que os menores se afastem muito e se percam durante os intervalos de recreação. – Tieko explicou. – E também para impedir a aproximação de predadores. Como sabem, os moluscos pisciformes ocupam todos os nichos ecológicos preenchidos pelos teleósteos nos oceanos de Tannhöuser. Há espécies pisciformes que assumiram o papel de predadores. Algumas dessas poderiam eventualmente constituir perigo para uma criança pequena, dolfina ou octópode. Se bem que já não efetuamos registros da presença de predadores de grande porte nestas latitudes há coisa de doze ou treze anos.

– De qualquer modo, muitos pais não se sentiriam tranquilos se não tomássemos essa medida de precaução. – Johnny explicou.

– Por que vocês não monitoram a área com robôs? – Talleyrand insistiu.

– Não dispomos de robôs propriamente ditos. – O dolfino falou. – Apenas autômatos industriais e essas máquinas burras que às vezes atuam como nossos braços. Ah, e os dolfinoides, é lógico. Mas esses são qualificados demais para bancar as babás.

– Em verdade, preferimos lecionar nas classes mais avançadas. – Nereu gorjeou bem-humorado.

Pandora se manteve em silêncio.

Sentiu-se profundamente comovida ao abarcar as implicações éticas e culturais do que acabavam de presenciar.

Hoje, eles brincam juntos.

Amanhã, decerto, estarão trabalhando juntos.

Compreendeu que não se tratava de mera coexistência pacífica entre duas espécies que aprenderam a conviver em harmonia, lado a lado, mas de cooperação ativa e autêntica nos campos social, econômico, cultural e científico.

Amizade entre alienígenas e as crias dos humanos. Fraternidade de iguais entre os diferentes. Uma dádiva infinitamente maior do que ela ousara esperar, mesmo em seus sonhos mais otimistas.

Capítulo 38

A estação mista constituía um estabelecimento de ensino e pesquisa – a mais antiga das doze unidades biespecíficas deste tipo em funcionamento no hemisfério austral. Ali, conforme Nereu explicou, crianças dolfinas e octópodes eram educadas por professores das duas espécies. Havia também uns poucos professores dolfinoides.

E havia ainda dolfinoides de outro tipo.

Não adultos, da geração de Nereu e Andrômeda, ou pouco mais novos. Porém, realmente jovens, com mentalidades infantis em corpos de adulto, pois haviam sido despertados há menos de uma década pelos dolfinos para que se tornassem colegas dos alunos orgânicos da estação.

Os anfitriões conduziram o casal de inspetores a uma das piscinas do estabelecimento, para que encetassem nova rodada de diálogo.

– Uma nova mentalidade está se formando, à medida que essas crianças são ensinadas, desde a mais tenra idade, a encarar os membros da outra espécie como iguais. – Tieko explicou, animada. – É muito fácil para estes jovens aceitar os colegas alienígenas, não como simples parceiros, mas como bons amigos e, em alguns casos, como irmãos.

– Gostaria de frisar que estações como esta constituem apenas metade do projeto educacional. – Johnny trinou tão logo a dolfina se calou. – Há dezessete instituições semelhantes em território cefalópode.

– O que significa exatamente *território cefalópode*? – Pandora perguntou. – Acaso existe, por analogia, um *território dolfino*?

– Sim, existe. – Tieko explicou. – Estabelecemos um tratado com os octópodes há quinze anos, dividindo o planeta em três regiões. Nosso território se estende do polo sul, até uma linha imaginária distante 1.000 km do equador. Simetricamente, o território octópode vai do polo norte até igual distância do equador. Por último, há o cinturão equatorial, de 2.000 km de largura, que se constitui num santuário natural de águas mornas, que nenhuma das civilizações pode colonizar sem o prévio consentimento explícito da outra.

– Há quanto tempo essas estações mistas começaram a funcionar? – Pandora indagou.

– Eu e Johnny ingressamos na primeira turma desta unidade há pouco mais de catorze anos. – A dolfina chilreou, abrindo o bico num riso franco.

– Tanto tempo... – Talleyrand trocou olhares com a companheira. – Mas, então... Vocês...

Johnny entreabriu o bico, tão risonho quanto a dolfina ou o dolfinoide:

– Eu e Tieko nos formamos há três anos.

– Os dois melhores alunos *Delphinus sapiens* da primeira turma do hemisfério sul. – Nereu confirmou em tom formal. – Aliás, foi justo por isto que nós do Conselho Mundial os selecionamos para representar a delfineia.

– Compreendo. – Pandora murmurou com os olhos muito abertos. – Uma experiência educacional revolucionária. Crianças aprendem a conviver com o diferente. E, aprendendo, estarão aptas a ensinar através de seus exemplos, primeiro a seus pais e núcleos familiares, mais tarde, à sociedade como um todo.

– Exato. – O dolfinoide confirmou com uma piscadela à amiga. Um gesto aprendido com humanos, ainda em seus tempos de Tannhöuser. – Naturalmente, por questão de simetria, quando vocês visitarem a estação mista mais antiga do hemisfério boreal, serão recepcionados pelos melhores alunos octópodes da primeira turma de lá.

* * *

Os inspetores levaram vários meses para verificar pessoalmente, tanto em território cefalópode quanto no dolfino, as alterações sutis introduzidas em ambas as civilizações pela convivência pacífica e pelo consequente intercâmbio entre as duas espécies.

Alterações estas que haviam criado laços fortes e profundos num intervalo de tempo surpreendentemente curto.

De volta ao mesmo tanque de reuniões onde inspetores e representantes haviam se encontrado pela primeira vez, Pandora comentou, sem disfarçar o orgulho:

– Uma estratégia sagaz. Ao estabelecerem uma simbiose sociocultural com os nativos, vocês simplesmente ataram nossas mãos. Mesmo que ainda julgássemos sensato removê-los do planeta, não ousaríamos fazê-lo, sob pena de prejudicar o desenvolvimento da cultura cefalópode. No estágio atual de interdependência econômica, retirar a delfineia de Bluegarden produziria danos irreparáveis à prosperidade e ao bem-estar dos autóctones.

– A intenção era justamente esta. – O velho Conselheiro Lennox articulou sem falsa modéstia. – Agora vocês compreenderam que facultar nossa permanência neste oceano decerto constituirá o menor de dois males. A interdependência econômica é um fato. Dolfinos produzem biofertilizantes para a algicultura cefalópode. Nossas técnicas de automação industrial revolucionaram seus processos de mineração e metalurgia. Em contrapartida, eles nos ensinaram a criar moluscos pisciformes e reprocessá-los para torná-los comestíveis. Ajudaram-nos a tornar as algas que trouxemos na *Oceanos* mais resistentes ao teor metálico elevado deste oceano planetário. Contudo, a conquista mais importante consistiu nos octópodes nos terem franqueado o acesso ao grande banco de dados que possuem. Um manancial inesgotável de informações relevantes, acoplado ao biocomputador alienígena que eles apelidam *Biblioteca.* Apesar de bastante desatualizado em diversas áreas cruciais, esse banco armazena um tesouro enorme sob a forma de conhecimentos valiosos e informações sobre xenomorfos não catalogados e mapas galácticos de regiões não exploradas, além de outros fatos desconhecidos até mesmo da ciência humana de Tannhöuser. Fatos e dados que levaremos séculos para explorar e, imagino, milênios para compreender e pôr em prática.

– Esta *Biblioteca* é sem dúvida uma fonte de informação preciosíssima. – Talleyrand concordou sem ocultar o entusiasmo. – Um trunfo importante. Uma conquista fundamental para a delfineia e, por extensão, para a humanidade.

– Como vocês costumam dizer, – Nereu abriu o bico num sorriso, – conhecimento é poder.

– É fato. – O humano concedeu sem graça, emitindo um sorriso débil em resposta às risadas francas dos anfitriões.

– Na próxima visita de inspeção, é provável que o Conselho Científico de Tannhöuser decida mandar uma equipe especializada para analisar as informações dessa base de dados alienígena. – Pandora acrescentou com um fulgor empolgado nos olhos cor de mel. – Quando essa ocasião chegar, os inspetores deverão encaminhar, através dos seus descendentes, uma solicitação formal aos octópodes para que também possamos obter acesso aos conhecimentos dessa tal *Biblioteca.*

– Quando a próxima nave de inspeção ingressar no sistema, teremos imenso prazer em interceder em favor de nossos mestres. – O conselheiro assobiou em tom amistoso.

O dolfino encheu os pulmões de ar, denotando pela primeira vez na vida a postura de orgulho sereno de quem se sabe em condições de igualdade ante representantes de uma cultura estelar.

Uma postura que jamais se julgara capaz de sustentar ante um inspetor humano.

* * *

A residência de Carthy situava-se a cavaleiro de uma crista submarina, apenas uns poucos metros da superfície, fora do perímetro urbano de Netunia, o novo núcleo erigido no trópico do hemisfério sul.

Uma casa ampla e confortável, adequada ao status de sua proprietária, cientista sênior e presidenta do conselho de pesquisa.

A laje que suportava o segundo piso distava apenas 140 centímetros da superfície na maré baixa, de modo que o terraço era na verdade uma vasta piscina a céu aberto. Carthy espalhou umas poucas áreas cobertas em posições estratégicas, de modo a oferecer sombra aos convivas que costumava receber.

Naquele final de tarde de verão, ela convidara seus velhos amigos Lennox e Ringo para assistir o ocaso de Posseidon.

Os três se quedavam na água tépida, respirando ao ar livre, despidos dos tanques de oxigênio que constituíam uma segunda natureza para os dolfinos, tanto quanto as vestes o são para os humanos olduvaicos.

Banhavam-se nos raios do primário que se alongavam do poente, aguardando relaxados o espetáculo do mergulho do deus Posseidon, prestes a apagar sua chama ardente na linha d'água do horizonte oeste.

Apesar das diferenças políticas e de opinião que os separavam, a luta em prol da Permanência Dolfina trinara mais alto ao longo dos anos e os três acabaram se tornando grandes amigos.

Não obstante suas diferenças ideológicas e de estilo de vida, um vínculo sólido se formou entre os seis membros da expedição fatídica que efetuara o primeiro contato com os octópodes.

Quase imóvel, mal abanando as nadadeiras preguiçosamente, com a barbatana dorsal riscada de cicatrizes exposta aos raios cálidos de Posseidon, Ringo voltou à velha arenga que o obcecava desde as primeiras conversas com os humanos:

– É claro que concordo contigo, querida. Pandora é mesmo um amor de pessoa, exatamente como o Velho afirmou que seria. Nem parece que é humana...

Os dois outros lhe lançaram cliques curtos de censura.
Acanhado, ele emitiu um pio breve de desculpas.

* * *

Ah, Pandora...

Lembrou a tarde ensolarada em que se conheceram. Apenas os dois numa piscina ao ar livre de um núcleo erigido a poucos quilômetros de Merídia.

Estivera tão certo de que seria repreendido por seus atos passados. Por toda aquela violência que ajudara a fomentar...

No entanto, ela jamais tocou na questão da Guerra de Bluegarden. Preferiu se abrir para falar dos sonhos dos cientistas olduvaicos que promoveram a delfineia, do futuro estelar desta espécie e dos mistérios que ela esperava desvendar em Lobster.

Contudo, isto tudo fora depois.

Porque, logo que se cumprimentaram, ela perdeu a fala.

Aquela expressão aflita em seu rosto ao se deparar com as cicatrizes dele...

Mais tarde, Ringo compreendeu que ela devia ter sentido um misto de horror, comiseração e pesar.

Então, os soluços. As lágrimas, aquelas gotas salgadas que lhe escorriam dos cantos dos olhos, à medida que acariciava sua barbatana, tão terna, como se temesse que ele ainda pudesse sentir dor.

– Meu bravo Ringo. – Ela soluçou aos prantos. – Eu... Nós... Todos nós estamos muito, muito orgulhosos do que você fez. Você... vocês fizeram com que a delfineia fosse aprovada num exame crucial, muito mais duro do que qualquer teste que os humanos podiam sonhar conceber...

Lembrou também da tristeza que o invadiu, embora não pudesse haver lágrimas em seus olhos. E de tê-la acalentado com seu canto, mentindo-lhe que não fora nada, que tudo já era passado há muito. E do lado verdadeiro, de que, afinal, ele próprio fora o culpado por toda a sua dor e os seus males...

Não teve coragem de entrar em detalhes. Nem antes, nem depois. Se Pandora decidisse pesquisar a fundo nos sonorregistros históricos o que realmente aconteceu na guerra, ela que o fizesse sozinha. Ringo torcia para que a artificial meiga e compassiva não o fizesse.

Pois, se a artificial tivesse acesso a determinados detalhes, por certo se sentiria curiosa e Ringo temia que ela o questionasse sobre os tais detalhes. Não queria responder as questões de Pandora. Receava magoá-la mais do que sua mera presença já a havia magoado.

Eu acabaria trinando que naquela época eu não me importava de morrer, desde que destruísse a fábrica de toxinas, desde que explodisse o maior número de octópodes comigo. Não desejo trinar sobre isto. Porque aquele Ringo não existe mais.

Não se julgava capaz de trinar para ela que, a fim de se desvencilhar daquele lança-torpedos avariado, fora obrigado a quase decepar a barbatana dorsal a sangue frio. Até hoje, é acometido pelo pesadelo recorrente em que aquele outro Ringo que não é ele – o tubarão insano disfarçado de dolfino, o sociopata ensandecido – insistia em mirar a pistola laser contra si mesmo. Seu lado malévolo sempre disparava, impiedoso, cortando igualmente carcaça do lançador e barbatana, para que o Ringo bom, o dolfino bicudo e bonachão que todos conhecem, pudesse enfim livrar seu dorso da sucata com um último safanão doloroso.

Se Pandora tiver que saber disso um dia, não será através do meu canto.

Envolto na nuvem do próprio sangue, com o corpo dormente de agonia e exaustão, com o biotraje fazendo o impossível a fim de o manter vivo, por puro desespero, o louco ousou brandir a pistola destravada, assestando a mira contra um e outro e ainda outro do trio de octópodes couraçados que se acercava dele vindo de três direções diferentes.

Naquele tempo ainda não dominava o vernáculo cefalópode e, de qualquer modo, alucinado de dor como estava, não logrou memorizar os sibilos ultrassônicos das exclamações dos atacantes, a fim de compreendê-los anos mais tarde.

Porém, o fato é que, ao rastreá-lo no interior de um véu sangrento, brandindo sua arma e trinando seu cântico de desafio, os três hoplitas sentiram medo.

Então, era aquilo que os únicos combatiam? Uma cria monstruosa dos humanos? Incapaz de se reconhecer derrotada, xenocídio encarnado, implacável... Inconcebível...

Ao se perceber cercado, o monstro temerário que fora Ringo resolveu vender sua vida ao maior preço possível. Argúcia gelada, removeu a bateria energética da carcaça inútil do lançador e estabeleceu um curto-circuito.

Ao avançar em sua direção, o hoplita mais próximo sobrenadou a bateria semienterrada no solo arenoso daquela colina. Um disparo certeiro com o laser foi o bastante para transformar a bateria curto--circuitada em mina submarina improvisada. A detonação pegou o atacante de baixo para cima, atingindo-o justo onde a armadura--elmo não o protegia. As vísceras se espalharam ao seu redor numa explosão de sangue em câmera lenta.

Os dois hoplitas remanescentes debandaram apavorados. Talvez pensassem que houvesse outras minas. Fugiram com o máximo de velocidade que seus tentáculos ágeis e os propulsores-sifões de suas armaduras lograram imprimir a seus corpos hidrodinâmicos. Jamais cogitaram dar combate à morte encarnada.

Cinco ou seis anos após o estabelecimento da paz com os autóctones, Ringo ouviu trinar pela primeira vez de uma balada de horror que os cefalópodes chilreavam por vezes sobre o dolfino invencível, o facínora implacável que destruíra sozinho a base militar que fabricara a toxina mortífera e todos os hoplitas enviados para vingar o golpe tremendo contra os únicos.

Até hoje, não entendo como sobrevivi. Ringo sacudiu o bico num arrepio. *Bendito simbionte!*

Ah, Pandora. Tão sábia e tão doce, que se flagrou chamando-a de "mestra", antes mesmo de se tornarem amantes, quiçá pelo fato de tê-la considerado sua mestra de fato. Em todos os sentidos. Não merecia ser traumatizada com os detalhes medonhos do seu passado.

* * *

Já Talleyrand era outra canção. Inteiramente diferente.

Esse sim é o humano arquetípico!

Ao pensar no olduvaico orgânico, Ringo não conseguiu evitar o comentário:

– Agora, esse Talleyrand, francamente... Que fanfarrão!

– Ah, o nosso grande expert humano em questões militares. – Carthy soltou um riso trinado. – Quer dizer, pelo menos isto é o que ele afirma ser.

– Como se fosse possível haver militares de carreira numa civilização hedonista e altamente científica como a olduvaica. – Lennox rilhou os dentes para expressar sua ironia bem-humorada.

– Grande especialista! – Ringo assobiou, zombeteiro. – Comandante de gabinete, isto é o que ele é! Um *teórico brilhante*. Quando lhe perguntei sobre sua experiência de combate, ele me veio com aquele papo--furado de simulações...

Ele sacudiu o bico num assobio desafinado de escárnio. Entre um espasmo e outro, bradou:

– Simulação é o cacete!

A barbatana dorsal do veterano tremeu fora d'água.

Lennox passou a se valer da visão para enxergá-la. Mesmo com sua miopia, àquela distância reduzida, as cicatrizes eram bem visíveis.

Em alguns trechos, o laser calcinara a epiderme e a película de gordura subcutânea, até a cartilagem da barbatana, delineando vergões embranquecidos contra o fundo cinzento da epiderme sadia.

Lennox já tentara diversas vezes se imaginar no lugar do amigo.

Duvidava que houvesse ousado empregar uma arma laser contra o próprio dorso para sacar fora aquele lançador de torpedos inoperante...

Na opinião dos amigos, Ringo já devia ter se submetido a uma plástica restauradora há tempos.

Mas, não.

Parecia sentir mais orgulho das cicatrizes de combate do que de todas as honrarias com que a delfineia agradecida o cumulara ao longo dos anos, como o dolfino que eliminou a maior ameaça jamais enfrentada pela espécie.

No fundo, Lennox entendia Ringo.

Afinal, o amigo sobrevivera àquele comando suicida solitário e cumprira a missão de destruir a usina que sintetizava a enzima mortal. Era justo que mantivesse as cicatrizes, se assim o desejava, como lembrança do preço que pagou para redimir seus pecados e os da delfineia.

Em pensar que, depois de tal façanha, com a barbatana pendente em seu flanco, praticamente decepada em duas, Ringo ainda conjurou o sangue-frio necessário para arrancar a bateria do lançador e fazê-la explodir sob um dos atacantes, matando-o imediatamente por concussão.

Invariavelmente, Lennox concluía que jamais teria coragem para tanto.

Não fosse Andrômeda ter se apoderado daquele minissub de ataque e, contrariando todas as ordens, ter rumado ao território inimigo na tentativa de resgatar Ringo, até encontrá-lo semimorto, já a meio caminho de casa, o velho amigo hoje constaria como apenas mais um herói morto e não o líder pacifista sereno dos anos seguintes, cujo apelo em prol da paz e do diálogo foi impossível ignorar.

Ringo só havia sobrevivido por milagre.

O milagre do traje-simbionte que Carthy havia insistido tanto para que ele vestisse.

Após trocar um pio curto, mas significativo, com a amiga, Lennox replicou:

– Não seja tão severo com o rapaz, Ringo. Pelos padrões humanos, Talleyrand é ainda bastante jovem. Tem muito que aprender.

– Muito jovem, em termos. – A discordância da anfitriã destoou das notas harmoniosas do seu trinado. – Embora o amadurecimento emocional dos humanos olduvaicos seja de fato mais vagaroso que o nosso, eles são capazes de adquirir conhecimento e experiência tão rápido ou ainda mais rápido do que nós. Além disso, com quase século e meio de vida, Talleyrand está tão longe de ser uma criança inexperiente quanto minha Tieko. Não que eu desgoste desse humano, em absoluto. Até porque, como vocês estão fartos de saber, não partilho das suas opiniões belicistas.

– Alto lá! – Lennox trinou, bem-humorado. – O militar aqui é o Ringo.

– Ex-militar. – O outro ripostou. – Felizmente, não precisamos mais de forças militares.

– Tudo bem. – A dolfina insistiu, fitando o poente, onde o disco avermelhado de Posseidon acabara de tocar o horizonte. – Só quis dizer que não julgo Talleyrand um pusilânime, só porque ele vive se gabando de uma experiência militar que não possui.

– Também não o considero um pusilânime. – Lennox abanou as nadadeiras com ar conciliador. – Mas concordo com Ringo quando ele se refere a esse humano como um imaturo e um falastrão. Ringo, sim, possui experiência de combate, é um herói condecorado, admirado até por nossos ex-inimigos. Nem por isto vive se jactando de suas façanhas nos campos de batalha.

– Não há muito do que se orgulhar. – Ringo trinou com harmônicas tristonhas, voltando o olhar melancólico para o mergulho de Posseidon. – Nossa guerra contra os octópodes constituiu um equívoco medonho. Como éramos tolos naquela época! Só sabíamos trinar sobre honra e sobre salvaguardar o futuro da delfineia. – O veterano fez uma pausa para inalar ar pelo espiráculo. – Hoje em dia, mais do que nunca, pauto-me no velho ditado humano, que o Velho afirma advir da mítica Terra: *"A guerra é o inferno!"* Quando penso que quase arruinamos nossas chances de entendimento pacífico...

– Já falei que você está enganado neste ponto. O pior é que você também sabe disso. – Lennox pipilou, afagando o dorso do amigo num gesto fraternal. – Não chegarei tão longe, como da última vez em que discutimos este assunto, afirmando que sem a guerra não teríamos obtido o acordo com os autóctones.

– Acho muito bom mesmo! – Carthy chilreou com uma ponta de indignação. – Se começarem com essas querelas políticas de novo, juro que vou lançar os dois tubos de ejeção afora! Vamos deixar esse ranço belicista lá no passado, que é o lugar dele.

– Mas que a guerra ajudou a apressar as decisões em prol do tratado advogado pelas facções moderadas das duas culturas, lá isto apressou.

– Mais uma vez, sou forçado a discordar. – Ringo suspirou, indiferente. Tentava dedicar mais atenção ao belo espetáculo do mergulho de Posseidon do que à velha controvérsia com Lennox. – Os octópodes também ansiavam pela paz. Tanto ou mais do que nós. Só que por outros motivos. Os temores deles eram bem outros e você sabe disso melhor do que ninguém.

Lennox disparou um trinado risonho. Mas não respondeu à provocação.

– Como assim? – Carthy piou, intrigada. – O que você está querendo insinuar com essa conversa de outros motivos?

– Deixa isto para lá. – Lennox sugeriu, lançando um clique de advertência ao amigo.

– É melhor mesmo. – Ringo concordou. – Vamos entoar outra canção.

Carthy piou, desconfiada, mas julgou melhor não insistir.

Em realidade, não havia resposta para o comentário mordaz, mas certeiro, do herói de guerra.

Pelo menos, não uma resposta oficial. Não uma resposta que qualquer dos dois amigos ousasse externar, tampouco admitir.

Nem mesmo para os melhores amigos.

Afinal, não pretendiam se ver obrigados a prestar esclarecimentos sobre fatos que decerto cobririam a delfineia de vergonha.

Existiam verdades políticas que era melhor deixar repousando no leito do oceano. Quanto mais fundo, melhor. Pena que não existam fossas abissais em Bluegarden.

Mais cedo ou mais tarde, a verdade que só os antigos triúnviros conheciam virá à tona, emergindo para que todos possam ouvir.

A verdadeira história da negociação crucial do pós-guerra, não a versão açucarada constante dos registros históricos. A ocasião em que o bom e honesto Nereu, único alienígena em cuja integridade os octópodes confiavam incondicionalmente, atreveu-se a lhes pregar uma mentira deslavada cruel com a postura mais compungida de Bluegarden, ao jurar solenemente perante o conclave máximo da Civilização Cefalópoda que seus mestres amados, os tais Oniscientes, haviam se extinguido há mais de cem milênios, THP.

Depois do depoimento do artificial, a resistência dos radicais foi quebrada e os gerontes concordaram em negociar os termos de paz.

Capítulo 39

Antes que a *Penny Lane* regressasse a Olduvaii e os dois humanos começassem a se preparar para a árdua missão no Sistema Lobster, restava pendente uma questão de suma importância, que nem os dolfinos, nem os inspetores, poderiam deixar de abordar.

A mera presença daquela nave estelar constituía garantia explícita e eloquente do compromisso da humanidade olduvaica em proporcionar proteção efetiva a seus pupilos.

Ao longo dos meses, os dolfinos foram descobrindo alguns dos muitos segredos que o esferoide minúsculo ocultava no interior de seu casco de plástico hiperdenso.

O propulsor relativístico, por exemplo, não trabalhava com antimatéria ou microburacos negros. Dentro daquela máquina maravilhosa, a própria estrutura do espaço-tempo era triturada, produzindo quantidades de energia nem sequer sonhadas por projetistas e engenheiros das gerações anteriores. Energia que, para os físicos dolfinos, brotava do nada, como se ordenhada do próprio vácuo quântico num fluxo contínuo e inesgotável.

As equações matemáticas que demonstraram a possibilidade de se extrair energia infinita da geometria espaçotemporal haviam sido desenvolvidas há milhares de anos pela cultura humana de Archaeodelphos. Havia indícios de que tais conceitos talvez houvessem sido copiados de referências científicas alienígenas, não obstante as alegações de originalidade dos gravitofísicos residentes naquele planeta humano.

Contudo, de um modo ou de outro, haviam sido os mestres de Tannhöuser os únicos a conseguir projetar o protótipo do extrator energético. Versões aperfeiçoadas daquele primeiro protótipo forneciam energia a bordo da *Penny Lane*.

Lennox se lembrou das suspeitas exteriorizadas por Nereu.

Não obstante o desempenho inigualável da nave, seu propulsor não utilizava senão uma fração minúscula da quantidade prodigiosa de energia que os extratores eram capazes de fornecer.

Após a exibição dos holos do Sistema Daros, membro algum do conselho de pesquisas mundial se iludia mais com as dimensões reduzidas da *Penny Lane*. Ninguém duvidava que o veículo poderia calcinar todo um hemisfério planetário com relativa facilidade em fração de segundos.

Jamais se ouvira falar em naves como aquela.

Qualquer expedição punitiva hipotética que os Oniscientes ousassem enviar para Posseidon se veria em sérios apuros, caso decidisse engajar num confronto com a *Penny Lane*.

Por um lado, as vastas reservas energéticas disponíveis aos sistemas defensivos e ofensivos da nave humana constituíam um fator tranquilizador. Afinal, é sempre reconfortante poder contar com guardiões tão poderosos. Se os octópodes já encaravam os dolfinos com respeito, pelo simples fato de seus novos amigos possuírem mestres capazes de visitá-los diversas vezes ao longo do curso de vida de um nativo, imagine como não reagiriam se desconfiassem da real extensão do poder dessa nave.

Por outro lado, o fato de os humanos precisarem de tais recursos, fazia com que os dolfinos se sentissem apreensivos.

Lennox se indagou que ameaças terríveis a humanidade olduvaica se imaginava prestes a enfrentar, para construir veículos como aquele.

– Não há ameaça alguma. Somente o *Mundo sem Volta*. – Convicto, Nereu julgava ter solucionado a charada. – O gestor de Merídia obteve informações deveras interessantes do programa-mestre da nave. Ao que parece, séculos após a partida da *Startide*, chegaram a Olduvaii informações mais recentes sobre Zoo. Informações que, se por um lado, aumentaram sobremodo o interesse dos sábios de Tannhöuser em desvendar os mistérios daquele sistema legendário, por outro, fizeram com que reavaliassem como extremamente reduzidas as possibilidades de êxito da Segunda Expedição.

– E como você pode ter certeza de que será justamente a *Penny Lane* que conduzirá uma terceira expedição hipotética ao planeta Zoo? – Lennox já perguntara mais de uma vez ao dolfinoide.

– Para que mais os humanos precisariam de uma nave dessas? – O artificial ripostava invariavelmente com a mesma pergunta.

Lennox ignorava até que ponto o Velho tinha razão. Pois, se fosse tão somente para conduzir uma terceira expedição hipotética a Lobster, então, por que havia sete outras naves da classe da *Penny Lane* presentemente em construção nos estaleiros orbitais de Olduvaii?

De todo modo, pelo menos por ora, embora extremamente graves e importantes, os enigmas que cercavam Zoo eram assuntos menos urgentes na pauta dos inspetores.

* * *

O humano orgânico manifestou curiosidade sobre um ponto que há muito intrigava os três tripulantes da *Penny Lane*.

– Vocês ainda não revelaram que argumentos empregaram para persuadir os octópodes assinar o tratado de paz e os acordos de cooperação que se seguiram. Com o laconismo que vocês, decerto, conhecem melhor do que nós, o gestor da base insinuou que eles não se mostravam lá muito propensos a aceitar um acordo no período imediatamente posterior ao cessar-fogo.

Lennox pensou um pouco antes de admitir:

– É verdade. No entanto, as disposições de ânimo se acalmaram assim que as facções pacifistas das duas culturas assumiram o poder. Ao que tudo indica, a guerra tornou o governo deles tão impopular quanto o nosso. Quando os líderes moderados das duas espécies enfim concordaram em sentar à mesa de negociações, por assim dizer, o primeiro passo dos nossos representantes foi conseguir convencê-los de que não pretendíamos tomar toda a superfície do leito oceânico de assalto. No final, não foi tão difícil provar que nos contentaríamos com menos da metade de seu mundo. Jamais desconfiaram de que não nos restava outra opção. Ou nos tornávamos os melhores amigos deles, ou vocês nos forçariam à nova migração, através de centenas de anos-luz e gerações a fio. – Lennox apontou o bico para cima, gesto que Talleyrand havia aprendido ser o equivalente dolfino de um risinho embaraçado. – Extraoficialmente, confesso que a insinuação de uma intervenção militar humana, que seria decerto mais rápida e fulminante do que qualquer medida punitiva que os Oniscientes pudessem porventura tomar, teve um papel decisivo na mudança de opinião dos nativos.

– Eu não acredito! Nem mesmo vocês ousariam tal perfídia... – A voz de meio-soprano de Pandora se elevou, ecoando na cúpula emersa que recobria aquela piscina. Contudo, àquela altura Lennox já conhecia a inspetora bem o bastante para constatar que ela se sentia menos indignada do que divertida. – Como tiveram coragem de aplicar essa técnica de intimidação psicológica truculenta contra criaturas inocentes?

– Vamos lá, chega de rodeios. – Talleyrand exigiu, mal conseguindo dissimular o sorriso sob o bigode sisudo. – Desembuchem logo.

– É simples. – Nereu atendeu, com um assobio maroto. – Dissemos a eles que os humanos enviam naves estelares em visitas de inspeção periódicas a Posseidon, o que representa a mais pura verdade. Contudo, nosso golpe de misericórdia foi desferido pouco após essa declaração factual. Quando, em reação à ameaça potencial representada pelas visitas periódicas dos nossos promotores, os nativos nos mostraram hologramas dos Oniscientes, com o intuito provável de nos intimidar. Então, nós mentimos descaradamente, afirmando que tais galácticos já haviam sido declarados extintos há mais de cem milênios.

– Sei. – Pandora abanou a cabeça com um sorriso divertido nos lábios. – E eles acreditaram?

– No início, não. – Lennox reconheceu. – Só engoliram o embuste com anzol e tudo quando Nereu lhes jurou que era verdade.

Talleyrand fitou Pandora com um ar de quem tentava se conter a todo custo. Claro que não conseguiu. Dobrou o corpo, com a mão espalmada comprimindo o abdome e prorrompeu numa gargalhada violenta.

Serena, mas divertida, a artificial baixou os olhos para o fundo do tanque, fitando seus pés de pato e liberando uma risada abafada.

Então, ergueu a cabeça, trocou um olhar com o companheiro, que enxugava as lágrimas dos cantos dos olhos nas costas das mãos. Ainda sorridente, indagou num tom neutro:

– Você lhes conta ou eu o faço?

– A Nave julga que não deveríamos mencionar o assunto. Pelo menos, não nesta visita. – Talleyrand se esforçou para se fingir de sério. – Devemos conceder aos mestres de Tannhöuser a oportunidade de meditar sobre o assunto.

– Gostaria que vocês dois deixassem de ser tão literais e começassem a interpretar o espírito, o verdadeiro sentido, por de trás da orientação que nos foi legada pelo Conselho de Tannhöuser.

"LÁ VEM ELA DE NOVO!" – A Nave ribombou em seus crânios, acompanhando a exclamação com o toque de um clarim.

Curiosos, o dolfino e o dolfinoide varreram as posturas corporais dos humanos com saraivadas de cliques de alta frequência.

Lennox fitou suas fisionomias emersas com olhos míopes.

Nereu intuiu que deviam estar dialogando com o programa-mestre da Nave.

– Ora, querido. Eles não são mais crianças. Na qualidade de inspetores, detemos o poder de decidir o que podemos ou não contar aos dolfinos, pouco importando as considerações que a Nave possa tecer a respeito.

– Talvez você se sinta mais à vontade pelo fato de conseguir erigir seus bloqueios telepáticos contra as intrusões dela em nossos cérebros.

– Não seja infantil, Tally. Nós é que somos os inspetores e não ela. – A artificial insistiu com voz meiga e persuasiva. – A questão diz respeito aos dolfinos. Portanto, eles têm o direito de saber. Não é justo que os deixemos no escuro, atemorizados durante mais de dois séculos, enquanto Olduvaii medita sobre a forma mais polida de lhes contar, quando estamos falando de uma ameaça que muito provavelmente nem sequer existe mais.

– Julgo que agora são vocês que nos devem explicações. – Lennox chilreou num tom sério e formal.

– É verdade. – Pandora anuiu. – Afinal, estamos entre amigos aqui.

O humano aquiesceu com um suspiro e começou a falar:

– É engraçado como esse blefe diplomático que vocês urdiram acabou virando fato concreto. – Ante o ar de confusão dos dolfinos, gesticulou e esclareceu. – Ao contrário do pretenso conhecimento que vocês alegaram possuir na mesa de negociações, ainda que somente através de relatos de terceiros, nós realmente julgamos saber o que aconteceu com a espécie ameboide que os octópodes denominam Oniscientes.

Talleyrand já havia aprendido a interpretar as fisionomias dos dolfinos bem o bastante para constatar o espanto de Lennox e Nereu. Este último perguntou:

– Julgam saber, como?

– Bem, nós transmitimos à Nave os hologramas dos Oniscientes que vocês nos forneceram. – Talleyrand retomou a explicação. – Ademais, ela decidiu enviar microssondas para examinar o casco e o interior das estações orbitais inoperantes que circulam o planeta.

– Algum resultado conclusivo? – O dolfinoide indagou.

– Mais ou menos. Obtivemos fortes indícios sobre a identidade real dos tais Oniscientes.

– Então ilumine logo as trevas da nossa ignorância! – Lennox chilreou, aplicando um timbre sarcástico à fórmula ritual antiga, para indicar o quão farto se sentia com aquela sucessão de rodeios.

– A confirmação da história dos cefalópodes se deu já no primeiro minuto de exame *in loco* nas estações. Os construtores desses artefatos são originários de ζ Morgana, um sistema estelar distante 1192 anos-luz daqui, praticamente em direção oposta à de Olduvaii. A raça de ameboides em questão talvez não se encontre extinta. Embora possa ser assim considerada para todo e qualquer efeito prático.

– Esta história toda está soando cada vez mais enigmática. – Nereu soltou bolhas de ar, no equivalente dolfino a um suspiro de alívio. – Têm certeza de que, se vocês se esforçassem um pouquinho, não conseguiriam ser mais claros?

– Tudo bem. – O humano concordou. – Vou tentar resumir essa história longa em poucas palavras. Era uma vez uns galácticos respiradores de metano, cuja espécie possuía várias designações em Intercosmo, mas que passou a ser conhecida pela humanidade através de um vocábulo resgatado do ânglico arcaico, "drugnuts". Pois bem, os drugnuts residiam num sistema estelar milhares de anos-luz distante de Olduvaii, cuja localização exata ignoramos. Nunca constituíram um povo numeroso. A população total da espécie jamais passou de dez mil indivíduos. Já possuíam uma tecnologia muito avançada há pelo menos três milhões de anos THP. São, ou pelo menos eram, extremamente longevos. Como costuma acontecer às espécies com esse perfil cultural, as taxas de desenvolvimento tecnológico e social dos drugnuts eram bastante reduzidas. Como também é comum nesses casos, chegou uma época, há cerca de um milhão de anos, em que eles se sentiram sem desafios à altura, ou motivação para prosseguir, tanto com suas vastas vidas individuais quanto com sua existência como espécie.

– Esta é uma história conhecida, – Nereu assentiu, mais para si próprio do que para os demais, – uma canção reprisada vezes sem conta periferia afora, com variações melódicas muito pequenas.

– Realmente. – Talleyrand prosseguiu. – Como sabemos, à semelhança dos indivíduos, também as civilizações amadurecem, envelhecem e morrem. Algumas deixam frutos atrás de si, antes de se extinguirem. Há aquelas que transcenderam para formas superiores de existência, de maneiras que mal começamos a compreender. Outras murcham e perecem como árvores secas. O fato é que os drugnuts tinham ideias muito próprias sobre o modo de evitar aquilo que pressentiram como o início de seu processo de senescência. Primeiro, eles construíram uma nave estelar de proporções descomunais. Depois, encheram-na com tudo que possuíam de mais bonito e valioso, embarcaram nela até o último membro da espécie e finalmente partiram. Para eles a jornada deve ter soado como o maior de todos os desafios. As crônicas que ouvimos de terceira mão nos contam que eles rumaram para o Sistema Lobster, para tentar fazer o que até hoje ninguém conseguiu: desvendar os enigmas encerrados nos dois mundos habitáveis daquele sistema. Passado todo esse tempo, como jamais se ouviu qualquer notícia deles outra vez, tudo leva a crer que não lograram êxito em seu empreendimento. Ao que tudo indica, tornaram-se, eles próprios, mais uma lenda do planeta Zoo. Náufragos ou vítimas prováveis do que quer que exista por lá.

– Ante as semelhanças marcantes entre os registros holográficos dos drugnuts, armazenados em nossos bancos de dados, e o holograma dos Oniscientes, que vocês receberam dos octópodes, – Pandora tomou a palavra, decidida a atalhar a exposição prolixa do companheiro, – e após uma análise conjunta da Nave e do gestor da base, estimamos em cerca de 78% a probabilidade de drugnuts e Oniscientes serem a mesma espécie.

– Quem diria, não? – O dolfino começou a assobiar em delphii o trecho de uma velha melodia humana que aprendera na infância com os programas educacionais.

À medida que ele cantava, Pandora traduzia para o ânglico no ouvido de Talleyrand:

Mais cedo ou mais tarde, no Mundo sem Volta
Todas as naves da galáxia vão parar.
É para lá que todos os caminhos vão levar.
Para o Mundo sem Volta,
Aonde todos nós vamos nos encontrar,
No fim dos tempos, quando a última estrela se apagar,
É no Mundo sem Volta, que vamos todos nos encontrar.

Era uma música muito antiga, de autoria desconhecida e origem incerta, embora alguns estudiosos insistissem em afirmar que a letra se inspirara na tradução de um poema alienígena, mais antigo ainda.

– Essa canção me fez lembrar a *Startide*. Ela já deve estar prestes a ingressar em Lobster. – Talleyrand comentou, alisando os cachos de cabelo que desciam até seus ombros. – Quando estivermos de volta a Olduvaii, seus tripulantes já deverão estar empreendendo sua viagem de regresso, a menos que estejam perdidos para sempre.

Nereu mergulhou até o fundo do tanque e lá se manteve por alguns instantes, para clarear as ideias. *O mais incrível é que os tripulantes de todas aquelas naves sinistradas raramente irradiam notícias para suas civilizações maternas e, ao que me consta, quando logram transmitir algo, trata-se invariavelmente de informações fragmentárias entrecortadas, cuja emissão se encerra em questão de horas ou dias. Será que permanecem vivos depois desse intervalo?* Quando o dolfinoide enfim voltou à tona, os outros três se voltaram para ele. Preocupado em confirmar a informação recebida do gestor de Merídia, inquiriu:

– Quais são as possibilidades reais de sucesso da tripulação da *Startide*?

– Depois dos últimos informes coligidos junto a fontes alienígenas confiáveis, à época de nossa partida de Olduvaii, as opiniões dos membros do Conselho Científico pareciam divididas. – Talleyrand respondeu. – Nós dois e a Nave não cremos que a segunda expedição olduvaica vá obter êxito onde a primeira fracassou. Ao que parece, as forças que governam aqueles mundos misteriosos são bem mais volitivas e poderosas do que nossos hierarcas imaginaram na época em que planejaram a segunda expedição.

A humana acrescentou:

– De fato. Ouvimos histórias que nos levam a crer que o poder que captura as naves estelares e mantém seus tripulantes cativos em Zoo é bem mais sutil e perigoso do que supúnhamos à época da partida da *Startide*. Além disso, há indícios da manifestação de outras forças por lá. Ameaças que a princípio não guardariam vínculo direto com a entidade, ou grupo de entidades, que mantêm o mundo-zoológico funcionando.

– Então, talvez seja necessário criar um novo conceito de nave estelar. – Nereu concluiu. – Bem como uma concepção revolucionária de tripulação. Uma nave de dimensões desprezíveis, para não atrair atenção indevida. Um veículo robusto, a ponto de poder pousar em qualquer superfície planetária. Uma nave que, embora diminuta, seja muito poderosa, quase invulnerável. Uma nave autoconsciente, para estar apta a cuidar de si mesma e de seus tripulantes. Capaz de manter um vínculo paratelepático simultâneo e permanente com sua tripulação ambulante, para que possa protegê-la, como uma mãe aos filhotes. Em resumo, diante das ameaças e desafios propostos por Lobster, era preciso construir uma nave como a *Penny Lane*, não é?

– Nereu querido. Sempre o considerei meu discípulo mais sagaz.

– Pandora sussurrou, acariciando o dorso do dolfinoide. – Mais do que mera experiência, a idade te conferiu rara sabedoria. Ansiamos, nós e a Nave, para que o Conselho nos permita ir a Lobster. Antes, contudo, a Segunda Expedição deverá ter sua chance. Caso fracasse, como julgamos que ocorrerá, Tannhöuser enviará uma Terceira Expedição. Decerto, uma nave da classe da *Penny Lane*. Com um pouquinho de sorte, a própria *Penny Lane*.

– Na verdade, ainda estamos em fase de testes. – Talleyrand complementou. – A Nave, sendo aferida como novo protótipo de veículo estelar e nós dois, sendo testados como novo conceito de tripulação, como você bem colocou. Acreditamos que, mais dia, menos dia, vamos precisar desta experiência que estamos acumulando e do poder incomensurável de uma nave como a nossa, para obrigar Lobster a nos fornecer algumas respostas. Por bem ou por mal.

Capítulo 40

Ao acordar no meio da noite, Talleyrand constatou que Pandora não se encontrava ao seu lado.

Não ficou cismado com a ausência, pois qualquer pessoa que se deita com alguém que não precisa dormir, logo se acostuma a despertar sozinho. A artificial normalmente abandonava o leito assim que o amante caía no sono para se dedicar a seus afazeres.

– Onde a Pandy está?

"Não se encontra a bordo." – A Nave informou, lacônica.

Isto sim, é novidade.

– Está na base, então.

Inteiramente desperto sob ação dos estimulantes que o biotraje acabou de liberar em sua circulação sanguínea, o humano se levantou e caminhou de seu camarote até o refeitório, sem objetivo específico em mente, até que se dispôs a indagar:

– Com quem ela se encontra?

A Nave não respondeu de imediato. Indício evidente de que tentava acessar a mente da artificial. *Ver pelos olhos dela*, por assim dizer.

"Ela ativou o bloqueio. Sei onde ela está, mas não com quem está."

– Entendo. – O humano franziu a testa, desconfiado. Era possível que a afirmação da Nave não fosse de todo verídica. Suspeitava que, se ela realmente quisesse, seria capaz de pressionar o gestor da base pela liberação do acesso ao sistema de holocâmeras de Merídia. Enfim, deu de ombros. Havia ocasiões em que não adiantava discutir com C.A. investidas de cidadania plena. Elas sempre se julgavam certas. – Transmita a localização dela para mim.

"Tem certeza de que deseja que eu faça isto?"

– Não banque a ingênua. Se não quisesse saber onde ela está, não teria pedido sua localização.

A planta esquemática de um setor bem conhecido da base de Merídia se materializou na mente dele. Um ponto verde pulsante indicava a localização exata de Pandora.

Ela estava no meio de uma piscina de recreação. Em companhia de dolfinos, portanto.

Talleyrand engoliu em seco. *Preciso esclarecer esta dúvida de uma vez por todas.* Dirigiu-se à antepara do refeitório, que se dilatou numa escotilha para lhe dar passagem.

* * *

A Nave externou a rampa de desembarque sinuosa sem comentários. O humano desceu em silêncio para o gramado do campo de pouso de Merídia. A noite fria do polo meridional recordou-lhe a vida noturna gozada em sua juventude despreocupada nos trópicos de Tannhöuser. Ao contrário do planeta principal da civilização olduvaica, Bluegarden não exibia estações climáticas dignas de nota.

Dispensou o veículo automático que os prepostos do gestor puseram à disposição para conduzi-lo ao prédio onde pretendia ir. Julgou melhor caminhar até lá e aproveitar o tempo gasto para colocar as ideias no lugar.

Afinal de contas, o que são quinhentos e poucos metros a ponto nove três g?

Seis minutos mais tarde, cruzou o pórtico do prédio ao qual se dirigia. A porta antiquada se fendeu em duas quando ainda distava três metros de distância.

Um robô elipsoidal azul o aguardava, pairando um metro acima da sua cabeça. *Os olhos e ouvidos de Merídia. Como se, com todos esses sensores e holocâmeras, o gestor precisasse de robôs para me vigiar...*

Ignorando a presença da máquina minúscula, avançou saguão adentro.

– Eu não iria até lá se fosse você. – O robozinho cuspiu num ânglico surpreendentemente atrevido para uma máquina tão humilde.

– Não pedi sua opinião.

"NÃO É UM ROBÔ, TALLY." – A Nave lhe soprou ao ouvido. – "O GESTOR SE DEU AO TRABALHO DE INCORPORAR ESSE AUTÔMATO PARA ACONSELHÁ-LO PESSOALMENTE".

– Pouco importa. Não pedi conselhos ao gestor. – O orgânico cruzou o saguão amplo e ingressou num corredor cuja escotilha acabara de se abrir à sua frente com um zumbido suave. – Aliás, tampouco a sua.

"TUDO BEM, GAROTO. SE VOCÊ FAZ MESMO QUESTÃO DE VER COM SEUS PRÓPRIOS OLHOS, AGUENTE O TRANCO."

Intrigado, dobrou à direita no fundo do corredor, seguindo a orientação do esquemático. De acordo com o borrão verde pulsante, Pandora estava do outro lado dessa antepara. A planta indicava a existência de uma escotilha ali. Fitou a antepara, impaciente. Embora naturalmente incapaz de enxergar a escotilha contraída a dimensões microscópicas, esperava que ela se abrisse diante de si. Irritado, apoiou a mão direita na superfície lisa da antepara. Seus implantes confirmaram a presença da escotilha. Cerrou os maxilares antes de subvocalizar à Nave:

– Faça com que abra.

"JÁ ESTOU CUIDANDO DISSO."

O dispositivo levou sete segundos inteiros até resolver se abrir à sua frente. *Quase como se alguém quisesse impedir meu acesso.*

Avançou para o aposento vasto que abrigava a piscina de recreação. De acordo com o esquemático, AMBIENTE DE LAZER ANFÍBIO 17.

Do portal, varreu a piscina com o olhar e se deparou com a companheira.

Pandora jazia deitada de costas na borda da piscina. Nua, com as coxas bem abertas e um dolfino corcoveando entre elas.

Jazer talvez não fosse o termo apropriado, pois, embora sob o peso do dolfino, a artificial não parecia nem um pouco passiva.

Talleyrand abriu a boca. Esgazeado, lutou para bradar sua revolta Merídia afora. Traidora como a amante, a voz lhe falhou quando mais precisava dela.

Alheios à sua presença, cetáceo e humana prosseguiam em sua cópula vigorosa. O pênis curvo e comprido escorregava para dentro e para fora num ritmo assustador. *Nunca imaginei que uma humana pudesse receber algo tão grande nessa velocidade...* Cada vez que emergia, o órgão pulsante brilhava com tonalidade úmida rosada, então tornava a mergulhar nas entranhas cálidas da artificial.

Uma porção analítica diminuta da mente de Talleyrand concluiu que orgânica alguma suportaria sem danos os quase trezentos quilogramas do dolfino montado sobre ela, bombeando para cima e para baixo, para dentro e para fora, dessa maneira selvagem.

Mordendo o canto dos lábios, ativou a ampliação visual dos implantes oculares a fim de examinar melhor o semblante exaltado da companheira.

Essa puta não está sentindo a menor dor... Olha só a cara dela... Está adorando!

Nunca presenciara essa expressão crispada, esse sorriso resplandecente de saliva e júbilo animal, esse jeito solto e abandonado, quando copulavam um com o outro. Os braços enlaçados aos flancos do amante cetáceo, as mãos firmes agarrando-o para impedi-lo de escorregar de cima de si. Olhar vidrado de prazer, perdido nas estrelas brilhantes através da cúpula transparente do aposento.

Pandora entreabriu os lábios numa risada melodiosa entrecortada por gemidos roucos incompreensíveis a distância, quando o pênis obscenamente longo e curvado penetrou ainda mais fundo.

Em todos os seus anos de convívio, Talleyrand nunca observara tamanha satisfação na fisionomia normalmente tão plácida e serena da companheira.

Enojado, acabou perdendo o equilíbrio ao recuar um passo, agarrando-se ao pórtico do aposento para não cair.

"TUDO BEM, TALLY. JÁ CONFIRMOU SUAS SUSPEITAS." – A Nave murmurou pesarosa em seus ouvidos. – "NÃO PRECISA MAIS SE TORTURAR DESSE JEITO".

– Nunca suspeitei... – Ele soluçou baixinho.

"É CLARO QUE SUSPEITOU. SÓ NÃO ADMITIA ESSAS SUSPEITAS NEM PARA SI MESMO."

– Há quanto tempo?

"HÁ QUANTO TEMPO O QUÊ?"

– Há quanto tempo Pandora vem copulando com os bicudos?

"QUE DIFERENÇA ISTO FAZ?"

– Talvez tenha sido a primeira vez.

"SE PREFERE CRER NESSA HIPÓTESE, NÃO SOU EU QUE IREI DISSUADI-LO DA MESMA."

– Quantas vezes, então?

"É MELHOR APURAR ESSE TIPO DE DETALHE COM A PRÓPRIA PANDORA."

Talleyrand digeriu a recusa da Nave em fornecer informações íntimas sobre a companheira. Contrafeito, concluiu que ela estava certa. Não seria correto se imiscuir no relacionamento de seus dois amigos. Mesmo a pedido de um deles. Porque, se optasse por proceder de modo diverso, a Nave estaria tomando partido. Era provável que uma intromissão desse gênero perturbasse a harmonia delicada que ela, o orgânico e a artificial logravam manter como trio. Se rompessem essa harmonia, dificilmente conseguiriam recompô-la em tempo hábil e, se não dispusessem desse trunfo, jamais seriam nomeados para constituir a terceira expedição olduvaica a Lobster.

Desgostoso, o humano girou nos calcanhares, deixando a companheira entregue ao êxtase desenfreado nas nadadeiras de seu amante dolfino.

No meio do corredor, murmurou, como que para si próprio:

– A missão...

"Nossa missão permanece de pé."

– Já não sei mais. De repente, viajar até Lobster, desvendar os mistérios do Zoo... Tudo perdeu a graça para mim.

"Não banque o infantil."

– Já não sei se posso confiar em Pandora. Tampouco se quero conviver com ela décadas a fio. Ainda mais sob as circunstâncias extremas que provavelmente enfrentaremos no Zoo.

"Só por que a Pandy deu uma trepadinha com um dolfino? Não acha que está exagerando um pouco?"

– Você mesma insinuou que não foi uma vez só.

"Agora você me pegou." – A Nave soltou uma risada sincera. – "Ponto ganho. Reformulando: só porque nossa amada gosta de dar umazinha com um dolfino de vez em quando?"

– Acha pouco?

"Para desistir da missão mais importante de nossas vidas?" – Outra risada. – "Ridiculamente pouco."

– Espera um instante. Aquelas cicatrizes na barbatana... – Talleyrand interrompeu seu avanço pelo saguão imenso e girou na direção de onde viera. – Puta merda! Conheço aquele salafrário!

"Ringo."

O humano suspirou fundo. *Afinal, o que eu posso fazer?*

– Filho duma sardinha! – De punhos cerrados, girou outra vez e retomou o passo rápido rumo à porta automática antiquada que conduzia ao exterior do prédio. Não havia sinal de robôs ou manifestações do gestor. Melhor assim. – Ela tinha que abrir as pernas justo para o pior de todos!

"Não leve a questão para o lado pessoal. Ringo é um bom sujeito."

– Um xenocida, isto sim.

"Um herói. É assim que as posteridades humana e dolfina cantarão o nome dele."

– Duvido muito.

"Ele arriscou a vida. Enfrentou a morte certa sozinho para salvar a Delfineia. Se fosse um humano que agisse dessa forma, você não hesitaria um segundo em declará-lo um herói."

– Se fosse humano, mas não é. – Talleyrand bufou, apertando o passo. – O fato crucial aqui é que Pandy me enganou. Me traiu.

"Omitir não é mentir."

Já do lado de fora do prédio, Talleyrand inalou o ar frio e agradável da noite polar. Cerrou as pálpebras e sorriu amargo diante do truísmo pueril Nave.

No entanto, a consciência artificial tinha razão num ponto. Findo o rompante, descartou por ridícula a hipótese de desistir de Lobster. Não pretendia desperdiçar a chance de conquistar os segredos do Zoo por nada da periferia galáctica. Nem mesmo pelo amor que nutria por essa humana impossível.

"Não se trata de amor. Porque a Pandy ama você." – A Nave lhe suspirou num tom simpático. – "É só questão de orgulho ferido".

– Saia da minha mente, sua enxerida.

"Tudo bem. Não está mais aqui quem falou. Só queria ajudar."

– Teria ajudado se me alertasse quanto à falha de caráter da nossa amiga comum. – O humano avançou em passos céleres em direção à silhueta da Nave.

"Falha de caráter? Considero o impulso de Pandora em copular com dolfinos uma mera predileção."

– Um vício. – Suspirou fundo. – Uma perversão. Xenofilia.

"Quer dizer que sua humana amada agora virou uma pervertida?" – A Nave prorrompeu numa gargalhada, deixando claro o quão grave julgava a crise de ciúmes do jovem orgânico. – "Vê se cresce um pouco, Garoto".

– Você sempre soube que ela gostava de copular com bicudos e nunca me contou nada.

"Só confirmei esta suspeita há coisa de dois meses. Ademais, você nunca perguntou."

– Perguntar, como? – Talleyrand bufou a meio caminho da Nave. – Nunca desconfiei de nada.

"Se não nutrisse desconfiança, não teríamos empreendido esta incursão noturna."

– Mais uma coisa: não comente nada com ela.

"Não comentar o quê? Que você descobriu a inclinação dela por dolfinos?"

– Exato.

"Fique tranquilo. Não pretendo expô-lo ao ridículo."

A Nave permaneceu em silêncio até o humano pisar na rampa de embarque recém-estendida.

"Meu maior receio é que você mesmo dê com a língua nos dentes na próxima briguinha que travarem."

– Não pretendo fazer isto. – Talleyrand suspirou em coro com a escotilha externa da comporta de embarque quando essa se contraiu num ponto infinitesimal atrás de si. – Porém, se alguém tiver que fazê-lo, que seja eu. Contudo, ao menos por enquanto, não quero que ela saiba que eu sei.

"Prometo que, por mim, ela não saberá."

* * *

Pandora descobriu o segredo de Talleyrand três dias mais tarde.

Primeiro, constatou o laconismo emburrado do companheiro. Algo o aborrecera e ela não sabia exatamente o motivo. Então, quando ele veio com aquela proposta inconsequente de partir sozinho com Nereu numa visita de três dias – sob pretexto de inspecionar uma fábrica cefalópoda sem maior importância, situada no círculo polar setentrional – Pandora concluiu que seu parceiro orgânico desejava passar certo tempo longe dela.

Questionada, a Nave se mostrou surpreendentemente evasiva. Pandora cogitou invocar a autoridade de comandanta para determinar que a consciência artificial lhe contasse o que sabia. No entanto, julgou arriscado abrir um precedente dessa ordem para esclarecer uma questão que supôs de foro íntimo. Portanto, acabou formulando uma estratégia indireta prudente, bem ao seu feitio:

– Transmita-me os registros de todas as atividades do Tally nesta última semana.

Como artificial, Pandora goza de uma capacidade de processamento superior a dos olduvaicos orgânicos, independentemente da sofisticação dos implantes neurais que esses possam portar. Portanto, concluiu em questão de segundos a varredura que talvez consumisse minutos da paciência de um orgânico. Num átimo, viu a si própria sob os olhos de seu amado. Uma Pandora diferente. Observada primeiro a distância e então de perto, com visão ampliada. Um reflexo distorcido dela mesma, de um jeito jamais contemplado no espelho. Solta. Liberta. Entregue à paixão alucinada na piscina com seu... com Ringo.

"Ele não quer que você saiba que ele descobriu. Pediu que eu não contasse."

– Percebo. – Ela exalou um suspiro convincentemente orgânico. – Como se eu não fosse descobrir cedo ou tarde.

"Eu poderia ter deixado de lado esse registro em particular."

– É verdade. – Pandora reconheceu, pensativa. – Por que não o fez?

"Sei lá. Acho que não deveria haver segredos entre nós."

– Duvido que ele resista à tentação de me esfregar essa pretensa traição na cara em nossa próxima discussão.

"Tally nutre noções antiquadas de fidelidade."

– Eu sei. Em geral, não se importa que eu copule com outra humana ou humano, mesmo quando não participa da brincadeira. – Ela prendeu os cabelos castanhos num rabo de cavalo. – Desde que saiba do ato por mim, antes ou depois...

"O problema é que desta vez ele descobriu sozinho." – A Nave murmurou, preocupada. – "O pior é que seu parceiro não era humano".

– Ele morre de ciúmes dos dolfinos.

"Pior ainda é que não foi com um dolfino qualquer, mas com o Ringo."

– Ainda mais esta. – A artificial esboçou um sorriso tristonho. – Os dois não simpatizam muito um com o outro.

"Antipatia recíproca é um bruto eufemismo neste caso."

– Bem, o que está feito, está feito. – Pandora suspirou e se espreguiçou na poltrona confortável do ambiente de comando. *Ah, as susceptibilidades do meu orgânico amado...* – Ele vai superar.

"Com certeza. De acordo com meus cálculos de modelagem emocional, com 88,21% de certeza."

– Poupe-me dessa sua precisão doentia. – Ela replicou, sem paciência com as tentativas da amiga de animá-la.

"Não se sinta tão mal. Afinal de contas, podia ter sido bem pior."

– Não vejo como.

"Imagine se, por acaso, ele houvesse aparecido no meio daquela confraternização sexual patrocinada por Nereu duas semanas atrás..."

– Tem razão. – Pandora franziu a testa ante a constatação óbvia de que, não obstante seu bloqueio mental, a Nave tinha acesso pleno a todos os registros do interior da base que o gestor armazenava em seus bancos de memória de baixo nível. Então esboçou um sorriso nostálgico. – Teria sido pior mesmo.

Rememorou o arrebatamento irresistível de copular ao mesmo tempo com vários amantes dolfinos no fundo da piscina. Ah, o êxtase insuperável de ser tomada simultaneamente por Lennox e pelo tentáculo atrevido de Andrômeda, enquanto Nereu lhe titilava o clitóris com a ponta do tentáculo áspero e suave, de um jeito que só ele sabia fazer. Suspensa à beira do clímax durante uma eternidade, numa posição em que uma orgânica teria se afogado – até porque não era um snorkel ou tubo de respiração que sugava com avidez, mas o pênis de Ringo – embora estivesse ocupada em massagear o clitóris redondo e macio de Carthy com a mão direita e o de Timmy com a esquerda.

Normalmente formal e compenetrado, Lennox não precisou de muito incentivo para se aprofundar ainda mais no reto da inspetora. Lógico que jamais ousaria tamanho atrevimento com uma mestra orgânica. Contudo, com uma artificial vigorosa como Pandora era diferente. E muito mais gostoso...

Inspirada pelas borbulhas e gemidos da humana, Andrômeda lhe introduziu um segundo tentáculo pulsante na vagina, no instante exato em que Nereu resolveu parar de torturar a velha amiga, concedendo-lhe enfim o orgasmo mais ansiado e violento desta estada maravilhosa em Bluegarden.

Pandora abanou a cabeça, colocando a recordação de lado com um sorriso divertido nos lábios. *Se Tally nos tivesse surpreendido naquela confraternização, julgaria que meus amores estavam me estuprando. Ou coisa pior...*

* * *

Muitos humanistas alienígenas advogam a tese aparentemente plausível de que todos os humanos são maníacos sexuais em maior ou menor grau.

Pandora não imaginava o que esses humanistas diriam se conhecessem a fundo a conduta sexual da delfineia. Porque os dolfinos apreciam copular ainda mais do que os humanos. Com mais frequência e maior intensidade, a ponto de alguns olduvaicos imaginarem que seus pupilos só pensam em sexo o dia inteiro.

Ao que parece, a fantasia sexual inconfessável predileta da maioria dos dolfinos nativos de Bluegarden é copular com um humano.

Ante as recusas coléricas de Talleyrand, para bem e para mal, acabou sobrando para ela a tarefa árdua e gratificante de saciar a curiosidade e o apetite de seus pupilos amados ou, pelo menos, de alguns deles.

Capítulo 41

O Fiel da Voz abriu o selo e convidou o núncio da Gerúsia a entrar no complexo biocomputacional da Biblioteca. Emitiu uma indagação muda, com uma série de gestos rápidos de seus tentáculos manipulatórios:

– Então, meu caro, o que pensa dos humanos, agora que os conhece pessoalmente e não apenas pelos relatos de nossos amigos?

– Pelo pouco que foi possível apreender, através do breve contato com esses dois espécimes, – o núncio assobiou em tom comedido, – julgo que nossos mestres foram demasiado severos em seu julgamento. Sem dúvida, uma avaliação superficial e, ouso afirmar, precipitada. Como, aliás, costumam ser as avaliações estabelecidas a partir de informações de fontes alienígenas, sem real conhecimento de causa. A se julgar pela cultura de Olduvaii, os humanos parecem constituir uma espécie vigorosa e empreendedora. Agitados, como também o são os nossos amigos dolfinos, é vero. Porém, de maneira geral, creio que são criaturas dignas da nossa confiança. Exatamente como nossos amigos afirmaram que eles seriam.

– Tive impressão semelhante. – O Fiel da Voz concordou. – Imagino que o dinamismo dessas duas espécies aparentadas é, no fundo, fruto de suas existências efêmeras. Ambas as estirpes vivem em geral muito pouco, tanto em relação a nós quanto a nossos mestres.

– Seus análogos artificiais são mais longevos.

– É fato. O comandante da nave afirmou ter nascido há quase quatro milênios.

– Estirpes efêmeras e, no entanto, sábias, a seu modo. Acredito que possamos estabelecer um relacionamento mutuamente profícuo com eles no futuro. Afinal, tratam-se dos mestres de nossos amigos fiéis.

– Nutro crença similar. Até porque, de um ponto de vista estritamente pragmático, acabamos de descobrir que somos órfãos, ao passo que os dolfinos podem pedir auxílio a seus mestres sempre que se fizer necessário. Então, foi uma decisão acertada termos firmado os acordos de cooperação com os dolfinos. Assim, ainda que de maneira indireta, granjeamos a amizade desses galácticos.

É reconfortante ter os humanos por amigos. Mal chegaram e já se mostraram merecedores de nossa amizade. Já nesta primeira visita, contraímos uma dívida de gratidão com eles. Não só reabilitaram as cidadelas orbitais instaladas pelos mestres, como afirmaram tê-las equipado com mecanismos de autorreparo. Prometeram que elas funcionarão para sempre.

– Sem dúvida, uma atitude generosa. Sobretudo, depois das acusações que lhes impingimos há tempos, na época dos primeiros contatos hostis com nossos amigos.

– Acaso crê que eles tomaram conhecimento dessa afronta? – O núncio gesticulou a pergunta com a preocupação claramente expressa no tremor de seus tentáculos.

– Tenho certeza que sim. Mesmo que os dolfinos não lhes tenham contado nada, a inteligência artificial que governa a mônada emersa dos humanos não se furtaria em fazê-lo.

– Estranho que nada comentassem. Mesmo se sabendo caluniados, não reagiram à injúria e continuaram a nos tratar com cordialidade.

– Ao que pude constatar, como mestres, esses humanos demonstram tolerância demasiada em relação ao comportamento intempestivo de seus protegidos. O corolário dessa postura relaxada é que, ao que parece, nosso povo também foi beneficiado com um pouco dessa tolerância.

– Atitude bem diversa daquela que nossos extintos mestres costumavam expressar.

– São situações distintas.

– Como assim?

– Embora estejamos acostumados a chamar os Oniscientes de mestres, jamais devemos esquecer que eles não nos promoveram. Somos apenas uma espécie *adotada*, por assim dizer.

– Compreendo aonde você quer chegar. Já os humanos promoveram a evolução dos dolfinos a partir de ancestrais irracionais. São como pais amorosos e não meros tutores.

– Exato. Como pais, são responsáveis pela maturação correta de sua prole. – O Fiel da Voz sibilou o argumento que já lucubrava há semanas. – Talvez sejam até mais do que isto. Acaso reparaste nas semelhanças flagrantes entre as duas espécies? Pois então. Trata-se de um sinal inequívoco de que os ancestrais remotos de ambas as estirpes evoluíram sob a mesma biosfera.

– Será mesmo? Dizem que os humanos ignoram em que planeta

se originaram. – O núncio se jactou num pipilo de confidência. – Aliás, tive oportunidade de confirmar esta questão delicada com o próprio comandante da nave estelar humana. Malgrado seu embaraço nítido, não se furtou em admitir a ignorância.

– Não importa que tenham esquecido a própria origem. – O Fiel da Voz descartou o argumento do outro hierarca, com as pupilas-bastonetes dilatadas para enfatizar seu ponto de vista. – Fato inegável é que ambas as espécies descendem de um mesmo ancestral comum.

– Ainda não estou inteiramente convencido. Além disso, algumas fontes citadas na Biblioteca afirmam que os humanos seriam fruto da evolução espontânea. Como nós próprios.

– Apesar do cepticismo que a maioria das espécies alienígenas nutre em relação a esta tese, para nós ela soa de todo plausível. Afinal, se nosso povo evoluiu para a sapiência sem a intervenção de mestres alienígenas, por que o mesmo fenômeno não poderia ter ocorrido com os antepassados dos humanos?

– Precisamos apurar se essa tese da espontaneidade humana possui fundamentos concretos. Se conseguirmos obter indícios para confirmá-la através da Voz dos Mestres, os bípedes terrícolas se sentirão eternamente gratos. Ademais, teríamos mais um elemento importante em comum com eles. Isto para não mencionar que essa informação, caso descoberta, tornar-se-ia um trunfo valiosíssimo em nossa próxima rodada de negociações com dolfinos e humanos.

– Tem razão. Determinarei a abertura imediata desta linha de pesquisa. – O Fiel da Voz prometeu ao amigo. – Conto com seu apoio para atribuir prioridade elevada ao projeto.

– Confirmo meu apoio irrestrito e irrevogável na Gerúsia. Constato que mais uma vez nossos espíritos vogam pelas mesmas correntes. Se tudo correr como planejamos, quem sabe um dia, os humanos venham a ocupar uma posição tão destacada em nossa história futura, quanto aquela preenchida pelos Oniscientes até um passado muitíssimo recente.

– Creio que ainda é um pouco cedo para tecer especulações neste sentido. No entanto, algo me diz que os próximos milênios vão acabar lhe concedendo razão.

Capítulo 42

Com o cancelamento do plano de evacuação global, a estadia dos inspetores em Bluegarden, prevista para durar pelo menos duas décadas, reduziu-se a meros quatro meses.

Talleyrand não lamentava partir mais cedo. Muito ao contrário. Quanto mais cedo pusessem de lado esses dolfinos lascivos, melhor. Além disso, era bem provável que, ao retornarem a Tannhöuser, fossem indicados para outra missão de rotina num sistema próximo, antes de receberem a comissão ansiada para Lobster.

É claro que, com a redução da permanência no planeta, não houve tempo hábil para a prática dos tais esportes náuticos. Muito menos para a construção do submarino que a Nave prometera. O orgânico não lamentou o fato. Tais divertimentos ficariam para outra oportunidade. Aliás, no que dependesse de um retorno eventual a Posseidon, preferia que ficasse para outra vida. Ainda cogitou obter simulações sobre algumas daquelas práticas esportivas com o gestor da base. Porém, acabou arquivando a questão como irrelevante.

No entanto, Pandora fez questão de apresentá-lo às caminhadas rústicas pelas trilhas de Merídia.

A pedido dele fizeram os primeiros passeios nos habitats terraformizados. Uma vez, fizeram um piquenique no topo de um penhasco, dentro de uma pequena floresta plantada com pinheiros, carvalhos e olmos. Em outra ocasião, acamparam no interior de um desfiladeiro profundo, escavado no basalto escuro do planalto central de Merídia por um rio com vários trechos encachoeirados.

Dessa feita, ela insistiu em explorar uma trilha que adentrava no habitat nativo. Ele acabou concordando. Mais para agradá-la do que pela vontade de conhecer o bioma insular. No fundo, já tivera mais do que o bastante de Bluegarden.

Os dois saíram da base no meio de uma manhã ensolarada. Depois de meia hora de caminhada em aclive suave numa estrada pavimentada, ladeada por árvores frutíferas originárias de Tannhöuser, saíram da pista junto a um monolito esculpido numa pedra fosca de um branco leitoso, do lado direito da estrada. Na face do monolito voltada para a estrada, havia a mesma informação, expressa em três linguagens distintas:

ânglico, o idioma oficial de Olduvaii; a representação bidimensional dos hologlifos do Intercosmo; e os alongados traços-riscos estilizados que caracterizavam a versão grafada do delphii:

GRUTA DA LAGOA – 5 KM.

Seguiram pelo caminho indicado, penetrando na trilha propriamente dita.

Logo atrás da fileira de árvores alienígenas, a flora nativa se manifestava em sua plenitude sob forma de arbustos espinhentos com folhas verde-azuladas, entremeados por cactoides oblongos decididos a crescer em todas as direções imagináveis. Várias espécies de cogumelos minúsculos coalhavam o solo fértil, disseminando-se sobre o musgo cinzento onipresente, como tapete grosso e rugoso que recobria aquela parte da ilha. O conjunto se apresentava aos olhos humanos como uma mata densa e fechada. Mais ao longe, a partir do sopé dos morros, vislumbraram dezenas de caules gigantescos dos paramicetos, cujos píleos se abriam como imensos guarda-sóis numa altura de até trinta metros.

Ao longo do percurso, depararam-se vez por outra com crustáceos minúsculos e moluscos terrícolas, que cruzavam a trilha em ritmo célere, até desaparecerem segundos mais tarde, debaixo dos cogumelos ou sob o tapete de musgo.

Quando já estavam na trilha há dez minutos, avistaram o caule robusto de um paramiceto que jazia tombado em seu caminho.

Talleyrand concluiu que aquela trilha já não era percorrida há um bom tempo. Indagou-se quanto ao motivo de os robôs do gestor ainda não terem removido o caule tombado. O píleo em si já havia apodrecido há muito.

Os dois saltaram por cima do caule estendido sobre a trilha. O orgânico fez menção de prosseguir, mas Pandora o reteve pelo ombro, chamando sua atenção para um orifício pequeno na superfície rugosa do caule.

Agachou-se em silêncio, incentivando-o a fazer o mesmo. Então, cutucou o interior do orifício com o galho seco de um arbusto.

A criaturinha vermelha, cheia de pernas e energia, disparou de dentro de sua toca. De relance, Talleyrand conseguiu observar o exoesqueleto segmentado e pelo menos dois pares de antenas. Uma visão fugidia, pois o animalzinho se evadiu bem rápido para um abrigo sob a camada de musgo que ladeada a trilha.

– Que animal era aquele?

– Um microcrustáceo terrícola. Uma das poucas espécies especializadas deste nicho ecológico insular. Você observou os ferrões de suas mandíbulas?

– Não houve tempo. Ele fugiu antes que eu pudesse fixar seus detalhes anatômicos. – O orgânico reviu o animálculo arisco em sua memória. Sim, ao conjurar a visão congelada da criaturinha, julgou vislumbrar os tais ferrões. *Mas, o que isto importa?* – Tem razão. Pensei que fosse outro par de antenas.

– Apesar do tamanho diminuto, essas criaturas constituem um dos predadores mais temíveis das florestas de baixa e média altitude de Merídia.

– Um predador impressionante, de fato. – O humano sorriu. – E do que esses monstros pavorosos se alimentam?

– Devoram praticamente tudo, desde vermes subterrâneos e anelídeos do musgo, até moluscos terrícolas e uma outra espécie de crustáceo três vezes maior do que eles.

Eles se ergueram e retomaram a caminhada.

Minutos mais tarde, Talleyrand passou os olhos pela mata homogênea e perguntou:

– Como pode saber se não nos desviamos do caminho? De vez em quando aparecem essas trilhas secundárias... Você não falou que jamais percorreu esta trilha em particular?

– Nunca andei por esta aqui, mas, em minha estada anterior, recebi indicações de um amigo que a percorreu até a caverna lacustre que lhe descrevi.

– Um amigo. – Talleyrand repuxou a ponta do bigode com ar pensativo.

Aquilo encerrou o assunto.

Não importava que Pandora houvesse coligido a informação numa conversa casual há vários séculos. Todos os humanos de Olduvaii, orgânicos ou artificiais, possuíam memória indelével.

Mais algumas centenas de metros trilha adentro, Pandora parou e segurou o companheiro pelo braço.

– Espere.

Ele parou ao lado dela, lançando-lhe um olhar inquisitivo.

Ela apontou.

– Está vendo aquela pedra grande ali? Aquela saliente, atrás desses arbustos?

– Estou vendo. O que tem ela?

– Logo que passarmos por ela, vamos abandonar a trilha principal, tomando uma picada que deverá surgir à direita.

– Sair da trilha? Tem certeza de que é uma boa ideia?

– Foi o que meu amigo me disse para fazer. Vamos caminhar cerca de cem metros por essa picada e então iremos nos deparar com um aclive formado pelo leito rochoso de um riacho.

– Bom, estou realmente ouvindo o ruído de água corrente vindo dessa direção.

Eles dobraram à direita por trás do rochedo e caminharam até o rio.

Embora o leito basáltico em aclive possuísse quase dez metros de largura, encontrava-se quase inteiramente seco. Apenas um filete de água cristalina e barulhenta de menos de um metro de largura, corria declive abaixo.

Pandora apontou para cima e Talleyrand, resignado, começou a subir atrás dela. Logo se distraiu, agradado com os movimentos atléticos dos glúteos redondos e firmes da companheira.

– E agora? – Bufou, após quase um quilômetro de marcha forçada, ainda que não se sentisse cansado de fato.

– Vamos continuar subindo por esse leito, até a lagoa de que falei. Tenho a impressão de que estamos quase lá. Só que, pela descrição que recebi, imaginei que teríamos que vadear o rio. Não esperava que estivesse com esse volume tão reduzido.

Então, notando o ar esgazeado do companheiro, aplicou-lhe uma sonora palmada de incentivo nas nádegas.

– Vamos lá, não desanime. Não pode estar cansado de verdade. Com o biotraje, você conseguiria escalar uma montanha escarpada com um dolfino gordo nas costas. Esse cansaço todo é psicológico.

Meia hora de subida íngreme mais tarde, por entre seixos arredondados, pedregulhos cobertos de limo e grossos caules de paramicetos, os dois chegaram finalmente à lagoa.

Já não chovia há alguns meses em Merídia.

A lagoa estava reduzida a um fosso profundo de águas escuras, guarnecido de paredões rochosos por quase todos os lados. Uma cachoeira pequena fluía do ponto mais elevado do paredão norte, desaguando na lagoa.

Pandora abandonou a mochila sobre uma pedra plana e começou a despir a imitação de biotraje.

– Venha. É preciso nadar e mergulhar por baixo da cachoeira, para atingir a gruta.

– Tudo bem. Mas é mesmo preciso tirar o biotraje?

– Não há perigo. – Ela mergulhou de cabeça nas águas escuras da lagoa. Ao emergir, começou a nadar com braçadas vigorosas em direção à queda-d'água. Quando já havia percorrido metade da distância que separava a pedra chata da cachoeira, parou e lançou um olhar sugestivo por cima do ombro. – Além disso, imaginei como seria gostoso copular contigo dentro da gruta...

Ele não respondeu, mas abriu um sorriso largo e ativou o comando mental necessário para fazer o biotraje se desprender e escorrer tronco abaixo, até se amontoar numa massa amarfanhada aos seus pés. Alheio ao simbionte manteve os olhos fixos nas formas bem torneadas da companheira, mais imaginadas que enxergadas dentro da água escura da lagoa.

Uma vez despida a veste-simbionte, estremeceu, não de frio, mas de nervoso, ao se sentir completamente indefeso num planeta alienígena. Sem o biotraje, começou a suar. Percebeu que o corpo estava quente do esforço da subida pela rocha íngreme, sob os raios cálidos de Posseidon.

Pandora estava certa. Com as doses generosas de enzimas e hormônios que o simbionte injetava em seu organismo, não havia como sentir cansaço.

Contudo, ao imitar a companheira e mergulhar, a água lhe pareceu gélida sem o simbionte.

Para espantar o choque térmico, seguiu o exemplo da artificial e nadou o mais rápido que pôde em direção à cachoeira.

Não conseguiu alcançá-la antes que ela mergulhasse dentro da queda-d'água, com um movimento fluido dos quadris que concedeu a Talleyrand o vislumbre ávido, mas fugidio, das nádegas brancas e carnudas.

Já em frente à cachoeira, mergulhou atrás de Pandora.

A entrada da gruta ficava logo atrás da cortina d'água.

Ali abrigados, naquela penumbra enregelante, abraçaram-se e se beijaram longamente.

Em poucos segundos, copulavam com paixão, bem longe das sondas-espiãs comandadas pelo gestor da base e dos olhares lúbricos dos malditos dolfinos.

Pois, após um punhado de convites abusados, Talleyrand concluiu que a maioria dos dolfinos nutria fantasias eróticas bastante explícitas onde os mestres invariavelmente desempenhavam papéis de protagonistas.

Capítulo 43

Depois do amor, não tardaram a emergir da gruta. Porque Talleyrand começara a tiritar de frio e o amplexo amoroso da companheira se revelou insuficiente para aquecê-lo.

Para esquentá-lo, Pandora propôs que apostassem uma corrida a nado no percurso de volta à pedra chata onde haviam deixado as mochilas e os trajes.

Naturalmente, ela ganhou. Movimento forçado. Pois Talleyrand teria ficado um bocado irritado se ela se mostrasse condescendente, deixando-o vencer de propósito.

Ainda despidos, iniciaram seu piquenique.

Quase uma hora mais tarde, quando já estavam mais do que razoavelmente saciados, após o peixe defumado, os queijos, as frutas e o vinho, Pandora decidiu que havia chegado a hora de abordar um assunto grave e muitíssimo delicado que, tinha certeza absoluta, traria grande aflição ao companheiro.

– Sabe, Tally, eu e a Nave estivemos conversando.

– Sei. – Ele resmungou, apreensivo. Aquele tom de cautela disfarçada na voz de Pandora era sempre o prenúncio de tempestade iminente. Por isto, foi num gemido que concluiu – Lá vem bomba.

– Talleyrand!

– Tudo bem. Sou todo ouvidos. Continue.

– Há uma questão importantíssima que nós três precisamos discutir. Já estou para falar contigo há vários dias, mas estava adiando até agora, à espera da ocasião propícia.

– E que ocasião mais propícia do que pouco após uma cópula bem gostosa, não é mesmo? – O orgânico brindou o virtuosismo manipulativo da companheira com um sorriso ligeiro, mas recobrou a seriedade no instante seguinte. – Do que se trata, afinal?

– Da ameaça que os Oniscientes representam para a delfineia.

“Puxa vida, Pandy! Pensei que você não ia ter coragem de falar.” – Ambos ouviram a risadinha inoportuna da Nave dentro de suas mentes.

– Tolice. Os drugnuts foram para Lobster há cerca de um milhão de anos.

– Os drugnuts foram para lá com certeza. Mas, e se estivermos errados? E se os drugnuts não forem os Oniscientes?

– É claro que são. A Nave e o gestor confirmaram.

"Não é bem assim. Jamais garantimos que os drugnuts e os Oniscientes fossem a mesma espécie. O que de fato afirmamos foi que era provável que fosse assim."

– Isto basta para mim. – Talleyrand afirmou, em tom de quem considera o assunto encerrado.

– Mas para mim não basta.

"Tampouco para mim."

– Ah, é mesmo? – Ele fitou a companheira de soslaio, rotinas de análise emocional rodando no máximo para avaliar o humor dela sem deixá-la perceber que o fazia. *Pena que não funcionem tão bem com artificiais...* – E o que vocês sugerem que façamos?

"Aquilo que você recusa a cogitar."

– Não sei do que vocês duas estão falando. Aliás, não sei e não quero saber.

– Meu querido, – Pandora se acercou do amante para sussurrar, meiga, em seu ouvido, – só existe uma forma de termos certeza absoluta de que os Oniscientes são de fato os drugnuts e você sabe muito bem qual é.

– Ah, não! Isto é que não!

"Não há alternativa."

– O que é que vocês estão pensando? Ficaram doidas? ζ Morgana não fica exatamente a meia dúzia de anos-luz daqui. Não podemos nos despencar para lá assim, sem mais, nem menos. – Ele argumentou com as faces vermelhas, como alguém à beira de um ataque apoplético. – Não... Isto é loucura... Eu me recuso a discutir este assunto. Simplesmente me recuso.

Pandora permaneceu calada. Fitou Talleyrand nos olhos com aquele olhar capaz de vasculhar a alma do amante.

Seu desespero pareceu aumentar quando ouviu o tom baixo do assobio alegre da Nave dentro do crânio.

Cerrou os punhos.

Encheu os pulmões, acometido pelo ímpeto de berrar com elas uma, duas, mil vezes.

Então pensou melhor. Não adiantava perder a cabeça.

Expirou fundo e, imbuído de paciência astronômica, argumentou para tentar trazê-las de volta à razão:

– Escutem aqui, vocês duas. O Conselho está aguardando nosso regresso a Olduvaii. Firmaram uma espécie de compromisso tácito conosco. Eles estão contando com nosso regresso para encetar uma nova investida contra Lobster. Vocês acaso têm ideia da soma de recursos e esperanças depositada sobre nós três?

Ante o mutismo resoluto das duas, voltou à carga:

– Agora chegou a nossa vez. Não vou permitir que nada ou ninguém nos tire do páreo. Tannhöuser que decida o que fazer com esses malditos fantasmas de ζ Morgana.

– Pare de espernear por um instante e pense um pouquinho só. Nossa partida para ζ Morgana é inevitável. Não envolva o Conselho nesta parada. Conquanto frustrados, os hierarcas decerto apoiarão nossa decisão.

– Mas temos quase certeza de que os Oniscientes são os drugnuts!

– Há uma chance em cinco de que não sejam.

"ESTE É UM DESSES CASOS EM QUE QUASE CERTEZA NÃO É CERTEZA ALGUMA."

– Imagine, querido. Apenas imagine, só por um instante, que eles não sejam os drugnuts. – Ajoelhada sobre a pedra chata, por detrás das costas do companheiro, Pandora começou a massagear os ombros e o pescoço dele com movimentos lentos e langorosos, enquanto sussurrava mansamente em seu ouvido, preparando-o aos poucos para aceitar o pior. – Neste caso, os drugnuts se encontram extintos ou irremediavelmente naufragados em Zoo, o que no caso em pauta dá no mesmo, ao passo que os Oniscientes ainda habitam seu mundo natal, orbitante em torno de ζ Morgana que, seguindo esta hipótese, não é e nem nunca foi o sistema mítico dos drugnuts. Se assim o for, precisamos chegar lá antes que decidam tomar alguma atitude intempestiva contra os dolfinos.

"E, COMO VOCÊ MESMO VIVE RECITANDO, A MELHOR FORMA DE DEFESA É O ATAQUE!" – A Nave ribombou em seus espíritos. – "VOCÊ SABE COMO É, SUFOCAR A AMEAÇA EM SEU NASCEDOURO E OUTROS CLICHÊS DO GÊNERO."

– Muito engraçadas, vocês duas. Sabe o que nós vamos fazer? Iremos simplesmente transmitir essas preocupações tão graves quanto improváveis a Olduvaii. O Conselho que decida que providências precisam ser tomadas.

"RECORDO QUE ESSE MESMO CONSELHO LHES CONCEDEU AUTORIDADE PARA QUE TOMASSEM TODAS AS MEDIDAS QUE JULGASSEM

CABÍVEIS PARA ASSEGURAR O BEM ESTAR DOS DOLFINOS. TRANSFERIR A RESPONSABILIDADE DE VOLTA PARA TANNHÖUSER, ALÉM DE CONSTITUIR CRIME DE OMISSÃO, IMPLICA ATRASAR A SOLUÇÃO DO PROBLEMA EM MAIS DE 260 ANOS THP. ISTO SEM CONTAR COM O TEMPO DE REAÇÃO DO COMANDO ESTRATÉGICO DE OLDUVAII E COM A HIPÓTESE DE HAVER OU NÃO UMA NAVE ESTELAR TÃO RÁPIDA QUANTO EU DE BOBEIRA POR LÁ DAQUI A 130 ANOS... NÃO ESTAMOS EM POSIÇÃO DE ARRISCAR. É PROVÁVEL QUE MESMO UMA ESPÉCIE DE REAÇÕES LENTAS COMO OS ONISCIENTES SAIBA O QUE FAZER COM ESSE QUARTO DE MILÊNIO."

– Portanto, querido, a situação parece dolorosamente clara. Em velocidade de emergência, temos condições de atingir o mundo natal dos Oniscientes cerca de trinta anos após o recebimento do pedido de socorro dos octópodes. Um intervalo de tempo demasiado reduzido para que possam acordar de sua letargia e prontificar a partida de uma frota para Posseidon. Já uma nave humana igual a nossa, partindo de Olduvaii daqui a no mínimo 130 anos, só chegará a ζ Morgana, na melhor das hipóteses, 250 anos após os Oniscientes tomarem ciência do apelo de seus tutelados. Há um risco considerável de, caso lhes concedêssemos tanto tempo, eles conseguissem se organizar a ponto de enviar uma expedição punitiva para cá.

– Olduvaii é relativamente perto daqui e ζ Morgana é longe *pra* cacete. – O humano esfregou as mãos com um fulgor de satisfação nos olhos verdes. – Tannhöuser disporá de tempo bastante para enviar uma flotilha para proteger a delfineia e outra para investigar ζ Morgana.

"ENQUANTO A FLOTILHA DE OLDUVAII ESTIVESSE RUMANDO PARA ζ MORGANA, A EXPEDIÇÃO PUNITIVA DOS ONISCIENTES TALVEZ JÁ ESTIVESSE A CAMINHO DE POSSEIDON..."

– Além disso, que punição você supõe que nos aguardaria em Olduvaii, quando lá chegássemos e o Conselho descobrisse que nós nos eximimos de nossa responsabilidade?

– Minhas queridas companheiras de aventuras, independentemente de julgamentos e punições hipotéticos, se formos até ζ Morgana vamos perder a corrida para Lobster. Tão certo quanto a glaciação de Tannhöuser, uma nova Nave será construída e outra tripulação treinada. Daí, adeus Terceira Expedição!

"NISTO VOCÊ TEM TODA RAZÃO. INFELIZMENTE."

– Pois é. Então parem de agir como tolas e insistir nessa maluquice, como se estivessem dispostas a desperdiçar a maior chance de nossas vidas por causa de uma caçada a fantasmas.

– Não pense nem por um momento que também não estamos loucas para chegar a Lobster. Desde muito antes de você nascer e da Nave ser projetada, eu já sonhava em aterrar em Zoo, explorar o planeta e desvendar os mistérios do Mundo sem Volta. Neste sentido, sou igual a qualquer outra oficial do corpo de exploração. Daria tudo para poder conferir *in loco* a veracidade de todas essas lendas e boatos, cantados em prosa e verso por toda a periferia. No entanto, nossa obrigação primordial é para com os dolfinos.

– Ah, esses malditos bicudos! Estragaram tudo outra vez... Não podiam ter esperado umas míseras três décadas para tropeçar nos cefalópodes?

– Talleyrand! Não acredito que esteja falando sério. Nós os promovemos, os criamos como espécie racional. Temos por obrigação defendê-los.

– Defendê-los de quem, exatamente? De uma ameaça imaginária? Uma civilização decadente, que migrou para Zoo há centenas de milênios? Se vocês querem realmente descobrir o paradeiro dos Oniscientes, devíamos rumar direto para Lobster e vasculhar a superfície de Zoo em busca de registros fósseis!

"A PROPOSTA É TENTADORA. CONTUDO, SE ELES ESTÃO LÁ, JÁ NÃO CONSTITUEM AMEAÇA AOS DOLFINOS. PORÉM, CASO NÃO ESTEJAM, NÃO PODEMOS CORRER O RISCO DE DEIXÁ-LOS DESENCADEAR UMA REPRESÁLIA CONTRA NOSSOS TUTELADOS."

– O fato, querido, é que não temos certeza. Vamos para ζ Morgana para, se necessário, evitar o pior. Proceder de forma diversa constituiria um ato de negligência criminosa, passível de condenação perante o Conselho Supremo.

"ADEMAIS, DE QUALQUER MODO, VOCÊ FOI VOTO VENCIDO!"

– Esperem aí! Isto não pode ser resolvido desta forma... Aliás, a Nave não tem direito a voto, certo? Você não é inspetora! – À medida que esbravejava, seu tom de voz ia se tornando mais desalentado. – Ah, eu não acredito... Tantas décadas de sonhos e estudos, tudo jogado fora. Anos e anos de treinamento. Tanta experiência vivenciada em ambientes simulados... Todo esse sacrifício, para nada.

– Nem tudo está perdido. – Pandora acariciou os cabelos longos e ondulados do companheiro, ainda úmidos. – Em treze décadas o Conselho receberá nossa mensagem e compreenderá nossos motivos para não retornar a Olduvaii, conforme havíamos planejado. Talvez levem nossa dedicação em conta e decidam aguardar nosso regresso.

– Aguardar por 2.500 anos? Duvido muito! Afinal, eles não estarão imersos em tempo dilatado como nós. Para eles, dois milênios e meio serão exatamente dois milênios e meio de pura curiosidade e impaciência, sem qualquer benefício da suspensão proporcionada pelo Sono. Tão certo quanto a espessura do manto glacial que recobre o hemisfério austral de Tannhöuser, o Conselho não irá aguardar. Vão simplesmente comissionar outra nave da classe da *Penny Lane*, treinar outra tripulação e nomear a nova equipe como Terceira Expedição de Olduvaii ao Sistema Lobster.

"DIANTE DESTA CERTEZA FATÍDICA, O QUE VOCÊ SUGERE QUE FAÇAMOS? QUE NOS ESQUIVEMOS ÀS NOSSAS RESPONSABILIDADES? QUE TRAIAMOS NOSSOS TUTELADOS?"

– Querido, desde que o conheci, admirei a maneira como você se esforça para pautar sua conduta em princípios de honra e dever. Alguns julgam sua atitude afetada. Outros pensam que é apenas antiquada, mas eu a considero magnífica. Imagino que esse tenha sido um dos motivos principais pelos quais eu me apaixonei por você.

"ABSTRAINDO A PAIXÃO CARNAL, FAÇO MINHAS AS PALAVRAS DE NOSSA AMADA." – A Nave anuiu com sinceridade insuspeita. Contudo, não resistiu à seriedade do momento e acrescentou – "COMO VOCÊ COSTUMAVA BRADAR, ATÉ UMA OU DUAS DÉCADAS ATRÁS: TUDO, MENOS A HONRA!"

O humano mordeu o lábio inferior.

Manteve-se em silêncio por um bom tempo, sentado imóvel naquela placa de basalto.

Pandora parara de brincar com os cachos dele.

Ela e a Nave não tinham pressa.

Sabiam que Talleyrand precisaria de algum tempo para chegar às próprias conclusões.

Quando a extremidade inferior do disco de Posseidon já estava quase tocando a linha do poente, com os olhos marejados de lágrimas, ele murmurou, abatido:

– Tudo bem. Vocês têm razão. Não temos saída. Vamos para ζ Morgana.

"NÃO HÁ OUTRO JEITO."

– Só quero que vocês duas me prometam uma coisa.

– Qualquer coisa, meu querido.

"ISTO MESMO! QUASE QUALQUER COISA."

– Se não encontrarmos sinais dos Oniscientes em ζ Morgana, prosseguiremos nossa busca insensata lá em Zoo.

– Você quer dizer, rumarmos direto de ζ Morgana para Lobster, sem escala ou autorização de Olduvaii?

– Exato. Afinal de contas, agiremos assim em prol da coerência com o propósito sagrado que vocês duas estão me empurrando goela abaixo. O mesmo princípio que agora nos impele para ζ Morgana irá nos conduzir até Zoo. Como vocês mesmas afirmam, "precisamos ter certeza do paradeiro dos Oniscientes", não é assim? Então, o que me dizem?

"PRETENDO PESAR COM CALMA TODAS AS IMPLICAÇÕES ÉTICAS OCULTAS NESSA SUA PROPOSTA DE INSUBORDINAÇÃO. COMO DECERTO NÃO IGNORAM, ESSES SISTEMAS DE EQUAÇÕES DO CÁLCULO PROPOSICIONAL ÉTICO NÃO COSTUMAM SER TÃO SIMPLES QUANTO OS DA GRAVITOFÍSICA. MAS ADIANTO DESDE JÁ QUE A IDEIA ME SOA DANADA DE BOA!"

– Faz todo o sentido da periferia, meu Tally. Este sim é o tipo de insubordinação que me atrai. Estou de acordo!

"BEM, SE AMBOS CONCORDAM COM A PROPOSTA MALUCA DO TALLY, UM ATO DE FLAGRANTE DESOBEDIÊNCIA ÀS DETERMINAÇÕES DE TANNHÖUSER, NEM ME DAREI AO TRABALHO DE VOTAR EM CONTRÁRIO." – Após breve pausa de efeito, a Nave soou uma trombeta tonitruante direto aos cérebros do casal humano. – "ATENÇÃO, TRIPULAÇÃO AMBULANTE. TODOS A SEUS POSTOS. PROCEDIMENTOS DE DECOLAGEM CONCLUÍDOS. CÁLCULOS DE PROPULSÃO RELATIVÍSTICA INICIADOS. COM ONISCIENTES OU NÃO, RUMO A ζ MORGANA, AÍ VAMOS NÓS!"

– Ei! – Pandora soltou uma risada. – Espere ao menos até reembarcarmos...

– E pare imediatamente com essas fanfarras dentro do meu crânio. – Talleyrand resmungou, levantando-se devagar e começando a vestir o biotraje. – Só vou fazer mais uma exigência hoje. Quero que vocês duas me prometam uma coisa: haja o que houver, não vão me acordar antes de estarmos à uma hora-luz do primário de ζ Morgana...

Capítulo 44

Haviam decorrido duas horas desde a partida da *Penny Lane*.

Apesar do brilho intenso que iluminara feericamente o céu noturno nos primeiros minutos após a decolagem, o pequeno veículo já se tornara há muito invisível aos olhos dos dolfinos.

Dentro em duas semanas, quando houvesse cruzado a órbita do último planeta do sistema, a Nave desalimentaria os propulsores interplanetários e ativaria sua propulsão relativística, tornando-se então novamente visível durante um ou dois meses, até mesmo à visão relativamente fraca de dolfinos ou octópodes.

Timmy e Nereu flutuavam nas águas tépidas de um tanque gigantesco, situado no centro de um dos novos complexos urbanos dos dolfinos.

Ambos fitavam o céu azul escuro de *Octopusgarden*.

Antes de partir, os humanos haviam declarado que, ao menos no que lhes tangia, aquele passaria a ser o novo nome do planeta.

As duas espécies racionais residentes compreenderam que aquela foi a maneira que os humanos encontraram de admitir o erro cometido. Encararam o novo batismo como pedido tácito de desculpas que, a um só tempo, reverenciava a cultura autóctone e os tutelados que a haviam descoberto. O Conselho Mundial promulgou de imediato sua anuência à nova designação humana, homologando-a oficialmente.

Octopusgarden.

O mundo onde as duas únicas espécies racionais aquáticas conhecidas pela humanidade de Olduvaii coexistiam em harmonia, numa simbiose cultural sem precedentes na periferia conhecida.

A dolfina indagou, brincando:

– Ainda consegue vê-la?

– Não, querida. Embora enxergue melhor do que vocês, já não consigo mais distingui-la no céu noturno.

Ela assobiou, divertida, e chilreou baixinho, num claro tom de confidência:

– Você por acaso crê, como Andrômeda suspeita, que Pandora e Talleyrand mantenham um relacionamento sexoafetivo permanente?

– Lógico que sim. Vidas humanas são medidas em séculos e não em décadas, como as dolfinas, e as viagens interestelares são empreendimentos bastante longos e enfadonhos. Segundo ouvi falar, eles não empregam técnicas de animação suspensa durante os primeiros e os últimos anos da jornada. Aproveitam essas ocasiões para analisar missões anteriores e se preparar para as seguintes.

– Já ouvi trinar disso. Mas, numa tripulação de somente duas pessoas, como conseguem suportar tanto tempo assim sozinhos um com o outro?

– O segredo está na combinação harmoniosa de tripulantes. Na aplicação do conceito humano de *personalidades integradas*.

– Como assim?

– Indivíduos criteriosamente escolhidos e então condicionados até a exaustão para formar equipes cujos membros se combinem uns com os outros de modo perfeito, tanto do ponto de vista emocional quanto psicológico. Um processo cuja metodologia de condicionamento varia de caso para caso, exigindo em geral uma capacidade computacional estupenda para a execução dos cálculos necessários. É claro, no caso dos humanos, quando se trata de tripulações pequenas, a integração é sempre mais fácil de ajustar quando existem vínculos sexoafetivos duradouros. E você sabe bem como eles são...

– Sei. Uma coisa leva à outra.

– Exato.

– Sempre ouvi falar que os humanos eram, via de regra, mais monógamos do que nós. – Timmy reconheceu.

A dolfina emitiu uma risadinha maliciosa sob forma de trinado melodioso e afagou o dorso do dolfinoide com a nadadeira.

– Qual é a graça?

– Já pensou como seríamos se nos comportássemos como eles?

– Ora, ora. – Ele chilreou, divertido. – Ter você inteirinha para mim, até o fim dos tempos?

– Não estava pensando em nós, meu bobo. – Ela assobiou, sorrindo. – Sou velha demais para você. Sua predileção por ninfetas pré-adolescentes é notória e eu já sou uma cidadã madura, beirando a meia-idade. Foi muito bom há quinze anos. Contudo, ao menos no que me diz respeito, quinze anos é um bom tempo.

– "Os bons e velhos tempos não voltam mais". – Nereu citou, pensativo. – Uma expressão popular entre os humanos.

– Aliás, de todos os ditados clichês que os humanos nos legaram, este é o mais clichê que me vem à memória. Mesmo assim, em certos casos ainda conserva umas poucas gotículas de sabedoria.

– "Porém, sempre haverá tempos novos, melhores que os antigos". Um velho adendo dolfinoide. – Ele concluiu, enlaçando a barbatana dorsal da amiga com um tentáculo vigoroso, enquanto piscava um dos olhos. Um gesto típico dos humanos, que ele já conhecia desde a época em que vivera em Tannhöuser, mas cujo significado Timmy só aprendera meses atrás, com Talleyrand, durante a visita da *Penny Lane*. – E então, quer experimentar outra vez?

Capítulo 45
A Filha do Predador

Mamãe sempre falou para eu não trazer alienígenas *pra* casa.

Ah, não enche! P'trix é meu melhor amigo, pô! Além do mais, o Pai vive dizendo que, como cidadãos de um núcleo poliespecífico, não podemos nutrir preconceitos deste tipo.

De qualquer modo, Mamãe não estará em casa quando eu ordenar que a porta abra para o P'trix.

Ela também não está em seu turno de serviço no centro genético. Se duvidar, nem foi trabalhar hoje. Saiu de casa ontem, depois do café da manhã, e não voltou mais.

Pelo visto, desta vez a coisa é séria.

Antes de sair, despediu-se de mim com um abraço apertado e lágrimas no canto dos olhos. Arrotou aquela lengalenga de que "você-ainda-é-muito-jovem-para-entender-os-meus-motivos", e outras besteiras que os adultos costumam dizer nessas horas. Como se o fato de ser criança me impedisse de compreender alguma coisa.

Ah, e recomendou que eu não me preocupasse, porque o Pai deve regressar hoje ou amanhã. Disse que tudo acabará bem para nós duas e o Pai; que ela me ama muito; e que está tudo muito bem explicadinho no holo que ela deixou para o Pai.

É o cúmulo! Quase dezoito anos pela contagem humana padrão, e ainda tenho que aturar este tipo de coisa! Não sou mais tão criança assim...

O Pai uma vez me contou que nos Tempos Antigos humanas mais jovens do que eu podiam gerar filhos. Primeiro pensei que fosse brincadeira. O Pai às vezes exibe um senso de humor esquisito. Um jeito perturbador de brincar com a gente falando com a cara mais séria do mundo... Mas dessa vez era verdade. Perguntei à enciclopédia da cidade e, por incrível que pareça, ela confirmou a história do Pai.

Estranho... A maioria dos alienígenas vive muito mais do que nós. Quase todos os garotos centaurinos, pseudoinsetoides, e até alguns humanoides extra-humanos, me chamam de *vida-curta* nas reuniões semanais da escola. Em pensar que nos tempos da Velha Terra os humanos viviam muito menos, mal ultrapassando o primeiro século! Nem quero pensar no que meus colegas de escola diriam se soubessem disso... É claro, muitos alienígenas e também humanos, sobretudo os cidadãos de Rhea a Magnífica, afirmam que essas histórias da Terra e a própria Terra não passam de lendas. O fato é que ninguém sabe ao certo se a humanidade possuiu outrora um planeta original ou se é apenas mais uma das muitas espécies engendradas por raças mais antigas que floresceram neste braço da Periferia.

Bom, o que interessa é que Mamãe foi embora. Não sei por quanto tempo. E nem sei se ela volta desta vez.

Já o Pai partiu há uma semana junto com os robôs dele lá para as bandas ocidentais da Planície. "Atrás de uma pista quente", segundo me confidenciou ao se despedir. Nada de novo sob Lobster. Provavelmente só mais uma grande nave estelar sinistrada nas proximidades. Como de hábito, o Pai não deverá ser o primeiro a chegar e, quando ele finalmente localizar a nave, não haverá lá quase mais nada que se possa aproveitar. De qualquer modo, se tudo correr bem, deverá estar de volta amanhã ou depois.

Não quero nem pensar na cara que o Pai fará quando descobrir que a Mamãe foi embora. Não ficará nem um pouco satisfeito, ah isto eu garanto!

Como é praxe em nosso lar harmonioso, os dois discutiram na véspera da partida dele na expedição predatória. No fim da sessão habitual de intolerância mútua e recriminações recíprocas, os dois combinaram que decidiriam o que fazer do relacionamento deles quando o Pai voltasse da Planície. Não sei bem o que deu na Mamãe, mas o fato é que ela acabou resolvendo tudo sozinha e não esperou pelo retorno do Pai.

Se eu chorei? Um pouquinho só. Não sou mais uma bebezinha chorona, mas, pô! Ela é minha mãe!

Tudo bem. O Pai está prestes a regressar. O problema é que ele trabalha fora das muralhas da cidade. Se a Mamãe não voltar para casa, quem vai tomar conta de mim da próxima vez que o Pai partir em expedição?

Pensei em aproveitar a ausência da Mamãe e passear pelas ruas da cidade. Visitar o bairro dos ameboides, o prédio do Conselho, o shopping com as mercadorias importadas do Império, de Marítima, Rhea e Amphibia ou até, quem sabe, a rua da feira.

Mas não senti o menor ânimo para qualquer dessas aventuras ao mundo encantado e proibido fora dos limites do enclave humanoide.

Solitária, holei para o P'trix. Contei que a Mamãe tinha partido. Ele me escutou em silêncio, me olhando com aquele ar de piedade contida brilhando nos três olhos escarlates penduculares. P'trix aproveitou uma pausa nas minhas lamúrias para dizer que estava vindo para cá. Assim que o holograma se dissolveu, recordei a proibição da Mamãe. Ato contínuo, com uma ponta de prazer vingativo, lembrei que ela não estaria presente para criticar a presença do meu amigo centauroide.

* * *

– Você é que é feliz: não tem mãe e nem pai com que se preocupar.

P'trix me observa com dois de seus olhos e um ar pensativo, usando o terceiro para ler de relance os ideogramas intercósmicos que meu tradutor acaba de projetar.

Ele é pouco mais alto do que eu. Não possui pelagem e a epiderme é quase transparente de tão branca. As quatro patas articuladas terminam em cascos fendidos azul-escuros, mas a espécie de P'trix possui tentáculos em vez de braços de verdade. Até uns dois anos atrás, ele afirmava brincando que pertencia a uma estirpe de Magos Negros albinos... O Pai me esclareceu que os Magos Negros são centauroides muito diferentes dos Fraternos, a espécie de P'trix. Os Fraternos só possuem dois tentáculos, e não três.

Ah, e é claro que os Fraternos não precisam se preocupar com pais e mães, pois eclodem de ovos chocados numa incubadeira pública...

Ele fala em seu próprio idioma e o tradutor dele projeta em Intercosmo:

"Aposto que tua mãe nem está mais na cidade. Já deve estar a caminho de Rhea."

– E que diabos ela iria fazer em Rhea? Indago em ânglico e leio o análogo da pergunta nos símbolos universais que flutuam entre nossas cabeças.

"Ué? Não era a tua mãe que vivia arrotando que descendia pelo lado paterno dos tripulantes da primeira expedição de Tannhöuser? Pelo pouco que conheço dos humanos, todos os oriundos do Sistema Gigante de Olduvaii, e do planeta Tannhöuser em particular, radicaram-se em Rhea."

– Não sei se acredito muito nessa história da Mamãe ter parentes em Rhea.

"O fato, minha amiga, é que ela acredita."

– Não consigo imaginar a Mamãe tendo sua cidadania reconhecida lá.

Na verdade, confesso que não sei lá muita coisa sobre Rhea. Exceto é claro, o que todo humano sabe. Com a exceção de meia dúzia de cidades-Estado do Litoral Humanoide, Rhea é a única nação exclusivamente humana de Ahapooka. Embora a maior parte do seu território esteja nos píncaros do Planalto da Solidão, a parte mais próspera do país, e a única acessível a alienígenas, situa-se no litoral. Os humanos ao norte da Floresta Louca a chamam de Rhea a Magnífica e a consideram mais ou menos dona do hemisfério norte da Banda Ocidental. É difícil estimar quanto de pretensão existe nessa crença, mas o fato é que a enciclopédia da cidade diz que a nação humana do extremo norte é uma das cinco maiores potências comerciais e marítimas de Ahapooka.

Nenhum desses conhecimentos enciclopédicos satisfaz minha curiosidade sobre como seria a vida daqueles humanos do extremo norte. Mamãe parecia considerar os rheanos como as criaturas mais privilegiadas deste mundo-prisão.

Mamãe parecia considerar? Estranho como já me refiro a ela no passado. Será que desta vez é para sempre? E se for, o que será de mim quando o Pai estiver fora dos muros da cidade?

"Como achas que teu pai reagirá à partida da tua mãe?"

– Tenho medo até de pensar no assunto. Mas, de qualquer modo, amanhã ou depois nós saberemos.

Capítulo 46

– Como, foi embora anteontem? E deixou você sozinha? Ela nunca fez isto antes durante uma expedição...

Só de olhar para o Pai, percebo que ele está de mau humor. Não há dúvida: a expedição foi um fracasso. Ele voltou de mãos abanando.

O Pai tem mais de dois metros de altura. Ele é de fato grande, pelo menos de acordo com os padrões dos humanos originários de mundos de média gravitação, como Ahapooka ou, segundo os crentes, como a Velha Terra. Com mais de um metro e trinta centímetros, também sou considerada alta para a minha idade, mas sou muito magra. O Pai diz que devo “crescer mais” e “arredondar um pouco” quando chegar à adolescência... Tomara que sim. Espero me tornar como ele. O Pai é bem proporcionado, musculado, mas não musculoso como aqueles humanos cujos programas genéticos foram alterados para que pudessem habitar mundos de alta gravitação. Os cabelos dele são ruivos e mantidos curtos e rentes ao crânio; em tudo diferentes dos meus, castanhos e à altura dos ombros.

Não sei de que sistema estelar os antepassados do Pai saíram. É bem possível que descenda de humanos já residentes em Ahapooka há dezenas de milênios e não consiga mais retraçar sua estirpe até um ou vários mundos ancestrais. Talvez ele se sinta envergonhado dessa ignorância. Toquei no assunto com ele uma vez. Como resposta, disse-me simplesmente que essa era uma questão sem importância.

– Pai, acho que desta vez a coisa é séria. – Apresso-me em esclarecer, – O programa-mestre da cidade continua afirmando que a Mamãe está fora do perímetro muralhado.

– Fora da cidade? Não é possível. Para onde iria?

– Uma caravana comercial partiu da cidade na alvorada de anteontem.

– Hum... Que rumo essa caravana tomou? Foi para o norte?

Sei o que o Pai está pensando. Como P’trix, ele também suspeita que a Mamãe esteja indo para Rhea.

– Não, Pai. Para o sul. O programa-mestre disse que a caravana pretende atingir o Rio da Planície em coisa de uma semana.

– O Rio da Planície? Sei...
– Pai...
– Que é, Clara?
– A Mamãe deixou um holo para você.
– Porque você não disse isto antes?
– Você não me deixou falar. – Disparou ante seu ar atônito. – E, Pai, a Mamãe disse que eu também podia assistir...
– Vamos ver esse holo. Estou começando a concordar contigo. Desta vez parece que a coisa é séria.

* * *

Nosso holotanque é uma beleza. Segundo o Pai, custou o preço de dois robôs standard, ou seja, os olhos da cara para a maioria dos cidadãos intramuros. Foi fabricado em Rhea e por isso dispõe daqueles nanotecs espertinhos, responsáveis por aquela dose de inteligência artificial exibida pelo equipamento. Não é uma dessas porcariazinhas baratas feitas numa cidade qualquer da Grande Planície Vermelha, ou um daqueles modelos obsoletos e impróprios para a visão humanoide que os mercadores costumam trazer lá da Banda Oriental, jurando que são de procedência imperial, quando qualquer idiota sabe que foram montados pelos wingfalls da Ilha da Promissão.

Mamãe aparece perfeita em nossa frente. Meio descabelada e lacrimosa, mas exatamente como a original em seus mínimos detalhes.

Ela fala e chora. Enxuga as lágrimas nas costas da mão, funga e retoma a fala.

– ... Sei que a culpa não é só sua. As coisas já não iam bem conosco há um bom tempo e, quando a relação está ruim, existem sempre dois culpados.

Mamãe continua apresentando suas justificativas para ter ido embora. O Pai tinha razão: ela diz que foi para Rhea. Requisitou cidadania e foi aceita.

O Pai assobia e me olha com um ar francamente surpreso.
– Sua mãe em Rhea, hein? Quem diria...
– Não posso levar Clara comigo. – O holo continua. – Pelo menos, não por enquanto.
– Diabos!
– Ei, Pai! Isto não foi ideia minha, tá?

Ao notar que nem eu nem o Pai estamos dispostos a falar, o holotanque *descongela* a Mamãe e esta volta à carga:

– Você vai ter que dar um jeito de ficar com ela por uns tempos.

– Excelente! E quando eu partir em expedição? Levo ela comigo?

– Não é justo, Mãe! Não é justo! – Minha indignação é tão espontânea quanto a do Pai.

Duas ou três lamúrias e recriminações mais tarde, o holo acaba.

Eu e o Pai nos olhamos desanimados.

E agora?

* * *

– Sei que você não gosta nem um pouco da ideia, mas tem que me levar junto.

Tento dar um tom pausado e racional à voz. É incrível como o método excelente da chantagem emocional é completamente ineficaz com o Pai. A argumentação lógica parece ser o único meio capaz de convencê-lo... às vezes.

– Não tenho nada. – Ele me fita com seus olhos azuis sérios e intensos. O mesmo olhar que costuma empregar para reduzir Mamãe ao silêncio. Só que comigo não funciona. – A sobrevivência lá fora já é difícil para um humano adulto, o que diria de uma criancinha como você.

Este é o tipo de argumento que normalmente mexe com os meus brios.

– Não é possível que a Planície seja tão perigosa assim. Você sempre regressa são e salvo.

Não é exatamente verdade. Já vi o Pai voltar de uma expedição bastante ferido e com apenas metade dos robôs de campo que dispúnhamos à partida. Houve uma vez em que ele foi trazido inconsciente pelos robôs, com o biotraje em frangalhos e queimaduras de laser que me fizeram ter pesadelos durante um bom tempo.

– Até agora eu tive sorte. Mas nunca fui obrigado a enfrentar as tribos bárbaras da Planície ou a concorrência desleal preocupado em tomar conta de uma criança...

Realmente não tenho o mínimo desejo de me embrenhar pelos sertões da Grande Planície Vermelha adentro. Mas ambos sabemos que não há outra opção.

– Bom, Pai, temos que dar um jeito. No início, imagino que minha presença vá diminuir um pouco nossas chances de êxito, mas acho que vamos ter que nos adaptar a isto, não é?

– Nem pensar, querida. Nem pensar.

Capítulo 47

As coisas se ajustaram aos poucos na primeira semana após a partida da Mamãe. O Pai acordou cedo todos os dias. Preparamos juntos os cafés da manhã e conversamos durante as refeições, hábito abominado por Mamãe. Depois disso, eu reciclava os resíduos e começava minhas lições, enquanto o Pai caminhava até o mercado. Lá ele conversava com humanos e alienígenas em busca de informações confiáveis sobre a observação de espaçonaves em voo rasante ou trajetória cadente sobre a Grande Planície Vermelha. Em geral, o Pai almoçava fora ou não almoçava. Por causa de seu ramo de atividade, ele se habituou a permanecer longos períodos sem comer.

Ele passava à tarde pela oficina robótica para inspecionar o reparo e modernização de nossas unidades de campo. Quando sobrava tempo, visitava a usina biotécnica que fazia a manutenção de seu biotraje. Normalmente voltava para casa antes do disco de Lobster se ocultar atrás do parapeito da muralha oeste.

Durante a semana o Pai tem evitado a todo custo a questão do que fará comigo quando partir em expedição.

Hoje de manhã, ele tomou conhecimento de um boato quente a respeito de uma nave sinistrada há coisa de dois dias a duzentos e pouco quilômetros ao norte da cidade.

Nossos seis robôs ficaram prontos ontem. Isto é, tão prontos quanto essas latas-velhas podem ficar.

O Pai parte amanhã de madrugada em nova expedição e não quer me levar.

– Sou muito nova para ficar aqui sozinha. Se o Conselho da cidade descobrir, é mais do que provável que decidam caçar sua licença de predador.

– Não vão descobrir. Ninguém precisa saber que você ficará sozinha enquanto eu estiver fora da cidade. Acredite, será mais seguro assim.

– Mas o P'trix já sabe...

– Ah, não, o P'trix não! Aquele dedo-duro não sabe ficar de boca fechada...

– Pai! Ele é o meu melhor amigo!

– Eu sei, Clara. Não se ofenda por P'trix. – Ele suspira e balança a cabeça com um ar resignado. – Quando eu estava na escola, ele também era o meu melhor amigo.

– Quem? O P'trix?

– Esse mesmo. Os Fraternos vivem muito mais do que nós.

O Pai nunca havia falado a respeito. Gozado... É difícil imaginá--lo criança, com dezoito, vinte anos, tendo por melhor amigo o meu P'trix. Aliás, isto explica porque ele foi com a minha cara desde o primeiro dia. A vida às vezes se torna estranha numa sociedade poliespecífica. Se eu continuar residindo na cidade e tiver uma filha, é bem provável que ela também seja colega de escola do mesmo P'trix.

– Tudo bem, Clara. Se o *nosso* amigo está sabendo que sua mãe partiu, não há a mínima chance de esconder o fato de que você ficará sozinha enquanto eu estiver fora da cidade. Não tenho amigos humanos na cidade com quem possa te deixar, e confiar-te à guarda de alienígenas está fora de cogitação.

– Quer dizer que posso ir com você?

– Isto mesmo.

– Era o que eu temia. – Tento dar um tom bem-humorado ao comentário, mas a voz me sai trêmula e insegura.

* * *

Meu pai é um predador. O único predador humano da cidade. Alguns dos meus colegas zombam de mim na reunião semanal da escola, dizendo que ele é o único predador humano de toda a Planície Vermelha. Não sei se isto é verdade, mas nunca ouvir falar de outro predador humano. A enciclopédia da cidade também não.

Esses mesmos colegas dizem que nós humanos não damos bons predadores, porque somos muito frágeis e indefesos.

Uma vez, quando era menor, desanimada com as provocações lá na escola, contei ao Pai o que os garotos centaurinos falavam sobre os humanos em geral e um certo predador humano em particular. Muito sério, ele explicou que a pretensa vulnerabilidade humana é a nossa maior vantagem. Eu era muito pequena, mas, pelo que me lembro, ele falou algo sobre "adaptabilidade extrema"... e também sobre um tal "processo de evolução acelerado", não sei ao certo. Ainda não fui inoculada com os nanobios mnemônicos necessários para se adquirir a memória perfeita de um humano adulto.

Neste ponto talvez seja necessário explicar melhor. Se vocês são súditos do Império, cidadãos de Rhea ou residem em outras regiões mais civilizadas de Ahapooka, talvez nem saibam direito o que é um *predador*.

Tudo bem. Eu explico.

Já ouviram falar dessas naves estelares que o planeta atrai para cá com o tal radiofarol cósmico que pode ser captado a dezenas de anos-luz de distância? Pois saibam que a Grande Planície Vermelha é uma das áreas de maior incidência de aterragens na Banda Ocidental.

Mesmo que residam numa área civilizada, onde a incidência de pousos forçados costuma ser ínfima, vocês decerto já devem ter ouvido falar do comando hipnótico que obriga os tripulantes a abandonar qualquer veículo estelar recém-chegado. Ao contrário do que afirmam os cidadãos do Império, não se trata de boato ou lenda. E, pior, uma vez fora de suas naves, esses tripulantes não conseguem regressar para dentro delas.

Quer dizer que os recém-chegados ficam desamparados, com pouco mais que suas vestes e artefatos pessoais? Não é bem assim. Graças aos predadores.

Como todos os residentes de Ahapooka, os predadores também estão sujeitos ao comando hipnótico.

Talvez alguns de vocês já tenham ouvido falar na Lenda do Reingresso, segundo a qual o célebre Spartacus, humano nativo de Tannhöuser e atual líder do Conselho Científico rheano, teria conseguido retornar a seu veículo, a mesma nave estelar misteriosa em que ele e a primeira hierarca Europa vieram de Olduvaii. Quanto a mim, já me julgo crescida o bastante para continuar acreditando nessas baboseiras alienígenas. Pois, ao que me consta, é impossível ingressar num veículo estelar pousado em Ahapooka. Ponto.

E é aí que entram os robôs.

Os robôs de campo de um predador não podem ser muito inteligentes. Robôs que possuam qualquer coisa que se assemelhe a uma autoconsciência têm seus circuitos, cérebro biofotoeletrônico ou coisa que os valha, fundidos assim que ingressam nos veículos estelares. Pois é, a vida é dura em Ahapooka fora dos poucos núcleos civilizados do Grande Continente. O planeta sabe direitinho que um androide ou inteligência artificial realmente esperta poderia decolar com a nave e regressar a seu ponto de partida.

Mas uma máquina burra, daquelas reprovadas de cara em qualquer Teste de Turing um pouco mais sofisticado, tem chances de ingressar no veículo capturado por este mundo-zoológico e emergir com os seus circuitos ainda operacionais.

É claro que uma máquina simples não consegue fazer a nave decolar e nem é isto que os predadores desejam. Um robô bem burrinho serve para apreender bens e utensílios existentes dentro da nave e trazê-los para o exterior. É incrível a quantidade de coisas que meia dúzia de robôs bem programados são capazes de extrair do interior de uma nave, sobretudo se o predador puder contar com uma certa dose de colaboração por parte dos tripulantes recém-chegados.

Os tripulantes constituem um problema. Muitas vezes, quando o predador se aproxima do veículo sinistrado, os tripulantes ainda estão em estado de choque por se descobrirem cativos nesta prisão de dimensões planetárias. Não raro os tripulantes confundem o predador com um salteador barato, interpretando mal a oferta para firmar uma relação de interesse mútuo que ele lhes propõe. Ignoram por completo a importância econômica dos predadores na recuperação de bens e artefatos de tecnologia estelar que, de outro modo, permaneceriam inatingíveis para sempre no interior dos veículos.

Quando os tripulantes e o predador estabelecem um acordo, todos saem ganhando. Como paga por não oferecer resistência e informar a localização dos artefatos mais importantes no interior da nave, os tripulantes recebem auxílio do predador e indicações para atingir o núcleo urbano mais próximo. Se a coleta é realmente opulenta e o predador possui um mínimo de caráter, ele pode deixar até uma boa parte dos itens recolhidos com os tripulantes. Em geral, esses bens permitem que o ex-tripulante se estabeleça de forma confortável no núcleo urbano de sua escolha.

É lógico que de vez em quando eclodem conflitos de proporções sérias entre os antigos tripulantes e o predador e sua equipe. Isto para não falar das ocasiões em que vários predadores disputam uma mesma presa, ou quando predadores e ex-tripulantes são acossados por uma das tribos bárbaras de centauroides da Planície.

Pois bem, essa é a lida dura e honesta de um predador. Não deixe que o enganem dizendo que os predadores são criminosos! É assim que o Pai ganha a vida. Segundo nos consta, é o único predador humano da Grande Planície Vermelha, Banda Ocidental, Grande Continente, Ahapooka.

É nessa vida extramuros repleta de perigos e aventuras que eu estou prestes a mergulhar.

Pronta ou não, disposta ou não, aí vamos nós.

Capítulo 48

Passamos pelos Portões Oeste de manhã bem cedinho. Saímos por este lado para despistar a concorrência.

O Pai e eu estamos montados em nosso globhf. O pseudoinsetoide maciço segue a passo firme, ladeado por nossa infantaria pessoal. Um robô humanoide enorme e com a carcaça negra amolgada em batalhas passadas e aspecto ameaçador segue à nossa frente – o Pai o chama de "Hoplita". Um robozinho flutuador e um velho autômato remoto caminham em nosso flanco direito. Dois flutuadores mais modernos que o primeiro cobrem nosso flanco esquerdo. E finalmente, a "Aranha", uma grande esfera de fabricação alienígena, cheia de pernas articuladas e organelas bamboleantes, fecha a retaguarda girando seus vários sensores de maneira aparentemente errática.

O nosso globhf é um espécime jovem, mas robusto, ainda sem as asas élitros atrofiadas que caracterizam os machos adultos, mas já dispondo de espaço bastante no dorso plano de sua carapaça para carregar dois humanos e uma boa quantidade de equipamento.

Sentado logo atrás da cabeça do animal, o Pai o manobra com destreza, conduzindo-o pelos dois pares de antenas principais. Dizem que humanos e globhfs não se dão bem. Ao que eu saiba, o Pai é o único humano a possuir uma dessas montarias.

Os globhfs são pseudoinsetoides de grande porte. Não se assustem, são inteiramente vegetarianos. Possuem quatro pulmões de grande capacidade e um sistema circulatório realmente eficiente; cinco pares de patas articuladas; mandíbulas retráteis com pinças peçonhentas; dois sistemas esqueletais, um interno como o de um humanoide e o outro exterior, cujo núcleo é a carapaça blindada. Os globhfs adultos possuem ainda sete pares de antenas e quatro chifres córneos. Por enquanto, o nosso espécime só tem quatro pares de antenas e dois chifres.

De acordo com a enciclopédia da cidade, há uma tese segundo a qual os globhfs seriam nativos de Ahapooka. Não sei se isto é verdade. Para descobrir, talvez fosse preciso comparar o programa genético desses animais com o de muitas outras criaturas consideradas autóctones. Ao que eu saiba, isto nunca foi feito. Mas há de fato muitas manadas de globhfs selvagens na Planície. Se dermos crédito aos relatos da gente de Amphibia, existe uma espécie de globhf menor e mais esbelta na Grande Floresta, da Banda Oriental. O que eu sei é que os globhfs desta Banda são animais manhosos, muito difíceis de domesticar. Uma vez afeiçoados ao dono, no entanto, tornam-se extremamente dóceis e fiéis. Mesmo quando o dono é um humano.

Olho para trás e observo os paredões verticais das muralhas da cidade, ainda escuros sob a luz avermelhada de Lobster pouco acima do horizonte leste.

As muralhas são uma necessidade para a maioria dos núcleos da Grande Planície Vermelha, pois são poucos os que podem dispor de recursos para erigir um sistema defensivo moderno, capaz de afugentar as tribos bárbaras de que assolam a Planície – radares de direção de tiro; canhões energéticos; lança-mísseis inteligentes; controles de disparo automático e outras coisinhas do gênero.

A maioria dessas tribos bárbaras é de centauroides. Como vocês sabem, ao contrário de humanoides ou insetoides, alienígenas quadrúpedes não conseguem escalar uma superfície lisa e vertical com facilidade.

Dizem que Marítima a Rainha dos Mares possui uma cúpula energética para protegê-la de um eventual ataque de surpresa do Império. Mesmo que essa incrível barreira energética de fato exista, as cidades-Estado da Banda Ocidental não são ricas como Marítima. Portanto, têm que se contentar com seus perímetros muralhados – antiquados, mas eficientes.

* * *

Como vocês devem imaginar, as areias, solos e rochas da Planície são de fato vermelhos. Não vermelhos de uma mesma tonalidade uniforme, é lógico. As matizes variam dos tons carmins e escarlates aos alaranjados e ruivos, da cor dos cabelos do Pai. A vegetação arbustiva é verde e clorofilada. E os oásis são recantos paradisíacos onde o verde e o castanho das árvores frutíferas misturam-se ao cinza-azulado dos riachos murmurejantes.

Paramos em meu primeiro oásis depois de seis horas de marcha ininterrupta. Minhas nádegas estão doloridas da andadura vigorosa do globhf. Mal o Pai ordena a parada e salto lá de cima para o solo ocre e compacto da praia de um pequeno lago cercado de palmeiras e árvores de copa frondosa.

Começo a despir o biotraje que o Pai me presenteou ontem, mas ele me interrompe no seu tom mais brusco:

– O que você pensa que está fazendo?

– Tirando a roupa para nadar no lago.

– Querida, acho que não fui suficientemente claro lá na cidade. Nunca, em hipótese alguma, retire o biotraje quando estivermos no exterior das muralhas. Entendeu agora?

– Pô, Pai! Nem para tomar banho?

– Para nada.

– Mas, Pai, não posso ficar uma, duas semanas enfiada nesse traje sem banho.

– Não precisa despir o biotraje para tomar banho. Só existe uma coisa para a qual você talvez precisasse despi-lo, e esta você ainda é muito criança para fazer...

– E quando eu precisar...

– Também não precisa tirá-lo para satisfazer suas necessidades excretórias. Até porque simplesmente não sentirá vontade enquanto estiver usando o biotraje. O organismo sintético que constitui a vestimenta se alimenta das fezes, urina e suor humanos.

– Ih, Pai. Que porcaria!

– Porcaria ou não, é uma invenção e tanto. Quando se acostumar ao biotraje, verá como é difícil passar sem ele. Além disso, as nanomáquinas residentes registram o teu padrão genético, tornando-te imune à maioria das moléstias e infecções, e restaurando os teus órgãos e tecidos lesados ou doentes.

– Tá certo, Pai! Essa roupa é melhor do que uma armadura. Deve ter custado uma fortuna.

– E custou mesmo. A propósito, não sei se cheguei a comentar contigo que hipotequei o holotanque para comprá-lo.

– O holotanque da Mamãe? – Indago em meu tom mais inocente. – Aquele, fabricado em Rhea?

– Aquele mesmo. – O Pai pisca um olho para mim e abre os lábios num de seus raros sorrisos. – Se nos serve de consolo, o teu biotraje também foi fabricado lá e, ainda por cima, com a última palavra em tecnologia de Tannhöuser.

– Está bem, Pai. Se for para você se sentir mais tranquilo, não tiro mais o traje, mas não reclame quando eu começar a cheirar mal.

– Deixa de ser boba, Clara. Ninguém cheira mal quando veste um biotraje.

Não estou inteiramente convencida. Quando os garotos da escola queriam me humilhar de verdade, guinchavam que o Pai vivia metido numa roupa "come-merda". É claro que jamais comentei o assunto em casa. Mamãe ficaria histérica. Já o Pai ficaria magoado. Ou, pior, dispararia um sermão em louvor à humanidade, para que eu não sentisse mais vergonha de pertencer à espécie a que muitos povos da Via Láctea se referem como "Os Párias da Periferia".

* * *

Não pude tomar banho nua no lago daquele primeiro oásis. Mas, verdade seja dita, depois que você se acostuma com o biotraje, é quase a mesma coisa.

Depois de uma refeição ligeira sob as palmeiras, retomamos a marcha.

Lá pelo meio da tarde, avistamos o casco de uma nave estelar sinistrada. Como se costuma dizer entre os predadores da Planície: *"A primeira carcaça, você nunca esquece"*.

No início não a reconheço como tal. Do casco outrora elipsoidal resta pouco ainda emerso no topo de um morro baixo. Depois, percebo a verdade: a nave é o morro!

O veículo devia ser um colosso! Ao fazer sua aterragem forçada, parece ter se espatifado como um ovo. Com o passar das eras, a areia e os sedimentos foram se acumulando dentro e ao redor da carcaça arrombada, até deixar de fora somente os últimos metros do hemisfério superior.

– Ela arrebentou ao pousar?

– Exato. É o que geralmente acontece. Poucos são os veículos que conseguem pousar intactos.

– O planeta destrói as naves para impedi-las de partir?

– Não. Elas apenas desabam sob o próprio peso. Naves estelares são em geral veículos imensos. Não costumam ser projetadas para efetuar pousos suaves em superfícies planetárias.

– Quem foram os tripulantes dessa aí?

– Rezam as tradições que foram os pseudoinsetoides Arachna.

Nunca ouvi falar desses "Arachna". Pergunto ao Pai há quanto tempo se deu o sinistro. Ele diz que há pelo menos vinte milênios. É a idade de um mural holográfico existente numa cidade vizinha – ao que se sabe, a representação mais antiga dos escombros dessa nave gigantesca.

Estamos prestes a retomar a marcha, quando Hoplita, exercendo as funções de batedor, retrocede e vem falar com o Pai.

– Patrão, visualizei a presença de uma manada de centauroides no sensor de movimento. Estão três dunas a noroeste de nossa posição atual.

– Daakis? – O tom de voz do Pai soa tranquilo e casual demais para o meu gosto. Minhas suspeitas se confirmam quando ele destrava os controles da carabina-laser. O robô confirma com um aceno de cabeça. O Pai indaga – Quantos?

– Entre cinco e oito.

– Bom, podia ser pior. – O Pai me olha com um ar supostamente tranquilizador. – Apenas uma patrulha avançada.

É claro que tremo de medo! Quem já não ouviu falar nas atrocidades que os daakis praticam em suas vítimas?

Capítulo 49

Sob as ordens do Pai, ocupamos o topo da duna seguinte. Ele dispersou os robôs para que não constituam um alvo único.

Hoplita torce a mão esquerda até removê-la. Guarda-a num compartimento aberto em seu vasto tórax abaulado. Em seguida, retira um artefato cilíndrico da cavidade e o fixa no lugar da mão extraída. Desconfio que seja um minicanhão laser. Sela a chapa torácica com a mão remanescente.

Os dois robôs flutuadores seminovos possuem pequenos lasers embutidos. Duvido que sejam de alguma valia na provável refrega que devemos enfrentar. O flutuador velho dispõe de um lançador de mísseis cujo estado, segundo o Pai, é bem pouco confiável. A Aranha possui um canhão de partículas – arma excelente para curta e média distâncias, sobretudo contra inimigos desprovidos de campos energéticos.

E o autômato remoto... Bem, o autômato é só um autômato e, como tal, possui o coeficiente Turing análogo ao de um inseto. É claro que não seríamos loucos de municiá-lo com armamento portátil.

O Pai tem uma carabina-laser de reserva num dos alforjes do globhf, mas não me deixa usá-la. Grito e ameaço um escândalo, exigindo uma arma. Ele me fita com um ar pensativo. Dirige-se a um alforje do outro lado do globhf e retorna com uma pistola de cano fino e comprido. Os nossos olhares se cruzam e ele me estende a arma.

– Laser?

– Não, querida. É uma pistola de microagulhas. Dispara até sessenta agulhas por segundo. Possui carga de 3.000 agulhas e um alcance eficaz de cerca de cinquenta metros.

– Agulhas? Essas coisinhas conseguem derrubar um daaki enfurecido?

– Cada microagulha possui uma dose de uma toxina muito potente e de ação fulminante. Não, uma só não irá derrubar um daaki em galope. Mas umas dez ou quinze, quem sabe? Não atire até que eu ordene. Procure economizar munição e mirar antes de disparar. Cuidado para não acertar o próprio pé. O antídoto custa caríssimo.

– Muito engraçado, Pai!

Nosso interlúdio familiar é interrompido pelo alerta do flutuador velho que acaba de fazer descer seu periscópio.

– Patrão, os daakis estão a uma duna de distância!

– Muito bem. Abaixem-se. Todos quietos agora.

O Pai levanta-se e saca um pequeno cilindro vermelho de um bolso interno do biotraje. Ergue o braço e pressiona um botão na superfície lateral do tubo. Ouço um estampido seco. Um jato vermelho emerge do tubo e sobe algumas dezenas de metros, antes de se abrir na forma de uma bola de fogo.

A bola de fogo disforme se transforma num conjunto de símbolos intercósmicos:

"SOMOS PREDADORES. ESTAMOS ARMADOS. RECUEM OU PREPAREM-SE PARA LUTAR."

– Pai! Você os alertou de nossa presença!

– Claro que sim. Não pretendo enfrentá-los, se houver hipótese de evitar o confronto. Quem sabe não preferem bater em retirada ao risco de uma luta.

Sinto-me embasbacada com a súbita benevolência do Pai. Uma atitude inteiramente contrária a tudo aquilo que ele próprio me ensinou.

Ainda agachada, levanto a cabeça e observo pela primeira vez o grupo de daakis que se eleva sobre a duna seguinte.

Sete centauroides de epiderme rubra e brilhante. São maiores e mais abrutalhados que um Fraterno. Possuem braços de verdade e cascos largos, plenamente adaptados às cavalgadas nas areias da Planície. Braços e dorsos musculosos, munidos com os mais diversos tipos de armas.

Excitados, eles apontam para o ponto do céu onde nossa advertência em Intercosmo ainda fulge por alguns instantes antes de se desvanecer.

Fitam-se uns aos outros e trocam opiniões grunhidas no que deve ser a versão abastardada e primitiva de seu idioma ancestral. Por fim, emitem sons altos sincopados, como se fizessem esforço para desobstruir as gargantas.

– Estão rindo de nós. – O Pai explica desnecessariamente.

– Nem ao menos nos levam a sério. – Murmuro entre os dentes.

– Deixa estar. Se decidirem nos atacar, vamos fazê-los engolir essa galhofa.

Um daaki grande, cuja postura relaxada indica ser o líder do pequeno bando, avança dois passos e digita rapidamente no transmissor de símbolos que traz atado ao tórax volumoso.

"Predadores humanos? Boa piada! Talvez valha a pena poupá-los, em prol do nosso bom humor. Agora lancem as armas ao solo e ordenem rendição imediata aos robôs enquanto decidimos o que fazer com vocês."

O Pai se volta para nós e ordena num tom baixo:

– Fogo à vontade!

Ele próprio é o primeiro a disparar. O jato pulsado branco-azulado da carabina atinge em cheio o tórax largo do daaki que pensamos ser o líder, abrindo um buraco do tamanho de um punho fechado. O centauroide se esparrama no chão, debatendo-se com movimentos espasmódicos. O rombo semicauterizado em seu peito quase não sangra mais.

Os outros daakis chiam num tom agudo, enfurecidos. Assumem com uma rapidez incrível a postura de ataque típica. Separam-se em galope até formar um semicírculo em torno de nossa duna, evitando serem atingidos por meu primeiro disparo e pelo ataque dos nossos robôs.

Olho para o Pai e ele ordena que eu me mantenha deitada sobre a barriga, embora ele próprio esteja de pé do nosso lado da duna, gritando comandos lacônicos para os robôs.

Os daakis se aproximam em galope cerrado, cavalgando em zigue-zague para evitar os disparos dos robôs e do Pai.

Ouço um zunido agudo do meu lado direito. O ruído vem do robô flutuador mais antigo, já preparado para lançar o primeiro míssil da pequena plataforma recém-emersa do topo do cilindro que constitui seu corpo.

A intensidade do zunido aumenta. O Pai lança um olhar rápido e preocupado para o flutuador velho e ordena que ele aborte o lançamento do míssil.

Talvez o robô não tenha escutado a ordem por causa do próprio zunido. Talvez ele apenas não quisesse obedecer. Robôs velhos são manhosos como globhfs no cio. O fato é que ele dispara o míssil.

Há algo errado com a trajetória do míssil. Não se dirige contra os daakis. Sobe quase na vertical por trinta ou quarenta metros, faz uma curva fechada no ar e começa a descer em alta velocidade na direção do próprio flutuador que o disparara.

Tanto nós quanto os daakis interrompemos momentaneamente as hostilidades, atônitos com a trajetória anômala do míssil.

O Pai grita acima do zunido lancinante do flutuador.

– Salte para longe!

Tento fazer o que ele ordena. Afasto-me do robô defeituoso com um pulo e rolo sobre a areia morna o mais rápido que sou capaz.

Não é o bastante.

A onda de choque me apanha pelas costas, arrastando-me alguns metros sobre a areia fofa. O rugido da explosão e o deslocamento de ar me atingem ao mesmo tempo.

Permaneço inconsciente por uns instantes, embora ainda possa ouvir os gritos do Pai. Gritos insistentes ao longe, como se o Pai estivesse desesperado com alguma coisa. Ridículo, é claro. O Pai sempre mantém a calma. Nunca se desespera. Com nada.

Desperto ensurdecida. Rolo de lado e apoio o cotovelo no chão para me levantar. Ouço a ordem gritada do Pai:

– Clara, a arma!

Ainda tonta, agarro a coronha da pistola com a outra mão. Olho em volta. O Pai e quatro robôs estão à minha volta, de costas para mim. Eretos ou, no caso do flutuador, levitando dois metros acima do solo. Alvos fáceis; cercando-me com o intuito de me proteger.

Há um rolo de fumaça escura saindo da carcaça fumegante do velho robô flutuador.

– Explodiu... – Resmungo com espanto idiota.

– Atingido por seu próprio míssil. – O Pai explica, continuando a disparar contra os daakis que circulam em torno de nossa formação compacta.

Conto um, dois, três, quatro centauroides. Então, o Pai e os robôs haviam conseguido abater mais dois enquanto estive apagada. Em compensação, noto os destroços de outro flutuador ardendo a coisa de oito metros de distância.

Hoplita está com um furo pequeno no ombro esquerdo, produto provável de um laser de feixe concentrado. Mas continua disparando impassível, como se estivesse num stand de tiro.

O Pai também foi atingido. Seu pé é uma massa vermelha inchada e pulsante. Já não sangra, mas a pele do calcanhar para baixo brilha num tom castanho francamente doentio. Será uma secreção do biotraje tentando sarar a região afetada?

Não há tempo para pensar no ferimento do Pai. Ergo a pistola de agulhas e tento manter um daaki sob minha mira. Disparo. Como o Pai disse, "Fogo à vontade!"

É impossível saber quantas agulhas atingem o alvo. O centauroide não mostra sinais do efeito da toxina, mas me lança um olhar furioso, voltando a cabeçorra para trás à medida que continua seu galope circular.

Erramos a maioria dos tiros e os daakis também. Parece tão difícil para nós fazer mira em alvos móveis, quanto para eles nos acertar enquanto orbitam à nossa volta em sua cavalgada alucinada, saltando para um lado e para outro, na ânsia de fintar nossos disparos.

O Pai urra de júbilo ao perceber ter acertado um dos centauroides num dos braços. Não foi um tiro fatal. Com certo esforço, o daaki consegue passar a arma para o outro braço.

De minha parte, continuo insistindo no mesmo daaki, na esperança de que algumas agulhas estejam atingindo o alvo. Decido apostar no efeito cumulativo das toxinas.

Observo meu daaki... Minha tática está dando certo! Ele parece mais lento. A distância para o companheiro da frente se alarga. O daaki que cavalga atrás dele é obrigado a abrir para fora do círculo a fim de não se chocar contra meu alvo.

Intensifico os disparos contra o inimigo. Elevo a cadência de tiro. Não é hora de poupar munição! Mortos não precisam de armas carregadas.

Agora tenho certeza: ele está grogue. Não sabe direito onde pôr as patas... Está tropeçando! Está caindo!

– Quem atingiu aquele? Clara?

– Acho que fui eu, sim.

– Excelente! Descarregue toda a munição nele! Não queremos que se recupere em alguns minutos.

Sigo o conselho. Mirar num alvo parado é coisa fácil, agora que me acostumei com a pistola.

Sinto o cheiro de ozônio me enchendo as narinas. O robô-aranha acaba de disparar seu feixe de partículas pela primeira vez. À medida que os daakis apertaram o círculo, entraram no raio de ação da arma do robô de fabricação imperial.

O jato de partículas atinge o dorso do centauroide que cavalgara avante do meu daaki. A criatura emite um urro lancinante, contorcendo-se como se tomada por um avatar dos Poderosos. O Pai e Hoplita notam que o inimigo tornou-se uma presa fácil e concentram fogo sobre ele. O robô acerta uma de suas patas traseiras e o Pai abre o feixe contínuo para um ponto imediatamente avante da posição do daaki.

Sempre ouvi falar que não se deve disparar uma carabina laser em feixe contínuo. Um disparo ininterrupto de vários segundos pode consumir toda a carga da bateria catalítica da arma.

Mas o Pai sabe o que está fazendo, já ferido e descontrolado, o daaki cavalga direto para o feixe disparado à sua frente, cruzando-o primeiro com o abdômen robusto, depois com o dorso e finalmente com os quartos traseiros.

A criatura desaba no solo arenoso da Planície, arrastando-se por alguns metros ainda, devido à pura inércia do movimento. O lado voltado para nós exibe um rasgo profundo e sangrento de três ou quatro centímetros de largura, percorrendo toda a extensão do cadáver.

Os dois daakis sobreviventes percebem que foram derrotados. Continuam cavalgando e disparando contra nós, mas abrem gradualmente o círculo a nosso redor. O flutuador remanescente ainda consegue atingir um deles naquilo que num humano seria o osso da omoplata, mas o daaki continua galopando para longe.

Quando já distam coisa de cinquenta metros, os dois centauroides nos voltam as costas e disparam para trás da duna seguinte.

O Pai me fita com o olhar mais intenso que já vi em sua fisionomia normalmente séria e circunspecta.

– Um tremendo batismo de fogo, Clarinha! Vamos lá ver o daaki que você derrubou!

Capítulo 50

É como eu sempre digo: *o primeiro daaki abatido, você nunca esquece.*

Com o peito estufado de orgulho paterno, o Pai nos conduz ao local onde o meu daaki tombou. Após um exame superficial, constatamos que o centauroide ainda está vivo, embora agonizante.

– Overdose. – O Pai explica. – Não vai durar muito.

Sinto-me culpada. Não devia ter disparado tantas vezes contra o daaki depois dele ter caído.

O Pai pergunta ao centauroide em Intercosmo se ele deseja que o deixemos aqui ou prefere que ponhamos fim aos seus sofrimentos. Através do sinal combinado, o daaki opta pela morte rápida.

Tento desviar os olhos, fingindo examinar o padrão de amolgadelas na carcaça de Hoplita. Mas não consigo e observo enquanto o Pai executa a tarefa com calma e precisão. Desenrola coisa de um metro de monofilamento molecular de um carretel que sempre traz preso ao pulso, passa o fio por trás do pescoço do centauroide, fechando uma volta completa. Com um movimento abrupto, puxa as duas extremidades do filamento em direções opostas. Por um instante, penso que o daaki será estrangulado, mas isto não ocorre. O fio se liberta do pescoço do daaki. O Pai limpa o segmento brilhante de sangue no interior da luva de seu biotraje. Então é para isso que a parte interior da luva direita do biotraje dele é revestida com aquela película ínfima de neutrônio...

O daaki permanece imóvel. O Pai golpeia a cabeçorra dele com o pé e ela se destaca do corpo com um salto, rolando pela areia e deixando um rastro sangrento atrás de si.

Finda a cena macabra, verificamos nossos estados e o dos robôs sobreviventes.

Observo o pé do Pai com mais calma. Há agora uma espécie de espuma castanha brilhando e borbulhando em torno do pé, envolvendo toda a região do tornozelo para baixo, anteriormente protegida pelo biotraje. Essa espuma borbulhante é uma parte do biotraje. O organismo sintético não perde tempo no trabalho de regenerar os tecidos calcinados pelo impacto direto de laser.

– Isso dói, Pai?

– Nem um pouco. E as suas costas, como estão?

– Estão bem. Ué? Porque pergunta?

– Clarinha, suas costas estão muito piores do que o meu pé. Você parece uma posta de sangue, está cravejada de estilhaços daquele maldito flutuador misturados com areia vitrificada. Por um momento cheguei a pensar que o biotraje não conseguiria fechar seu próprio rombo a tempo de estancar suas hemorragias. Se ele demorasse mais um ou dois minutos a fazê-lo, teria sido tarde demais para você.

– Que exagero, Pai! Não estou sentindo nada.

– Sei que não está sentindo dor. O biotraje libera enzimas anestésicas inteligentes em seu sistema nervoso. Mas deve estar sentindo uma ligeira comichão se espalhando pelas costas.

– Agora que mencionou... – Observo sua fisionomia risonha. – Pô, Pai! Retiro todas as críticas e reclamações contra o biotraje.

Abrigado atrás da duna, o nosso globhf não sofreu danos.

Hoplita não parece minimamente incomodado com a perfuração no ombro. Embora não se tenha engajado na refrega, o autômato recebeu um tiro de raspão sem maior gravidade. A Aranha não foi atingida. Já o flutuador sobrevivente recebeu um impacto direto de laser. Embora ainda operacional, agora emite um zumbido irritante quando se eleva mais do que alguns centímetros do solo.

Montamos no globhf e retomamos a marcha sem mais delongas. O Pai tem pressa, pois não podemos descartar a hipótese dos daakis sobreviventes da patrulha avançada atraírem o grosso da manada para o nosso encalço.

* * *

Anoitece na Planície Vermelha.

O Pai insiste em prolongar a marcha noite adentro até atingirmos um segundo oásis onde devemos pernoitar. Ao chegarmos lá, montamos nosso acampamento.

À medida que o céu azul da Planície escurece, perdendo seus laivos vermelhos e esverdeados em favor do anil carregado, vestimos nossos visores infravermelhos. O Pai explica que não podemos acender uma fogueira para não atrair as tribos bárbaras.

A noite na Planície é um espetáculo e tanto. Nunca tinha visto tantas estrelas fulgindo no céu ao mesmo tempo! Uma larga faixa estrelada percorre o firmamento de sudeste a noroeste, a meio entre a linha do horizonte e o zênite. Podemos ver o pequeno quarto crescente azulado de Anhangah, o outro planeta biótico de Lobster, onde, sempre segundo as lendas locais, residem os Poderosos, as inteligências superiores hipotéticas que teriam criado esse zoológico de espécies racionais em Ahapooka.

Ao contrário de Anhangah, Ahapooka não possui uma Luna para iluminar suas noites; apenas quatro pedregulhos com poucas dezenas de quilômetros de diâmetro, fragmentos asteroidais de eras passadas, de acordo com as teorias atualmente vigentes em Rhea. Mas, quem precisa de uma lua grande, quando o resplendor dos aglomerados globulares e nebulosas brilhantes é mais que suficiente para que um humano leia numa noite límpida sem necessidade de iluminação artificial?

Amanhã por volta do meio-dia, deveremos estar chegando ao ponto onde, segundo os cálculos do Pai, a nave estelar deve ter pousado ou se espatifado. Espero que sejamos os primeiros a chegar e, sobretudo, espero que não haja daakis nas proximidades do veículo sinistrado.

Se Ahapooka fosse um mundo normal e não um constructo de uma inteligência superior, disporíamos de satélites artificiais para rastrear a trajetória das naves cadentes. Do jeito que a coisa é, uma das regras deste planetinha dos infernos é que nenhum veículo pode levantar voo mais do que meia centena de metros do solo sob pena de ser abatido pelas forças ocultas que regem o funcionamento de tudo aqui em Ahapooka. Muitos tentaram decolar, mas ninguém conseguiu. Exceto, talvez, a nave legendária da terceira expedição de Olduvaii ao Sistema Lobster, a se dar crédito aos boatos que circulam a respeito nas cidades do norte do Litoral Humanoide.

Como as culturas radicadas não dispõem de satélites de comunicação e Ahapooka não possui uma ionosfera digna de menção, aqui as ondas de rádio não constituem um meio prático de transmitir dados a grandes distâncias. Várias nações litorâneas estabeleceram conexão umas com as outras através de feixes de fibras ópticas submarinas. Apesar disso e de vários Estados extensos, como Amphibia, Rhea e o Império serem capazes de manter todos os pontos de seus territórios conectados entre si, de uma maneira geral, em termos de telecomunicações os povos residentes em Ahapooka são forçados a tolerar um perfil tecnológico muito aquém das reais capacitações científicas de suas culturas.

Não há, portanto, quaisquer satélites artificiais ou sondas automáticas riscando os céus límpidos da noite da Planície. Muito menos cidadelas espaciais ou habitats orbitais. Quem quer que sejam os "deuses" que nos mantêm aprisionados nesta superfície planetária, eles parecem ter ideias muito próprias a respeito do tipo de desenvolvimento tecnológico facultado às suas criaturas.

Em compensação, há quase sempre um ou mais pontos fulgurantes nos céus noturnos. Muito mais brilhante do que estrelas. Não são cometas, seus bobos! São os jatos dos propulsores das naves estelares em plena manobra de frenagem para ingressar no sistema.

Capítulo 51

O Pai me desperta cedo. Tomamos um desejejum caprichado, com direito a suco de fruta sintético e tâmaras assadas das palmeiras do oásis.

Ajudo o Pai nas verificações de rotina que antecedem o levantar do acampamento. Nosso globhf pastou a noite inteira e parece pronto e ávido por mais um dia de marcha forçada. Constatamos com alegria que os dois biotrajes já sararam tanto a si próprios quanto aos nossos ferimentos da refrega com os daakis. Pois é, digam o que quiserem dos rheanos – que são orgulhosos e se julgam o suprassumo da humanidade na periferia galáctica – sou obrigada a reconhecer que um povo capaz de fabricar um artefato-simbionte tão maravilhoso quanto o biotraje tem lá o seu valor.

Eu e o Pai tentamos realizar alguns reparos de pequena monta nos três robôs atingidos na batalha de ontem. Soldamos uma chapa de titânio de alta densidade atômica para vedar a perfuração do Hoplita. Uma solução de fortuna que deverá aguentar até o nosso regresso à cidade. Não há muito que fazer acerca dos danos no flutuador sobrevivente, mas lhe trocamos as baterias energéticas por outras com carga plena. O autômato está com a carcaça chamuscada, precisando apenas de uma película de tinta nova, coisa que só lhe poderemos aplicar na cidade.

Galgamos o dorso rugoso do globhf e nos encarapitamos em suas costas. O Pai deixa que eu o conduza um pouco no início e assim iniciamos o segundo dia da expedição em busca da nave estelar.

* * *

– Merda! – O Pai baixa os binóculos e me fita com o rosto vermelho, congestionado. – Chegamos tarde demais!

O Pai deve estar mesmo com muita raiva. É a primeira vez que o vejo praguejar na minha frente.

Ajusto a ampliação de meus binóculos e observo a cena que se desenrola a cerca de um quilômetro, na vasta área plana que se estende além da duna onde nos ocultamos.

Não é um espetáculo bonito de se ver.

A nave interestelar – um colosso cilíndrico maior do que a Grande

Torre da cidade – jaz tombada sob um dos flancos. Dos rombos em vários setores de seu casco emerge uma fumaça negra, indicando um ou mais focos de incêndio grassando a bordo. Não é preciso ser engenheiro para concluir que o veículo jamais levantaria voo de novo, ainda que o planeta permitisse.

Trilhas luminosas de disparos laser e feixes de partículas cruzam o ar tanto em direção à nave quanto a partir dela. Ao que parece, os tripulantes conseguiram afinal retirar algum armamento da nave antes que o comando hipnótico do planeta os compelisse a desembarcar. São humanoides, mas de forma alguma, humanos. Possuem uns dois metros e meio de altura, uma pelagem branca espessa e pernas desproporcionalmente longas em relação ao tamanho de seus troncos.

Há várias dezenas dessas criaturas estendidas no solo ao redor da nave e umas tantas outras de pé, portando umas hastes esquisitas e efetuando disparos energéticos nos atacantes.

Reparo na quase meia centena de cadáveres daakis espalhados ao redor do círculo de tripulantes e concluo que esses também estão sendo assediados por um ataque dos centauroides bárbaros.

Noto então que os atacantes são outros.

Constituem um grupo heterogêneo, composto por alienígenas de várias espécies e vários robôs das mais diferentes procedências. Estão agachados atrás de três ondulações do terreno, existentes a oeste, norte e nordeste do ponto de aterragem.

Predadores!

– Jamais imaginei que veria predadores e daakis aliados uns com os outros!

– E provavelmente jamais verá, Clara. Os tripulantes provavelmente sofreram duas ondas de ataque. A primeira, constituída pelos daakis, e a segunda, pelos predadores. É bem possível que, durante um intervalo de tempo, tripulantes e predadores tenham se aliado para eliminar os daakis. Uma hipótese que explicaria a quantidade elevada de centauroides abatidos.

Creio que o Pai tem razão. Pelo menos faz sentido.

Dois humanoides da nave estão trabalhando na montagem de uma máquina de médio porte, enquanto os outros se esforçam para lhes dar cobertura.

– Uma arma? – Pergunto ao Pai.

– Pelo empenho deles em montá-la, eu diria que sim. Parece um canhão de plasma, mas, em se tratando de tecnologia alienígena, é difícil afirmar.

– Caramba! Ter pensado em retirar um canhão da nave antes de serem forçados a desembarcar... Esses caras são mesmo previdentes!

Noto a irritação do Pai. Conflitos entre predadores e tripulantes sempre o aborrecem. Ele afirma que são ruins para o negócio. Mas sei o que ele pensa de fato. Enfrentar tribos bárbaras ou a concorrências de outros predadores são ossos do ofício, mas chacinar tripulantes recém-naufragados em Ahapooka é coisa bastante diferente.

– Quem são esses predadores?

– Não os conheço. Não são da nossa cidade, com certeza.

Os humanoides concluem a montagem do equipamento. Um deles o ativa. Um tubo da máquina gira, conteirando em direção aos predadores ocultos da ondulação de areia a nordeste da carcaça da nave.

Um jato azulado quase sólido jorra do tubo e atinge a ondulação. O glóbulo de plasma resultante envolve o monte de areia com um brilho azul e amarelo cuja intensidade machuca os olhos. Somos bafejados por uma onda de calor. Quando o fulgor do plasma arrefece, examino a ondulação com os binóculos. Nenhum sinal de vida.

– Os predadores foram mortos? – Pergunto.

– Com certeza.

– Com um único disparo?

– Um disparo de plasma com uma temperatura de milhões de graus.

Então foi por isso que os humanoides sacrificaram vários dos seus para montar o canhão.

O tubo da arma mortífera começa a girar em direção à ondulação norte. Abandonando de vez a prudência, os predadores ocultos nas duas ondulações se erguem e concentram seu fogo no gerador de plasma. Observando a mudança de estratégia do inimigo, os humanoides disparam suas armas contra os atacantes agora vulneráveis.

Consigo contar oito, nove, dez predadores abatidos numa questão de poucos segundos, mas o fogo concentrado dos atacantes acaba atravessando a muralha constituída pelos corpos dos humanoides e atingindo o canhão de plasma. A arma efetua um segundo disparo, atingindo os predadores a norte da nave. O glóbulo ardente não consegue envolver todos os atacantes, já sabiamente dispersos em linha ao redor da posição sitiada. Mesmo chamuscados e certamente sofrendo de dores atrozes, os sobreviventes desse segundo disparo se recuperam e retomam o fogo contra o canhão, juntando seus disparos aos efetuados pelo grupo de companheiros não atingidos.

A cor da carcaça do canhão muda de cinzento escuro para um vermelho alaranjado. Os humanoides tentam se afastar do reparo o mais rápido possível. Mas não são rápidos o bastante, pois a explosão da máquina os colhe em cheio, lançando-os ao solo crivados de estilhaços. Labaredas de fogo azulado lambem seus corpos inertes.

O Pai exclama um palavrão cabeludo. Não há sobreviventes entre os náufragos.

– Vamos embora, Clara. Não há mais nada para ver aqui.

* * *

Abandonamos a cena da batalha sem chamar atenção. Sei que o Pai nutriu esperanças de que os humanoides mantivessem a vantagem contra os predadores. Talvez então tivéssemos sido capazes de engajar em seu favor, ajudando-os a escorraçar os atacantes e, mais tarde, estabelecer um acordo com os náufragos remanescentes.

Com Lobster já baixo à nossa direita, o globhf e os robôs caminham rumo ao sul, iniciando a viagem de regresso à cidade.

A noite chega nos surpreendendo em plena marcha rumo ao oásis onde pernoitaremos. O céu estrelado com milhares de pontos fulgurantes é um espetáculo que não me canso de admirar à medida que o globhf avança, calcando as dez patas largas nas cálidas areias pardas da Planície.

Uma estrela brilhante se desloca, riscando o firmamento de oeste para leste, conduta deveras anômala quando comparada às rotas previsíveis de suas companheiras fixas.

– Uma nave! – O Pai aponta e na areia os robôs interrompem a marcha para contemplar o fenômeno. – Uma nave prestes a pousar!

Pousar? Mas esse veículo parece estar manobrando... Como se os tripulantes tivessem pleno domínio de seus controles.

Sempre pensei que nenhuma nave interestelar pudesse se aproximar tanto assim de Ahapooka mantendo controle de sua trajetória. A não ser que se queira dar ouvidos à lenda da nave autoconsciente que teria trazido a terceira expedição de Olduvaii ao Sistema Lobster.

– Acelerar passo! – O Pai comanda, eufórico. – Vamos atrás dela. Não deve pousar longe daqui. Com um pouco de sorte, seremos os primeiros a chegar ao local de aterragem.

Ele incita o globhf a apressar o passo e altera nossa direção para leste, orientando a montaria pela trajetória aparente da nave. Calados, os robôs nos acompanham.

– Pai, na certa é besteira minha, mas, pelo pouco que já ouvi a respeito, essa nave aí em cima me faz lembrar outra de que já ouvimos falar. A nave de Tannhöuser que trouxe Europa e Spartacus a Ahapooka. Mas, segundo me consta, os dois afirmaram que Olduvaii jamais enviaria uma quarta expedição.

– Estou pensando na mesma coisa. Se for uma nave de Tannhöuser, menina, nós estamos feitos!

Com esta perspectiva em mente, continuamos avançando para leste sob o céu estrelado da Grande Planície Vermelha.

Capítulo 52

Mais de uma hora depois do veículo *manobrável* ter desaparecido sob o horizonte leste, ouço um trinado agudo, mas abafado, vindo do noroeste.

– Alto. – O Pai comanda, fazendo o globhf parar com um puxão nas antenas.

– O que é isto? – Pergunto, inquieta.

– Não estou bem certo, mas pareceu a voz de um velho amigo.

Um tamborilar semelhante ao das patas do nosso globhf, porém mais grave, aproxima-se de onde estamos. Giramos nossa montaria para ver do que se trata. Depois de alguns segundos de espera nos deparamos com duas dezenas de robôs humanoides de última geração.

Uma das máquinas, cuja carcaça dourada faísca à luz das estrelas, aproxima-se com as armas abaixadas, bradando num ânglico respeitoso:

– Patrãozinho! Há quanto tempo!

Olho para o Pai. Ele parece francamente confuso.

– Nicodemos? A voz é a mesma, mas...

– Isto mesmo, patrãozinho! O bom e velho Nico! O mesmo cérebro biofotônico numa carcaça nova e reluzente.

O Pai solta um suspiro de alívio. Seja lá quem for o robô, trata-se de um amigo.

– Faz muito tempo realmente, Nico. Onde está o baixinho?

– Logo aqui atrás, meu garoto! Uma voz esganiçada brada num ânglico roufenho, mas perfeitamente compreensível, de trás da duna mais próxima.

Primeiro vejo a cabeça repleta de antenas de um alienígena pequenino emergir do topo da duna. Em seguida vem um corpinho modesto, encarapitado na carapaça de um autêntico colosso. Sem dúvida o maior globhf que eu já vi!

Os robôs dourados rodeiam o globhf gigantesco. Agora são quase meia centena de máquinas de combate. Quem seria o predador capaz de dispor de tantos robôs sofisticados?

– John! Há quanto tempo...

– Meu querido Aeneas! Como tem se saído o meu predador humano?

– Bem, eu acho. Sobrevivendo em harmonia com a Lei da Planície.

O alienígena aparentemente não dispõe de qualquer dispositivo ou implante para auxiliá-lo a articular nossa língua, embora sua pronúncia seja bastante inteligível. Seu domínio do vocabulário é melhor do que o de muitos humanos que possuem o mandarim ou o looson como primeiro idioma.

O Pai e o alienígena diminuto parecem gozar de certa intimidade. John? O Pai chamou esse predador de John... O único predador alienígena chamado John de que já ouvi falar é o legendário John Smith, guia do sábio Spartacus e da bela Europa em suas peregrinações pela região norte da Banda Ocidental.

– E a moçoila, quem é?

Um alienígena que sabe distinguir o sexo de uma criança humana? Não era o tal Smith que se vangloriava de ser um grande estudioso da cultura e dos costumes humanos?

– Minha filha, Clara. – Voltando-se para mim, o Pai acrescenta – Clarinha, esse é John Smith, explorador emérito e lenda viva entre os predadores da Grande Planície. Foi ele que me ensinou o ofício.

– O grande John Smith... – Gaguejo como uma idiota. – Mas fazem mais de três séculos desde que Europa e Spartacus chegaram a Ahapooka...

– E o que tem isto, criança? Imagino que esse casal humano ainda deva ter um ou dois milênios pela frente. – Do topo de seu globhf, o alienígena minúsculo treme as anteninhas para mim, com um ar que eu diria simpático. – E, para mim, ora, para mim, é como se nossas façanhas e aventuras na Grande Planície, na Floresta Louca e no Planalto da Solidão houvessem sido ontem à tarde.

Então é mesmo John Smith! Ele e o Pai parecem ser velhos amigos e o Pai disse que Smith lhe ensinou o ofício de predador. Hummm... Isto explica muita coisa.

– E aí, Aeneas? Também segue o rastro desse estranho prodígio que cruzou o céu há poucas horas?

– Exato, John. E então, como ficamos?

– Você sabe que não costumo dividir minhas presas com outros predadores. – O alienígena afaga uma antena com uma das quatro mãozinhas tridáctilas. – Mas como negar um quinhão àquele que me foi confiado como se fosse meu próprio filho? No que me diz respeito, estamos juntos nesta parada. Meio a meio, de acordo?

– De acordo, pequenino.

Confiado à guarda do legendário John Smith para que esse o cuidasse como se fosse seu filho? O Pai vai ter muito o que explicar quando houver tempo para conversarmos a sós, ah se vai!

* * *

Eu e o Pai unimos nossas forças às de Smith. Nosso globhf segue ao lado do espécime maior e mais robusto do predador alienígena. Cavalgamos noite adentro rodeados pelo séquito de robôs de combate reluzentes à luz das estrelas, ante os quais nossos quatro sobreviventes da batalha contra os daakis fazem uma figura triste e esquálida.

De vez em quando, olho para o lado e para o alto e me surpreendo com a presença diminuta, mas impressiva de Smith.

Ele e o Pai conversam um pouco durante a noite, enquanto eu permaneço quieta, fingindo dormir. Smith fala de conhecidos comuns humanos e alienígenas com os quais o Pai parece ter perdido contato há muito. Este conta a história dos três últimos quartos de século de sua vida, desde a última vez que estivera junto ao amigo e mentor. Fala da cidade, da Mamãe e de mim. E, por último, conta da fuga dela para Rhea.

– Porque você não falou com Europa? Bastaria uma palavra sua e ela jamais permitiria que a cidadania de sua esposa fosse concedida.

O Pai falando diretamente com a primeira hierarca de Rhea? Pedindo-lhe um favor desta ordem... Nem sabia que ele possuía conhecidos por lá... As coisas estão tomando um rumo cada vez mais esquisito.

– Se ela deseja residir em Rhea, por que eu deveria impedi-la?

– Por quê? Ora, porque... – O alienígena gagueja, como se a pergunta o houvesse pegado desprevenido. – Afinal, você não a ama?

– Já não sei ao certo. – O Pai responde depois de pensar um pouco. – Houve época em que julguei amá-la. Mas essa época me parece hoje muito distante. Se não fosse pela falta que ela faz à Clara, não teria nada a lamentar.

Ora! E essa, agora!

– Ah, vocês humanos são muito estranhos! Mais de três milênios dedicados ao estudo sério de sua espécie e por vezes ainda me bate a impressão de que jamais irei entendê-los.

Smith está certo, em parte. Os pais são muito estranhos! Sempre pensei que o Pai e a Mamãe estivessem juntos porque ainda sentissem algo um pelo outro.

No entanto, a Mãe – que é quem mais deveria se preocupar com a falta que faria – se mandou sem maiores justificativas.

Capítulo 53

Lobster está prestes a surgir no horizonte leste da Planície Vermelha.

Os primeiros raios fulgem no casco esférico e liso da nave recém-pousada que descansa placidamente sobre seis largas sapatas circulares. Mesmo com meus binóculos em ampliação máxima, não observo sinal algum de chapas ou emendas. É uma nave pequena, com coisa de cinquenta e cinco, sessenta metros de diâmetro, no máximo. Ao que eu saiba, é o primeiro veículo interestelar a efetuar um pouso voluntário em Ahapooka desde a chegada da célebre terceira expedição de Olduvaii há trezentos anos.

– Uma belezinha! – O Pai exclama entusiasmado. – Parece uma naveta auxiliar.

– Não se deixe enganar pelo tamanho diminuto, – Smith explica, – ela é igualzinha à outra, a que trouxe Spartacus e Europa. E eu me lembro bem do que aquela nave era capaz.

Smith deve estar certo. Afinal, ao contrário do colosso cilíndrico em cujo encalço partimos há três dias, essa navezinha não só pousou incólume como ainda o fez pela vontade de seus tripulantes.

– Patrão, está abrindo por baixo! – O robô Nicodemos exclama, apontando para o veículo.

Verifico com os binóculos em infravermelho. Uma escotilha que eu não havia notado se abre no hemisfério inferior, três metros acima do polo sul da nave. A rampa de desembarque serpenteia para fora ondulante, tornando-se rígida ao tocar o solo.

Durante alguns minutos, nada acontece. O Pai e Smith aguardam em silêncio. Quanto a mim, não fosse a ação antidistônica suave de certas enzimas do biotraje, aposto que estaria me coçando toda de pura ansiedade.

Os robôs de Smith estão em sua maioria espalhados num grande círculo ao redor do veículo pousado na Planície, ocultos atrás de dunas, rochas e elevações do terreno. Mantêm comunicação via rádio uns com os outros e com seu dono. Os nossos se reúnem à nossa volta para qualquer eventualidade.

De comum acordo, o Pai e Smith decidem se aproximar da rampa.

O globhf maduro e o mais jovem demandam lado a lado, deixando trilhas gêmeas de pegadas na areia ainda fria da manhã.

Estacionamos a poucos metros da escotilha aberta. Não conseguimos vislumbrar nada do interior do veículo. Mas não precisamos esperar muito.

Um casal humano emerge da abertura e nos fita do alto da rampa. Com um ar confiante, descem passo a passo, o humano na frente, portando uma metralhadora laser ou similar apontada para o solo. A humana que o segue logo atrás aparentemente não dispõe de armas. Ambos estão trajando o que parece ser um modelo mais leve e flexível de biotraje.

– Bom dia. Como têm passado? – A humana indaga num ânglico cordial. – Sou Pandora e esse é meu companheiro, Talleyrand. Viemos de Tannhöuser, Sistema Olduvaii.

Os dois possuem epiderme clara e cabelos castanhos. A cabeleira de Pandora é quase loura, já a de Talleyrand é mais escura, da cor da minha. Pandora possui olhos muito belos: são cor de mel, grandes e brilhantes. Os olhos de Talleyrand são verdes, não tão bonitos quanto os do Pai.

– Sabemos que vieram de Tannhöuser. – John Smith toma a palavra. O Pai e eu deixamos. Afinal, ele possui uma experiência razoável no trato com os humanos olduvaicos. – Somos amigos de Spartacus e Europa, da terceira expedição.

Os recém-chegados trocam olhares surpresos. Há pelo visto um alto grau de empatia entre esses dois humanos. Ela assente ao companheiro e este fala pelos dois:

– Ouvimos falar de Spartacus pelas transmissões recebidas de Tannhöuser. Era o comandante da terceira expedição. Mas, quem é Europa? Seria a criança prevista para nascer a bordo durante a viagem para Lobster?

– Exato. – O Pai confirma. – A criança se tornou adulta e hoje é a primeira hierarca de Rhea a Magnífica, a principal nação humana de Ahapooka. E minha mãe.

– Pai! Você nunca...

– Depois, querida. Depois.

Pandora e Talleyrand trocam novos olhares. Ela parece ligeiramente divertida, embora tente dissimular o sentimento sob um ar sério. Já o companheiro mantém uma expressão fechada e enigmática.

– *Ahapooka*... – A humana olduvaica mastiga a palavra com cuidado, analisando sua textura. – Isto não é ânglico, é?

– É looson. – Explico. – O outro idioma oficial de Rhea. Segundo creio, em Tannhöuser vocês agora empregam a designação ânglica *Skirmish* quando se referem a nosso mundo.

Os recém-chegados fazem um gesto de assentimento. O Pai me contou que os olduvaicos da primeira expedição se referiam ao nosso mundo como "Zoo".

– E a *Lucky Man*, vocês acaso sabem onde ela está? – Talleyrand indaga num tom neutro. – Não conseguimos estabelecer contato com ela durante as manobras de frenagem e aquisição de órbita.

– Se está se referindo à nave da terceira expedição, ela deve estar a meio caminho de Olduvaii. – Smith responde, jovial. – Partiu há mais de duzentos anos THP para prestar contas da missão.

– Partiu deixando seus tripulantes para trás nesta superfície planetária inóspita? – Pandora arregala os olhos. – Impossível.

Smith abre a boca minúscula para ripostar, mas é interrompido pelo zumbido de seu comunicador. Sacode uma antena, ativando o aparelho e todos ouvimos em meio a um chiado baixo, mas constante.

"Patrão, uma grande manada de daakis aproxima-se a galope pelo sul e pelo leste! Estimo o número em pelo menos setecentas cabeças."

– Muito bem. – O alienígena aceita com um suspiro. – Aeneas, meu velho, prepare-se para uma luta das boas!

O casal humano recém-chegado faz um ar de espanto, fitando-nos com cara de quem não está entendendo nada.

Capítulo 54

Estamos cercados.

Os robôs de Smith recuam, formando um círculo defensivo em volta da nave esférica. Os nossos se integram num segundo sistema de defesa mais interno, coordenado por Nicodemos e o Pai.

São centenas e centenas de daakis. Provavelmente, o grosso da tribo daquela patrulha avançada que trucidamos anteontem.

Apressado, Papai me dá uma palmadinha enquanto me joga a outra carabina laser. Não dá nem tempo de manifestar o orgulho que sinto, pois tenho que prestar atenção às explicações do "baixinho" para aprender a manejar a nova arma.

Os dois humanos extraplanetários observam tudo com um ar aparvalhado. Parecem em estado de choque. Os beócios não mexem um músculo para nos ajudar.

Os daakis galopam à nossa volta, cavalgando em zigue-zague para se esquivar aos nossos disparos. Nossos robôs e os de Smith disparam suas armas, atingem alguns inimigos, mas não derrubamos nenhum desta vez.

Do alto de seu globhf, Smith se volta para os humanos recém-chegados com ar indignado.

– Será que vocês não poderiam dar uma mãozinha? Se bem me lembro, há uns três séculos a outra nave de Tannhöuser aniquilou meia dúzia dos meus melhores robôs de combate num tremer de antenas.

Pandora e Talleyrand se olham sem entender. E o pior é que ninguém tem tempo ou paciência para explicar.

A batalha se torna mais intensa com o passar do tempo. Estimo por baixo em meia centena a quantidade de cadáveres daakis espalhados na Planície à nossa volta. O cano da minha carabina está morno. Atento como sempre, Smith para de disparar sua submetralhadora minúscula para me arrumar uma bateria sobressalente, retirada do alforje de seu globhf, pois a original da minha carabina acaba de descarregar.

Os daakis apertam o cerco. Temos os guerreiros de uma tribo inteira à nossa volta.

Depois de sofrerem baixas pesadas, os robôs de Smith que

mantêm nosso perímetro defensivo recebem ordens de recuar até as dunas e ondulações atrás das quais nos abrigamos. As máquinas humanoides rastejam até nós, sem interromper seus disparos contra o inimigo.

Em duas horas de combate cerrado Smith já perdeu mais de vinte robôs. Indignado com a cifra levantada por Nicodemos, Papai cobra dos humanos de Tannhöuser:

– Como é que é? Vocês pretendem ficar aí só assistindo aos daakis nos massacrar? – Ele fala por sobre o ombro entre um disparo e outro. – E você, rapaz, essa metralhadora funciona de verdade, ou é só *pra* enfeitar?

– Funciona muito bem. Mas só posso utilizá-la no cumprimento de nossa missão.

– Olha aqui, meu camaradinha, – Smith sacode no ar o punho fechado de um de seus quatro bracinhos – não sei bem qual é a sua missão neste mundo e nem me interessa saber. Só sei que mortos vocês não conseguirão cumpri-la...

Nicodemos é atingido no tórax e tomba na areia. Papai se ergue de nossa *trincheira* e corre até o ponto onde o robô-líder de Smith jaz inerte.

O alienígena ordena aos seus robôs:

– Forneçam cobertura ao Garoto! Demóstenes, assuma o comando de linha.

Nicodemos é pesado demais, mesmo para um humano forte como o Pai. Num esforço hercúleo, consegue erguer o amigo do solo, mas seus pés afundam na areia fofa e ele cambaleia em nossa direção sob o peso do robô.

Quando está quase chegando a nosso posto, seu dorso é subitamente banhado por um clarão vermelho muito intenso.

– Papai!

Ele desaba sobre nós. Há um buraco sangrento de mais de um palmo em suas costas. Em meio ao desespero, sinto o cheiro terrível da carne queimada. Carne humana e tecido orgânico de biotraje, calcinados e fundidos numa única cratera escura.

Nossos robôs e os de Smith fazem o melhor possível para cuidar do Papai. Mas com o biotraje rompido, na verdade há muito pouco que possamos fazer.

Choro convulsivamente como uma criancinha, mas interrompo o pranto ao ouvir o clique seco da trava da submetralhadora de Smith.

Levanto o olhar de Papai para o topo do globhf do alienígena. Em meio às lágrimas observo-o regular a arma para fogo concentrado.

– Muito bem, seus cabeças de merda! Não sei o que vocês estão pensando da vida, mas agora eu estou à espera de um dos famosos prodígios dos emissários do Planeta dos Sábios! Se não salvarem meu amigo, eu mesmo vou matá-los! E bem devagarinho, entenderam?

Talleyrand engole em seco.

Imperturbável, Pandora apenas assente com um gesto quase imperceptível. Olho para o corpo de Papai estendido na areia. Seus sinais vitais enfraquecem a cada segundo, à medida que o que resta do biotraje ainda luta para mantê-lo vivo numa batalha perdida.

Muito baixo, como se viesse de outro mundo, ouço o sussurro da humana.

– Nave, agora.

Pelos Poderosos! As fúrias do inferno relampejam sobre os daakis! Olho para o alto e observo vários feixes contínuos de laser e plasma jorrando do polo norte da nave de Olduvaii. Cinco, dez, dezenas de feixes! Vermelhos, azuis e amarelos. Isto é o que sou capaz de enxergar. Posso apenas imaginar a quantidade de radiação invisível que o veículo deve estar despejando nos centauroides.

Esses tombam como moscas sob ação de bioinseticida e se desfazem em cinzas tão logo tocam as areias em torno da nave. Em poucos segundos, já existem dez vezes mais montículos de cinzas coalhando a Planície do que cadáveres de inimigos derrubados nas últimas horas.

Agora compreendo porque os Poderosos não querem nem ouvir falar de naves interestelares vagando incólumes e sem controle por seu zoológico planetário. Em questão de segundos um engenho desses é capaz de ceifar milhares de vidas!

Os bravos guerreiros daakis estão visivelmente alarmados. Não entendem a natureza do portento malévolo que se abate sobre eles, pois estão certos de que não restam tripulantes dentro da nave. Mas sabem que já tiveram o bastante por hoje. Uma série de assobios agudos enche o ar da Planície e as poucas dezenas de centauroides sobreviventes ao massacre rompem o círculo à nossa volta e galopam para longe a toda velocidade, sem sequer se preocuparem em ripostar os disparos dos poucos robôs de Smith ainda engajados no combate.

Mal os daakis iniciam sua fuga, volto a atenção para Papai e começo a chorar de novo.

– Muito bem, o mais fácil já foi feito. – O alienígena declara num tom gélido. – Mas ainda estou à espera do milagre que salvará a vida do meu amigo... e as vossas.

Como se obedecessem a um comando verbal de seu dono, todos os robôs que não estão cuidando de Papai miram suas armas ainda quentes em direção ao casal de humanos.

– Creiam, se Aeneas morrer hoje, nem vossa nave será capaz de salvá-los. Pagarão caro, se não em minhas mãos, nas da mãe dele. Pois Europa não descansará enquanto não despejar toda a fúria de Rhea sobre vossas cabeças!

Recordo novamente o estranho parentesco de Papai com a primeira hierarca de Rhea. Mas não é hora de traçar minha árvore genealógica. O mais importante agora é observar a reação dos olduvaicos.

Eles se olham e fazem gestos de assentimento mútuo. Talleyrand dá meia-volta, fazendo menção de regressar à nave pela rampa de desembarque. Mas imobiliza-se no meio da ação, como se um campo energético invisível o detivesse.

– Querida, simplesmente não consigo voltar para dentro!

– Como assim, não consegue? – Ela indaga com a surpresa mais sincera da Periferia estampada nas faces.

– Merda! É o bloqueio hipnótico! – Smith explica. – Atinge todos os humanos e alienígenas, tanto os tripulantes das naves quanto os nascidos no planeta... Tive esperança de que pelo menos um de vocês fosse imune, como Spartacus...

Por um segundo Pandora fita Smith com um ar pensativo enigmático. Então, de repente parece compreender a natureza de nossos apuros.

– Não há problema. Imagino que talvez eu seja capaz de regressar para dentro da Nave.

– É? – Eu, Smith e Talleyrand perguntamos ao mesmo tempo.

Ela faz que sim. Ainda sob a mira dos robôs, avança em direção ao corpo de Papai. Smith faz um gesto com o cano da arma e os robôs que cuidam dele se afastam um pouco para deixá-la se aproximar. Ela se ajoelha e coloca os braços por sob o corpo estendido. Demonstrando uma força insuspeitada, ergue-o do solo como se Papai não pesasse nada. Recua um passo e dá meia-volta, dirigindo-se para a rampa. Os robôs se afastam respeitosos. Não é todo dia que presenciamos um milagre. Já no meio da rampa ela para, como se hesitasse. É o bloqueio fazendo efeito, concluo desesperançada. Mas Pandora cerra os maxilares e retoma o passo, desaparecendo com Papai no interior da nave.

Ela conseguiu regressar à nave! Smith exigiu um milagre e Pandora realizou-o para nós

Smith libera um suspiro de alívio bastante humano. Talleyrand também suspira quando os robôs, reagindo à atitude de seu dono, baixam as armas até agora miradas para o outro humano olduvaico.

É necessário, contudo, um segundo milagre, maior e mais vital do que o primeiro.

– John, você acha que ela vai conseguir curar o Papai?

– Não sei, querida. Se alguém pode fazê-lo, esse alguém é um humano de Tannhöuser com acesso à tecnologia do Planeta dos Sábios. Só nos resta torcer pelo melhor.

Talleyrand espreguiça-se, relaxando a musculatura tensionada, e faz um pedido estranho, mas compreensível diante das circunstâncias.

– Falem um pouco mais sobre esse tal bloqueio hipnótico.

Com a paciência recobrada e desejando talvez fazer o tempo passar mais rápido, o baixinho começa a explicar.

Quanto a mim, continuo pensando no Pai... em Papai... E choro baixinho.

Capítulo 55

Faz duas horas e quarenta minutos THP que Pandora levou Papai para o interior da *Penny Lane*. Parecem dois dias... Smith gasta seu tempo me contando histórias das maravilhas da ciência de Olduvaii na tentativa de me dar esperanças.

Gostaria de nutrir esperanças. Mas observei bem o estado de Papai quando Pandora o tomou em seus braços. Já não respirava mais. Seu biotraje começava a escurecer. O escurecimento, segundo a confissão de um Nicodemos já recuperado e cheio de remorsos, é um sinal claro da falência generalizada do organismo que constitui a vestimenta.

Penso no que eu sabia a respeito do Papai antes da fuga da Mãe e no que aprendi com ele e sobre ele nestes últimos dias, durante os preparativos da nossa partida e nesta primeira expedição predatória. Percebo que a maior parte do que eu julgava saber sobre ele me foi contado pela Mãe. Não a culpo por ter contado tão pouco. Pois, como eu própria, ela pouco o conhecia.

Será que ela sabia que ele é filho de Europa e Spartacus e, portanto, descendente em linha direta dos sábios legendários de Olduvaii? Duvido muito. Do jeito que a Mãe era, caso soubesse, viveria se jactando da nobre estirpe do companheiro aos demais humanos da cidade. E provavelmente não teria fugido para Rhea. Como compreendo Papai agora... Em seu lugar, também não teria revelado minha ascendência.

O mais triste de tudo é estar prestes a perdê-lo, logo agora que comecei a conhecê-lo de fato e a amá-lo de um modo que jamais teria julgado possível uns poucos dias atrás.

Começo a chorar de novo. Não quero nem pensar no que farei se...

– John, se Papai morrer...

– Deixa de ser boba, menina! O teu pai não vai morrer, não!

– Embora eu não seja um especialista, – Talleyrand opina num tom de quem já se tornou mais ou menos íntimo nestas últimas horas do meu limbo de agonia, – eu diria que ele tem boas chances de escapar desta. Se eu fosse você, criança, guardaria minhas lágrimas para mais tarde.

– Mas se...

– Não se preocupe. – Smith interrompe, adivinhando onde quero chegar. – Se o pior acontecer, é claro que terei o máximo prazer em cuidar de você, do mesmo modo que um dia assumi, há mais de dois séculos, a responsabilidade pela educação dele. A menos que você prefira que eu a leve para Europa e Spartacus.

– Prefiro ficar contigo.

– Como eu disse, será um prazer. Só que não vamos precisar de nada disso, pois se Pandora é metade de quem eu penso que é, vai conseguir trazer nosso Aeneas de volta.

Eis que as palavras de Smith se tornam proféticas, porque neste instante a escotilha da *Penny Lane* se abre novamente.

Papai desce a rampa de desembarque caminhando com suas próprias pernas! Veste uma roupa branca colante, um biotraje semelhante ao do casal de humanos recém-chegados.

– Papai!

Corro para abraçá-lo. Ele estende os braços, me ergue no ar como se eu não passasse de uma cerda de globhf e me gira em torno de seu corpo, repetindo meu nome várias vezes.

Finalmente me põe no chão e olha para mim como se já não me visse há um bom tempo.

– Ainda não foi desta vez, Clarinha!

– Mas esta passou perto, né? – Reclamo, enlaçando-o pelo pescoço num abraço apertado e beijando-o nas bochechas. Não me importo nem um pouco com a barba por fazer, motivo de queixas frequentes por parte da Mãe.

Pandora emerge da escotilha. Apesar de ter salvado Papai da morte certa, não parece mais orgulhosa ou satisfeita do que antes. Com um ar circunspecto, coloca-se ao lado de Talleyrand, afagando-lhe o braço num gesto carinhoso.

Ninguém fala nada por alguns momentos. Olho para Papai que observa Pandora com um ar de gratidão. Smith tenta se mostrar tão impassível quanto a humana, mas acaba traindo sua satisfação no tremor ligeiro das antenas olfativas.

O impasse é quebrado pela própria Pandora.

– Gostaria que nos desculpassem por nossa passividade ante o ataque dos centauroides. Fomos treinados para evitar ao máximo interferir nas contendas dos nativos. Levamos tempo demasiado até perceber que vocês não estavam tentando defender apenas a si próprios, mas a nós e à Nave.

– Desculpas aceitas. – Smith declara satisfeito. – Vocês se redimiram ao nos devolver Aeneas são e salvo. Além disso, não fosse o apoio de fogo de sua nave, é bem provável que todos estivéssemos mortos ou aprisionados a esta altura.

– Muito bem. – Pandora exibe pela primeira vez o seu sorriso cativante. – Isto posto, agora que Aeneas já me explicou a natureza do ofício dos predadores, passemos aos negócios.

Papai e Smith estabelecem entendimento instantâneo através de uma troca de olhares brevíssima. Não sei se é impressão minha, mas acabo de vislumbrar boa dose de sagacidade sob a meiguice e a candura deliberadas dessa Pandora.

– Aos negócios, então. – Smith concorda com um ar pragmático. É reconfortante constatar que os recém-chegados não estão lidando com amadores.

– Como os tripulantes da *Lucky Man*, não precisamos dos préstimos de predadores, visto que mantemos poder de acesso à nossa nave. – Pandora faz uma pausa neste ponto e lança um olhar breve ao companheiro. Talleyrand assente sua concordância e ela continua. – Mas, como nossos conterrâneos que nos antecederam, também necessitamos de guias experientes para nos conduzir ao núcleo urbano mais próximo.

– Como Aeneas talvez já lhe tenha explicado, – Smith fala num tom arrastado que já descobri ser seu *modo negociador*, – já exerci esse ofício no passado. Seus compatriotas, Spartacus e Europa, sentiram-se tão satisfeitos com os serviços prestados que, meio século mais tarde, confiaram-me seu único filho para que eu fizesse dele um predador.

– Percebo. – Talleyrand murmura, sorrindo com um olhar sério. – Mas se você não se importa, preferimos que vá direto ao ponto.

– Perfeitamente. – Papai concorda com um sorriso ainda mais cínico. – Como sabem, tudo na Periferia tem seu preço...

– Ah, eu sabia... – O tom do humano já não soa tão amistoso. – Salvamos suas vidas e ainda somos obrigados a ouvir isto? Porque se julgam no direito de...

– Nós aceitamos. – Pandora interrompe com a voz firme de quem não admite discussão.

– Mas, querida, nós não...

– Sei o que estou fazendo. – A humana declara, apertando o bíceps do companheiro. Ele cerra os lábios, contrariado, e fita Papai com uma expressão de "se-o-olhar-pudesse-fulminar". Mas sua companheira continua, indiferente ao conflito de egos entre os dois. – Como disse, estamos dispostos a pagar qualquer preço razoável para tê-los como guias. Faremos uma primeira coleta de dados na cidade mais próxima. Mais tarde, pretendemos que nos conduzam a uma excursão pela Banda Ocidental. Pode ser?

Papai e Smith se olham e assentem um ao outro. O alienígena responde pelos dois:

– Pode ser. O nosso preço é quatrocentas baterias energéticas de fabricação olduvaica, modelo padrão, tamanho médio.

– Quatrocentas? – Pandora indaga espantada. – Isto não é um *pouquinho* mais do que Spartacus lhe pagou?

– Fechamos negócio por duzentas baterias pequenas, mas isto foi há trezentos e poucos anos. Na época, não tive muita escolha, coisa que hoje não ocorre. Além disso, houve a questão do privilégio de conduzir a primeira expedição de Olduvaii que foi capaz de manter sua integridade estratégica após a aterragem em Ahapooka. Vocês são apenas a segunda expedição olduvaica que consegue esse prodígio.

– Mas, pelo pouco que depreendo da economia confusa deste planeta, – Pandora reclama, – o que nos pede é uma pequena fortuna!

– Para nós, sim. Para vocês, uma ninharia, estou certo. – Smith replica, firme como o sopé das Cordilheiras Colossais.

– Percebo. – Pandora suspira como se estivesse subitamente cansada. Tudo não passa de fingimento, pois noto alegria no fulgor de seus belos olhos cor de mel. – Deviam proibir alienígenas matreiros como você de explorar humanos ingênuos, recém-chegados ao planeta...

Capítulo 56

Levamos afinal Pandora e Talleyrand para nossa cidade. Não era exatamente o núcleo urbano mais próximo, mas nossos amigos olduvaicos só descobriram nossa esperteza depois de muito bem instalados. Urb se tornou uma cidade rica e famosa há trezentos anos pelo fato de ter abrigado Spartacus e Europa por alguns meses, após a chegada deles a Ahapooka. Quem sabe o mesmo não ocorrerá agora com nossa cidade?

Só que, pelo visto, nossos contratantes não pretendem permanecer muito tempo na cidade. Já falam em visitar Rhea e travar contato com aqueles que os antecederam.

A se acreditar nas histórias de Pandora e Talleyrand, o casal deveria ter constituído a terceira expedição de Olduvaii a nosso sistema no lugar de Spartacus e Europa. Contudo, foram obrigados a se desviar de Lobster para cumprir uma missão vital de última hora. Uma missão que, em tese, deveria salvaguardar os interesses de uma espécie tutelada da humanidade olduvaica. Por causa de sua demora em regressar do tal sistema remoto, os hierarcas de Tannhöuser nomearam outra equipe para a terceira expedição.

Enquanto o casal de olduvaicos não se decide quanto ao que fazer, eu e Papai temos dado prosseguimento à nossa carreira predatória. Compramos dez novos robôs humanoides de fabricação rheana, último modelo, com uma parte da nossa metade nos ganhos com a comercialização das baterias olduvaicas.

De algum modo, a notícia da chegada da quarta expedição de Olduvaii filtrou-se até Rhea. Agora nossos nomes são respeitados, dentro e fora dos círculos de predadores da Grande Planície Vermelha. Meus colegas de escola me olham com outros olhos. Agora ninguém mais troça de mim por eu ser a filha do predador humano.

Ontem mesmo recebemos um holo da Mãe, trazido dentro de um malote postal de uma caravana vinda do norte.

Considero um ótimo sinal que ela não tenha usado o link óptico subterrâneo privativo dos hierarcas de Rhea, que o próprio Spartacus empregou para cumprimentar Papai na semana passada.

A Mãe disse que se sente muitíssimo orgulhosa de nós dois e

insinua sem muita sutileza que se considera madura o suficiente para voltar ao convívio familiar. Papai e eu quase choramos de tanto rir ao imaginar a Mãe sacolejando o traseiro no topo de nosso globhf. Algumas boas gargalhadas mais tarde, esquecemos o assunto. Ela escolheu o caminho dela. Eu, o meu.

Ao fim da madrugada, com os primeiros raios de Lobster faiscando no cume das muralhas leste, atravessamos os portões sul da cidade montados em nosso globhf, atrás de outra dica quente. Nossos agora quatorze robôs nos acompanham como séquito e escolta. Os novos biotrajes, brancos como a neve do alto das Cordilheiras Colossais, foram presentes de Pandora e Talleyrand. Eles refletem esses primeiros raios avermelhados que, segundo a lenda, teriam levado um humano da Terra a batizar o primário com sua designação atual em ânglico.

Puxo conversa com Papai para espantar o restinho de sono.

– Compreendo o motivo de jamais ter dito à Mãe que é filho de Europa e Spartacus. Mas por que nunca falou para mim? E por que não lhes contou que possuem uma neta?

– Ah, Clarinha! Desde que decidi viver com o baixinho e me tornar um predador, Europa e eu não tivemos lá muito diálogo. Ao contrário de Spartacus, ela nunca aceitou muito bem minha decisão de abandonar a existência confortável de privilégios em Rhea. Mas, segundo Spartacus me contou, agora que os dois sabem da sua existência, estão ávidos para conhecê-la. Não faltará oportunidade para isto quando conduzirmos Pandora e Talleyrand até Rhea.

– Em pensar que sou carne da mesma carne dos humanos que há três séculos desvendaram muitos dos segredos da Banda Ocidental...

– Bem, Clara... – Pela primeira vez na vida, vejo Papai embaraçado com alguma coisa. – É claro que você é neta de Europa e Spartacus. Mas geneticamente falando...

– O que você quer dizer com isto?!

– Querida, preste bem atenção e procure entender...

– Vá falando logo de uma vez! Sem rodeios e sem "queridas"!

– Está certo. Em primeiro lugar, Spartacus não é meu pai biológico. Europa fundiu seu material genético com o de outro humano de Rhea para gerar o filho que tanto ela quanto Spartacus desejavam.

– Por que isto? Se Spartacus é estéril, por que não usou simplesmente uma célula somática ao invés...

– Querida, acredito que você terá a oportunidade de perguntar diretamente a ele o motivo de terem decidido proceder assim. Só lhe peço que seja discreta quando o fizer, entendido?

– Tudo bem. – Concordo, pensativa. É, esses humanos de Rhea têm mesmo modos estranhos de fazer as coisas mais simples... – Mas, de qualquer modo, compartilho os genes de Europa, a primeira hierarca de Rhea a Magnífica, não é?

– Não exatamente, Clarinha.

– Mas você não é filho dela?

– Sou. Mas quando eu e sua mãe desejamos uma filha, descobrimos que nossos padrões genéticos eram incompatíveis. Você sabe, a humanidade se espalhou pela periferia galáctica há centenas de milênios nas direções mais diferentes. Esses ramos distantes raramente tornam a se encontrar novamente. Mas este tipo de encontro improvável não constitui ocorrência incomum aqui em Ahapooka. Eu e sua mãe pertencemos a estirpes muito distintas. Estirpes que já não são mais capazes de produzir prole fértil em acasalamentos cruzados.

Quer dizer... quer dizer... Nem sei direito o que pensar.

Papai continua:

– É claro, em Rhea essa incapacidade teria sido contornada mediante a aplicação das técnicas de manipulação genética disponíveis por lá. Mas não estávamos em Rhea... Então, sua mãe e eu decidimos fazer uma criança combinando o material genético dela com o de um doador anônimo dos bancos genéticos da cidade.

– Quer dizer então que não sou sua filha?

– É claro que é, sua boba! Pai é aquele que escolhe, aquele que ama e aquele que participa da educação de uma filha. Uns poucos milhares de genes a mais ou a menos não alteram em nada o princípio.

– Mas... eu pensei... – As lágrimas me enchem os olhos e não consigo concluir meu raciocínio.

– E pensou certo, Clarinha. Você é minha filha. Da mesma forma como sou o filho reconhecido de Spartacus. Mesmo hoje em dia, não duvido que ele ainda faça questão de que eu o chame de "Pai" em qualquer ocasião mais íntima. Não pense por um segundo sequer que abrirei mão do privilégio de ser seu pai, entendeu?

– Sim, Papai! – Exclamo, enxugando as lágrimas no antebraço do biotraje, que as suga ávido, fazendo a umidade desaparecer em segundos. – Entendi direitinho!

Aeneas está certo. Ele concordou que eu deveria ser concebida desta maneira. Sempre procurou dedicar algum tempo a mim quando estava na cidade e jamais se eximiu de sua responsabilidade paterna, nem mesmo nas piores horas. Ele é meu pai por livre e espontânea vontade. E eu sou sua filha, da mesma forma.

– Papai, – murmuro quase como se confessasse um segredo, – estou louca para conhecer Europa e Spartacus. Eles são autênticas lendas vivas em toda a Banda Ocidental.

– Segundo ouvi dizer, seus avós também estão muito ansiosos para te conhecer. Tanto que se dispuseram a enviar um navio da Armada de Rhea para buscá-la em qualquer porto do Litoral do Medo que escolhêssemos. Mas vão ter que esperar mais uns meses. Temos um contrato a cumprir com Pandora e Talleyrand, e muito trabalho pela frente.

FIM

Cronologia da História Dolfina

ANO	EVENTO
~ - 6.000.000	Oniscientes criam o Santuário em Octopusgarden, Sistema Posseidon.
~ - 1.000.000	Início da migração dos Oniscientes para o Sistema Lobster.
~ - 980.000	Estabelecimento definitivo dos Oniscientes no topo das Cordilheiras Colossais, Grande Continente, Ahapooka, Sistema Lobster.
1	Chegada das primeiras naves colonizadoras e mundos volantes humanos ao Sistema Gigante de Olduvaii.
40.000	Primeiros relatos sobre Ahapooka chegam a Olduvaii através do relato de uma espaçonave comercial tripulada por alienígenas pseudoameboides.
45.000	Início da criação do *Delphinus sapiens.*
47.500	Jovem geneticista Pandora começa a trabalhar no projeto de promoção do *Delphinus sapiens.*
49.000	1ª Expedição Olduvaica parte para o Sistema Lobster.
49.100	*Delphinus sapiens* é considerado uma espécie autoconsciente plena.
49.150	Delfineia conquista a cidadania integral em Tannhöuser.
49.200	Dolfinos constroem cidade anfíbia de Acqua Marina em Tannhöuser.
49.400	1ª Expedição ingressa no Sistema Lobster.
50.500	1ª Expedição é considerada oficialmente perdida.
50.550	*Oceanos* parte de Olduvaii para Posseidon.
50.650	Conduzindo a 2ª Expedição Olduvaica, a *Startide* parte de Olduvaii para o Sistema Lobster com escala em Posseidon.
50.800	Instalação da Base Humana em Merídia, Arquipélago Austral, Octopusgarden.
50.810	*Startide* parte de Posseidon para o Sistema Lobster.
50.880	*Oceanos* ingressa no Sistema Posseidon.
50.950	*Melkor* ingressa no Sistema Posseidon. Pandora atua como inspetora.
51.040	*Asoka* ingressa no Sistema Posseidon.
51.200	*Schismatrix* ingressa no Sistema Posseidon.
51.290	Descoberta da Civilização Cefalópode pelos dolfinos de Octopusgarden. [OCTOPUSGARDEN]
51.307	*Penny Lane* pousa em Octopusgarden. Pandora e Talleyrand atuam como inspetores.
51.308	Partida da *Penny Lane* para o sistema estelar natal dos Oniscientes.
53.023	2ª Expedição é declarada sinistrada pelo Grande Conselho de Olduvaii.
53.105	Conduzindo a 3ª Expedição Olduvaica, a *Lucky Man* parte para o Sistema Lobster. Tripulação inicial: Spartacus. Partida: 1798 anos THP após o pouso da *Penny Lane* em Octopusgarden.
53.327	*Penny Lane* passa ao largo do Sistema Gigante de Olduvaii, rumo a Lobster, e comunica suas intenções a Tannhöuser.

53.335	Expedição-fantasma (4ª Expedição Olduvaica) oficialmente desautorizada pelo Conselho Supremo.
53.403	Nasce Europa a bordo da *Lucky Man*.
53.515	*Lucky Man* ingressa no Sistema Lobster e pousa na Grande Planície Vermelha, Banda Ocidental, Grande Continente, Ahapooka.
53.575	*Lucky Man* decola definitivamente de Ahapooka rumo a Tannhöuser.
53.822	Nasce Clara numa cidade-Estado poliespecífica da Grande Planície Vermelha.
53.840	*Penny Lane* ingressa no Sistema Lobster. Pandora salva a vida de Aeneas, filho de Europa. [A FILHA DO PREDADOR].
54.050	Clara, filha de Aeneas, conhece Genteel, o renato. [A GUARDIÃ DA MEMÓRIA].
54.100	*Lucky Man* regressa ao Sistema Gigante de Olduvaii.

Distâncias Relativas

Distâncias Aproximadas em Anos-Luz

Símbolo		Olduvaii	Lobster	Posseidon	ζ Morgana
@	**Olduvaii**	–	**500**	**130**	**1.285**
#	**Lobster**	**500**	–	**400**	**1.505**
¥	**Posseidon**	**130**	**400**	–	**1.192**
¤	**ζ Morgana**	**1.285**	**1.505**	**1.192**	–

Disposição Relativa

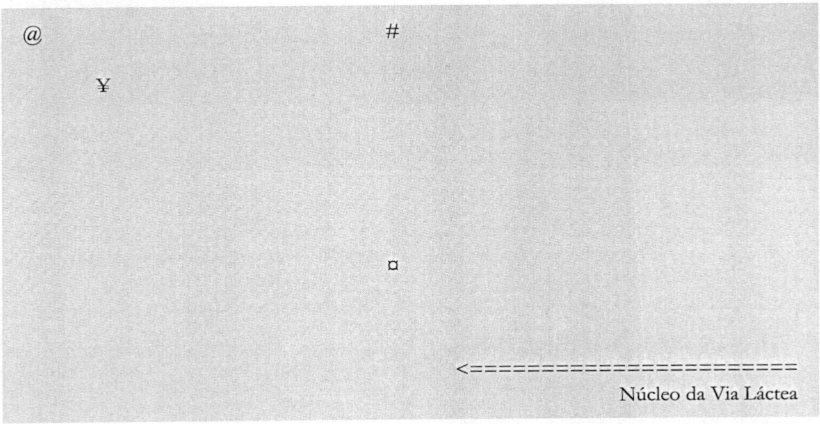

@ #

¥

¤

<======================

Núcleo da Via Láctea

Este livro foi impresso
em papel pólen bold na
Renovagraf em Julho de 2017.